U0646812

诗词探玄

第二册

王光铭 选编

地部上

目　录

第二　地部

（一）河　北

一、北　京

四、石家庄

五、保 定

(二)山 西

三、忻　州

四、运　城

五、临　汾

六、太行山　汾河

(三)山　东

一、济　南

四、淄 博

(四)河 南

一、洛 阳

三、郑　州

四、三门峡

五、许　昌

六、商　丘

七、安　阳

八、南　阳

（五）辽　宁

(六)吉　林

(七)黑龙江

(八)内蒙古

(九)陕　西

一、长　安

二、临　潼

五、延　安

六、渭　南

九、榆　林

(十)甘　肃

一、兰　州

七、酒　泉

(十一)宁　夏

(十二)青　海

（十三）新　疆

(十四)江　苏

一、南　京

1.金　陵

2. 秦　淮

二、镇　江

1. 润　州

2. 北固山

3. 金　山

2. 虎丘　狮子林

5. 山

五、扬 州

1. 扬 州

2. 平山堂

八、无 锡

(十五)浙　江

4. 寺 塔 楼 台 宫

5. 景

6. 历史人物

7. 钱塘江

8. 富春江　新安江

二、湖　州

三、秀州(嘉兴)

四、明州(宁波)

五、越州(绍兴)

六、婺州(金华)

七、衢 州

八、处州(丽水)

九、台 州

二、芜　湖

三、滁　州

四、马鞍山

八、安　庆

九、巢　湖

十、合　肥

(十七)湖　北

一、武　汉

三、宜 昌

四、鄂州（黄冈）

五、荆　州

六、汉江　松滋江

(十八)湖　南

一、潭州(长沙)

二、湘　潭

三、巴陵(岳阳)

四、衡　阳

五、武陵（常德）

六、洞庭河　云梦泽

(十九)江　西

一、洪州(南昌)

二、江州(九江)

三、赣　州

四、袁州（宜春）

五、信州（上饶）

(二十)福　建

一、福　州

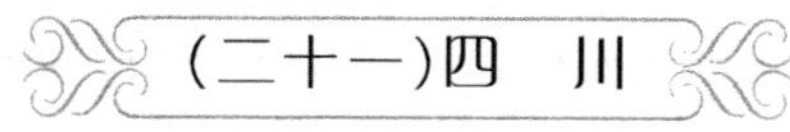

(二十一)四 川

二、长江三峡

三、广　元

四、乐　山

(二十二)云 南

(二十三)贵 州

（二十四）广　东

一、岭南　广州

四、惠　阳

五、肇　庆

(二十四)广　西

四、梧 州

(二十五)海 南

(二十六)香港　澳门

(二十七)台　湾

（二十八）边塞诗

（一）
河
北

一、北　京

望蓟门春秋战国时的蓟城在今广安门一带。　　（唐）祖　咏

燕台一望燕台，又名黄金台，在北京金台路附近。燕昭王筑台于此以招贤士。客心惊，笳鼓喧喧汉将营。万里寒光生积雪，三边《史记·律书》："高祖有天下，三边外畔。"《小学绀珠》曰："三边，幽、并、凉三州也。"曙色动危旌。沙场烽火连胡月，海畔云山拥蓟城。少小虽非投笔吏，论功还欲请长缨。

（明）郝敬：此等诗全不著事理，直以声华胜，近体多类此。——《批选唐诗》

（清）金人瑞：此诗已是异样神采，乃读末句，又见特添"少小"二字，便觉神采再加十倍。——《贯华堂选批唐才子诗》

（清）屈复：法亦紧严。中四句法稍同，亦是小疵。通首雄丽，读之生人壮心。——《唐诗成法》

（清）赵臣瑗：开口先补出"燕台"二字，此身便有着落。"客心惊"，一"惊"字包得下文七句之义；而"汉将营"三字，又七句中之提纲也。——《山满楼笺注唐诗七言律》

（清）方东树：六句写蓟城之险，而以首句一"望"字包之。收托意，有澄清之志。岂是时范阳已有萌芽耶？——《昭昧詹言》

和稚子与诸生登北都城楼　（北宋）元 绛

朔风刮面岁华遒，遒读囚，平声。强劲有力。闲拥丰貂一倚楼。四野冻云随地合，九河清浪着天流。诸君略住方乘兴，吾土虽非亦解忧。更得青衿赓雅唱，连章彩笔斗银钩。

（元）方回：五、六用庾亮、王粲语，其佳如此。——《瀛奎律髓汇评》
（清）纪昀：妙，俱切“楼”，“诸君”句又切本事。——同上
（清）陆贻典：宋之北都，即大名府。——同上
（清）纪昀：第四句空阔有神，胜出句。五、六宋调之佳者。结出“和”意，古法。——同上

檀　州今北京密云县。　（北宋）刘 敞

穷谷回看尽，孤城平望遥。市声衙日集，海盖每旦海气如雾，至午消尽。土人谓之海盖。午时消。冠带才通汉，山川更入辽。春风解冰雪，最觉马蹄骄。

古北口在今北京密云县北。　（北宋）刘 敞

束马悬车北度燕，乱山重复水潺湲。本羞管仲令君霸，无用俞儿俞儿，登山之神也。见《管子》。走马前。

顺州马上望古北　（北宋）刘 敞

平原不尽对群峰，翠壁回环几万重。背日映云何所

似,秋江千丈碧芙蓉。

古北口绝句二首(其二)　　(北宋)苏 辙

日色映山才到地,雪花铺草不曾消。晴寒不及阴寒重,揽箧犹存未着貂。

香　山在北京海淀区,为西山山岭之一,素有“好山”之称。
(金)周 昂

山林朝市两茫然,红叶黄花自一川。野水趁人如有约,长松阅世不知年。千篇未暇偿诗债,一饭聊从结净缘。欲问安心心已了,手书谁识是生前?

出都二首　　(金)元好问

汉宫曾动伯鸾梁鸿,字伯鸾。家贫好学,不求仕进。见《后汉书·逸民传》。歌,事去英雄不奈何。但见觚棱觚,读姑,平声。觚棱,宫阙也。上金爵,班固《西都赋》:“上觚棱而栖金爵。”岂知荆棘卧铜驼。神仙不到秋风客,富贵空悲春梦婆。谓变幻无定的富贵荣华。见《侯鲭录》。行过芦沟重回首,凤城平日五云多。

历历兴亡败局棋,登临疑梦复疑非。断霞落日天无尽,老树遗台秋更悲。沧海忽惊龙穴露,广寒犹想凤笙归。从教尽刬读产,上声。削除也。琼华了,原注:寿宁宫即琼华岛,绝顶

广寒殿，近为黄冠辈所撤。留在西山尽泪垂。

南乡子·九日同燕中诸名胜登琼华故基

（金）元好问

楼观郁嵯峨，琼岛烟光太液波。燕京八景中有：琼岛春阴、太液秋风。太液池，指北海、南海。真见铜驼荆棘里，摩挲。前度青衫泪更多。　　胜日小婆娑，欲赋芜城《芜城赋》，鲍照作。奈老何！千古废兴浑一梦，从他！且放云山入浩歌。陶宗仪《辍耕录》云："万岁山在大内西北，太液池之阳，金时名琼华岛。"蒋一葵《尧山堂外记》："金章宗为李宸妃建妆台于都城东北隅，今琼华岛即其故迹。"

江城子·游琼华岛　（元）刘秉忠

琼华昔日贺新成，与苍生，乐升平。西望长山，东顾限沧溟。翠辇不来人换世，天上月，自虚盈。　　树分残照水边明。雨初晴。气还清。醉却兴亡，惟有酒多情。收取丽人腮上泪，千载后，几新亭。

玉泉垂虹玉泉山在颐和园之西，有玉泉池，水自池底上翻，如飞虹垂挂，为燕京八景之一。　（元）陈孚

雪波碧拥千崖高，落花点点浮寒瑶。日斜忽有五彩气，飞上太空横作桥。古寺残钟塔铃语，回首前村犹急雨。轻绡欲剪一幅秋，又逐西风过南浦。

游香山　(元)张养浩

常恐尘纷汩寸心，好山时复一登临。长风将月出沧海，老柏与云藏太阴。宝刹千间穷土木，残碑一片失辽金。丹崖不用题名姓，俯仰人间又古今。

海　子中、南海与北海统称三海。俗呼为“海子”。　(元)宋本

渡桥西望似江乡，隔岸楼台罨画色彩鲜明的图画。罨读掩，上声。妆。十顷玻璃秋影碧，照人骑马到宫墙。

妆　台今北京市西华门外之北海、中海、南海。唐、辽、金时称为海子，元时改称太液池。北海中有琼华岛。岛中有辽时萧太后妆台。　(元)葛禄迺贤

废苑莺花尽，荒台燕麦生。韶华如流水，粉黛忆倾城。野菊金钿小，秋潭玉镜新。谁怜旧时月，曾向日边明。自注云：妆台在昭明观后。金章宗尝与李妃夜坐，上曰“二人台上坐”。妃应声曰“一月日边明”。故云。

琼华岛　(明)谢铎

蓬海分明在眼中，暖云高捧玉芙蓉。春阴欲下清虚殿，朝彩先浮最上峰。瑶管声中迷去鹤，金根影里护飞

龙。夜来雨过知多少，试向东郊问老农。

帝京诗　（明）王廷相

帝京南面俯中原，王气千秋涌蓟门。渤澥东波连肃慎，渤澥，即渤海。肃慎，古代民族名，居住在东北一带。太行西脊引昆仑。九皇天运坤维奠，万国星罗北极尊。尧舜升平见今日，按图形胜不须论。

琼华岛　（明）文徵明

海上三山拥翠鬟，天宫遥在碧云端。古来漫说瑶台迥，人事宁知玉宇寒。落日芙蓉烟袅袅，秋风桂树露团团。胜游寂寞前朝事，谁见吹箫驾彩鸾。

登香山　（明）文徵明

指点风烟欲上迷，却闻钟梵得招提。青松四面云藏屋，翠壁千寻石作梯。满地落花林遍绿，倚栏斜日鸟归栖。去来不用行吟苦，多少苍苔没旧题。

居庸关　（明）谢　榛

控海幽燕地，弯弓豪侠儿。秋山牧马处，朔塞用兵

时。岭断云飞迥，关长鸟度迟。当朝有魏尚，复此驻旌旗。魏尚在汉文帝时任云中(今山西大同)太守。治军有方，匈奴不敢进犯。

燕京歌七首(其四)　(明)徐　渭

萧后梳妆别起楼，太湖石在水空流。而今楼瓦飘零尽，只乞中官看石头。

西　苑　(清)方　文

西华门里御湖澄，辽后妆楼昔可登。今日楼空唯白塔，丰碑新赐喇嘛僧。

西苑同茶坡闲步　(清)方　文

十里芳湖抱一丘，相传辽后有妆楼。圣朝宽大何曾废，文士萧闲并得游。今与胡僧营白塔，争容仙侣泛兰舟。我来桥畔空延伫，细柳新蒲无限愁。

精　轩轩在香山寺内。　(清)朱彝尊

天书明代皇帝的题字。稠叠此山亭，往事犹传翠辇经。莫倚危栏频北望，十三陵树几曾青？

宝珠洞洞在北京西郊翠微山。　　(清)法式善

行到翠微顶，翠微全在下。上句指翠微山，下句翠微指山色。峭壁不洗濯，孤青自淡冶。《宣和画谱》云："春山淡冶而如笑，夏山苍翠而如滴，秋山明净而如妆，冬山惨淡而如睡。"山声石上来，暮色天际写。写，泻也。《世说新语·文学》："譬如写水在地，正自纵横漫流。"土灶然松枝，放出烟一把。马祖熙云："由画意写诗，故诗中有画。诗中的韵味，乃于画法中得之。为宝珠洞写生若此，可谓'不着一字，尽得风流'。"

芦　沟　　(清)张问陶

芦沟南望尽尘埃，木脱霜寒大漠开。天海诗情驴背得，关山秋色雨中来。茫茫阅世无成局，碌碌因人是废才。往日英雄呼不起，放歌空吊古金台。黄金台在芦沟附近。

过昌平城望居庸关　　(清)康有为

城堞逶迤万柳红，西山岧嵽读迢递，平去声。高远也。霁明虹。云垂大野鹰盘势，地展平原骏走风。永夜驼铃传塞上，极天树影递关东。时平堡堠读候，去声。古代瞭望敌人的土堡。生青草，欲出军都吊鬼雄。

蝶恋花·居庸关　　(近代)王国维

连岭去天知几尺。岭上秦关，秦关指居庸关。关上元时

阙。此指居庸关云台，为元至正五年修建。谁信京华尘里客。独来绝塞看明月。　　如此高寒真欲绝。眼底千山，一半溶溶白。许浑《冬日宣城开元寺赠元孚上人》诗："波静月溶溶。"小立西风吹素帻。人间几度生华发。

二、天　津

幽州夜饮　（唐）张　说

凉风吹夜雨，萧瑟动寒林。正有高堂宴，能忘迟暮心。军中宜剑舞，塞上重笳音。不作边城将，谁知恩遇深。

（明）叶羲昂：结处倒说恩遇，妙甚。远臣不可不知。——《唐诗直解》

（明）周敬等：三、四深妙，结句雄厚。——《唐诗选脉会通评林》

（清）顾安：边塞之地，迟暮之年，风雨之夜，如此苦境，强说恩遇，其心伤矣。○"正有"、"能忘"、"宜"字、"重"字、"不作"、"谁知"，只在虚字上用力。要说是恩遇，却究竟拗不过"边塞"、"迟暮"、"风雨"六字。诗可以观，岂不信哉！——《唐律消夏录》

（清）屈复：一、二景中有情，故四得插入。五、六写其雄壮，正见悲凉，与一、二对看。结与四对看，自知用意所在。——《唐诗成法》

（清）徐增：说上说下，总是一个不乐幽州。世称燕公诗为大手笔，吾嫌其尖利。此诗毕竟非忠厚和平之什，不免狭小汉家矣。——《而庵说唐诗》

穆陵关北逢人归渔阳　（唐）刘长卿

逢君穆陵路，匹马向桑乾。楚国苍山古，幽州白日寒。城池百战后，耆旧几家残。处处蓬蒿遍，归人掩泪看。

（明）唐汝询：此伤禄山之乱也。意谓禄山构乱、神州陆沉，而渔阳为甚。今逢君于此，观楚国苍山为旧物，则知从桑乾而向幽州，殆白日无人行矣。百战之后，世家摧残，蓬蒿遍野，归人能无挥泪乎？——《唐诗解》

（清）黄生：起联总冒格。三言屋舍皆空，四言人民俱尽，此两句略言其意，下始透发。“楚国”、“幽州”绾住彼此两地。五、六则言中途所经，再以“处处”二字绾之，章法极紧。——《唐诗矩》

（清）高琦、何焯：只有山川、日月不改旧观，并城郭亦非矣，一路逼出“泪”字。——《三体唐诗评》

直　沽　（元）王懋德

极目沧溟浸碧天，蓬莱楼阁远相连。东吴转海输粳读京，平声。稻，一夜潮来极万船。

天　津　（明）李东阳

玉帛都来万国朝，梯航翻山越海。南去接天遥。千家市远晨分集，两岸沙平夜退潮。贡赋旧通沧海运，晨辰高象洛阳桥。洛阳桥指洛阳天津桥。河山四塞喉襟地，重镇还须拥使招。

登盘山在蓟县西北。原名徐无山，又名盘龙山，简称盘山。相传汉末避董卓之乱，田畴率众隐居于此，故又名田盘山。

（明）王世贞

禅主空祠恒岳回，禅主，指封禅山岳的皇帝，恒岳，谓北岳恒山。谁怜盘岭抱燕台。层峦不尽青天去，乱瀑雄争大壑来。共指丹梯安薜荔，还挟蜡屐破莓苔。银河只在微茫里，欲取寒杓读标，平声。勺子柄。寒杓，指北斗星座。作酒杯。

登盘山绝顶　　（明）戚继光

霜角一声草木衰，云头对起石门开。朔风边酒不成醉，落叶归鸦无数来。但使雕戈销杀气，未妨白发老边才。勒名峰上吾谁与，故李将军舞剑台。山上有舞剑台，相传为唐开国将军李靖舞剑之处。

上盘绝顶　　（清）高士奇

千仞耸危岫，孤高数上盘。扶筇看更险，扪葛步仍难。天外松风落，崖边草色寒。尘襟一以涤，独立感无端。

出丁沽　　（清）刘嗣绾

十里丁沽水，长桥复短桥。一篷今旧雨，双桨去来

潮。市近鱼虾贱，村空鸟雀骄。如何乡梦便，载不上兰桡。

由轮舟抵天津作 （清）黄遵宪

遥指天河问析津，《尔雅》："析木之津，箕斗之间汉津也。"《大清一统志》："天津府，分野，天文尾箕析木及虚危元枵之次。"茫茫巨浸巨浸，指大海。许彬《府试莱城晴日望三山》诗："不易识蓬瀛，凭高望有程。盘根出巨浸，远色到孤城。"浩无垠。华夷万国无分土，即陈恭尹"江山无地限华夷"之意也。人鬼浮生共转轮。敌国同舟今日事，太仓稊米稊，读题，平声。草名。形似稗，结实如小米。《庄子・秋水》："计中国之在海内，不似稊米之在太仓乎？"自家身。大鹏击水南风劲，忽地吹人落软尘。

三、邯　郸

九日登丛台丛台相传为战国时期赵武灵王为阅兵与歌舞而建，据《汉书》记载，是由许多亭台等建筑连接而成，故名丛台。 （唐）王 建

平原平原君赵胜，赵武灵王之子。池阁在谁家，双塔丛台野菊花。零落故宫无入路，西来涧水指流经邯郸之拘涧水。绕城斜。

听话丛台 (唐)李 远

有客新从赵地回，自言曾上古丛台。云遮襄国天边尽，树绕漳河地里来。弦管变成山鸟哢，哢读弄，去声。鸟叫。绮罗留作野花开。金舆玉辇无踪迹，风雨惟知长绿苔。

(元)方回：平熟，但颇近套。不收，或谓遗材也。——《瀛奎律髓汇评》

(清)何焯：次联全赵形胜在指掌中，而武灵雄心霸略亦仿佛可见，转落后半，极俯仰凭吊之致，如何近套？——同上

(清)纪昀：此评最确，其平熟处在首句，顺笔叙入失势，故以下再振拔不起。——同上

(明)周珽：起是"听话丛台"。中即人所说昔时山川之胜，与今日改易之迹。结深致怀感凭吊之思，见豪华终于尽时，人主何苦为穷奢极欲也。造语不纤不诡，意味远隽。——《唐诗选脉会通评林》

(清)金人瑞：无端听人闲话，遇客正说丛台，满怀赵武灵王，甚欲闻其下落。乃见此客舒手指点，恣口论说，却纯是云遮巨鹿，河来宁晋，并不闻其略有一言半语说及此台也。〇于是听之而不胜太息也。昔者武灵王梦得吴娃，特筑此台，数年不出：一时管弦绮罗，试思何等妖丽！而今细听客语，直是更无消息。然则惟余山鸡，尽变野花，风风雨雨，苔痕无数，真不必亲至其地，而如见悲凉满目也。——《贯华堂选批唐才子诗》

(清)赵臣瑗：一、二是题之来脉。下六句皆出自客中口，而先抽二句写此台之高及形势之胜。至后半四句，然后以昔日之妖艳与今日之荒凉配合成文者。——《山满楼笺注唐诗七言律》

(清)冯舒：首联是"听人话"。——《瀛奎律髓汇评》

(清)冯班：次联惟登丛台，始知其妙。——同上

(清)查慎行：五、六"变成"、"留作"四字，有稚气，有俗韵。——同上

(清)无名氏(甲)：台在赵州邯郸。〇"襄国"即今顺德府。——同上

雀台怨铜雀台在临漳县三台村。为东汉建安十八年曹操所筑。

（唐）马　戴

魏宫歌舞地，蝶戏鸟还鸣。玉座人难到，铜台雨滴平。西陵在邺城西北，有遗冢七十二处，远望森然。高者如小山列布，一直延伸到磁县。树不见，漳浦草空生。万恨尽埋此，徒悬千载名。

铜雀台　　（唐）罗　隐

台上年年掩读掩，上声。挑取也。翠娥，台前高树夹漳河。英雄亦到分香处，曹操《遗令》："余香可分与诸夫人，诸舍中（指众妾）无所为，学作组履卖也。"后以"分香卖履"指临死时舍不得丢下妻子儿女。能共常人较几多？

过邺中　　（南宋）刘子翚

逐鹿营营一梦惊，事随流水去无声。黄沙日傍荒台落，绿树人穿废苑行。遗恨分香怜晚节，胜游飞盖想高情。我来不暇读夏，去声。论兴废，一点西山入眼明。

（元）方回："分香"，指曹操。"飞盖"，指曹丕《宴西园》诗也。四字极切。——《瀛奎律髓汇评》

（清）查慎行：分香事见陆机《辨亡论》。——同上

（清）张载华：蒿庐夫子云"分香事见陆机《吊魏武帝文》，非《辨亡论》"。——同上

（清）纪昀：比较切。〇"分香"顶"荒台"，"飞盖"顶"废苑"。〇结亦不

套。——同上

（清）无名氏（甲）：邺在鄣德府。——同上

忆秦娥·邯郸道上望丛台有感

（南宋）曾　觌

风萧瑟。邯郸古道伤行客。伤行客。繁华一瞬，不堪思忆。　　丛台歌舞无消息。金樽玉管空尘迹。空尘迹。连天蓑草，暮云凝碧。

（清）陈廷焯：黍离麦秀之悲，暗说则深，明说则浅。曾纯甫词，如“雕栏玉砌，空余三十六离宫”。又云“繁华一瞬，不堪思忆”。又“丛台歌舞无消息，金樽玉管空尘迹”。词极感慨，但说得太显，终病浅薄。碧山咏物诸篇，所以不可及。——《白雨斋词话》

（近代）俞陛云：此词格老气清，有唐人风范。论者谓与《金人捧露盘》一调皆凄然有宗国之思。——《唐五代两宋词选释》

邯郸道　（南宋）范成大

薄晓霜侵使者车，邯郸阪峻且徐驱。困来也作黄粱梦，不梦封侯梦石湖。石湖在苏州城外，风光美丽，作者家居其地，自号石湖居士。

木兰花慢·游铜雀台二首　（金）元好问

拥岩岩岩岩，高耸貌。《诗·鲁颂·閟宫》：“泰山岩岩，鲁邦所詹。”双阙，

龙虎气，郁峥嵘。首三句横空而出，“想”以下一折，“台城”以下一迂，呈迂回曲折之姿。想暮雨珠帘，秋香桂树，指顾台城。洪迈《容斋续笔》：“晋宋间谓朝廷禁省为台，故称禁城为台城。”台城，为谁西望，但哀弦、凄断似平生。只道江山如画，争教天地无情。　风云奔走十年兵，惨澹入经营。问对酒当歌，曹侯墓上，何用虚名。青青故都乔木，怅西陵，遗恨几时平。安得参军参军指鲍照。健笔，为君重赋芜城。

渺漳流东下，流不尽，古今情。记海上三山，云中双阙，当日南城。南城，南皮城也。曹丕《与吴质书》：“每念昔日南皮之游，诚不可忘。”黄星，黄星指帝王。《拾遗记》：“轩辕以戊己之日生，故以土德称王，时有黄星之兆。”几年飞去，澹春阴、平野草青青。冰井。铜雀台又名三台。中名铜雀台，南名金虎，北名冰井。犹残石甃，露盘已失金茎。　风流千古短歌行，慷慨缺壶声。想酾酒临江，赋诗鞍马，词气纵横。飘零，旧家王粲，似南飞、乌鹊月三更。笑煞西园赋客，《大明一统志》：“西园在彰德府邺县旧治，魏曹操所作，古今题咏甚多。”曹植有“消夜游西园，冠盖相追随”句。此西园赋客，当系作者自指。汴京亦有西园为文人所赏咏。壮怀无复平生。

邺城道　（明）袁宏道

何处魏离宫，荒烟断苇中。猎蹄晴卷雪，高隼怒盘风。苑古梧桐秃，墙崩枸杞红。空台与流水，想象旧帘栊。

邯　郸　(清)宋琬

赵王宫北古丛台，歌舞当年翠辇来。白马大梁公子过，魏公子信陵君率兵救赵，解邯郸之围。黄金东海鲁连回。秦兵围邯郸，魏将新垣衍劝赵尊秦为帝，封鲁仲连在围城中以舌辨挫败新垣衍，邯郸围解，平原君以千金酬之，鲁仲连不顾而去。三千珠履人何往？春申君食客三千皆珠履。十五银筝歌自哀。寂寞平原抔土抔土指坟墓。抔读剖，平声。抔土意为一捧土。在，麒麟荒缺卧苍苔。

点绛唇·夜宿临洺驿在今河北永年县。

(清)陈维崧

晴髻喻山。离离，太行山势如蝌蚪。稗花稻田中的杂草。盈亩，一寸霜皮厚。谓大片稗草经霜后成了厚厚的草皮。　赵魏燕韩，历历堪回首。谓临洺为兵家要地，各国纷争，历历在目。悲风吼。临洺驿口，黄叶中原走。寒风凄厉，败叶飞舞，仿佛充斥了整个中原大地。

邺　中　(清)陈恭尹

山河百战鼎终分，叹息漳南日暮云。乱世奸雄空复尔，一家辞赋最怜君。铜台未散吹笙伎，石马先传出水文。魏明帝青龙三年石马出水。见《魏氏春秋》。七十二坟秋草遍，陶宗仪《辍耕录》："曹操疑冢七十二，在漳河上。"更无人吊汉将军。汉将军指曹操。用其《自明本志令》之言。

邯郸道士　　(清)宋 荦

邯郸道上起秋声，古木荒祠野潦同涝，读去声。野潦，郊野积水。清。多少往来名利客，满身尘土拜卢生。卢生的黄粱美梦，见沈既济《枕中记》。

题黄粱梦卢生祠　　(清)林则徐

门外车尘欲障天，黄粱饭熟几多年。如何倦客纷纷过，不见先生借枕眠。

邯　郸　　(清)郑 珍

尽说邯郸歌舞坊，客车停处草遮墙。草没荒城繁华不再。少年老去才人嫁，独对春城看夕阳。

四、石家庄

真定述事　　(北宋)宋 祁

莫嫌屯垒是边州，试听山河说上游。《史记》："古之王公，地方千里，必居上游。”帐下文书三幕府，知真定府知三局：知府一也，安抚司二也，马步军都总管三也。此所谓三幕府也。马前靴鞢五诸侯。靴鞢见韩愈《送幽州李端公序》。真定所统六州，镇州为本府，余：磁、相、洏、赵、洺，故曰五诸侯。王藩故社其地为赵王镕故国，故曰王藩故社。经除国，侠窟余风郭景纯《游仙诗》“京华游侠窟”真定其地，人民好气任侠，犹有赵之风。解报仇。四十年来民缓带，缓带，言宽束衣带，形容悠闲自在。《晋书·羊祜传》：“祜镇荆州，在军常轻裘缓带，身不披甲。”使君何事不轻裘。宋祁贬谪真定，不得意之时，词旨乃反振矜，收犹诡隽有味。

(元)方回：郡署安、抚二司并府事，故曰“三幕府”。所管洺、洏、磁、相、赵五州，故曰“五诸侯”。公自亳州改知真定府，古之镇州常山郡也。元微之诗“会稽旁带七诸侯”，此近之。——《瀛奎律髓汇评》

(清)冯班：白体。——同上

(清)纪昀：体近香山而风骨胜之，盖子京读书多，根柢厚耳。——同上

甲寅九日同临漳提领王明之、鹿泉令张奉先、贾千户令春、李进之、冀衡甫游龙泉寺，僧颢求诗二首龙泉寺在获鹿县西南十公里，韩庄村的半山腰。

(金)元好问

远水寒烟接戍楼，黄花白酒浣羁愁。霜林染出云锦烂，春色并归风露秋。乡社岁时容客醉，石墙名姓为僧留。登高旧说龙山好，从此龙泉是胜游。

柿叶殷红松叶青，黄花霜后独鲜明。西风浩浩欲吹帽，石溜泠泠堪濯缨。皇统贞元皇统，帝位的统系。贞元为海陵王完颜亮的年号。见题字，良辰美景记升平。何人解得登临意，

灭没疏云雁一声。

大悲阁 又名天宁阁，在正定县城东南角隆兴寺内。

（元）萨都剌

眼中楼阁见应稀，铁凤楼檐势欲飞。天半宝花飘关道，月中桂子落僧衣。高擎玉露仙人掌，上碍银河织女机。全赵堂堂遗物在，山川良是惜人非。

登真定天宁阁　（明）李攀龙

高阁崚层倚素秋，西山寒影挂城头。坐来大陆当窗尽，不断滹沱滹读呼，平声。滹沱，水名，即滹沱河，在河北省西部，流经正定（明以前称真定）。入槛流。下界苍茫元气合，诸天缥缈白云愁。使君移省时作者由知府擢任陕西提学副使，故云。无多眺，暂尔登临此壮游。

五、保　定

于易水送人　（唐）骆宾王

此地别燕丹，壮士发冲冠。昔时人已没，今日水犹寒。

(明)高棅:吴逸一曰"只就地摹写,不添一意,而气慨横绝"。——《唐诗正声》

(明)叶羲昂:似无味,然未然不佳。——《唐诗直解》

(清)毛先舒:临海《易水送别》借轲、丹事,用一"别"字映出题面,余作凭吊,而神理已足,二十字中游刃如此,何等高笔!——《诗辨坻》

(清)朱之荆:因临易水而想古人,其水犹寒,侠气凛然。——《增订唐诗摘钞》

(清)徐增:何作此变徵声……寓意深远,人卒未知也。——《而庵说唐诗》

蜀先主庙庙在涿县楼桑村。　　(唐)刘禹锡

天地英雄气,千秋尚凛然。势分三足鼎,业复五铢钱。汉武帝元狩五年罢半两钱,始铸五铢钱。此指刘备欲重兴刘汉天下。得相能开国,生儿不象贤。凄凉蜀故妓,来舞魏宫前。

(元)方回:原注"汉末称'黄牛白腹,五铢当复'"。○胡澹庵有诗云:"须令民去思,如汉思五铢。"自注谓:"五铢起于元狩五年,新室罢之,民思以五铢市买,莽法复挟五铢者投四裔。光武因马援言复之,民以为便。董卓悉坏五铢,曹操为相复之。自魏至梁、陈、周、隋,皆以五铢为便。唐武德四年铸'开元通宝',五铢始不复见。"梦得此诗用"三足鼎"、"五铢钱",可谓精当,然末句非事实也。蜀固亡矣,魏亦岂为存哉?其业已属司马氏矣。诸葛公之子死于难,不为先主羞。而魏之群臣举国以授晋,则何灭蜀之有哉!——《瀛奎律髓汇评》

(清)冯舒:落句可伤。用刘禅事,何云非事实?方君不学乃至是?蜀亡时魏未禅位,何言之梦梦耶?"不象贤",自谓后主,何言诸葛?方君不通如此!——同上

(清)冯班:事出《三国志》,何言非事实?评语全谬。——同上

(清)陆贻典:“生儿不象贤”句指刘禅,方公误解。——同上

(清)查慎行:虚谷云“此诗用三足鼎、五铢钱,可谓精当,然末句非事实也”,余所见亦同。——同上

(清)纪昀:自“然末句非事实也”至“何灭蜀之有哉”支蔓。——同上

(清)查慎行:中两联字字确切,惜结句不称。——同上

(清)纪昀:句句精拔。〇起二句确是先主庙,妙似不用事者。后四句沉着之至,不病其直。——同上

(清)许印芳:凡祠庙坟墓等题,总宜从人着笔,不可纠缠祠墓。盖祠墓是公共之物,略用关合足矣。人是本题正位,宜用重笔发挥,乃合体裁。如此诗全说先主,于庙字无一语道及,而起结皆扣住“庙”字。起语是从庙貌看出,结语则以魏宫对照蜀庙也。——同上

涿鹿　(唐)胡曾

涿鹿茫茫白草秋,轩辕曾此破蚩尤。丹霞遥映祠前水,疑是成川血尚流。

初过白沟,白沟,河名。宋辽分界于此,故又名界河。北望燕山　(北宋)苏颂

青山如壁地如盘,千里耕桑一望宽。虞帝肇州疆域广,汉家封国册书完。因循天宝兴戎易,痛惜雍熙雍熙为宋太宗年号。出将难。今日圣朝恢远略,偃兵为义一隅安。

入涿州　(北宋)郑獬

饮马桑乾流水浑,燕山未晚已黄昏。衣襟犹带长安

酒，不分江湖浣旧痕。

白　沟即今河北新城县东自北而南的白沟河。故道自今白沟河店北东流经霸县城关，信安镇北，东经天津会诸水入海。辽与北宋以此为界，故亦称界河。　(南宋)范成大

高陵深谷变迁中，佛劫仙尘事事空。一水涓流独如带，天应留作汉提封。犹版图。语出《汉书》。

涿　州唐置。宋曰涿州涿水郡，金曰涿州，治范阳。清因之，民国改为涿县。　(南宋)汪元量

泸沟桥下水泠泠，落木无边秋正清。牛马乱铺黄帝野，鹰鹯读毡，平声。猛禽名。高磨涿州城。柳亭日射旌旗影，花馆风传鼓吹声。归客偶然舒眼望，酒边触景又诗成。

摸鱼儿·楼桑村汉昭烈刘备。庙　(金)元好问

问楼桑、故居何处？青林留在祠宇。荒坛社散鸟声喧，鸟声喧正是寂寞荒凉。寂寞汉家箫鼓。春已暮。君不见、锦城花重惊一"惊"字顿变杜甫境界。风雨。刘郎良苦，尽玉垒青云，锦江秀色，办作一丘土！　西山好，满意龙盘虎踞。登临感怆千古。当时诸葛成何事，伯仲果谁伊吕。还自语，缘底事、十年来往燕南路？征鞍且驻。就老瓦盆边，田

翁共饮，携手醉乡去。“还自语”以下说自己心事，悲蜀之亡，亦悲金之亡也。

乙丑过鸡鸣山

即古涿鹿山。相传黄帝与蚩尤战于涿鹿之野，即此。又名摩笄山，相传战国时赵襄子姊为代王夫人，襄子杀代王，迎夫人至此山，夫人磨笄于山而自杀。代人立为祠，夜有野鸡鸣于祠屋，因称鸡鸣山。　　(元)耶律楚材

三年四度过鸡鸣，我仆徘徊马倦登。寂寞柴门空有舍，萧条山寺静无僧。残花溅泪千程别，啼鸟伤心百感生。今古兴亡都莫问，穹庐高卧醉腾腾。

渡白沟

(元)刘因

蓟门霜落水天愁，匹马冲寒渡白沟。燕赵山河分上镇，辽金风物异中州。黄云古戍孤城晚，落日西风一雁秋。四海知名半凋落，天涯孤剑独谁投？

拒马河

古易水有三条河道，中易即由定兴西南入拒马河。

(元)傅若金

落日苍茫里，秋风慷慨多。燕云余古色，易水尚寒波。绝岸船通马，交沙路入河。行人悲旧事，含愤说荆轲。

漠北词　(明)谢　榛

石头敲火炙黄羊，胡女低歌劝酪浆。醉杀尽醉狂欢也。群胡不知夜，鹞儿岭系河北涿鹿县境内的一座山岭。下月如霜。明英宗正统十四年(1449)，蒙古族瓦剌部的首领也先率军侵明，英宗听信太监王振之言，于七月间亲率五十万大军出征，到山西大同时，闻前线惨败，便仓惶退军。八月初十日，军至宣府，"瓦剌兵大至，恭顺侯吴克忠，都督吴克勤战殁；成国公朱勇、永顺伯薛绶往救，至鹞儿岭遇伏，全军尽覆"(《明史・英宗本纪》)。英宗本人也在土木堡被俘。史称"土木之败"。作者写此诗时，时间已过去一百多年。

紫荆关关在易县紫荆山岭上。　(明)尹　耕

汉家锁钥惟玄塞，长城的别称。隘地旌旗见紫荆。斥堠直通沙碛外，戍楼高并朔云平。峰峦百转真无路，草木千盘尽作兵。谁识庙堂柔远意，戟门烟雨试春耕。

黄金台又称昭王台、燕台、金台。故址在今河北易县东南。相传燕昭王筑台于此，置千金于台上，延请天下士，故名。

(明)汤显祖

昭王指燕昭王。灵气久疏芜，今日登台吊望诸。燕昭王与齐有怨，使乐毅攻齐，攻下七十余城。昭王卒，惠王即位。齐行反间计，惠王疑乐毅，使骑劫代乐毅。毅惧，出奔赵，赵封乐毅为望诸君。一自蒯生《史记・乐毅列传》："始齐之蒯通及主父偃读乐毅之报燕王书，未尝不废书而泣也。"流涕后，几人曾读报燕书！乐毅奔赵后，齐将田单大破燕军，燕惠王深悔乐毅之出走，使人责备乐毅，请其重返燕国。乐毅因此回信给惠王，说明出走的原因和不能回国的苦衷。

渡易水 (明)陈子龙

并刀昨夜匣中鸣，燕赵悲歌最不平。易水潺湲云草碧，可怜无处送荆卿。

白沟河 (清)钱谦益

辽宋分疆一线流，白沟人说是鸿沟。两河三镇全输却，残局休论十六州。

上花园 (清)李良年

阏支此地曾歌舞，别起妆楼对暮山。马首垂杨青一带，锦裆红袜射雕还。《名山记》:"保安州鸡鸣山西三十里，为上花园。又三十里为镇城。与上花园相望有下花园，并萧太后种花之所，遗址尚存。"涿人顿长史锐诗云:"岭云沉日瞑烟斜，见说穷边亦有花。应是汉宫青冢怨，不甘玉貌委龙沙。"

督亢陂

地名，在今河北省涿县东，跨涿县、固安、新城等县界，当时为燕国著名的富饶地带。荆轲刺秦王亦以献督亢地图为由。

(清)赵 俞

提剑荆轲勇绝伦，浪将七尺殉强秦。燕仇未报韩仇复，状貌原来似妇人。从荆轲联想到张良，因张良博浪沙有类似荆轲的行动。这种写法很有新意。

白沟河　　(清)查慎行

南北何曾限白沟，却缘往事易添愁。石郎才气真无敌，只割燕云十六州。

自雄城至白沟河感辽宋旧事慨然作

(清)查慎行

已割燕云十六州，雄关形势笑空留。两河地与中原陷，三镇兵谁一战收。细草鸣驼非故垒，夕阳饮马又中流。长江南北天难限，一线何须指白沟。

白沟河怀古次壁间韵　　(清)厉鹗

一片尘沙阅卅余，蓟门烟树望如初。茫茫古道闻蛩语，寂寂荒林上蟹胥。夺取瓦桥周业尽，画成带水宋谋疏。紫蒙何处秋风馆，戴斗空传奉使书。宋太常博士王曙使辽回作《戴斗奉使录》。

白沟河　　(清)秦瀛

抛却燕云十六州，猛判此地割鸿沟。汴梁立国原来弱，耶律分疆得几秋？卧榻容人酣枕席，防边无将竖兜鍪。怜他城下盟何急，终古澶渊恨未休。

六、秦皇岛

山海关城楼 （明）戚继光

楼前风物隔辽西，日暮凭栏望欲迷。禹贡万年归紫极，紫极，星名，借指帝王的宫殿。秦城千里静雕题。少数民族额上刺花纹称“雕题”，此泛指北方的少数民族。蓬瀛只在沧波外，宫殿晓瞻北斗齐。为问青牛用老子事。能复度，愿从仙吏授刀圭。

山海关 （清）潘祖荫

草色连云古战场，漫从胜国论边防。北来地势横元菟，菟读兔，去声。元菟，地名，在辽宁沈阳附近。西去河声走白狼。白狼，山名，在辽宁凌源东南。皂帽辽东空一榻，青山华表几斜阳。阑风伏雨无聊甚，行客先秋鬓已霜。

使沈草度山海关 （清）姚元之

大漠雄关向日开，西风猎猎动如霜。白登台上黄云色，争逐寒声万里来。

题吴桐云同年出山海关图二首　　(清)李鸿裔

一笑囊书出汉关，医闾作镇海东环。雄边鼓角腾三辅，奇句弓衣绣百蛮。夜雪毡庐元菟郡，夕阳驼背老鸦山。时危地险思周历，挥剑输君独往还。

李陵台北晾鹰台，秋到居庸万壑哀。九月出关驴背冷，十年回首雁声来。中原戎马仍前日，边塞风云岂异才。执画还君三叹息，陪都天仗泣龙媒。

（二）
山西

一、太　原

太原早秋　（唐）李　白

岁落众芳歇，时当大火流。大火，星名。二十八宿之一。《诗经·七月》："七月流火。"霜威出塞早，云色渡河秋。梦绕边城月，心飞故国楼。思归若汾水，汾水为黄河第二大支流。无日不悠悠。

（明）唐汝询　唐人汾上作必用《秋风辞》，太白曰"云色渡河秋"，便无蹊径。——《唐宋诗醇》

（清）王夫之　两折诗，以平叙，故不损。李杜五言近体，其格局随风会而降者，往往多有。供奉于此体似不着意，乃有入高、岑一派诗；既以备古今众制，亦若曰"非吾不能为之也"。此自是才人一累，若曹孟德之啖冶葛，示无畏以欺人。其本色诗，则自在景云、神龙之上，非天宝诸公可至，能拣者当自知之。——《唐诗选评》

令狐相公自太原累示新诗因以酬寄

（唐）刘禹锡

飞蓬卷尽塞云寒，战马闲嘶汉地宽。万里胡天无警急，一笼烽火报平安。灯前妓乐留宾宴，雪后山河出猎看。珍重新诗远相寄，风情不似旧登坛。

并州道中 (唐)杜 牧

行役我方倦，苦吟谁复闻。戍楼春带雪，边角暮吹云。极目无人迹，回头送雁群。如何遣公子，遣，排遣也。高卧醉醺醺。

忆晋祠风景且以致望雨之意 (明)于 谦

悬瓮山前景趣幽，邑人云是小瀛洲。群峰环耸青螺髻，比喻山峰。合涧中分碧玉流。出洞神龙并雾起，凌波仙子弄珠游。凌波仙子谓女神。见曹植《洛神赋》。愿将一掬灵祠水，散作甘霖遍九州。

游晋祠晋祠在太原市西南二十五公里悬瓮山下，为纪念周武王次。子叔虞而建。 (清)金 农

叔虞祠不改，水木发清妍。蔼蔼长生树，泠泠难老泉。难老泉为晋水源头。取《诗经》“永锡难老”意。影为清伞云，味在玉浆筵。更领凉堂趣，风来挥七弦。七弦琴，乐器。

二、大　同

云中忆归　（北宋）郑　獬

何日燕南去，平生此别稀。定知花已发，不及雁先归。寒日连云惨，惊沙带雪飞。云中风土恶，换尽别家衣。

念奴娇·饮浑源岳神仙会浑源岳，即北岳恒山，山在浑源县东南二十里。此为一年一度的道教盛会。

（金）元好问

小山掐饮，怅还丹、不到人间豪杰。南渡衣冠多盛集，萧洒兰亭三月。陶冶襟灵，留连光景，觞咏今无复。黄垆虽近，此黄垆犹黄泉也。老怀空感存殁。　谁辨八表神游，古来登览，此日俱湮没。天景云光摇醉眼，兴在珠宫瑶阙。布席崧台，脱巾石壁，散我萧萧发。短歌悲慨，海涛响振林樾。

云 州 (元)袁 桷

天阔云中郡，刚风刚风，即罡风，高天强劲的风。语出葛洪《抱朴子》。鼓泬寥。泬寥，清朗空旷貌。《楚辞》："泬寥兮天高而气清。" 泬读血，入声。毡房联涧曲，土屋覆山椒。李善注《文选》："山椒，山顶也。"橦布朝朝市，通薪连在一起的大柴堆。户户烧。遥看尘起处，深羡霍嫖姚。西汉抗击匈奴名将嫖姚校尉霍去病。

云中即事 (明)于 谦

目击烟沙草带霜，天寒岁暮景苍茫。炉头炽炭烧黄鼠，马上弯弓射白狼。百二连营秦壁垒，五原今内蒙古五原县。分锁汉封疆。边城无事风尘净，坐听笳声送夕阳。

重至大同 (清)顾炎武

频年落落事孤征，每到穷边一寄情。马迹未能追穆后，指周穆王八骏追西王母事。见《穆天子传》。虎头空自相班生。汉班超燕颔虎头，万里侯之相，见《东观汉记》。风吹白草桑干河名。大同在桑干河上游北岸。岸，月照黄沙盛乐城。北魏之先，始居云中之盛乐宫，于故城之南筑盛乐城。忽见丹青意惆怅，君看曹霸阨读厄，入声。困厄也。才名。曹霸为唐代画家，尝奉诏画马及功臣像。杜甫《丹青引·赠曹将军霸》诗："……途穷反遭俗眼白，世上未有如公贫。但看古来盛名下，终日坎壈缠其身。"谓霸为才名所阨也。作者自注云"化府中尉俊晰能画"，知此诗兼为朱俊晰作也。亦与第一联有呼应。

三、忻　州

雁门胡人歌　（唐）崔　颢

高山代郡东接燕，雁门胡人家近边。解放胡鹰逐塞鸟，能将代马猎秋田。山头野火寒多烧，雾里孤峰湿作烟。闻道辽西无斗战，时时醉向酒家眠。

五台山　（北宋）张商英

五顶嵯峨接太虚，就中偏称道人居。毒龙池畔云生密，猛虎岩前客到疏。冰雪满山银锻炼，香花遍地锦铺舒。展开坐具刚三尺，已占山河五百余。

东　台　（北宋）张商英

迢迢云水陟峰峦，渐觉天低宇宙宽。东北分明瞻大海，西南绵渺望长安。圆光化现珠千颗，离照初生火一团。此二句写日出。风雨每从岩下过，那罗洞里有龙蟠。

雁门关外　　（金）元好问

四海于今正一家，生民何处不桑麻。重关独据千寻岭，深夏犹飞六出花。云暗白杨连马邑，天低青冢渺龙沙。凭高吊古情无极，空对西风数去鸦。

五台山　　（元）顾 瑛

海涌如来室，清凉即五台。春风山顶雪，飞度雁门来。

晚度雁门　　（明）杨 基

关山迢递朔云高，风絮霜花织毳读翠，去声。兽毛。袍。此地宣威称李牧，李牧，战国时赵国名将。有谁再退北羌读枪，平声。少数民族。豪。

中台拥翠峰　　（明）史 鉴

上方楼阁耸奇观，金磬泠泠度翠峦。深树浮岚晴带雨，阴崖积雪夏生寒。鳌行赑屃读敝细，海中大龟，此形容有力。星辰近，云气氤氲宇宙宽。何处紫箫吹落月，不胜清思绕眉端。

竹林寺拟宿　　(明)陆 深

未有长歌行路难，青山最爱雨中看。图书暂许淹尘榻，蔬蕨先教具午飡。碧树洗空千涧出，白云封满万松寒。天留再宿清凉地，明日溪南十八盘。

宁武关太原府外三关之一。东路雁门关，西路偏头关，中路宁武关，相互顾盼，尽得地势之利。　　(明)李 濂

边庭无日不风沙，白草黄云万里赊。夜夜城头听觱篥，觱篥读毕栗，皆入声。古代管乐器。吹残陇水又梅花。《陇头水》、《落梅花》皆曲调名。

雁门关　　(清)黄 钺

百战雄关抵死争，一时草木识威名。而今营卒浑无事，闲倚关河听雁声。

长亭怨·与李天生李因笃，字天生。冬夜宿雁门关外　　(清)屈大均

记烧烛、雁门高处。积雪封城，冻云迷路。添尽香煤，指天寒烤火用的煤炭。紫貂相拥夜深语。苦寒如许。难和尔、凄凉句。一片望乡愁，饮不醉，垆头驼乳。骆驼奶酒。

无处。问长城旧主。但见武灵长城旧主，指战国时赵国武灵王。他教百姓“胡服骑射”使赵国日益壮大，邻国不敢入侵。遗墓。墓在沙丘(今河北平乡县)。沙飞似箭，乱穿向，草中狐兔。那能使口北关南，张家口以北，雁门关以南。更重。作并州古代九州之一。东汉时治所在今山西太原西南，包括今陕西北部与河套地区。门户。且莫吊沙场，收拾秦弓古秦地以出产良弓著名。归去。

四、运城

登鹳雀楼 (唐)王之涣

白日依山尽，黄河入海流。欲穷千里目，更上一层楼。楼在山西永济县。北周宇文护建，楼高三层，前可瞻中条山，俯瞰黄河，因鹳雀常栖其上而得名。旧楼毁于明代，后人另在城西南角另筑楼以存其迹。

(明)胡应麟：对结者须尽意，如王之涣“欲穷千里目，更上一层楼”。高达夫“故乡今夜思千里，霜鬓明朝又一年”，添着一语不得乃可。——《诗薮》

(清)沈德潜：四语皆对，读去不嫌其排，骨高故也。——《唐诗别裁集》

(清)黄叔灿：通首写其地势之高，分作两层，虚实互见。沈存中曰：“鹳雀楼前瞻中条山，下瞰大河”，上十字大境界已尽，下十字以虚笔托之。——《唐诗笺注》

(清)李瑛：先写登楼，再写形胜，便嫌平衍，虽有名句，总是卑格。此诗首二句先切定鹳雀楼境界，后二句再写登楼，格力更高。后二句不言楼之如何高，而楼之高已极尽形容，且于写景之外，更有未写之景在。此种格力，尤

臻绝顶。——《诗法易简录》

登河北城楼一作《登平陆城楼》。平陆在山西省西南端，黄河北岸，邻接河南省，汉置大阳县，北周改河北县，唐改平陆县。

(唐)王 维

井邑傅岩傅岩，地名。相传为商代傅说版筑之处，在河北县(后更名为平陆县)北七里。上，客亭云雾间。高城眺落日，极浦映苍山。岸火孤舟宿，渔家夕鸟还。寂寥天地暮，心与广川闲。

登鹳雀楼　(唐)畅 当

迥临飞鸟上，高出世尘间。天势围平野，河流入断山。

和崔侍郎游万固寺万固寺在中条山。　(唐)卢 纶

闻说中方中方指半山腰。高树林，曙花先照啭春禽。风云才子冶游思，思读去声。蒲柳老人惆怅心。石路青苔花漫漫，雪檐垂溜玉森森。贺君此去君方至，河水东流西日沉。

同崔邠登鹳雀楼　(唐)李 益

鹳雀楼西百尺樯，汀洲云树共茫茫。汉家萧鼓汉武帝

幸河东祀后土，作《秋风辞》曰："横中流兮扬素波，箫鼓鸣兮发棹歌。"后土祠在汾阴，唐代属河中府。**空流水，魏国山河**《史记·吴起传》："魏武侯曰：'美哉山河之固，此魏国之宝也。'"鹳雀楼址，唐代属河中府，战国时属魏国地界，故云。**半夕阳。事去千年犹恨速，愁来一日即为长。风烟并起思归望，远目非春亦自伤。**

（清）金人瑞：登楼对景，更不别睹，斗地出手便先写一樯，下即急写汀州，又急写云树，并不问此樯属何人、到何处，早已一片心魂弥梨麻罗，一递一递，竟自归去也。因言当时何等汉魏，已剩流水夕阳，人生世间，大抵如斯，迟迟不归，我为何事耶（首四句下）？〇此即趁势转笔，写此日归心刻不能待也。人见是春色，我见是风烟，即俗言"不知天好天暗"也。唐人思归诗甚多，乃更无急于此者（末四句下）。——《贯华堂选批唐才子诗》

（清）赵臣瑗：倏而魏，倏而汉，又倏而至于今，千年犹恨速，亦事之无可如何者也。欲住不可，欲归不能，欲不住不归又无所之，一日即为长，此真善于言愁者矣。——《山满楼笺注唐诗七言律》

同赵校书题普救寺

寺在永济县西北的土冈上。创建于唐武则天时，原名永清院。相传五代时河东节度使作乱，后汉大将军郭盛讨伐，在寺中折箭为誓，翌日破城，救一城百姓后改今名。

（唐）杨巨源

东门高处天，一望几悠然。白浪过城下，青山满寺前。尘光分驿道，岚色到人烟。气象须文字，逢君大雅篇。

月夜登王屋仙坛

王屋乃中条山分支，在垣曲县和河南济源等县间。

（唐）顾非熊

月临峰顶坛，气爽觉天宽。身去银河近，衣沾玉露寒。

云中日已赤，山外夜初残。即此是仙境，惟愁再上难。

陪河中节度使游河亭

指蒲津河亭。亭之旧址在永济县蒲州镇，建于唐代晚期，是古时胜游之地。

(唐)温庭筠

倚栏愁立独徘徊，欲赋惭非宋玉才。满座山光摇剑戟，绕城波色动楼台。鸟飞天外斜阳尽，人过桥心倒影来。添得五湖多少恨，柳花飘荡似寒梅。

鹳雀楼晴望

(唐)马　戴

尧女楼西望，《括地志》引《史记》云："河东县二里故蒲坂城，舜所都也。城中有舜庙，城外有舜宅及二妃坛。"按：蒲坂城即今永济县西蒲州城也。尧女指舜之二妃。人怀太古时。海波通禹凿，禹凿指龙门。在今山西河津县西北，相传为夏禹所凿。山木闭虞祠。虞舜之祠。鸟道残虹挂，龙潭返照移。行云如可驭，万里赴心期。心期即心愿，心所向往。

(清)冯舒：必该结到"晴望"。——《瀛奎律髓汇评》

(清)纪昀：风调殊高。马戴在晚唐人中，五言最为矫矫。——同上

宿王屋天坛

天坛为王屋山主峰。相传古时轩辕设坛于此，祈天求雨。

(唐)马　戴

星斗半沉苍翠色，红霞远照海涛分。折松晓拂天坛

雪，投涧寒窥玉洞云。玉洞为神仙居处。白居易《送毛仙翁》："晴眺五老峰，玉洞多神仙。"绝顶醮读叫，去声。一种祭神的仪式。回人不见，深林磬读庆，去声。寺院中诵经用的打击乐器。度鸟应闻。未知谁与传金箓，独向仙祠拜老君。老子，道教创始人。

蒲关西道中作　（唐）李山甫

国东王气凝蒲关，蒲津关在山西永济县西。楼台帖出晴空间。紫烟横捧大舜庙，黄河直打中条山。地锁咽喉千古壮，风传歌吹万家闲。来来去去身依旧，未及潘年鬓已斑。潘岳《秋兴赋》："晋十有二年，余春秋三十有二，始见二毛。"

题河中鹳雀楼　（唐）张乔

高楼怀古动悲歌，鹳雀今无野燕过。树隔五陵秋色早，水连三晋夕阳多。渔人遗火成寒烧，烧，此读笑，去声。指野火。牧笛吹风起夜波。十载重来值摇落，天涯归计欲如何？

游王官谷在永济县南中条山中。司空图曾在此隐居。

（金）刘昂

溪潜时照尘埃客，微雨不遮天柱峰。斜日落花人去尽，淡烟楼阁数声钟。

禹　门龙门在山西河津县西北，以大禹开凿之功，又名禹门。

(明)薛　瑄

连山忽断禹门开，中有黄河滚滚来。更欲登临穷胜景，却愁咫尺会风雷。

登中条山　(明)薛　瑄

魏国中条此尽头，登临暇日兴悠悠。两崖势转黄流静，万壑声寒碧树秋。官舍飞甍临远谷，琳宫细路绕层丘。风光满目皆吾土，逸气飘然总胜游。

龙　门亦称禹门。　(清)顾炎武

亘读艮，去声。绵延也。地黄河出，开天此一门。千秋凭大禹，万里下昆仑。入庙焄蒿焄读熏，平声。焄蒿，指祭祀，语出《礼记》。接，临流想像存。无人书壁问，用屈原事。倚马日将昏。

五、临汾

山指霍山。下泉泉在霍山南麓，是霍水源头。

（唐）李端

碧水映丹霞，溅溅度浅沙。暗通山下草，流出洞中花。净色和云落，喧声绕石斜。明朝更寻去，应到阮郎家。用阮肇遇仙事，见《幽明录》。

送河南皇甫少尹皇甫曙。赴绛州

（唐）刘禹锡

祖帐临周道，自洛阳。前旌指晋城。往山西。午桥承一。唐丞相裴度因不满宦官擅权，于洛阳郊外建午桥庄别墅，日以诗酒泉石自娱。群吏散，亥字老人迎。承二。《左传·襄公三十年》："晋悼夫人食舆人之城杞者。绛县人或年长矣，无子，而往与于食。有与疑年，使之年。曰：'臣小人也，不知纪年。臣生之岁，正月甲子朔，四百有四十五甲子矣。其季于今，三之一也。'吏走问诸朝。师旷曰：'……七十三年矣。'史赵曰：'亥有二首六身，下之如身，是其日数也。'士文伯曰：'然则二万六千六百有六旬也。'"杜预注："亥字二画在上，并三人为身，如算之六。"切绛州。诗酒同行乐，别离方见情。从此洛阳社，吟咏属书生。

（元）方回：自洛赴绛，故以亥字老人事，上搭对午桥为偶，诗家常例也。五、六方有味，前四句只是形模，不下"周道"、"晋城"四字，则"午桥"亦唤不

来。——《瀛奎律髓汇评》

(清)冯班:前四句精工,若曰诗家常例,似非公议。——同上

(清)陆贻典:此论极当,用古者不可不知。——同上

(清)纪昀:前半工而无味,后半亦平浅。——同上

登霍山驿楼　(唐)李商隐

庙列前峰迥,楼开四方穷。岭鼷读溪,平声。小鼠。岚色外,陂雁夕阳中。弱柳千条露,衰荷一面风。壶关有狂孽,指当时的藩镇割据者刘稹。速继老生功。唐高祖李渊起兵太原进兵关中,宋老生扼守霍邑。霍山之神助唐攻城而斩宋老生。事见《旧唐书·高祖本纪》。

二月朔同人游龙子洞龙子洞在姑射山麓。

(清)孔尚任

远隔红尘水树幽,宜人景物失乡愁。含烟店柳从容发,破冻山泉放肆流。古寺春寒须向酒,重峦雪霁好登楼。风雷龙子何年去,遗事闲从父老求。据传说,西晋永嘉时,有妇人韩氏,于野拾一巨卵,归而育之,得婴名橛,八岁应征为刘渊筑城,一夜而就。渊妒其能,欲诛之。农历四月十五追至姑射山麓,橛化为金龙钻向山石隙,渊拔剑斩断其尾,泉水涌出。称"龙子泉",依泉筑池,因名"金龙池"。唐封其为康泽王,建祠奉祀曰康泽王庙,俗称龙子祠。

六、太行山 汾河

太行山在山西高原与河北平原间。从东北向西南延伸。北起拒马河谷，南至晋豫边境黄河沿岸。西缓东陡，受河流切割，多横谷，为东西交通孔道，古有“太行八陉”之称。汾河为山西境内重要河流，源出山西宁武县西南管涔山，流经山西全境，环太原城一周折而西南，至河津县入黄河。

汾上惊秋 （唐）苏 颋

北风吹白云，万里渡河汾。心绪逢摇落，秋声不可闻。

（清）黄叔灿：是秋声摇落，偏言心绪摇落，相为感触写照，秋声愈有情矣。——《唐诗笺注》

（清）李瑛：首句写景，便已含起可惊之意。次句加以“万里”，又早为“惊”字通气。“心绪”句正写所以“惊秋”之故。前三句无一字说到“惊”，却无一字不为“惊”字追神取魄，所以末句只点出“秋”字，而意已无不曲包。弦外之音，实有音在；味外之味，实有味在。所谓含蓄者，固贵其不露，尤贵其能包括也。——《诗法易简录》

又云：绝句贵含蓄。此诗先虚写，第四句始点“秋”字，截然而止，不言“惊”而意透。若三、四倒转便平衍，此用笔先后之法。——《唐绝诗钞注略》

过太行 （南宋）曹 勋

落月如老妇，苍苍无颜色。稍觉林影疏，已见东方白。一生困尘土，半世走阡陌。临走复兹游，喜见太行碧。作者一生曾三过太行山。第一次在靖康二年(1127)，他随徽钦二帝(被俘)北迁路过太行，后逃归南京；第二次在绍兴十一年(1141)作为南宋使金副使，到金都燕京，路过太行；第三次在绍兴二十九年(1159)，再任使金副使，三过太行。此诗作于第三次过太行时。

汾水春行　(明)薛瑄

清风信马踏春酣，尽兴。汀草凄凄陇麦蕲。蕲此读尖，平声。枚乘《七发》："麦秀蕲兮雉朝飞。"正是暖风啼鸟日，花坞水榭似江南。此诗"蕲"字用邻韵。

夏日行太行山中　(明)于谦

信马行行过太行，一川野色共苍茫。云蒸雨气千峰暗，树带溪声五月凉。世事无端成蝶梦，畏途随处转羊肠。解鞍盘礴星轺使者所乘的车称星轺，亦借指使者。驿，却上高楼望故乡。

登太行山　(清)钟令嘉(女)

绝磴马萧萧，群峰气势骄。苍云横上党，寒色满中条。极目河如带，拦车雪未消。龙门划诸水，禹力万年昭。

（三）山东

一、济　南

陪李北海宴历下亭　(唐)杜　甫

东藩住皂盖，北渚临清河。海右此亭古，济南名士多。云山已发兴，玉佩仍当歌。修竹不受暑，交流空涌波。蕴真惬所遇，落日将如何！贵贱俱物役，从公难重过。

同李太守登历下古城员外新亭　(唐)杜　甫

新亭结构罢，隐见清湖阴。迹籍台观旧，气冥海岳深。圆荷谓大明湖之荷也。想自昔，遗堞感至今。芳宴此时具，哀丝千古心。主称寿尊客，筵秩宴北林。不阻蓬荜兴，得兼梁甫吟。钱笺云："古齐历下城，在历山之下，韩信渡河破齐历下之师即此也。城东有故谭国城。"故有"遗堞"之句。

宿灵岩寺灵岩寺在泰山西北麓。　(唐)戴叔伦

马疲盘道峻，投宿入招提。雨急山溪涨，云迷岭树

低。凉风来殿角，赤日下天西。偃腹偃腹，仰腹而卧。虚檐外，林空鸟恣恣，读字，去声。放纵。啼。

凝香斋在大明湖。取韦应物“燕寝凝清香”诗意命名。

(北宋)曾 巩

每觉西斋景最幽，不知官是古诸侯。一尊风月身无事，千里耕桑岁有秋。云水醒心“醒心”二字取韩愈《北湖》诗：“应留醒心处。”欧阳修在滁州建“醒心亭”，曾巩为作《醒心亭记》。鸣好鸟，玉砂清耳漱寒流。沉心细细䌷读抽，平声。编书。《史记·太史公自序》：“卒三岁而迁为太史令，䌷史记石室金匮之书。”黄卷，疑在香炉最上头。

郡斋即事 (北宋)曾 巩

满城山色长浮黛，绕舍泉声不受尘。四境带牛牛指牛山，在今淄博市境内，古属齐州。此泛指郡城四面环绕之山。无事日，两衙封印指春节期间停办公事。自由身。白羊酒熟初看雪，黄杏花开欲探春。总是济南为郡乐，更将诗兴属何人。

趵读豹，去声，跳跃也。突泉泉名，在济南市西门外。

(北宋)曾 巩

一派遥从玉水分，暗来自地下潜流而来。都洒历山尘。滋荣冬茹温常早，润泽春茶味更真。已觉路傍行似鉴，最怜沙际涌如轮。曾城齐鲁封疆会，此指鲁桓公十七年(前 695)与齐襄公因边界事端而战事。况托娥英诧世人。泉上旧有娥皇女英庙，故云。

送道光法师住持灵岩　（北宋）王安石

灵岩开辟自何年？草木神奇鸟兽仙。一路紫苔通窈窱，窈窱读如“窈窕”。幽深，阴暗貌。千岩青霭落潺湲。山祇山神。啸聚荒禅室，象众佛众。低摧想法筵。法座。雪足即白足，光着脚。典出《史记·郦食其列传》。莫辞重趼此读剪，上声。通茧。老茧也。往，东人东方之人。因灵岩在汴京之东，故云。香火有因缘。

登鹊山鹊山在山东历城北二十里。　（北宋）陈师道

小试登山脚，今年不用扶。微微交济泺，泺，此读落，入声。水名。历历数青徐。朴俗犹虞力，安流尚禹谟。终年聊一快，吾病失医庐。

（元）方回：原注“山因扁鹊而名”。〇予按此诗，后山年四十八为棣州教授时所作，明年下世。诗暗合老杜，今注本无之。细味句律，谓后山学山谷，其实学老杜，与之俱化也，故书此以示学者。——《瀛奎律髓汇评》

（清）查慎行：后山诗朴老孤峭，在“江西派”中自当首出，只让涪翁一头地耳。然谓其学杜则可，谓其学杜而与之俱化，窃恐未安。——同上

（清）纪昀：“今注本”谓任渊注。——同上

（清）冯舒：第三句接不得。第五句“朴俗”二字板。——同上

（清）冯班：家兄看诗，遇不接处多画断。予每谓不然，至此诗不得不画矣。——同上

（清）陆贻典：五、六分承上二句。——同上

（清）查慎行：第三联，出句用“犹”字，对句复用“尚”字，便是合掌，老杜

无此法也。——同上

（清）何焯：后山以苏东坡、孙莘老荐，得官正字，人品极高。古诗亦有佳者，律体不逮也。——同上

（清）纪昀：三、四有神致，虚字炼得好。五、六以近历山、济水，故及虞禹，然太廓。末句言病不遇卢医，生硬晦涩，是“江西派”过求瘦硬之病。注本无之，想后山所自删也。〇山谷、后山、简斋皆学杜而得其一体者也。故谓三家学杜可，谓学杜当从三人入则不可。——同上

（清）无名氏（乙）：变壮丽形模而得生动，五、六老气。——同上

济南杂诗十首（录一首）　（金）元好问

看山看水自由身，著处题诗发兴新。日日扁舟藕花里，有心长作济南人。

临江仙·李辅之在齐州，山东济南，宋为齐州。予客济源，济源则是河南孟州。李辅之在济南为官曾两次陪作者游大明湖。辅之有和　（金）元好问

荷叶荷花何处好，大明湖上新秋。红妆翠盖木兰舟。江山如画里，人物更风流。上片回忆，下片目前；时隔三年，地隔千里。

千里故人千里月，三年辜负欢游。一杯白酒寄离愁。殷勤桥下水，几日到东州？东州指济南，因属山东东路。

东　城指济南东城。此作者在济南任职时作。　（元）赵孟頫

野店桃花红粉姿，陌头杨柳绿烟丝。不因送客东城

去，过却春光总不知。

趵突泉　（元）赵孟頫

泺水水名。泺读乐，入声。发源天下无，谓泺水发源于趵突泉。平地涌出白玉壶。谷虚久恐元气泄，岁旱不愁东海枯。云雾润蒸华不注，华不注，山名。在山东历城东北。波涛声震大明湖。化用孟浩然《洞庭湖》诗："气蒸云梦泽，波撼岳阳城。"时来泉上濯尘土，冰雪满怀清兴孤。

游华不注简称华山，又名金舆山，在历城县北。

（元）张养浩

苍烟万顷插孤岑，未许君山冠古今。翠刃刺云天倚剑，白头归第作者于元英宗至治二年(1322)回乡隐居。时年五十三岁。日挥金。攀援直欲穷危顶，歌舞休教阻壮心。星月满湖归路晚，不妨吟棹碎清阴。

秋日灵岩道中　（明）薛　瑄

路入山门景便幽，高风不断石林秋。照人霜叶红于染，拂袖岚光翠欲流。几过野桥横绝涧，遥从古刹见高楼。北峰真与天相接，更拟攀萝到上头。

踏城南诸泉 （明）胡缵宗

济水城南黑虎泉，一泓泻出玉蓝田。巨鳌伏地来河内，灵液流云到海边。杨柳溪桥青绕石，鹭鸶烟雨碧涵天。金汤沃野还千里，春满齐州花满川。

白云湖夜泛 白云湖位于章丘旧城西北，“白云晚棹”为章丘八景之一。 （明）李开先

夹岸人烟水四围，苏堤景物亦依稀。中流击楫鼋鼍出，树底鸣榔鸟雀飞。渔火错疑明月上，风帆相伴白云归。里湖历尽欢无尽，况可乘虚望翠微。

与魏使君宿龙洞山寺同赋 龙洞山在济南东南方向，距城十公里。 （明）李攀龙

秀色中峰独不群，藤萝二月已纷纷。诸天近海金银气，双峡长青锦绣文。塔影半空悬落照，溪流一曲洒浮云。纵令洞口龙吟发，郢调郢调，楚调也。《阳春》、《白雪》即是。还须让使君。

趵突泉 （清）吴伟业

似瀑悬何处？飞来绝壑风。伏流根窈渺，跳沫拂虚

空。石破奔泉上，云埋废井通。错疑人力巧，天地桔槔中。

济南九日登历山　(清)施闰章

看山结伴太逡巡，杖策贪趋采菊辰。天际长风正落帽，樽前今日是闲人。苍岩石壁孤城影，深洞莓苔古佛身。薄暮寒烟连海色，华峰千丈独嶙峋。

泛舟大明湖　(清)申涵光

女墙倒影下寒空，树杪飞桥渡远虹。历下人家十万户，秋来俱在雁声中。《诗・小雅・鸿雁》："鸿雁于飞，哀鸣嗷嗷。"指老百姓饥寒流离的哀嚎之声。

灵岩寺　(清)申涵光

天畔灵岩已昔闻，石桥花雨正纷纭。枫林乱掩浮图出，黛色遥从泰岱分。古殿横栏迷赤箭，赤箭即天麻，此泛指山上草木。秋泉带叶下青云。伊蒲即伊蒲塞，梵语。指不出家的男佛教徒。会罢僧厨饭，倚杖看碑到日曛。

初春济南作　(清)王士禛

山郡逢春复乍晴，陂塘分出几泉清。郭边万户皆临

水，雪后千峰半入城。此言雪后城外山峰的倒影映入城里的大明湖中。

忆明湖即大明湖。 (清)王士禛

一曲明湖照眼明，越罗吴縠剪裁轻。烟峦浓淡山千叠，荷芰扶疏水半城。历下亭中坐怀古，水西桥畔卧吹笙。鹊山寒食年年负，辜负。那得樵风顺风也。语出《后汉书·郑弘传》。引棹行。

济南绝句 (清)田 雯

鞭丝帽影黄冈路，十里烟村近济南。底事重来看不厌，迎人华岵读责，入声。山名。华岵指华不注山和岵山，皆在济南附近。正堆蓝。计发鱼《计轩诗话》云："德州田山姜《济南绝句》云云，李莪村中丞赏之，画于扇头。后慎斋客中丞署，赋诗订交云：'吟诗驴背记黄冈，华岵堆蓝句不忘。曾向谢公团扇上，鞭丝帽影认田郎。'"

暮春泛大明湖 (清)蒲松龄

春暮明湖烟树赊，扁舟如叶荡轻沙。斜阳浸水分流影，远岫拂晴带晚霞。兴欲豪时开楚调，路逢歧处问渔家。几星灯火催暝色，明月横桥映岸花。

重建古历亭 (清)蒲松龄

大明湖上一徘徊，两岸垂杨荫绿苔。《大雅》《诗经》篇名。此借指杜甫《陪李北海宴历下亭》诸作。不随芳草没，新亭仍傍碧流开。雨余水涨双堤远，风起荷香四面来。遥羡当年贤太守，贤太守指李邕，曾与杜甫等宴历下亭。少陵嘉宴相追陪。

珍珠泉济南四大名泉之一。抚院观风　（清）蒲松龄

一曲寒流印斗杓，凭栏载酒尽金貂。谓凭栏载酒者尽是高官显宦。萍开珠串凌波上，池涌瑶光弄影消。偶倚斜栏清睡梦，暂听哀玉静尘嚣。扁舟月夜弹清瑟，爱近泉声舣画船。

客有询济南风景者，示以绝句二首

（清）王苹

湖干烟乱柳毵毵，是处桃花雨半含。七十二泉春涨暖，可怜只说似江南！

春山泉响隔邻分，此指济南家家有泉。市口浮岚压帽裙。谁信出门如画里，不须着色李将军。唐代画家李思训曾任云麾将军。

游历下亭　（清）黄景仁

城外青山城里湖，七桥环湖有七桥。见刘敕《历乘》。风月一亭孤。秋云拂镜荒蒲芡，芡读歉，上声。水生植物，又名鸡头。水气销

烟冷画图。邕甫李邕与杜甫。名游谁可继，颍杭安徽颍州和浙江杭州，皆有西湖。胜迹未全输。酒船只傍鸥边舣，携被重来兴有无？

二、泰　安

望　岳　（唐）杜　甫

岱宗《元和郡县志》："泰山一曰岱宗，在兖州乾封县西北三十里。"夫如何？齐鲁青未了。造化钟神秀，阴阳《史记·货殖列传》："泰山之阳则鲁，其阴则齐。"割昏晓。荡胸生层云，决眦言极度使用目力也。入归鸟。会当凌绝顶，一览众山小。《孟子·尽心上》："孔子登东山而小鲁，登泰山而小天下。"

（宋）刘辰翁："齐鲁青未了"五字雄盖一世。"青未了"语好，"夫如何"跌荡，非凑句也。"荡胸"语，不必可解，登高意豁，自见其趣，对下句苦。〇周珽曰：只言片语，说得泰岳色气凛然，为万古开天名作。句字皆能泣鬼磷而裂鬼胆。——《唐诗选脉会通评林》

（明）王嗣奭："齐鲁青未了"、"荡胸生云"、"决眦入鸟"皆望见岱岳之高大，揣摩想象而得之，故首用"夫如何"，正想象光景，三字直管到"入归鸟"，此诗中大开合也。……集中《望岳》诗三见，独此辞愈少，力愈大，直与泰岱争衡。诗垂近千年，未有赏识者。余初亦嫌"荡胸"一联为累句，今始知其奇。钟伯敬乃谓"此诗妙在起，后六句不称"。犹然俗人之见也。又谓"定用望岳语作结，便弱便浅"。请问将用何语作结耶？——《杜臆》

(清)金人瑞:"岳"字已难着语,"望"字何处下笔?试想先生当日有题无诗时,何等惨淡经营!一字未落,却已使读者胸中、眼中隐隐隆隆具有"岳"字、"望"字。盖此题非此三字(指"夫如何")亦起不得;而此三字非此题,亦用不着也。……此起二语,皆神助之句(首句下)。○凡历二国,尚不尽其青,写"岳"奇绝,写"望"又奇绝。○五字何曾一字是"岳"?何曾一字是"望"?而五字天造地设,恰是"望岳"二字("齐鲁"句下)。○二句写"岳"。"岳"是造化间所持钟,先生望"岳",直算到未有岳以前,想见其胸中咄咄!"割昏晓"者,犹《史记》云"日月所相隐辟为光明"也。一句写其从地发来,一句写其到天始尽,只十字写"岳"遂尽("造化"二句下)。○翻"望"字为"凌"字已奇,乃至翻"岳"字为"众山"字,益奇也。如此作结,真有力如虎(末二句下)。——《杜诗解》

(清)仇兆鳌:诗用四层写意,首联远望之色,次联近望之势,三联细望之景,末联极望之情。上六实叙,下二虚摹。——《杜诗详注》

清平乐·泰山上作　　(金)元好问

江山残照,落落舒清眺。涧壑风来号万窍,尽入长松悲啸。　井蛙瀚海云涛,醯鸡日远天高。醉眼千峰顶上,世间多少秋毫。"落落"句从杜甫《次空灵岸》"落落展清眺"一句来,概括了所见到的总印象,给人以开阔而清丽的视觉感受。接下另起一笔,从视觉范围转入对听觉的描写,以风声来表现泰山的壮伟气势。《庄子·齐物论》"夫大块噫气,其名为风。是唯无作,作则万窍怒号"词句由此出。下句又暗用《齐物论》中"山林之畏佳(畏佳,风吹物动貌)"之意。两句一从山谷中写风,一从松林间写风。风不可见,借物而知,一"号"一"啸",极为雄壮,且富表现力。《孟子·尽心上》"登泰山而小天下"自比于井蛙。"井蛙"出《庄子·秋水》"井蛙不可以语于海者,拘于虚也"。词中以井蛙与瀚海、云涛并列,不用动词连接,自然发展了原意。"醯鸡"见《庄子·田子方》,是醋瓮中的小虫,一旦掀去盖,才见到天下如此之大。○《庄子·齐物论》:"天下莫大于秋毫之末,而泰山为小。"

登泰山　（元）张养浩

风云一举到天关，天关指南天门。快意人生有此观。万古齐州烟九点，李贺《梦天》诗："遥望齐州烟九点。"五更沧海日三竿。在泰山观日出，五更时分即见海面日出三竿。向来井处方知隘，用"井底之蛙"寓言。今后巢居亦觉宽。笑拍洪崖洪崖，神话中的仙人。郭璞《游仙诗》："左挹浮丘袖，右拍洪崖肩。"意为与仙人同游。咏新作，满空笙鹤下高寒。

登　岱　（明）宋　濂

岧峣泰岳柱苍穹，万壑千岩一径通。象纬指日月五星。平临青帝观，青帝观位于岱顶碧霞祠的东北方。灵光长绕碧霞宫。凌晨云幔天门白，子夜晴摇海日红。玉露金茎用汉武帝承露盘故事。应咫尺，举头霄汉思偏雄。

南天门　（明）陈　沂

望入天门十二重，暧然飞雾半虚空。千寻不假钩梯上，一窍惟容箭括通。风气荡摩鹏翮外，日光摇漾海波中。欲求阊阖无人问，但拟拟，猜测也。彤云是帝宫。

御帐坪又名“百丈崖”、“飞瀑岩”。在步云桥北。相传宋真宗在大中祥符元年(1008)游泰山时，十分喜爱步云桥周围的秀丽景色，于是在此凿穴搭帐，临时驻跸，故后人称之为“御帐坪”。　(明)王守仁

危构云烟上，凭高一望空。断碑存汉字，老树袭秦封。路入天衢畔，身当宇宙中。短诗殊草草，聊以记吾踪。

郑生郑生名郑作，字宜述，安徽歙县人，读书于方山之上，自号方山子。至自泰山　(明)李梦阳

昨汝登东岳，何峰是绝峰？有无丈人石？即丈人峰，在泰山最高峰西侧，因状如老人而得名。几许大夫松？秦始皇至泰山封禅，避雨于松树下，因封为“大夫”。见《史记·秦始皇本纪》。海日低波鸟，岩雷起窟龙。谁言天下小，孔子登泰山而小天下。见《孟子》。化外亦王封。

雪中望岱岳　(清)施闰章

碧海烟归尽，晴峰雪半残。冰泉悬众壑，云路郁千盘。影落齐燕齐，山东；燕，河北。白，光连天地寒。秦碑凌绝壁，杖策指汉代皇帝封禅泰山之文书。好谁看。

过徂徕山山在山东泰安。　(清)厉鹗

徂徕初在望，杳霭上朝暾。山雪中无路，松风下有村。孤怀六逸李白客任城与孔巢父、韩准、裴政、张叔明、陶沔居徂徕山，日沉

饮，号“竹溪六逸”。见《新唐书·文艺传·李白》。往，直节一诗存。欲去屡回首，遗踪伤客魂。

游竹林寺寺在泰山西路长寿桥西北半里许。

（清）全祖望

谁将一幅李营丘，五代宋初画家李成，字咸熙。《宣和画谱》有《李成传》。引我来从画里游。红叶没崖和雪积，白云带石过溪流。马蹄欲滑苔痕冻，樵径将开草色愁。僧老寺荒人不到，探奇偶尔一寻幽。

宿泰山 （清）徐鏷庆

乱石长松路不分，数声钟磬隔林闻。山中夜半烧残烛，自起开窗照白云。

三、济 宁

鲁郡东石门送杜二甫石门山在曲阜城东北二十六公里。

（唐）李 白

醉别复几日，登临遍池台。何时石门路，重有金樽开？秋波落泗水，海色明徂徕。徂徕山名，在石门山东北。飞蓬各自远，且尽手中杯。

东鲁门泛舟二首　（唐）李　白

日落沙明天倒开，波摇石动水萦回。轻舟泛月寻溪转，疑是山阴雪后来。用王徽之雪夜访戴故事。

水作青龙盘石堤，桃花夹岸鲁门西。若教月下乘舟去，何啻风流到剡溪。剡读善，上声。剡溪水名，曹娥江上游，在今浙江嵊州。

登兖州城楼　（唐）杜　甫

东郡趋庭日，南楼纵目初。浮云连海岱，平野入青徐。孤嶂秦碑《秦本纪》：始皇东行郡县，上邹峰山刻石颂秦德。在，荒城鲁殿指灵光殿，殿在兖州曲阜县城中。王延寿作《鲁灵光殿赋》。余。从来多古意，临眺独踌躇。一、二点事；三、四横说，承“纵目”；五、六竖说，转出“古意”；七、八仍缴还“登”字，与“纵目”应。

（元）方回：此诗中两联似皆言景，然后联感慨，言秦鲁俱亡，以古意二字结之，即东坡用《兰亭》意也。——《瀛奎律髓汇评》

（清）纪昀：晚唐诗多以中四句言景，而首尾言情，虚谷欲力破此习，故屡提倡此说。冯氏讥之，未尝不是。但未悉其矫枉之苦心，而徒与庄论耳。——同上

（清）冯班：不让乃祖。——同上

（清）陆贻典：此与审言《登襄城》一律。——同上

(清)查慎行：此杜陵少作也，深稳已若此。五、六每句首尾下字极工密，所谓“诗律细”也。——同上

(清)何焯：三、四“纵目”，五、六“古意”。〇落句言思以述作继之也。——同上

(清)纪昀：此工部少年之作，句句谨严。中年以后，神明变化，不可方物矣。〇以“纵目”领起中四句，即从“秦碑”、“鲁殿”脱卸出，“古意”作结，运法细而无迹。——同上

(清)无名氏(乙)：盛唐精壮，妙含余韵则初唐矣。——同上

(清)黄生：凡起调高则收处宜平落以遗其声；起调平则收处宜振起以激其响。七句“从来”二字是振起之法也。碑已不在，殿已无余，此临眺时所以怀古情深也。本不在，言“在”；本不余，言“余”，此诗家之妙旨；言“在”，而实不在；言“余”而实无余。此读者之善会。——《唐诗摘钞》

经曲阜城　(唐)刘沧

行经阙里自堪伤，《汉晋春秋》：“阙里者，夫子之故居。”此代指曲阜。曾叹东流逝水长。《论语》：“子在川上曰：逝者如斯乎，不舍昼夜。”萝蔓几凋荒陇树，莓苔多处古宫墙。三千弟子标青史，万代先生号素王。道家称有王者之道、无王者之位者为素王。此指孔子。萧索风高洙泗上，洙、泗，二水名。二水之间为孔子聚弟子讲学之所。后世以洙泗为鲁国文化的代称。秋山明月夜苍苍。

巨野

即大野泽。在山东巨野县北五里。济水故渎所入也。《书·禹贡》：“大野既潴。”五代以后，河水南徙，汇于巨野，元至元末为河水所决，遂涸。《水经注》云：“昔西狩获麟于是处。”　(北宋)陈师道

余力唐虞后，沉人纪昀云：“沉人，二字再校。”海岱西。不应容桀黠，宁复有青齐。灯火鱼成市，帆樯藕带泥。十年尘雾

底，瞥眼怪凫鹥。

(元)方回：后山诗全是老杜，以万钧九鼎之力，束于八句四十字之间。江湖行役诗凡九首，选诸此。篇篇有句，句句有字。——《瀛奎律髓汇评》

(清)查慎行：方虚谷于后山诗推重太过。平情而论，其力量尚不及涪翁，何况子美。——同上

(清)纪昀：推许太过。——同上

(清)冯班：亦有力。"帆樯"句中断。——同上

(清)纪昀：此诗殊不为佳。○六句费解。——同上

巨野泊触事 (北宋)陈师道

满巷牵丝直，平湖坠镜清。顺流风借便，捷路雨初晴。鸟度欲何向，鸥来只自惊。有行真快意，安得易为情。

(清)冯舒：全是形模。如村学蒙师，着浆糊褶子，硬欲刺人。自谓规行矩步，人师风范。句读间亦不差，然案头所有，海篇直音而已。——《瀛奎律髓汇评》

(清)冯班：亦有力。——同上

(清)纪昀：此较矫健。——同上

谒圣林孔林亦称至圣林。在曲阜城北一公里许。

(金)党怀英

鲁国遗踪堕渺茫，独余林庙压城荒。梅梁分曙霞栖影，松牖回春月驻光。老桧曾沾周雨露，断碑犹是汉文

章。不须更问传家远，泰岱参天汶泗长。

婆罗门引·兖州龙兴阁感遇　　（金）元好问

峄山峄读泽，入声。峄山在兖州邹县南二十二里。霁雪，九层飞观郁峥嵘。风烟画出新亭。老眼来今往古，天地两无情。但浮云平野，短日冬天之日也。芜城。　　酒狂步兵。书与剑，此飘零。为问云间鸡犬，几度丹成？停杯不语，竟何用、千秋身后名？休自倚、湖海平生。谓一生豪放也。《三国志·陈登传》："许汜曰：'陈元龙湖海之士，豪气未除。'"

登太白楼楼在济宁市南部旧城墙之上，传为李白客游任城（即今济宁市）时饮酒之处。　　（明）莫如忠

缥缈层楼霄汉限，南城山色镜中开。不知仙驭游何处，长拟星辰谪上台。林杪鹤巢珠树遍，日边鲸负海涛来。秦碑鲁殿俱销歇，未觉浮名胜酒杯。

登太白楼　　（明）王世贞

昔闻李供奉，长啸独登楼。此地一垂顾，高名百代留。白云天色曙，明月海门秋。欲觅重来者，潺湲济水流。把李太白当年登楼与自己今日登楼捏合在一起，明写太白，暗写自己。

谒颜庙

颜庙亦称复圣庙，在曲阜城北部陋巷街，祀孔子弟子颜回。元至顺元年（1330）追封颜回为“兖国复圣公”。

（明）于慎行

素王宫阙鲁侯台，兖国崇祠此并开。位冠元公师友会，谓颜回的地位仅次于孔子，位在先儒诸公之上。道同皇佐古今才。虚亭陋巷井上有亭，亭顶有洞，直对井口，故称虚亭。玉甃疏眢井，眢读鸳，平声。眢井，无水之井也。旧巷璇题玉饰的椽头。锁绣苔。门外依稀余辇路，帝王车驾之路。前朝曾睹翠华指帝王车驾。来。

李太白酒楼　（清）谈　迁

突兀云端旧酒楼，谪仙即李白。未脱骕骦裘。主人大胜临邛读穷，平声。临邛，地名，在四川。令，此指常邀李白一起喝酒的贺县令。用司马相如故事。客子何烦万户侯。明月翰林来采石，采石，地名，即采石矶。李白尝月夜游此。春风从事得青州。谓得饮美酒。用桓温故事。见《世说新语·术解》。尔来虽有王孙棹，那解平原十日留。《史记·范雎传》秦昭王与赵平原君书：“寡人愿与君为十日之饮。”

冒雨过石门山，后由横岭口转寺前

石门山在曲阜城东北二十六公里，孔子曾带弟子周游列国宿于石门。

（清）孔尚任

山头山尾拖翠长，吟鞭摇雨路苍苍。不成村舍三家住，稍有田塍半段荒。铺地云容如海市，遮天峰势似边

墙。溪回岭转无穷态，直到门前见夕阳。

四、淄　博

过临淄　（北宋）李格非

击鼓吹竽七百年，指战国时齐都临淄的繁盛。临淄城阙尚依然。如今只有耕耘者，曾得当时九府钱。周代曾设九种官管理财政，称九府。

送龚鼎臣谏议移守青州二首青州为古九州之一，在今山东胶东道及济南东道皆是。　（北宋）苏辙

稷下诸公今几人，三为谏议发如银。梁王宫殿归留钥，尚父山河属老臣。沂水弦歌重曾点，菑川故旧识平津。汉武帝封丞相公孙弘为平津侯，后人用以为典，泛指高官。过家定有金钱费，千里争看衣锦身。

（清）纪昀：亦是应酬，而大段清妥，无折腰龋齿之态。〇四句四人名，碍格。——《瀛奎律髓汇评》

（清）无名氏（甲）：齐威、宣时坐徂丘，议稷下，常数百人。〇“梁王”句言缀南京留守而去也。——同上

西山负海古诸侯，信美东南第一州。胜概未容秦地险，奇花仅比洛城优。新丝出盎冬裘易，贡枣登场岁事休。铃阁虚闲官醖熟，应容将佐得遨游。

(元)方回：周益公尝问陆放翁以作诗之法，放翁对以宜读苏子由诗。盖诗家之病忌乎对偶太过，如此则有形而无味。三洪工于四六而短于诗，殆胸中有先入者，故难化也。放翁其以此箴益公欤？或问苏子瞻胜子由否？以予观之，子瞻浩博无涯，所谓“诗涛汹退之”也。不若所谓“诗骨耸东野”，则易学矣。子由诗淡静有味，不拘字面事料之俪，而锻意深，下句熟。老坡自谓不如子由，识者宜细嚼之可也。——《瀛奎律髓汇评》

(清)纪昀：放翁亦有对偶太工之病。〇子由诗究不及东坡，此论似高而非。——同上

(清)查慎行：龚必齐人，由归德移守青州者。——同上

临淄怀古　(清)王士禛

临淄佳丽古名都，万户凋残半有无。碧草凄迷故宫废，青宫回合女墙孤。爽鸠《初学记·州郡部》：“青州，齐地也，古爽鸠氏之墟。”世远余荒碣，戏马人空失霸图。龙女祠前春水阔，东风如旧绕平芜。

聊　斋蒲松龄故居在淄博市淄川区蒲家庄。　(清)蒲松龄

聊斋野叟近城居，归日东篱自把锄。枯蠹只应书卷老，空囊不合斗升余。青鞵白帢双蓬鬓，春树秋花一草庐。衰朽登临仍不废，山南山北更骑驴。

齐城怀古　　(清)赵执信

南山高冢郁嵯峨，北对齐城俯逝波。黑畤读止，上声。古代皇帝祭祀天地之所。已归秦日月，此句谓齐终为秦所灭。朱虚又变汉山河。西汉时在齐地置朱虚县。公元前186年封刘章为朱虚侯。金汤七十指齐七十座城池。还归尽，珠履三千指豪门食客。见《史记·春申君列传》。岂足多。惟有单衣郭门客，指宁戚。穿单衣宿齐东门外，饭牛时扣牛角而歌。齐桓公闻之，举为客卿。只今传得饭牛歌。

（四）河南

一、洛　阳

自夏桀都于洛阳的伊水之滨以来，历有周、东汉、曹魏、西晋、北魏(孝文帝以后)、隋(炀帝)、唐(武后)、后梁、后唐等，先后九个王朝建都于此，故有九朝故都之称。

入朝洛堤步月　(唐)上官仪

脉脉广川流，驱马历长洲。鹊飞山月曙，蝉噪野风秋。

(唐)刘悚：高宗承贞观之后，天下无事。上官侍郎仪独持国政，尝凌晨入朝，巡洛水堤，步月徐辔，咏诗云"脉脉广川流(略)"，音韵清亮，群公望之，犹神仙焉。——《隋唐嘉话》

(近代)俞陛云：此早朝途中所作。"鹊飞"、"蝉噪"二句，写洛堤晓行，风景如画，诗句复清远而有神韵。昔张文潜举昌黎、柳州五言佳句，以韩之"清雨卷归旗"一联，柳之"门掩候虫秋"一联为压卷，上官之作，可方美韩柳矣。——《诗境浅说续编》

邙　山 在洛阳之北，黄河之南，为崤山支脉。历代在洛阳的帝王将相、皇亲国戚，死后多葬于此，墓冢众多。亦是兵家必争之地，自武王伐纣，大会八百诸侯于此以来，北魏、东魏、隋、唐各代战火不绝。　(唐)沈佺期

北邙山上列坟茔，万古千秋对洛城。城中日夕歌钟起，山上唯闻松柏声。

(明)李攀龙:蒋仲舒曰“寄慨不尽”。——《唐诗广选》

(明)何景明:自是盛唐家数。——《唐诗选脉会通评林》

龙　门

龙门有三:一、在山西河津县,又名河津。《书·禹贡》“导河积石,至于龙门”是也。二、在四川广元市东北,《元和郡县志》所谓“龙门山”是也。杜甫《龙门阁》“清江下龙门,绝壁无尺土”亦指此。三、即此龙门,在洛阳市南,《汉书》所谓“大禹治水,凿龙门,辟伊阙”者是也。

(唐)杜　甫

龙门横野断,仇注:“《水经注》:‘禹疏伊水,北流两山相对,望之若阙。’此所谓‘横野断’也。”驿树出城来。气色皇都近,金银佛寺开。元人《龙门记》:“旧有八寺。”往来时屡改,川陆日悠哉!相阅征途上,生涯尽几回?叹不知何日方免奔驰也。

游龙门奉先寺　(唐)杜　甫

已从招提游,更宿招提境。阴壑生虚籁,虚籁谓风也。月林散清影。天窥象纬逼,云卧衣裳冷。天窥云卧乃倒字法:窥天则星辰垂地,卧云则空翠湿衣。中四句乃招提之境也。欲觉闻晨钟,令人发深省。“游”字只首句了之,次句即点清“宿”字。以下皆承次句说。“欲觉”与“更宿”呼应。

(明)王嗣奭:此诗景趣泠然,不用禅语而得禅理,故妙。初嫌起语浅率,细阅不然。……盖人在尘溷中,性真汩没,一游招提,谢去尘氛,托足净土,情趣自别。而更宿其境,听灵籁,对月林,则耳目清旷;逼帝座,卧云床,则神魂兢凛。梦将觉而触发于钟声,故道心之微,忽然豁露,遂发深省。——《杜臆》

(清)金人瑞:题是《游龙门奉先寺》,及读其诗起二句“已从招提游,更宿招提境”,“已”字,“更”字,是结过上文,再起下文之法……盖此篇乃先生教人作诗不得轻易下笔也!即如是日于正游时若欲信心便作,岂便无诗一首?然而“阴壑”、“月林”之境必不及矣!……先生是以徘徊不去,务尽其理。题中自标“游”字,诗必成于宿后。如是,便将浅人游山一切皮语、熟语、村语,掀剥略尽,然后另出手眼,成此新裁。杜诗为千古绝唱,洵不诬矣。——《贯华堂选批唐才子诗》

春行寄兴　(唐)李华

宜阳城下草萋萋,涧水东流复向西。芳树无人花自落,春山一路鸟空啼。此感连昌之故宫也。四句说尽荒凉,却不露乱离事,故妙。按:连昌宫为唐代最大的行宫,坐落在河南宜阳县。唐时称福昌,在洛阳西南。

(近代)俞陛云:五绝中如王右丞《鸟鸣涧》诗,《辛夷坞》诗,言月下鸟鸣,涧边花落,皆不涉人事,传神弦外。七绝中此诗亦然。首二句言城下之萋萋草满,城外之流水东西,皆天然之致。后二句言路转春山,屐齿不到,一任鸟啼花落,送尽春光。诗题亦以春行寄兴,殆万物静观皆自得也。若元微之见桃花自落,感连昌之故宫;刘长卿因啼鸟空闻,叹六朝之如梦。同是花落鸟啼,寓多少兴亡之感。此作不落形气之中,忘怀欣戚矣。——《诗境浅说续编》

归渡洛水　(唐)皇甫冉

暝色赴春愁,归人南渡头。渚烟空翠合,滩月碎光流。澧浦饶芳草,沧浪有钓舟。谁知放歌客,此意正悠悠。

(宋)叶少蕴:王荆公编《百家诗选》从宋次道借本,中间有“暝色赴春愁”

句，次道改“赴”字作“起”字。荆公复定为“赴”字，以语次道曰“若是‘起’字，人谁不能到”，次道以为然。——《石林诗话》

(元)方回：诗第一句难得好，如此诗“赴”字，已见诗话所评。与“酒渴爱江青”、“四更山吐月”，并是起句绝佳者。——《瀛奎律髓汇评》

(清)冯班：起好。——同上

(清)查慎行：起句后人用以填词。——同上

(清)纪昀：五句言朝士无人，六句言贤者在下，妙于浑然不露。渔洋评陈元孝诗有“江晚多芳草，山春有杜鹃”句，以“江晚”比明末，“山春”比本朝，以“芳草”、“杜鹃”比遗老，似从此化出，而更青出于蓝。——同上

金谷园

故址在洛阳老城东北的刘坡以北。西晋卫尉石崇所建的别墅，因金谷水流入而得名。　(唐)张 继

彩楼歌馆正融融，一骑星飞指缉拿石崇的武官。石崇与绿珠事见《晋书·石崇传》。锦帐空。老尽名花春不管，年年啼鸟怨东风。

洛阳作　(唐)张 继

洛阳天子县，古称天子所居之地，曰“县”，见《礼记·王制》。东周、东汉、三国魏、西晋、北魏等朝均在洛阳建都。金谷石崇乡。石崇金谷园在洛阳金谷涧中，去城十里。草色侵官道，花枝出苑墙。书成休逐客，赋罢遂为郎。借李斯与司马相如事，说明自己很有才学。贫贱非吾事，西游思自强。

秣陵送客入京秣陵在今南京市，"入京"之"京"指洛阳。

（唐）朱　放

秣陵春已至，君去学归鸿。绿水琴声切，青袍草色同。鸟喧金谷树，花满洛阳宫。日日相思处，江边杨柳风。

洛桥晚望　（唐）孟　郊

天津桥桥在洛阳西南洛水上。下冰初结，洛阳陌上行人绝。榆柳萧疏楼阁闲，月明直见嵩山雪。

春题龙门香山寺洛阳龙门东山又名香山，寺在山腰间。

（唐）武元衡

众香天上梵仙宫，钟磬寥寥半碧空。清景乍开松岭月，乱流长响石楼风。山河杳映春云外，城阙参差茂树中。欲尽出寻那可得？三千世界本无穷。

上阳宫上阳宫遗址在洛阳市兴隆寨一带，初为唐高宗所建，武则天又扩大其规模，使之成为东都最壮丽的建筑之一。宫内建亭台楼阁九所，极其宏伟。　（唐）王　建

上阳花木不曾秋，洛水穿宫处处流。画阁红楼宫女

笑，玉箫金管路人愁。幔城幔帐围绕如城。入涧橙花发，玉辇登山桂叶稠。曾读列仙王母传，九天未胜此中游。

五凤楼晚望东都宫城正门的端门上高耸五楼称五凤楼，楼毁于宋代。　（唐）白居易

晴阳晚照湿烟销，五凤楼高天泬寥。野绿全经朝雨洗，林红半破暮云烧。龙门翠黛眉相对，伊水黄金线一条。自入秋来风景好，就中最好是今朝。

卢十九子蒙，吟卢七员外洛川怀古六韵，命余和　（唐）元稹

闻道卢明府，闲行咏洛神。浪圆疑靥笑，波斗忆眉颦。蹀躞桥头马，空蒙水上尘。草芽犹犯雪，冰岸欲消春。寓目终无限，通辞未有因。子蒙将此曲，吟似独眠人。

登故洛阳城　（唐）许浑

禾黍离离半野蒿，昔人城此岂知劳。水声东去市朝变，山势北来宫殿高。鸦噪暮云归古堞，雁迷寒雨下空壕。可怜缑岭登仙子，犹自吹笙醉碧桃。

(宋)佚名:许浑集中佳句甚多,然多用"水"字,故国初人士云"许浑千首湿"是也。谓如《洛中怀古》云"水声东去市朝变,山势北来宫殿高"。若其他诗无水字,则此句当无愧于作者。——《桐江诗话》

(清)金人瑞:若云昔人城此,岂知今日?其辞便大径露。今只云"岂知劳",彼唯不知今日,故不自以为劳也。便得无数含咀不尽:哭昔人亦有,笑昔人亦有;吊昔人亦有,戒昔人亦有。三四便承"城此","此"字,水声山势,是登者瞪目所睹,市朝宫殿,是登者冥心所会。虚实即离之外,真是绝世妙文(首四句下)。〇上"市朝"、"宫殿"俱从故城周遭虚写。此"古堞"、"空壕",方实写故城也。"鸦噪"、"雁迷",妙!将谓写满眼纷纷,却正写空无一人。七,"可怜"字,满怀欲说仍住,却反接一缑岭仙人,曰"独自吹笙"。绝世妙文,岂余子所得临摹乎(末四句下)!——《贯华堂选批唐才子诗》

(清)陆次云:不落一实迹字面,结意更高。——《五朝诗善鸣集》

(清)黄生:起手劈空,托出"故"字……三四"市朝"曰"变",却是实有;"宫殿"曰"高",却是已无。市朝、宫殿是带写,五六复折入本题。七八不言人世之可哀,止言仙家之可乐,是谓妙于立言。只因人世短促,故羡仙家长生。不言羡,反言"怜",是谓反言见意。——《唐诗摘钞》

郊园秋日寄洛中友　(唐)许浑

楚水西来天际流,感时伤别思悠悠。一尊酒尽青山暮,万里书回碧树秋。日落远波惊宿雁,风吹轻浪起眠鸥。嵩阳亲友如相问,潘岳闲居欲白头。"一尊酒"联本脱胎杜诗:"高鸟黄云暮,寒蝉碧树秋。"而殷勤惜别之情,春光怀思之意,皆在于中。风流蕴藉,三复呕吟,意趣正自无穷也。

金谷园　(唐)杜牧

繁华事散逐香尘,流水无情草自春。日暮东风怨啼鸟,落花犹似堕楼人。金谷园主人石崇其侍女绿珠跳楼自杀。

故洛阳城有感　　(唐)杜　牧

一片宫墙当道危，行人为尔去迟迟。罼读毕，入声。圭苑在洛阳宣平门外，后汉灵帝于光和三年筑。里秋风后，平乐馆在洛阳城西，后汉灵帝耀兵于此。前斜日时。锢党指遭禁锢之朋党中人。岂能留汉鼎，清谈空解识胡儿。王衍见石勒而异之曰："向者胡雏，吾观其声视有奇志，恐将为天下患！"事见《晋书·王衍传》。清谈指王衍，胡儿指石勒。千烧万战坤灵死，惨惨终年鸟雀悲。

洛阳长句二首(录一首)　　(唐)杜　牧

草色人心相与闲，是非名利有无间。桥横落照虹堪画，树锁千门鸟自还。芝盖不来云杳杳，仙舟何处水潺潺。君王谦让泥金事，苍翠空高万岁山。

(元)方回：唐自天宝以后不复驾幸东都，此诗有望幸之意。"树锁千门"一句极佳。"芝盖"、"仙舟"乃指缑氏山王乔事及李、郭事，亦切。——《瀛奎律髓汇评》

(清)纪昀：写盛衰之感则有之，不见望幸之意。——同上

(清)陆贻典：落句妙，盖伤久不见天宝承平时事也。通首皆是此意。虚谷以为"有望幸之意"，失之迂矣。——同上

(清)查慎行：结句得体，辞亦典赡风华。——同上

(清)纪昀：中四句近丁卯。——同上

涉洛川　　(唐)李商隐

通谷阳林曹植《洛神赋》:"经通谷,陵景山……容与乎阳林,流沔乎洛川。"不见人,我来遗恨古时春。宓读伏,姓也。妃漫结无穷恨,不为君王杀灌均。《魏志·陈思王植传》:"黄初二年,监国谒者灌均希旨,奏植醉酒悖慢,劫协牵使者,有司请治罪,帝以太后故,贬爵安乡侯。"

十字水期韦潘侍御同年不至,时韦寓居水次故郭汾阳宅　　(唐)李商隐

伊水溅溅相背流,朱栏画阁几人游?漆灯夜照真无数,蜡炬晨炊竟未休。顾我有怀同大梦,期君不至更沉忧。西园碧树今谁主,与近高窗卧听秋。十字水在东都洛阳。王廷珪诗曰:"十字水中分岛屿,数重花外见楼台。"○颔联言死者如郭汾阳,生者如石崇,皆迷于富贵也。○李贺诗:"鬼灯如漆照松花。"○《晋书》:"石崇以蜡代薪。"

洛阳春　　(北宋)王　操

帝里山河异莫裁,就中春色似先来。暖融残雪当时尽,花得东风一夜开。艳日绮罗香上苑,沸天箫鼓动瑶台。芳心只恐烟花暮,闲立高楼望几回。

(元)方回:此乃宋有天下,始盛将泰之日也。——《瀛奎律髓汇评》

(清)纪昀:"异莫裁"三字不妥,余俱遒警。——同上

(清)许印芳:纪批云"首句不妥,余俱遒警",次句"就"字、"似"字皆稚气,七句"花"字与四句复,"暮"字亦凑,愚皆改之,首句改为"帝里山河锦绣

堆”，次句改为“年中春色最先来”，七句改为“客心只恐芳菲歇”，而通体俱遒警矣。——同上

伊川独游　（北宋）欧阳修

绿树绕伊川，人行乱石间。寒云依晚日，白鸟向青山。路转香林出，僧归野渡闲。岩阿指龙门一带石窟、洞穴。谁可访？兴尽复空还。

游洛中内　（北宋）苏舜钦

洛阳宫阙郁嵯峨，千古荣华逐逝波。别殿秋高风淅沥，后园春老树婆娑。露凝碧瓦寒光满，日转觚棱暖艳多。早晚金舆此游幸，凤楼前后看山河。

春游五首（录一首）　（北宋）邵雍

人间佳节唯寒食，天下名园重洛阳。金谷暖横宫殿碧，铜驼青合绮罗光。水边杨柳细垂地，花外秋千半出墙。白马蹄轻草如剪，烂游于此十年强。

至洛　（北宋）宗泽

都人士女各纷华，列肆飞楼事事嘉。政同正。恐皇都无此致，万家流水一城花。

洛　阳　(金)元好问

千年河岳控喉襟，一日神州见陆沉。已为操琴感衰涕，更须同辇梦秋衾。城头大匠论蒸土，地底中郎待摸金。拟就天公问翻复，蒿莱丹碧果何心。

追录洛中旧作　(金)元好问

乐府新声绿绮裘，梁州旧曲锦缠头。酒兵易压愁城破，花影长随日脚流。万里青云休自负，一茎白发尽堪羞。人间只怨天公了，未便天公得自由。

定风波·三乡光武庙，怀故人刘公景玄金置三乡镇，在洛阳宜阳县西南八十里。刘景玄名昂霄，号女儿山人。

(金)元好问

熊耳东原汉故宫，河南卢氏县南有熊耳山，山之东为宜阳，有东汉离宫。登临犹记往年同。底事爱君诗句好？解道。河山浮动酒杯中。　　存殁悠悠三十载，谁会？白头孤客作者自指。坐书空。黄土英雄谓英雄已化为黄土。何处在？须待。醉寻萧寺当指光武庙。哭春风。

水调歌头·与李长源游龙门李长源《西归》诗云："只因有口谈时事，几被无心触祸机。"　(金)元好问

滩声荡高壁，秋气静云林。回头洛阳城阙，尘土一何深。前日神光牛背，神光牛背。见《世说新语·雅量》王夷甫事。自谓风神英俊，不至与人校量也。(王夷甫)在车中照镜语丞相曰："汝看我眼光，乃出牛背上。"今日春风马耳，李白《答王十二寒夜独酌有怀》："世人闻此皆掉头，有如东风射马耳。"因见古人心。一笑青山底，未受二毛侵。　问龙门，何所似？似山阴。平生梦想佳处，留眼更登临。杜甫《渝州候严六侍御不至先下峡》："船经一柱观，留眼共登临。"我有一卮芳酒，唤取山花山鸟，杜甫《岳麓山道林二寺行》："一重一掩(指山)吾肺腑，山鸟山花吾友于。"伴我醉时吟。何必丝与竹，山水有清音。左思《招隐》："非必丝与竹，山水有清音。"连用前人成句，承接自然，正如清人邹祗谟《远志斋词衷》所谓："诗语入词，词语入曲，善用之即是出处，袭而愈工也。"

洛　中　(明)王廷相

中天葱郁周南国，西望龙蟠古甸层。洛水微茫隋大业，隋炀帝大业初年修筑东都城。邙山隐见汉诸陵。荒原杜宇春啼血，废陌铜驼铜驼陌即铜驼街，在洛阳故城中。夜有灵。谁吊遗踪云雾里，暮笳哀角不堪听。

洛　阳　(清)颜光敏

城阙萧森望洛阳，西来瀍读缠，平声。水名。涧瀍水与涧水皆经

洛阳注入洛水。水汤汤。汤，此读商，平声。汤汤，水流盛大貌。千山紫翠朝中岳，中岳嵩山。万古歌钟对北邙。故国河山凭险阻，皇天有意阅沧桑。可怜贾傅汉代长沙王太傅贾谊，洛阳人。今祠庙，吴楚苍生几战场。

五更渡洛水　(清)钱维乔

翠羽明珰梦未真，寒皋空有水粼粼。马头一片将残月，曾照黄初黄初为魏文帝曹丕的年号。作赋人。曹植《洛神赋》云："或采明珠，或拾翠羽。无微情以效爱矣，献江南之明珰。"又云："尔乃税驾乎蘅皋。"寒皋：荒寒的水边高地。又云："黄初三年，余朝京师，还济洛川，古人有言，斯水之神，名曰宓妃，感宋玉对楚女之事，遂作斯赋。"

二、开　封

同乐天送河南冯尹冯宿。学士　(唐)刘禹锡

可怜玉马风流地，此谓洛阳。用微子玉马朝周事。暂辍辍读戳，入声。废止，免去。金貂侍从才。侍从才指冯宿官散骑常侍。阁上掩书刘向去，冯曾为集贤殿学士，故以刘向为比。门前修刺孔融来。冯以馆阁出为河南尹，又以孔融为比。崤陵崤陵即崤山，在河南洛宁县北。山分东西二崤，中有谷道，为古代的军事要地。路静寒无雨，洛水桥长昼起雷。共羡

府中棠棣好，宿弟审、宽皆登进士第。先于城外百花开。

鸿　沟古运河名。故道自河南荥阳县北引黄河水东流，经开封北折而南至淮阳，注入颍水。　（唐）许 浑

相持未定各为君，指秦末楚汉相争事。秦政山河此地分。力尽乌江千载后，古沟芳草起寒云。

汴河亭　（唐）许 浑

广陵花盛帝东游，先劈昆仑一派流。百二禁兵辞象阙，三千宫女下龙舟。凝云鼓震星辰动。拂浪旗开日月浮。四海义师归有道，迷楼还似景阳楼。

（清）金人瑞：如此诗三、四、五、六，人又欲疑都是一色写他豪侈，如何又非中四句耶？殊不知此解乃是立向汴河岸上，说他汴河当时，言彼隋炀帝者。只因小小题目，做起大大文章。如何小小题目？不过止为广陵花盛是也。如何大大文章？此河一开之后，且举全隋所有百二禁兵、三千宫女，一夜启行，空国尽下。真乃天摇地动，不但鬼哭神号也。然则此三与四，只承二句之一“先”字。写开河，只是轻轻弄起，却直至于如此也(首四句下)。〇后解五六，则写财富兵强，驾秦跨汉，纵心肆志，何虑何忧。而不谓人之所去，天亦同之，曾不转烛，便为亡陈之续，偏要引他景阳楼以痛鉴之也(末四句下)。——《贯华堂选批唐才子诗》

汴水舟行答张祜　（唐）杜 牧

千里长河共使船，听君诗句倍凄然。春风野岸名花

发，一道帆樯画柳烟。

汴河怀古　（唐）皮日休

尽道隋亡为此河，至今千里赖通波。若无水殿龙舟事，共禹论功不较多。作者《汴河铭》曰：“隋之疏淇、汴，凿太行，在隋之民不胜其害也，在唐之民不胜其利也。今自九河外，复有淇、汴，北通涿郡之渔商，南运江都之转输，其为利也博哉！”

（清）陆次云：开河同，而所以开河不同，语奇而确。——《五朝诗善鸣集》

（近代）朱宝莹：首句言因凿此河，发丁滋怨，亦隋之足以取亡，翻起。次句言有此河水利可通，今日赖之，正承。三句开一笔，其意全在四句发之。——《诗式》

隋堤柳今河南永城附近尚存隋堤残迹。　（唐）李山甫

曾傍龙舟拂翠华，翠华指天子仪仗中，以翠羽为饰的旗帜或车盖。至今凝恨倚天涯。但经春色还秋色，不觉杨家是李家。背日古阴从北朽，逐波疏影向南斜。年年只有晴风便，遥为雷塘在江苏江都县北，唐平江南后改葬炀帝于此。送雪花。

（明）胡震亨：世岂有国号，国姓可入诗者哉？然如“人歌小岁酒，花舞大唐春”、“但经春色还秋色，不觉杨家是李家”，非佳句乎？观此，事无不可使，只巧匠少耳。——《唐音癸签》

（清）胡以梅：全以亡国之恨为血脉。起得华丽，二却无限情深。四因有出落，连三俱有气色。五、六有物理、有情思。——《唐诗贯珠》

（清）毛张健：于三四得脉，感慨在言外，五六略泛，故结处再醒隋

堤。——《唐体肤诠》

金明池在开封西郑门西北。周围约九里。 (北宋)王安国

霓旌远远拂楼船，满地春风锦绣筵。三岛路深浮阆苑，九霞觞满奏钧天。仗归金阙浮云外，人望池台落日边。最引平生江海趣，波澜一段草如烟。

(清)纪昀：金明池繁华之景，只用轻点。后四句全于空处着笔，善于避实击虚，此运意之妙。——《瀛奎律髓汇评》

州　桥天汉桥又名州桥，为汴京十三桥之一。遥对皇宫正门，为车驾御路。 (南宋)范成大

州桥南北是天街，父老年年等驾回。忍泪失声询使者，几时真有六军来？

梁　台 (金)完颜璹

汴水悠悠蔡水即蔡河，流经当时的开封。来，秋风石道野花开。行人惊起田间雉，飞上梁王鼓吹台。

满江红·过汴梁故宫城 (金)段克己

塞马南来，五陵西汉五代皇帝的陵墓均在咸阳附近，此代指北宋故都汴

梁。草树无颜色。云气黯、鼓鼙声震,天穿地裂。百二河山言地形险要。《史记·高祖本纪》:"秦,形胜之国,带河山之险,县隔千里,持戟百万,秦得百二焉。"俱失险,将军束手无筹策。渐烟尘、飞度九重城,蒙金阙。　　长戈袅,谓飞舞长矛。飞鸟绝。原厌肉,吃饱为厌。形容尸横遍野。川流血。血流成川。叹人生此际,动成长别。回首玉津玉津,园名。在开封南门外。春色早,雕栏犹挂当时月。更西来、流水绕城根,空呜咽。汴梁(即开封)作为北宋、金两代之首都。金正大八年(1231)蒙古军分三路攻金,天兴二年(1233)金守将崔立以汴梁城降。金哀宗逃往归德(今河南商丘)后又至蔡州(今河南汝南),翌年自缢身亡,金代自此结束。作者段克己作为由金入元的文人,目睹此一变化,深受亡国之痛,在经过故都时写下此词。

汴梁怀古　(元)傅若金

汴上荒城绕故宫,山头危石堕秋风。夷门夷门,战国时魏国都城的东门。故址在今河南开封城内的东北隅。此代指汴梁。市起闻嘶马,梁苑樵归见断鸿。斗草尚余残后碧,进花无复盛时红。欲登高处肠先断,满目闲愁赋未工。

汴京元夕二首　(明)李梦阳

中山孺子倚新妆,郑女燕姬独擅场。齐唱宪王明代戏曲作家朱有燉,明太祖之孙,封为宪王。春乐府,金梁桥宋汴京十三桥之一。外月如霜。

细雨春灯夜色新,酒楼花市不胜春。和风欲动千门月,醉杀东西南北人。

朱仙镇

在开封西南，相传为战国时朱亥故里，故名。宋绍兴十年，岳飞进军于此。　（明）李梦阳

水庙飞沙白日阴，口墩残树浊河深。金牌痛哭班师地，铁马驱驰报主心。入夜松杉双鹭宿，有时风雨一龙吟。经行墨客还词赋，南北凄凉自古今。

登上方寺塔

即开宝寺铁塔，原为木塔毁于雷火，后用铁色玻璃重建，其外壁镶嵌的砖雕为宋代艺术佳作。　（明）李 濂

宝塔凭虚起，登游但几重。中天近牛斗，平地涌芙蓉。牖入黄河气，檐低少室峰。妙高无上境，卧听下方钟。

朱仙镇拜武穆王庙　（清）毛师柱

破竹真能复两京，十年功绩痛垂成。但知金币坚和议，忍使香盆谓祭祀时焚香之盆。聚哭声。手挽山河心未死，身骑箕尾《庄子·大宗师》："傅说……乘东维，骑箕尾，而比于列星。"言傅说死后其精神跨于箕尾二宿之间。气犹生。经过当日班师地，千古令人涕泪横。

吹　台 指梁台，相传春秋时期晋国的盲人音乐家师旷曾在此鼓吹，故又名吹台。 （清）张 琦

崔嵬百尺古吹台，师旷于今不再来。李杜诗篇留短壁，金元战垒遗荒堆。歌宫灰烬销红雪，红雪，泛指红色的花。堤柳焦枯涨绿苔。扶竹竹杖名，又称“扶老竹”。登高回首望，黄河一线响如雷。

三、郑　州

石　淙 在登封县告成镇东约三公里的嵩山麓，河中有巨石，两岸多洞穴，河水冲击，淙淙有声故名。 （唐）李 峤

羽盖龙旗指唐仁宗和武则天等十七人游石淙并赋诗会饮事。下绝冥，兰除薜幄坐云扃。鸟和百籁疑调管，花发千岩似画屏。金灶浮烟朝漠漠，石床寒水夜泠泠。自然碧洞窥仙境，何必丹丘是福庭。

游少林寺 （唐）沈佺期

长歌游宝地，徙倚对珠林。珠林，指佛寺。雁塔风霜古，

龙池岁月深。绀园绀园为佛寺的别称。绀读干，去声。澄夕霁，碧殿下秋阴。归路烟霞晚，山蝉处处吟。

(元)方回：唐律诗初盛，少变梁、陈，而富丽之中稍加劲健，如此者是也。——《瀛奎律髓汇评》

(明)周珽：精严雄整，沉理玄趣俱到，初唐自少勍敌。——《唐诗选脉会通评林》

(清)冯班：北朝亦不患不劲。——《瀛奎律髓汇评》

(清)何焯：五、六不但字法之妙，能使"风霜"一联精神又倍。——同上

(清)纪昀：气味自厚，故华而不靡。——同上

(清)无名氏(乙)：劲中带苍。——同上

归嵩山作作者隐居嵩山。　　(唐)王 维

清川带长薄，《楚辞》注曰："草木交错曰薄。"陆士衡《君子有所思行》："清川带长薄。"车马去闲闲。流水如有意，暮禽相与还。荒城临古渡，落日满秋山。迢递嵩高下，《尔雅·释山》曰："嵩高为中岳。"《白虎通》曰："中央为嵩高者何？言其高大也。"归来且闭关。

(元)方回：闲适之趣，淡泊之味，不求工而未尝不工者，此诗是也。——《瀛奎律髓汇评》

(清)纪昀：非不求工，乃已雕已琢后还于朴，斧凿之痕俱化尔。学诗者当以此为进境，不当以此为始境。须从切实处入手，方不走作。——同上

(清)许印芳：此论甚当。诗欲求工，须从洗炼而出，又须从切实处下手，能切题则无陈言，有实境则无空腔，可谓诗中有人矣。——同上

(清)冯班：第四直用陶句，非偷也。——同上

(清)何焯：三、四见得鱼鸟自尔亲人，归时若还故我。——同上

送杨山人归嵩山　（唐）李　白

我有万古宅，嵩阳玉女峰。长留一片月，挂在东溪松。尔去掇仙草，菖蒲花紫茸。岁晚或相访，青天骑白龙。

（清）黄生：前后两截格。○全首不对，以此古为律体，语虽参差而音实协律，此其妙也。太白集中此体特多，恨其率易，无一首可诵。此首发兴峙奇崛，而结句浑庞，力重千钧，故取以存一体。——《唐诗矩》

登圣善寺阁寺在少室山。　（唐）褚朝阳

飞阁青霞里，先秋独早凉。天花散窗近，月桂拂檐香。华岳三峰小，谓西岳华山的落雁（南峰）、朝阳（东峰）、莲花（西峰）三座主峰。黄河一带长。空闻指归路，烟际有垂杨。

谒许由庙　（唐）钱　起

故向箕山访许由，箕山为中岳嵩山之一支。许由庙在箕山的北槐附近。林泉物外自清幽。松上挂瓢许由渴以手捧水饮于河，人赠以一瓢，许由饮毕，以瓢挂树。事见蔡邕《琴操》。枝几变，石间洗耳相传尧欲将帝位让给许由，许由闻之，以耳污，洗耳于颍水之滨。事见《高士传》。水空流。绿苔唯见遮三径，三径，指隐士所居之处。青史空传谢此谢作推辞、谦让解。九州。缅想古人增叹惜，飒然云树满岩秋。

游少林寺　　(唐)戴叔伦

步入招提路，因之访道林。石龛苔藓积，香径白云深。双树娑罗双树，也称双林。为释迦牟尼入灭之处。此泛指佛寺。含秋色，孤峰起夕阴。屧读叶，入声。木屐也。廊苏州灵岩寺有响屧廊，此借用。行欲遍，回首一长吟。

游上方石窟寺寺在巩县县城东北约八公里处的大力山下，现存5窟256龛7743尊佛像和数十篇题记，是国内石窟艺术宝库之一。

(唐)刘 沧

苔径萦回景渐分，翛然空界静埃氛。一声疏磬过寒水，半壁危楼隐白云。雪下石龛僧在定，日西山木鸟成群。几来吟啸立朱槛，风起天香处处闻。

题虎牢关在荥阳县汜水镇，地势险要，为戍守重地。

(北宋)司马光

天险限西东，谁知造化功。路邀三晋春秋末，晋国分为韩、赵、魏，史称三晋。会，势压两河雄。除雪沾枯草，惊飙卷断蓬。徒观争战处，今古索然空。

初见嵩山　　(北宋)张 耒

年来鞍马困尘埃，赖有青山豁我怀。日暮北风吹雨去，数峰清瘦出云来。此诗首二句一反一正，衬托出一个"青"字。后二句写初见嵩山，用"清瘦"二字，不仅写其形，更显其风采。

虎　牢　(金)赵秉文

两崖峡束枕洪涛，自古英雄争虎牢。苍天胡为设此险，长使战骨如山高。

少室南原　(金)元好问

地僻人烟断，山深鸟语哗。清溪鸣石齿，暖日长藤芽。绿映高低树，红迷远近花。林间见鸡犬，直拟是仙家。

水调歌头·西京汜水故城登赋汜读巳，上声。汜水，旧县名，春秋郑时称虎牢，战国韩时称成皋，隋改汜水。今河南荥阳县。

(金)元好问

牛羊散平楚，落日汉家营。龙拏此读如，平声。虎掷何处？野蔓罥读卷，去声。挂也。荒城。遥想朱旗西指，万里风云奔走，惨澹五年兵。天地入鞭箠，箠读柱，上声。毛发懔威灵。　一千年，成皋路，几人经？长河浩浩东注，长河当指黄河，在汜水北。不尽古今情。谁谓麻池麻池见《晋书·石勒传》："初，勒与李阳居邻，岁常争麻池，迭相殴击。至是，谓父老曰：'李阳壮士也，何以不来？沤麻是布衣之恨，孤方崇信于天下，宁仇匹夫乎？'乃使召阳。"小竖，偶解东门长啸，又："(石勒)年十四，随邑人行贩洛阳，倚啸上东门。王衍见而异之，顾左右曰：'向者胡雏……有奇志，恐将为天下患。'驰遣收之，会勒已去。"取次论韩彭。又："石勒曰：'朕若逢高皇，当北面事之，与韩、彭竞鞭而争先耳。'"慷慨一尊酒，胸次若为平。

水调歌头·赋德新王丈玉溪，溪在嵩前费庄，两山绝胜处也王革字德新，作者好友。

(金)元好问

空蒙玉华晓，玉华峰为少室山三十六峰之一。潇洒石淙秋。石淙，溪名。在登封东南三十里。崧高嵩山别称。大有佳处，元在玉溪头。翠壁丹崖千丈，古木寒藤两岸，村落带林丘。今日好风色，可以放吾舟。　　百年来，算唯有，此翁游。山川邂逅佳客，猿鸟亦相留。父老鸡豚乡社，儿女篮舆竹几，来往亦风流。万事已华发，吾道付沧洲。沧洲为水边，代指隐者居处。谢朓诗："既欢怀禄情，复协沧洲趣。"陆游《诉衷情》词："心在天山，身老沧洲。"

八声甘州·同张古人观许由冢许由冢在河南登封县东南三十里，又称嵎山、许由山。原注：古人名潜，字仲升，外黄人。

(金)元好问

许君祠，层岩上峥嵘，幽林入清深。坐嵩少，嵩山少室。风烟浓淡，百态立变晴阴。山下一溪流水，不受是非侵。寂寞悬瓢地，相传许由饮水无杯器，有人赠以一瓢，由饮毕，悬于树上。黄屋无心。相传舜让帝位于许由，许由不受。　　木杪巑岏读钻完，皆平声。耸立貌。石冢，许由冢。见人间几度，夕鼎朝锟。锟读砧，平声。古代刑具。问五兵五种兵器。此泛指战事。谁作、作读佐。天地更生金。百年来，神州万里，望浮云、西北泪沾襟。青山好、一尊未尽，且共登临。

杜工部祠祠在杜甫故里，今巩县老城东南窑湾村。　　(元)宋无

老病思明主，乾坤入苦吟。秋风茅屋句，春日杜鹃心。诗史孤忠在，文星万古沉。只应忆李白，到海去相寻。

成皋怀古成皋即虎牢关。　　(明)吴国伦

并辔荒郊览物华，春风何处足桑麻。孤城北枕崤关险，断壁中悬汜水斜。野戍重开新战垒，穴居曾是古田家。一区楚汉争雄地，鸡犬无声自落花。

少　室相传禹王第二个妻子，涂山氏之妹栖于此，故名少室。其主峰玉寨山为嵩山最高峰。　　(明)俞安期

嵩高中断谓嵩山中断分为太室、少室。并神丘，杖底泉开颍水流。低度岚阴连太室，远分山色绕中州。挂衣春树三花满，拥幔晴云舞彩浮。遥傍星楼天半宿，少微永夜在峰头。

太　室嵩山之东峰，相传禹王之妻涂山氏生子启于此。山下建有启母庙。故称太室。　（明）文翔凤

独步嵩高最上头，凭陵万里见高秋。西连紫塞千山出，东指黄河一线流。汉畤秦封畤读止，上声。古代祭天地五帝之处。秦有四畤：上畤、下畤、密畤、畦畤。汉有一畤：北畤。帝王筑坛祭天地及四方山岳之神，称封。见《周礼》。何处所，卢岩在嵩山悬练峰与鸡鸣峰之间。唐代隐士卢鸿曾隐居于此。许岭指古代隐士许由。自清幽。登临顿失风尘色，极目浮云澹不收。

测景台在登封县东南告成镇周公祠前。周公测景台今已不存，现存为唐天文学家一行和尚（张遂）在改革历法进行天文测景时所建。　（清）顾炎武

象器象物之形以制器也。此指日圭、石表等。先王作，灵台即观象台。太室东。阴阳求日至，古人以日行赤道之南北，分为冬至与夏至。风雨会天中。《启母庙碑》云："九州地险，五岳天中。"考极三辰谓日、月、星。正，封畿万国同。吾衰今已甚，犹一梦周公。《论语·述而》："子曰：甚矣吾衰也，久矣吾不复梦见周公。"

永遇乐·过虎牢关用辛稼轩韵　（清）董元恺

千古崤关，是英雄、战守纷争处。废垒寒沙，荒原宿草，精灵自来去。汜水滔滔，河流滚滚，日夜何曾少住。把当年，袁曹刘项，一样销沉龙虎。　有恨兴亡，无端

成败，赢得楨鞭指顾。西去荥阳，东来嵩渚，险设成皋路。风响鸣环，霜飞断镞，隐隐犹闻金鼓。惊心问，长陵抔土，今犹在否？

登嵩山绝顶　（清）潘 耒

不辞触热触热，冒着炎热。语出崔骃《博徒论》："子触热耕耘，背上生盐。"杜甫《送高书记》诗："借问今何官，触热向武威。"上嵩巅，欲遣双眸尽八埏。八埏，指地之八际，言非常广大的地方。语出《汉书·司马相如传》："上畅九垓，下泝八埏。"翠岭千重包楚塞，黄河一线下秦川。此联与文翔见《太室》诗"西连紫塞千山出，东指黄河一线流"相似，而胜文。长安遥隔浮云外，乡国微分匹练边。清啸一声鸾鹤应，随风飘去落何天？

广　武广武山在今河南荥阳县东北，汴水自三宝山流经广武山涧。广武山隔涧各有城堡，东为楚王城，西为汉王城。秦末项羽、刘邦曾在此隔涧为阵。

（清）潘 耒

盖世英雄项与刘，曹曹操父子。奸马司马懿父子。谲实堪羞。阮生一掬西风泪，不为前朝楚汉流。魏晋易代之际，阮籍尝登广武山，观楚汉交战处，叹曰："世无英雄，使竖子成名。"事见《晋书·阮籍传》。

四、三门峡

送客水路归陕 （唐）韩 翃

相风竿相风竿，观测风向的竹竿。影晓来斜，渭水东流去不赊。枕上未醒秦地酒，舟前已见陕人家。春桥杨柳应齐叶，古县棠梨也作花。好是吾贤佳赏地，行逢三月会连沙。杜审言《晦日宴游》："晦日随萱荚，春情着杏花。解绅宜就水，张幕会连沙。"

函谷关 （唐）胡 曾

寂寂函关锁未开，田文车马出秦来。朱门不养三千客，谁为鸡鸣得放回？用孟尝君故事。见《战国策·齐策》。

婆罗门引·过孟津河山亭故基作者早年曾与李钦叔游孟津登河山亭。重游故地，已国亡人老，故有无限感慨。孟津在洛阳北，黄河渡口。 （金）元好问

短衣匹马，白头重过洛阳城。百年一梦初惊。寂寞高秋云物，残照半林明。澹横舟古渡，落雁寒汀。 河

山故亭,人与镜,两峥嵘。争信黄垆此日,深谷高陵。言巨大变化也。《诗·小雅·十月之交》:"高岸为谷,深谷为陵。"一时朋辈,谩留住,穷途阮步兵。尊俎地,谁慰飘零?

登函谷城楼　(明)张佳胤

楼上春云雉堞齐,秦川芳草自萋萋。黄看雨后河流急,青入窗中华岳低。客久独凭三尺剑,时清何用一丸泥。《东观汉记·隗嚣载记》:"嚣将王元说嚣曰:'元清以一丸泥为大王东封函谷关。'"登高远眺乡心起,关树重遮万岭西。

度　关　(清)萧　诗

独身游万里,深雪渡重关。辽海吞边月,长城锁乱山。马随鸡唱发,心逐雁飞还。东道多贤主,葡萄酒也。壮客颜。

五、许 昌

重展西湖

东汉末年曲环作镇时，挖土筑城，形成坑洼。后导入溭水，汇聚成湖。历代屡经扩建，形成风景宜人的旅游胜地。至苏轼为官杭州时，致书州官赵德邻，建议更名为“小西湖”。 （北宋）宋 庠

绿鸭东陂已可怜，更因云窦注西田。凿开鱼鸟忘情地，展尽江湖极目天。向夕旧滩都浸月，过寒新树便留烟。使君直欲称渔叟，愿赐闲州不计年。

登许昌城望西湖 （北宋）梅尧臣

试望许西偏，湖光浸晓烟。岸痕添宿雨，草色际平田。夏木阴犹薄，朱荷出未圆。人闲绿波静，幽鹭插头眠。

夏日晚晴登许昌西湖 （北宋）梅尧臣

新晴万柳齐，莺度水东西。城上明残照，云间挂断霓。烟蒲匀若翦，沙岸净无泥。果压繁枝重，人乘小驷

低。岚光开翡翠，湖色浸玻璃。只欠朱藤密，如过罨读掩，上声。罨画为色彩鲜明的绘画。画溪。

重展西湖　　(北宋)邹　浩

绿湖香满草阡阡，流水潆洄万里田。乌阵云盘接楚地，岚屏锦帐对嵩天。歌声缥渺疑杭月，曲唱幽彝傍许烟。薰得游人真醉处，汴州景色自长年。

过许州西周和春秋时为许国地，秦置许县，三国魏改许昌县，曹操曾建都于此。明、清改为许州。　　(清)沈德潜

到处陂塘决决流，垂杨百里罨读掩，上声。捕鱼鸟的网。此作为动词用。平畴。行人便觉须眉绿，一路蝉声过许州。

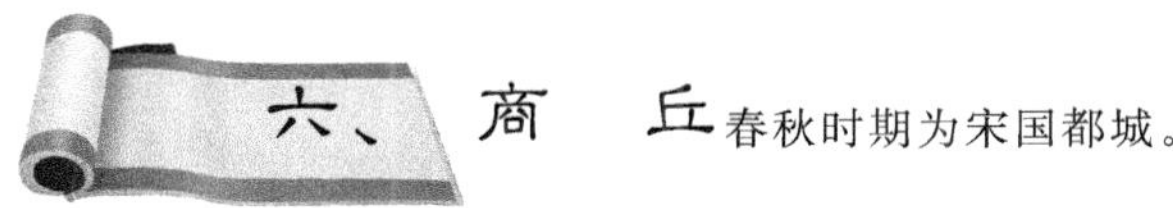

六、商　丘春秋时期为宋国都城。

宋州东登望题武陵驿　　(唐)李嘉祐

梁宋人稀鸟自啼，登舻一望倍含凄。白骨半随河水去，黄云犹傍郡城低。平陂战地花空落，旧苑春田草未

齐。明主频移虎符守，几时行县向黔黎？

宋中 （唐）耿沣

日暮黄云合，年深白骨稀。旧村乔木在，秋草远人归。废井莓苔厚，荒田路径微。唯余近山色，相对似依依。

商於 （唐）李商隐

商於朝雨霁，归路有秋光。背坞猿收果，投岩麝退香。建瓴用“高屋建瓴”事。瓴读铃，平声。瓦沟也。真得势，横戟岂能当。割地张仪诈，谋身绮季长。商山四皓之一绮里季也。清渠州外月，黄叶庙前霜。今日看云意，依依入帝乡。朱彝尊曰：“写景与怀古相间，道中诗常调也。”

商於新开路 （唐）李商隐

六百用张仪诈称献地事，见《史记》。商於路，崎岖古共闻。蜂房春欲暮，虎阱读井，上声。捕捉野兽的陷坑也。日初曛。路向泉间辨，人从树杪分。更谁开捷径，速拟上青云。青云，驿名也。何焯曰：“蜂犹懒飞，虎犹畏出，次联如入鬼窟中也。”正与结句反对。

陆发荆南始至商洛 （唐）李商隐

昔去真无奈，今还岂自知。青辞木奴橘，紫见地仙芝。《酉阳杂俎》:"凡学道三十年不倦,天下金翅鸟衔紫芝至罗门山,生石芝得地仙。"第三句离开荆南,第四句行至商洛。四海秋风阔,千岩暮景迟。向来忧际会,犹机遇。犹有五湖期。

送丰都地名,属四川省。李尉　　(唐)李商隐

万古商於地,凭君泣路岐。固难寻绮季,商山四皓之一绮里季。可得信张仪。《战国策·秦策》:"张仪南见楚王曰:'大王苟能闭关绝齐,臣请使秦王献商於之地方六百里。'"雨气燕先觉,叶荫蝉遽知。望乡尤忌晚,山晚更参差。叶葱奇《疏注》云:"这是诗人路过商於,遇李往丰都就任县尉,因作以相送的作品。诗人自己的身世之感也同寓于中,所以感情深挚,十分警策。起句即无限苍茫,百感交集。彼此均漂泊不定,而李此时去远就小官,所以次句这样说。三、四两句就当地故实来抒发感慨,说一时固然不能便求隐退,可是宦途多诈,又安能轻信于人呢?五、六两句借写时写景暗寓避危就安之意,关注之情殷然言外。结二句借日光早晚暗寓岁月迟暮之感,意实劝其早日归来,因为紧接上二句一气说下,所以使人浑然不觉,仿佛只是说客中晚望一般。"〇五句第三字本应平,这里用了仄声"燕"字,所以下句应用仄声的第三字反用平声来救转。这是唐人的定律。纪昀云:"三、四即商於发世途之慨,偶然粘合,不着迹相。上卷《商於》诗,亦用此二事,工拙悬矣。此有寓意,彼砌故实也。"两者参看,很能启发人意。

清平乐·送述古赴南都《宋史·地理志》(真宗)大中祥符七年(1014)建应天府(故治在今河南商丘县南)为南都。　　(北宋)苏轼

清淮浊汴,更在江西岸。红旆到时黄叶乱,红旆,红旗也,指太守的仪仗。作者估计九月中下旬才能到达。霜入梁王故苑。汉代梁孝王刘武修治的园林。　　秋原何处携壶,停骖访古踟蹰。双庙唐代安史之乱时,张巡、许远坚守睢阳(即今河南商丘之地)最后壮烈牺牲。后人所立二庙,称为双庙。遗风尚在,漆园傲吏应无。设想到南都后的游赏和凭吊

活动。

襄邑道中襄邑，古县名。县治在今睢县。 （南宋）陈与义

飞花两岸照船红，百里榆堤半日风。卧看满天云不动，不知云与我俱东。

由商丘入永城途中作 （明）李先芳

三月轻风麦浪生，黄河岸上晚波平。村原处处垂杨柳，一路青青到永城。永城在河南省东部黄河故道附近，属商丘地区。

送勒卣读有，上声。游睢阳二首（录一首） （明）陈子龙

鼓角连天露气寒，短衣跃马渡江干。迎人北雁秋风动，回首南云夕照残。睢水乱流梁苑落，黄河萦绕宋城看。知君壮思读去声。生杯酒，愁绝中原揽辔难。

七、安　阳

将次相州故相州治所在今河南省安阳市。　（北宋）王安石

青山如浪入漳州，铜雀台西八九丘。蝼蚁《庄子·列御寇》："庄子曰：'在上而乌鸢食，在下而蝼蚁食。夺彼与此，何其偏也。'"往还空垄亩，麒麟埋没几春秋。功名盖世知谁是？气力回天陆机《吊魏武帝文并序》："夫以回天倒日之力，而不能振形骸之内。济世夷难之智，而受困魏阙之下。"到此休。何必地中余故物，魏公诸子分衣裘。陆机《吊魏武帝文》曰："（曹操又云）吾历官所得绶，皆着藏中。吾余衣裘，可别为一藏，不能者兄弟可共分之。"既而竟分焉。此吊曹操也。

疑　冢　（清）陆次云

疑冢累累漳水头，如山七十二高丘。正平只有坟三尺，正平。祢衡字正平。千古安眠鹦鹉洲。

铜雀伎　（清）李慈铭

缌帐凄凉邺水旁，可怜宫里已催妆。五官死晚将谁恨，阿母从今不据床。

八、南 阳

游南阳白水，登石激作

白水即白河，又名淯水。源于嵩县西南攻离山，经南阳、新野后入汉水。石激在南阳城东，白水环流三面临水处。以石筑墙防水冲刷，游人可登石赏玩。 （唐）李 白

朝涉白水源，暂与人俗疏。岛屿石激三面临水似岛屿。佳境色，江天涵青虚。目送去海云，心闲游川鱼。长歌尽落日，乘月归田庐。

次邓州界 （唐）韩 愈

潮阳南去倍长沙，恋阙那堪又忆家。心讶愁来惟贮火，眼知别后自添花。商颜地名，又名商源。在今陕西大荔。暮雪逢人少，邓鄙鄙，边界也。《公羊传》“陈人伐我西鄙”何休注：“鄙者，边垂之辞。”春泥见驿赊。早晚王师收海岳，普将雷雨发萌芽。末二句指王师道在山东作乱，平定后会得到皇帝像大赦之类的恩泽。

南阳道中 （唐）许 浑

月斜孤馆傍村行，野店高低带古城。篱上晓花斋后

落，井边秋叶社前生。饥乌索哺随雏叫，乳牸读字，去声，母牛。慵归望犊鸣。荒草连天风动地，不知谁学武侯耕。

南　阳　（唐）皮日休

昆阳王气指东汉刘秀在昆阳发迹，以后称帝。已萧疏，依旧山河捧帝居。废路塌平残瓦砾，破坟耕出烂图书。二句言唐末战乱频仍。绿莎满县年荒后，白鸟盈溪雨霁初。二百年来王霸业，东汉自刘秀称帝至献帝逊位历近二百年。可知今日是丘墟。

题张衡庙庙在南阳小石桥村西墓前。　（唐）郑谷

远俗只凭淫祀切，多年平子张衡字平子。固悠悠。江烟日午无箫鼓，直到如今咏四愁。张衡晚年见天下凋敝，郁郁不得志，作《四愁诗》寄托愁思。

水帘洞桐柏山在今桐柏县西南三十里，山有水帘洞，是著名风景点之一。
（元）王　恽

秋云不卷水晶寒，芝草年深湿未干。翠壁悬冰鸣剑佩，朱丝穿露织琅玕。夕阳倒影鲛绡薄，春雨添流瀑布宽。我欲寻真问丹诀，凭谁传简借青鸾。

卧龙冈作四首(录二首)　　(清)舒位

谈笑巾韝头巾和单衣,韝读沟,平声。想定军。定军,山名。在陕西沔县东。诸葛亮伐魏时在此屯军,死亦葬此山下。茫茫玉垒变浮云。玉垒,山名,在四川灌县西北。杜甫诗:"玉垒浮云变古今。"其间王者有名世,《孟子·公孙丑》:"五百年必有王者兴,其间必有名世者。"天下英雄惟使君。曹操与刘备评当时之人物云:"天下英雄惟使君与操耳。"事见《三国志·蜀先主传》。创业自知难两立,辍耕早已定三分。成都八百株桑树,不及隆中手自耘。

象床宝帐温庭筠《过五丈原》诗:"象床宝帐无言语,从此谯周是旧臣。"悄无言,草得降书又几番。两表涕零前出塞,一官安乐老称藩。此指刘禅降魏后被封为安乐公。祠官香火三间屋,大将星辰五丈原。异代萧条吾怅望,斜阳满树暮云繁。

（五）辽宁

营州歌营州位于辽西走廊,北魏时名龙城,隋改名柳城,唐为营州。今属辽宁省朝阳市。历来为东北重镇,是沟通关内外的重要通道。

(唐)高　适

营州少年厌厌同餍,饱经之意。原野,狐裘蒙茸猎城下。虏酒千钟不醉人,胡儿十岁能骑马。

登辽海亭辽海亭故址在辽阳市内西南冈上。　　(金)高士谈

登临酒面洒清风,竟日凭栏兴未穷。残雪楼台山向背,夕阳城廓水西东。指辽阳城边的太子河从东向西流入浑河。客情到处身如寄,别恨他时梦可通。自叹不如华表鹤,用辽东人丁令威事,见《搜神记》。故乡尚在白云中。

龙首寻秋龙首山在辽宁铁岭市区东部。山势由东南向西北蜿蜒如长龙,至柴河曲折处嶙峋突起,如老龙昂首,故名。

(明)陈　循

霜林变丹红,秋高天气迥。幽人植杖来,踏遍碧峰顶。

登辽阳镇远楼镇远楼旧址在辽阳市城中。　　(明)张　弼

步上高城更上楼,凭栏一望思悠悠。山如画图催吟

兴，海作杯棬杯棬为一种木质的饮器。词出《孟子·告子上》。棬，读圈，平声。荡醉眸。箕子故封今异域，箕子，商代人，纣王的族叔父。商亡后据《史记》记载，被周武王封于朝鲜。管宁旧隐是何州。管宁，汉末人。曾避乱居辽东教书讲学三十七年。遥闻胡马时南牧，指少数民族对中原的侵犯。未请长缨请缨杀敌用终军故事，见《后汉书》。愧白头。

题万佛堂壁二首万佛堂石窟在义县西北大凌河北岸的悬崖上。

（明）贺 钦

峭壁镵成万佛身，招提开创几千春。行童不识寻幽客，误作参禅问法人。

云端石洞可栖身，水绕山围剩得春。传语高僧休厌客，西林指江西庐山的西林寺。为佛教胜地。曾寓借居。著书人。作者自指。意谓对佛学有研究。

辽海杂诗三首 （清）丁 澎

河流环塞入，万里永安桥。直欲凌沧海，无因傍赤霄。穷秋烦将士，大雪困渔樵。耕凿惭衰谢，何曾补圣朝。

不见桃花岛，青冥断海头。戈船回赤日，火雾卷沧洲。五岭仍开瘴，三江未稳流。管宁曾度此，今得许同游。

数遣句丽使，边陲控制强。腥风吞鸭绿，朔吹撼龙冈。

辐辏真无外，旃裘尚一方。海东还内地，日出见扶桑。

辽　东　(清)方还

铁岭迢迢接锦川，关城三面绕烽烟。春深秣马蒲河北，秋老连营木叶前。沧海旧闻通运舶，金州谁解议屯田。诸军自失横江险，白草黄沙暗朔天。

恭和御制过旧宫诗旧宫指清初皇宫，又名盛京旧宫，奉天行宫，在今沈阳市旧城中心。　(清)高士奇

倚天层构势穹窿，山海群输景物雄。丰水君王周卜世，沛宫父老汉歌风。金楹玉舄读昔，入声。承柱的圆石墩。云常蔚，绣桷读角，入声。方形的屋椽。丹甍读萌，平声。屋脊。雪始融。泚赋东京须十载，东汉张衡作《二京赋》费时十载。凭临蚤同早。已动宸衷。帝王的心意称宸衷。

恭和御制告祭永陵永陵原名兴京陵，在新宾县永陵镇西北启运山南麓。是清代关外三陵之一。　(清)高士奇

陟巘环流转万层，天开一径入园陵。五丁凿后山容舞，千顷奔来水势腾。雪色远迎仙仗过，松枝低拂玉舆升。郁葱王气钟烟霭，膜烈于今奕叶承。

小凌河在辽宁省西部。源出松岭，东流经锦州市，会合女儿河南流入辽东湾。 （清）杨 宾

日暮风萧萧，平沙水㳽㳽。立马饮长流，凫鸥惊欲起。清澈鉴须眉，曲折游鲂鲤。谁道若耶溪，在浙江绍兴。是著名的游览胜地。烟波胜于此。

东行杂诗七首 （清）英 廉

寒色带新霜，行人总急装。茅柴团废堡，斥堠上层冈。戍卒兼农事，居民半异乡。山颠还驻马，风帆在重洋。

宛转苍龙脊，回环绿玉屏。巫闾三百里，面面向人青。见说桃花洞，飞泉雪不停。严程催驿使，幽赏负山灵。

剪破寒波色，河冰放渡船。营平分一水，辽河东岸营州，西岸平州。割据每当年。山隔元菟郡，潮通渤澥即渤海。天。低徊形胜地，从此控幽燕。

四海为家久，留都记始兴。战尘销百载，佳气郁三陵。煮海人无禁，烧田赋未增。五侯闲子弟，霜野竞呼鹰。

冰雪兼泥淖，淖读闹，去声。烂泥也。暄寒觅路行。盘雕翻日影，归衲赴钟声。垦野新增户，分边旧驻兵。古墙人拆尽，犹号句丽地名，在朝鲜。句读勾，平声。城。

草屋平无脊，泥墙缺作门。经营兼父子，偃息共鸡豚。沙井空心木，牛车曲项辕。客来容借宿，三户老民村。辽地多流寓，呼土民为老民。

野塘荒苇乱，揽辔重踟蹰。遮马奔惊兔，钻冰出冻鱼。遗城失辽隧，列障到扶余。扶余，古国名。位于松花江平原。八百沧溟路，齐烟入望疏。

铁　岭

位于辽宁省东北部，辽河中游。隋为越喜国地，渤海国改为富州，辽改为银州，金改为新兴县，清始称铁岭县。今称铁岭市，境内有龙首山风景区。　(清)姚元之

当门横铁岭，古郡号银州。市小人烟杂，天荒草木秋。废城丁字泊，丁字泊，城堡名。在铁岭城西南二十五公里。残壁李家楼。疑在今李千户屯。只有柴河水，柴河为辽河支流，经铁岭流入辽河。年年绕县流。

千　山

原名千华山，又称千朵莲花山、积翠山，在今辽阳市东南六十里处，为东北三大名山之一。　(清)姚元之

明霞为饰玉为容，山到辽阳峦嶂重。欲问青天花数

朵,九百九十九芙蓉。

凤凰城道中

凤凰城即凤凰山高句丽山城。又名乌骨城。在凤城县东南五公里的凤凰山和高丽山之间。

(清)汤国泰

游踪两载未归乡,雕鹗山名,在凤凰城南。闲看又凤凰。山名,在凤凰城南。海接乌龙沙碛远,乌龙河名。烟屯玄菟玄菟,古郡名。塞垣荒。光飞磷火废营垒,气郁风云古战场。想见承平边地静,雪消五月正农忙。

春暮辽阳怀古

(清)高作枫

寒逼四围山有雪,春回三月树无花。管公台圮烟芜冷,丁令城荒夕照斜。

（六）吉林

渡混同江松花江之上游曰混同江，发源于长白山主峰图们泊(天池)，自吉林流入黑龙江，最后入乌苏里江。

(金)蔡松年

十年八唤清江渡，江水江花笑我劳。老境归心质质，对质，见证。孤月，倦游陈迹付惊涛。两都两都，当指大兴与上京会宁。络绎波神肃，六合清明斗极高。湖海小臣尸厚禄，梦寻烟雨一渔舠。

莫州道中莫州为金代州治，治所在今通化市柳河县境内。

(金)刘迎

风林叶叶堕霜红，天末晴容一镜空。野旷微闻乌鸟乐，草寒时见马牛风。此处谓牛马在奔逐。人生险阻艰难里，世事悲歌感慨中。白发孀亲寡母。倚门处，梦魂千里付归鸿。

长白山在吉林省长白县北，汉代曰单单大岭，又名盖马大山，后魏称太白山，又曰徒太山，金时始称长白山。

(清)吴兆骞

长白雄东北，嵯峨俯塞州。回临沧海曙，独峙大荒秋。白雪横千嶂，青天泻二流。登封指古代帝王登山封禅的活动。如可作，应侍翠华游。

渡混同江 (清)吴兆骞

江涛滚滚白山来，倚棹中流极望哀。襟带黄龙穿碛下，划分玄菟古郡名，汉初为燕地，曾为朝鲜所据，后为汉收复。其境在今朝鲜咸镜道及辽宁东部和吉林南部。蹴关回。部余石砮读努，上声，箭镞也。满族祖先肃慎部人使用的石镞。雄风在，地是金源金水亦称楚虎水，发源于此。霸业开。欲读残碑询故老，铭功无字蚀苍苔。

经灰法故城灰法又称辉发。在辉南县城东北的辉发山上，是明代女真扈伦四部之一的辉发部所在地。辉发部始祖星古礼，传至旺吉努，征服了邻近诸部，于辉发河畔呼尔奇山“筑城以居”，即辉发故城。后为努尔哈赤所灭。 (清)吴兆骞

雪峰天畔见荒城，犹是南庭属国名。辉发曾称臣于明代，故云。空碛风云当日尽，战场杨柳至今生。祭天祠在悲高会，高会即大会。候月营空想度兵。汉时匈奴曾觇月圆缺以定军事行动。异域君臣兴废里，登临几度客心惊。

宁古塔杂兴四首宁古塔在今吉林省宁安县。旧说满洲最初之祖，兄弟六人，坐于阜。满语呼六为宁姑，坐为特，故名宁姑特。后一讹为宁古台，再讹为宁古塔。清初关内缙绅、获文字之祸，或罹党狱，恒流放于此。 (清)陈志纪

谪居关塞远，忽忽又春深。雪气犹千嶂，花光失故林。从人学射猎，驱马试讴吟。宣室无由见，虚悬待漏心。

罪比丘山重，恩同覆载天覆地载。宽。一行来绝塞，万里见春寒。边草青难发，关云晚独看。琵琶谁更奏？暗引泪珠弹。

自度阴沟路，来从绝塞居。雕盘回野色，雁转望家书。幕府虽加礼，乡园尽已疏。旧时三径菊，芜没定何如。

朝簪虽久阔，塞眼望犹殷。努力襄嘉运，无劳惜故群。猖狂逃斧钺，欢喜得耕耘。昨自春田返，牛羊入暮云。据《泰州记》载："康熙元年京畿旱，会有诏求言，志纪独以翰林具疏，劾天下督抚贪婪不法状，卒为忌者所中，谪戍宁古塔。贫甚，以医自活，卒于戍所。

满庭芳　(清)纳兰性德

堠雪翻鸦，河冰跃马，惊风吹度龙堆。即白龙堆，沙漠名。在新疆东，天山南路。阴燐俗称鬼火。夜泣，此景总堪悲。待向中宵起舞，用祖逖事。见《晋书·祖逖传》。无人处、那有村鸡。只应是、金笳暗拍，一样泪沾衣。　　须知今古事，棋枰胜负，翻覆如斯。叹纷纷蛮触，喻为小事而斗争者，见《庄子·则阳》。回首成非。剩得几行青史，斜阳下、断碣残碑。年华共、混同江水，流去几时回。作者属于满族的叶赫部，世居混同江畔。其高祖金台什曾在部族之间的互相残杀中，战败自焚而死。此词不是一般的怀古，其中包含有对祖先在战争中被残杀的隐痛之情。

吉林感怀　　(清)唐景煌

朝朝静对吉林峰，迢递音书意万重。知己向谁寻鲍叔，小人有母愧茅容。心依羌笛三边月，梦绕江风半夜钟。乡土不同时物换，一樽浊酒度严冬。

发祥三首　　(清)沈兆禔

绕电流虹旷代无，浴池天女果吞珠。商家元鸟周人迹，圣世祯祥先后符。

望风三姓早推尊，建国初居阿克敦。王迹肇基今试溯，世同陟巘降原论。自注：阿克敦即鄂多哩城，为今之敦化县。

部居粟末依长白，江顺松花到牡丹。东土山川扶景运，辽金未许作齐观。自注："北魏靺鞨七部，粟末部南抵太白，依粟末水以居。粟末以东曰白山部。"按：吉林全境，虞为息慎，夏商周为肃慎。《国语》孔子曰："昔武王克商，肃慎氏贡楛矢石砮，其长尺有咫。"汉武置元菟郡，属以高句丽、上殷台、西盖马三县。清代发祥之地，乃汉上殷台，西盖马二县地，即今吉林敦化县一带之地也。

舆　地(录七首)　　(清)沈兆禔

鸭绿图门派别双，穷源更有混同江。四千里路回环绕，万古长流控海邦。自注：水从长白山发源，西南流入海者为鸭绿江，东南流入海者为图门江，北流入海者为混同江即松花江。汪洋浩瀚，环绕四千余里。

兴凯平湖似洞庭，珠流璇折想渊渟。两旁农业中渔业，任作鸥乡与鹭汀。自注：兴凯湖在密山府东南龙王庙地，对岸即俄界，周八百里，与洞庭湖埒，而冬夏不涸，常年洋溢。盖来源之远大，虽不及洞庭，而出口细微，比洞庭尤有含蓄也。

伯利遥连依力嘎，嘎读刮，人声。华俄新界白绫河。快当璧镇犹寥落，铜柱空思马伏波。自注：伯利今属俄。《通志》："即唐勃利州地，亦作伯哩。"又：伊力嘎今绥远州设治处，离中俄耶字界牌一百十华里，离俄之伯力一百四十华里。南望俄疆，其村屯则星罗棋布，我仅快当璧一镇，烟户不满十家，此虚彼实，诚宜切实图之。界牌之得以移易者，亦未始非空虚之故也。

鸡林形胜在伊通，辽水松江襟带中。轻便轨联公主岭，屏藩奉黑控诸蒙。自注：伊通直隶州，古肃慎氏地，汉、晋为扶余国地。南接高句丽，北朝属勿吉。西邻蠕蠕契丹，隋属靺鞨，唐属燕州，寻为渤海所据。其地西枕蒙古，东瞰吉林，南控沈阳，北制黑龙江；崇山峻岭，巍然外环，沃野平原，坦然中止。而且辽河襟其左，松江带其右，廷杰常谓长江据天下腹地之险，水师之设，所以握其要也。青海、伊犁、镇迪为天下右肩之蔽，惟哈密实扼内外之冲，沈阳、吉林、黑龙江为左肩之蔽，惟伊通州尤据形势之胜。

涛生林海是窝稽，人马难通道路迷。滑滑泥深行不得，愿铺铁轨贯东西。自注：《东三省舆地图说》："今辽水东北，尽海滨诸地，凡林木丛杂，夏多哈汤，人马难以通行之处，皆称窝稽，亦曰乌稽，亦曰阿集。知两汉之沃沮、南北朝之勿吉、隋唐之靺鞨皆指此也。"查两汉沃沮有南北之分，当以长白山为限，在山南者为南沃沮，在山北者为此沃沮。

冰走耙犁使犬部，雪施蹋板贡貂人。虾夷库页征图志，尽是皇朝塞上氓。自注：三姓北一千二百里，松、黑两江之口，有赫哲部地。早寒多冰雪，其引重之器曰狗耙犁，如小车而无轮，以细木性软者削两辕，前半翘起上弯，后半贴地处，四柱与四匡，辅之以板。如运重，则于上弯处驾以二犬，二人在上，以鞭挥之，其速逾于奔骥。今冰耙即其制，不过改用马耳。其捕兽之器曰蹋板，以木板长

五尺，贴缚两脚跟，如泊舟之状，划雪上，前进则板乘雪力，瞬息可出十余里，凡逐貂鼠各兽，循迹追之，十无一脱，运转自如，飞鸟不及。

食鱼几度即年华，海国浑忘甲子加。傲荀搓罗胡莫纳，树皮草盖野人家。自注：黑津不知岁时，问年，则数食哈巴达鱼几次以对。以渔猎为生，取树皮或草为小屋。有名傲荀者，以布或树皮为之。有名搓罗者，即草盖圆棚。有名胡莫纳者，即桦皮圆棚。

物　产（录二首）　　（清）沈兆禔

光大圆匀五色珠，媚川应月瑞潜符。有时啄蚌藏鹅嗉，俊鹘冲霄击得无。自注：东珠出混同江及乌拉、宁古塔诸河中，匀圆莹白，大可半寸，小者亦如菽颗。王公等冠顶饰之，以多少分等秩。《北盟汇编》："每八月望，月色如昼，则珠必大熟。又有天鹅能食蚌，则珠藏其嗉。有俊鹘号海东青者，能击天鹅。人既以鹘而得天鹅，则于其嗉得珠焉。"

牌子书完档子穿，案房不虑绝韦编。豁山制出挥毫便，削简追思写木前。自注：边外文字多书于木，往来传递者曰牌子，以削木片若牌子故也。存贮年久者曰档案，曰档子，以积累多，贯皮条挂壁若档故也。然今之书于纸者亦呼牌子、档案矣。夏秋间，土人捣败絮入水沤之成毳，沥芦帘匀暴为纸，竖韧如韦，谓之豁山。

（七）黑龙江

黑　林　（清）吴兆骞

黑林天险削难平，唐将曾传此驻兵。唐太宗曾派兵东征高丽，在此驻兵。形胜万年雄北极，勋名异代想东征。废营秋郁风云气，大碛宵闻剑戟声。历历山川攻战地，只今旌甲偃边城。

西山阁晚眺阁在宁安县城西，又称西阁、观音阁。（清）吴兆骞

落日凭栏四望开，江流如带抱山回。云林晴色秋横野，雪岭寒光晚照台。万里塞垣长放逐，百年乡国未归来。天涯此日无衣客，愁听清砧处处哀。

登兴安岭绝顶远眺兴安岭在黑龙江省北部。山略成弧形走向，西为大兴安岭，北为伊勒呼里山，东为小兴安岭。绵延数百里，林海茫茫，是我国最大的林区之一。（清）查慎行

舆图远辟古兴安，凤舞龙回气郁蟠。半岭出云铺大漠，乔松落叶倚高寒。丹青不数东南秀，俯仰方知覆载宽。万里乾坤千里目，欣从奇险得奇观。

卜魁竹枝词(录三首)齐齐哈尔始称卜奎，又作卜魁，位于黑龙江省嫩江中游。

(清)方观承

诺尼江上水潺潺，诺尼江在齐齐哈尔城北，为松花江支流。五月冰消艾浑山。艾浑山即大兴安岭。流到混同天更碧，松花一派白云间。

了蜡山头树柞椿，诺尼江北少行尘。待来十月冰平岸，日夜牛车作炭人。自注：人往作炭，路无宿所，皆夜不绝行。

边天春事近为农，野烧荒荒二月风。千里火云吹不断，满城都在夜光中。

渡脑温江嫩江，又名脑温江、诺尼江。在黑龙江西部，源出内兴安岭的宜呼尔山，向南流，经齐齐哈尔，与松花江相汇，最后入黑龙江。

(清)方式济

急流双汊嫩江在齐齐哈市境内有两个分岔。涌沙根，一抹波光带日昏。想象琼州潮拍岸，片帆初到海南村。琼州在海南。此作者浮想嫩江的江水像海南的海水一样雄壮。

（八）内蒙古

使至塞上 (唐)王 维

单车欲问边,属国指使者,用苏武事。过居延。在今额济纳旗境内,唐代属凉州。征蓬出汉塞,归雁入胡天。大漠孤烟直,长河落日圆。萧关逢候骑,骑马的侦察兵。都护在燕然。都护,官职名。燕然,山名。

(明)叶羲昂:此等诗,才情虽乏,神韵有余。——《唐诗直解》

(清)屈复:前四写其荒远,故用"过"字,"出"、"入"字。五、六写其无人,故用"孤烟"、"落日"、"直"字、"圆"字。又加一倍惊恐,方转出七、八,乃为有力。——《唐诗成法》

(清)徐增:"大漠"、"长河"一联,独绝千古。——《而庵说唐诗》

(清)张谦宜:"大漠"两句,边景如画,工力相敌。——《茧斋诗谈》

(清)张文荪:"直"字、"圆"字,十二分力量。——《唐贤清雅集》

碛中作 (唐)岑 参

走马西来欲到天,辞家见月两回圆。今夜不知何处宿,平沙万里绝人烟。

征人怨 (唐)柳中庸

岁岁金河金河又名金源。蒙语为伊克土尔根河,在内蒙古呼和浩特市南。河滨有青冢。复玉关,玉关,即玉门关。朝朝马策与刀环。三春白雪归青冢,万里黄河绕黑山。黑山即大青山。

度破讷沙破讷沙又名普讷沙，沙漠地名，在内蒙古境内。

(唐)李 益

眼见风来沙旋移，经年不省草生时。莫言塞北无春到，纵有春来何处知？

夜上受降城在内蒙古境内，汉、唐皆有。汉代在今乌拉特中后旗东，唐受降城有三：东受降城在今托克托县东岗古城，中受降城在包头市西，西受降城在今蒙古杭棉后旗乌加河北岸。闻笛

(唐)李 益

回乐峰应为回乐烽。指回乐县附近的烽火台。前沙似雪，受降城外月如霜。不知何处吹芦管，一夜征人尽望乡。

塞下曲

(唐)陈去疾

春至金河雪似花，萧条玉塞玉门关又名玉塞。但胡沙。晓来重上关城望，唯见惊尘不见家。

青　冢王昭君冢，在呼和浩特市南大黑河南岸。

(唐)杜 牧

青冢前头陇水流，陇水指大黑河。燕支山燕支，山名，在今甘肃、内蒙古一带。上暮云秋。蛾眉一坠穷泉路，夜夜孤魂月下愁。

赠金河戍客 (唐)雍陶

惯猎金河路，曾逢雪不迷。射雕青冢北，走马黑山西。戍远旌幡少，年深帐幕低。酬恩须尽敌，休说梦中闺。

随边使过五原五原在内蒙古自治区西部，黄河北岸。古亦称九原。 (唐)储嗣宗

偶逐星车使者之车称星车。见《汉书》。犯虏尘，故乡常恐到无因。五原西去阳关阳关为古关名，在今甘肃敦煌附近。废，日漫平沙不见人。

登单于台单于台在呼和浩特市西。 (唐)张蠙

边兵春尽回，独上单于台。白日地中出，黄河天外来。沙翻痕似浪，风急响疑雷。欲向阴关度，阴关为阴山中的关隘。阴关晓不开。

阴　山阴山绵亘于内蒙古中部，东西走向的山脉。西起狼山、乌拉山，中为大青山，灰腾梁山，东为大马群山，长约一千二百公里。 (北宋)刘敞

阴山天下险，鸟道上棱层。抱石千年树，悬崖万丈冰。

悲歌愁倚剑，侧步怯扶绳。更觉长安远，朝光午未升。

和长春真人阴山道中二首 （元）耶律楚材

八月阴山雪满沙，清光凝目眩生花。插天绝壁喷晴月，擎海层峦吸翠霞。松桧丛中疏畎亩，藤萝深处有人家。横空千里雄西域，江左名山不足夸。

阴山奇胜讵能名，断送新诗得得成。万叠峰峦擎海立，千层松桧接云平。三年沙塞吟魂遁，一夜毡穹客梦清。遥想长安旧知友，能无知我此时情。

开平即事开平指元代上都，最高统治者所在地。 （元）陈孚

天开地辟帝王州，指开平。河朔风云拱上游。雕影远盘青海月，雁声斜送黑山秋。龙冈势绕三千陌，龙冈又名卧龙山，蒙语为巴罕呼喇呼山，在内蒙古正蓝旗东闪电河北岸。月殿香飘十二楼。莫笑青衫穷太史，作者自指，因作者曾任元代掌管历法的官员。御炉曾见衮龙浮。

伯庸马祖常字伯庸。开平书事次韵 （元）袁桷

沉沉棕殿元上都宫殿名。内门西，曲宴名王舞马低。桂蠹除烦来五岭，冰蚕却暑贡三齐。二句谓从山东两广等地来的贡品。金罂醅重凝花露，翠釜膏浮透杏泥。最爱禁城千树柳，归

鸦拣尽不曾栖。

上都即事五首

元朝统一全国后,以今北京市为大都,以在今内蒙古正蓝旗的开平府为上都,每年夏天移驾上都。

(元)萨都剌

大野连山沙作堆,白沙平处见楼台。行人禁地避芳草,尽向曲栏斜路来。据《草木子》载:元世祖思创业艰难,移沙漠莎草于丹墀,示子孙不要忘记祖宗发祥之地,称为誓俭草。落句指此。

祭天马酒洒平野,沙际风来草亦香。白马如云向西北,紫驼银瓮赐诸王。

牛羊散漫落日下,野草生香乳酪甜。卷地朔风沙似雪,家家行帐下毡帘。

紫塞风高弓力强,王孙走马猎沙场。呼鹰腰箭归来晚,马上倒悬双白狼。

五更寒袭紫毛衫,睡起东窗酒尚酣。门外日高晴不得,满城湿露似江南。

登阴山

(明)戚继光

凌虚小队散春风,长啸遥看大漠空。隐约蓬莱沧海畔，氤氲宫殿紫云中。晴沙鸣镝初回骑，石磴移尊已度钟。万灶暮烟低汉戍，归来豪气起长虹。

青城怀古

内蒙古呼和浩特市因位于大青山之南，又以本地自制之青砖所筑，故称青城。“呼和浩特”为蒙语，意即“青色之城”。

（清）高其倬

筑城绝塞跨冈陵，门启重关殿百层。宴罢白沉千帐月，猎回红上六街灯。夜江欲渡金源马，秋使方征渤海鹰。劫火东延名胜尽，前尘难问再来僧。据《万历武功录》记载：明思宗崇祯四年（1631），清主皇太极追击察哈尔林丹汗，将青城烧毁。“劫火”句似指此。

五　原　（清）顾光旭

霜落五原树，边城朔吹哀。乱泉随地出，孤鸟向人来。汉节指苏武。萧关萧关，古关名。在宁夏古原县东南。是苏武出使的必经之处。道，唐宗灵武台。在今宁夏灵武，唐肃宗在此即帝位，平定安史之乱。山川自苍莽，立马一徘徊。

泛黄河自宁夏达包头镇舟行杂咏（录二首）

（清）俞明震

舟环乌喇特，地名。面面饱看山。杂树自生灭，河流时往还。毡庐寒暑共，国界有无间。垦牧强权在，指清初政府下令出塞垦荒之事。边民尽出关。

闻说阴山近,横流入地行。梦悬青冢昭君墓。影,风有黑河即大黑河,在昭君墓之北。声。市远寻车辙,尘昏压土城。万方同永夜,孤烛自分明。

行部至满州里满州里在呼伦贝尔盟西北部。清末设胪滨府,1913年改为胪滨县,1934年改设满州市。　(清)周树模

驱车径越黄龙塞,大漠风飙自古多。万马喧腾谁部曲,百年瓯脱瓯脱蒙古语,指屯戍或守望之处。旧山河。边人解作鲜卑语,戍客愁闻敕勒歌。少数民族的歌谣。新向北庭增郡邑,小忠自效苦蹉跎。

（九）陕西

一、长　安

长信秋词五首(录一首)长信宫在长安故城东南隅。　　(唐)王昌龄

金井梧桐秋叶黄,珠帘不卷夜来霜。熏笼玉枕无颜色,卧听南宫清漏长。

终南山　　(唐)王　维

太乙太乙,即终南山,见李善注《汉书》。近天都,连山到海隅。白云回望合,青霭入看无。分野中峰变,阴晴众壑殊。欲投人处宿,隔水问樵夫。

(明)叶羲昂:王摩诘"欲投人处宿,隔水问樵夫",孟浩然"再来迷处所,花下问渔舟",并可作画。——《唐诗直解》

(清)顾安:通首俱写终南山之大。全是白云、青霭,一中峰而分野已变,历众壑而阴晴复殊,游将竟日尚无宿处,其大何如?——《唐律消夏录》

(清)沈德潜:"近天都"言其高,"到海隅"言其远,"分野"二句言其大,四十字中无所不包,手笔不在杜陵下。○或谓末二句似与通体不配。今玩其语意,见山远而人寡也,非寻常写景可比。——《唐诗别裁集》

过香积寺寺在长安潏、滈两河交汇处的香积村。

(唐)王 维

不知香积寺,数里入云峰。古木无人径,深山何处钟。泉声咽危石,日色冷青松。薄暮空潭曲,安禅制毒龙。佛教认为,一切妄念、烦恼,能危害人之身心,使不得解脱,故以毒龙喻之。赵殿成云:"此篇起句极超忽,谓初不知山中有寺也,迨深入云峰,于古木森丛人踪罕到之区,忽闻钟声,而始知之。四句一气盘旋,灭尽针线之迹,非自盛唐高手,未易多觏。""泉声"二句,深山恒境,每每如此。下一"咽"字,则幽静之状恍然,著一"冷"字,则深僻之景若见,昔人所谓诗眼是矣。

(清)王夫之:三、四似流水,一似双立,安句自然,结亦不累。——《唐诗评选》

(清)黄生:幽处见奇,老中见秀,章法、句法、字法皆极浑浑,五律中无上神品。——《增订唐诗摘钞》

(清)张谦宜:"不知"二字领起全章脉。……泉遇石而咽,松向日而冷,意自互用。——《茧斋诗谈》

(清)张文荪:"古木"一联远写,"泉声"一联近写,总从"不知"生出,渐次行来,已至寺矣,故以安禅收住。构局炼句与《山居秋暝》略同,超旷稍异,乃相题写景法。——《唐贤清雅集》

杜陵故址在长安东南郊的杜陵原上。绝句

(唐)李 白

南登杜陵上,汉宣帝刘询筑陵墓于东南原上,同时改杜县为杜陵。北望五陵间。五陵为汉高帝长陵、惠帝安陵、景帝阳陵、武帝茂陵、昭帝平陵,均在渭水北岸,故言"北望"。秋水明落日,流光灭远山。灭,明灭也。言流光使远山时隐时现。

忆秦娥·乐游原

乐游原在长安城东南，原是汉宣帝乐游苑的故址。唐太平公主在此添筑了亭台楼阁，遂成游赏胜地。

(唐)李　白

箫声咽，秦娥梦断秦楼月。用秦穆公之女弄玉故事。此泛指秦地女子。**秦楼月，年年柳色，灞陵伤别。**灞陵在长安东，附近有桥，长安人送别至此，故云。　　**乐游原上清秋节，咸阳古道**咸阳在长安西北，曾是秦代的都城。**音尘绝。音尘绝，西风残照，汉家陵阙。**指西汉皇帝的陵墓与宫殿。

(明)卓人月：徐士俊云“悲凉跌荡，虽短词，中具长篇古风之意气”。——《古今词统》

(清)孙麟趾：何谓浑？如“泪眼问花花不语，乱红飞过秋千去”、“江上柳如烟，雁飞残月天”、“西风残照，汉家陵阙”，皆以深厚见长者也。词至浑，功候十分矣。——《词径》

(清)江顺诒：张祖望曰：词虽小道，第一要辨雅俗。结构天成，而中有艳语、隽语、豪语、苦语、痴语，没要紧语，如巧匠运斤，毫无痕迹，方为妙手。古词中，如“秦娥梦断秦楼月”、“小楼吹彻玉笙寒”、“香老春无价”、“偿尽迷楼花债”，艳语也。——《词学集成》

(清)柴虎臣：旨取温柔，词归蕴藉。昵而闺帷，勿浸而巷曲；浸而巷曲，勿堕而村鄙。又曰：语境则“咸阳古道”、“汴水长流”；语事则“赤壁周郎”、“江州司马”；语景则“岸草平沙”、“晓风残月”；语情则“红雨飞愁”、“黄花比瘦”。——《词学集成》

(清)黄苏：此乃太白于君臣之际，难以显言，因托兴以抒幽思耳。言至今箫声之咽，无非秦地女郎，梦想从前秦楼之月耳。夫秦楼，乃箫史与弄玉夫妇和谐吹箫、引凤升仙之所，至今谁不羡之！岂知今日秦楼之月，乃灞陵伤别之月耳。第二阕，汉之乐游园，极为繁盛，今际清秋古道之音尘已绝，惟见淡风斜日映照陵阙而已。叹古道之不复，或亦为天宝之乱而言乎？然思深而托兴远矣！——《蓼园词选》

(清)陈廷焯：音调凄断。对此茫茫，百端交集，如读《黍离》之诗。后世名作虽多，无出此右者。——《云韶集》

曲江二首　(唐)杜　甫

一片花飞减却春，风飘万点正愁人。且看欲尽花经眼，莫厌伤多酒入唇。言莫以伤多而不饮也。江上小堂巢翡翠，苑边高冢卧麒麟。写曲江乱后荒凉之景。细推物理须行乐，何用浮名绊此身！

(元)方回：第一句、第二句绝妙。“一片花飞”且不可，况于万点乎？“小堂巢翡翠”，足见已更离乱；“高冢卧麒麟”，悲死者也。但诗三用“花”字，在老杜则可，在他人则不可。——《瀛奎律髓汇评》

(清)纪昀：西子捧心，不得谓之非病；“老杜则可”之说，犹是压于盛名。——同上

(清)冯舒：今人改第二“花”为“风”已不可，又改“花边”为“苑边”更不可也。○落句开宋。——同上

(清)查慎行：三句连用三“花”字，一句深一句，律诗至此，神化不测，千古哪算第二人？——同上

(清)何焯：五、六句，物理。——同上

(清)纪昀：“经”字，“入”字有何可圈？○一结竟是后来邵尧夫体。——同上

朝回日日典春衣，每日江头尽醉归。酒债寻常行处有，人生七十古来稀。言纵酒正以年之易老也。穿花蛱蝶深深见，点水蜻蜓款款飞。二句正春尽夏初景。传语风光共流转，暂时相赏莫相违。朱珪注：公祖审言诗“寄语洛城风月道，明年春色倍还人”。即此意。

(宋)叶少蕴:诗语固忌用巧太过,然缘情体物,自有天然工妙,虽巧而不见刻削之痕。……至"穿花蛱蝶深深见,点水蜻蜓款款飞","深深"字若无"穿"字,"款款"字若无"点"字,皆无以见其精微如此。然读之浑然,全似未尝用力,此所以不碍其气格超胜。使晚唐诸子为之,便当如"鱼跃练波抛玉尺,莺穿丝柳织金梭"体矣。——《石林诗话》

(元)方回:七十者稀,古来语也。乾元元年春为拾遗时诗,少陵年四十七矣。六月补外,岂谏有不听,日惟以醉为事乎?典衣而饮,所至有酒债,一穷朝士也。——《瀛奎律髓汇评》

(清)查慎行:三、四句,游行自在。——同上

(清)张载华:李天生先生杜诗阅本"人生七十古来稀"句全抹,旁批"凑"字,与先生此条评语似属判然。然各有指归,学者于此细参,思过半矣。——同上

(清)纪昀:三、四不佳,前人已议之。五、六《石林诗话》所称,然殊非少陵佳处。——同上

(清)杨伦:(酒债一联)对句活变,开后人无限法门。又云:以送春起,以留春结。——《杜诗镜铨》

曲江对雨　　(唐)杜　甫

城上春云覆苑墙,江亭晚色静年芳。浦起龙云:"对雨则景益寂寥,故回首繁华,不堪俯仰,一'静'字含通首意。"林花着雨燕支湿,水荇读杏,上声。水生植物。牵风翠带长。龙武新军深驻辇,《唐书·兵志》:"高宗置左右羽林军,玄宗改为龙武军。"芙蓉别殿谩焚香。芙蓉,园名。仇注:园与曲江相接,二句有怀上皇之在南内也。《镜铨》:"时玄宗回銮,深居南内不出,故曰'深驻辇'。"当时游幸芙蓉园,别殿宫人焚香以待,今无复此事,故曰"谩焚香"。何时诏此金钱会,《旧唐书》开元间宴王公百僚,令左右于门下撒金钱,许中书五品以上及诸司三品以上官争拾之。暂醉佳人锦瑟旁。《剧谈录》:"开元中,上巳赐宴臣寮,会于曲江山亭,恩赐教坊声乐。"《镜铨》:"时京师新复,游宴之会无复开元之盛,虽对酒感叹,意亦在上皇也。"又曰:"结语无限低徊。"全祖望云:"肃宗惑于悍妇,承欢阙如,诗有感于此,而含毫邈然,真温柔敦厚之遗。以丽句写其哀思,尤玉溪所

心慕手追者。”

曲江对酒　（唐）杜　甫

苑外江头坐不归，水精宫殿转霏微。桃花细逐杨花落，黄鸟时兼白鸟飞。纵饮久判人共弃，懒朝真与世相违。吏情更觉沧洲远，老大徒伤未拂衣。拂衣谓退隐。殷仲文《解尚书表》：“进不能见危受命，忘身殉国；退不能辞粟首阳，拂衣高谢。”

（元）方回：三、四诗家一格，出于偶然。徐师川诗无变化，篇篇犯此。少陵为谏官而纵饮，懒朝如此，殆以道不行也。——《瀛奎律髓汇评》

（清）纪昀：此评最是。——同上

（清）何焯：第一句，虚含对酒。第二句，苑外。第三、四句，江头。第五句“纵饮”，始出题；“人共弃”顶“坐不归”。第七句，反映曲江，更纵言之。——同上

（清）纪昀：淡语而自然老健。——同上

曲江陪郑八丈南史饮　（唐）杜　甫

雀啄江头黄柳花，鸡鶄鸂鶒满晴沙。自知白发非春事，且尽芳樽恋物华。近侍即今难浪迹，此身那得更无家。丈人才力犹强健，岂傍青门学种瓜？

（元）方回：此诗中四句不言景，皆止言乎情。后山得其法，故多瘦健者此也。——《瀛奎律髓汇评》

（清）冯班：两情两景乃训蒙法耳。大家老手，岂可拘此！——同上

（清）纪昀：晚唐诗但知点缀景物，故宋人矫之，以本色为工。然此非有真气力，则才薄者浅弱，才大者粗野，初学易成油滑，老手易致颓唐，不可不

慎也。○一气旋转，清而不薄，此种最难学。——同上

同苗员外宿荐福寺僧舍

唐睿宗李旦为给高宗李治崩后百日献福，在长安城开化坊南兴建一座寺院，取名“献福寺”。武则天执政后改名为“荐福寺”。　　(唐)李　端

潘安秋兴动，凉夜宿僧房。倚杖云离月，垂帘竹有霜。回风生远径，落叶飒长廊。一与交亲会，空贻别后伤。

题慈恩寺塔　　(唐)章八元

十层突兀在虚空，四十门开面面风。却怪鸟飞平地上，自惊人语半天中。回梯暗踏如穿洞，绝顶初攀似出笼。落日凤城佳气合，满城春树雨蒙蒙。

任鄠令渼陂游眺

渼陂，古水池名。受终南山之水，西北流入涝水，陂水周长七公里。是唐代长安郊区的游览胜地。

(唐)韦应物

野水滟长塘，烟花乱晴日。氤氲绿树多，苍翠千山出。游鱼时可见，新荷尚未密。屡往心独闲，恨无理人术。时作者任鄠县县令。按：鄠县在长安附近。

曲江春望三首　　(唐)卢纶

菖蒲翻叶柳交枝，暗上莲舟鸟不知。更到无花最深处，玉楼金殿影参差。

翠黛红妆画鹢中，共惊云色带微风。箫管曲长吹未尽，花南水北雨蒙蒙。

泉声遍野入芳洲，拥沫吹花草上流。落日行人渐无路，巢乌乳燕满高楼。

元和十年自郎州召至京，戏赠看花诸君子

(唐)刘禹锡

紫陌红尘拂面来，无人不道看花回。玄都观隋时名通道观，唐改为玄都观。故址在长安崇宁坊。里桃千树，尽是刘郎去后栽。刘郎借用刘晨事。作者自指。

再游玄都观并引　　(唐)刘禹锡

余贞元二十一年为屯田员外郎时，此观未有花。是岁出牧连州，寻贬朗州司马，居十年，召至京师。人人皆言有道士手植仙桃，满观如红霞，遂有前篇，以志一时之事。旋又出牧。今十有四年，复为主客郎中。重游玄都观，荡然无复一树，唯兔葵燕麦动摇于春风耳。因再题二十八字，以俟后游。时大和二年三月。

百亩庭中半是苔，桃花净尽菜花开。种桃道士归何处？前度刘郎今又来。

杏园花下酬乐天见赠杏园在曲江西。

（唐）刘禹锡

二十余年作逐臣，归来还见曲江春。游人莫笑白头醉，老醉花间有几人。杏园为唐时新进士游宴之地。

陪崔大尚书崔群。及诸阁老宴杏园

（唐）刘禹锡

更将何面上春台，百事无成老又催。唯有落花无俗态，不嫌憔悴满头来。

题青龙寺青龙寺原名灵感寺，唐景云二年改为青龙寺，故址在长安城新昌坊东南隅。

（唐）贾　岛

碣石山人一轴诗，碣石山人，作者自指。终南山北数人知。拟看青龙寺里月，待无一点夜云时。

题青龙寺

（唐）朱庆余

寺好因岗势，登临值夕阳。青山当佛阁，红叶满僧廊。竹色连平地，虫声在上方。最怜东面静，为近楚城

墙。楚为翘楚之意,谓近长安城墙也。

登乐游原 (唐)杜 牧

长空澹澹孤鸟没,万古销沉向此中。看取汉家何事业,五陵无树起秋风。

(明)桂天祥:极悲感,然"长空"、"孤鸟"起兴尤是儆绝。——《批点唐诗正声》

(清)施补华:小杜"看取汉家何事业,五陵无树起秋风",是加一倍写法。陵树秋风,已觉凄惨,况无树耶?用意用笔甚曲。——《岘佣说诗》

杏 园 (唐)杜 牧

夜来微雨洗芳尘,公子骅骝步贴匀。莫怪杏园憔悴去,满城多少插花人。

将赴吴兴登乐游原一绝 (唐)杜 牧

清时有味是无能,闲爱孤云静爱僧。欲把一麾江海去,乐游原上望昭陵。

(宋)叶少蕴:此盖不满于当时,故末有"望昭陵"之句……(宋人江辅之被贬)谢表有云"清时有味,白首无能"。蔡持正为侍御史,引杜牧诗为证,以为怨望,遂复罢。——《石林诗话》

(宋)马永卿:"清时有味是无能……",在杜牧之自尚书郎出为郡守之作，其意深矣。盖乐游原者，汉宣帝之寝庙在焉。昭陵，即唐太宗之陵也。牧之之意，盖自伤不遇宣帝、太宗之时，而远为郡守也。藉使意不出此，以景趣为意，亦自不凡，况感寓之深乎？此所以不可及也。——《懒真子》

长安杂题长句六首　(唐)杜 牧

觚棱金碧照山高，万国珪璋捧赭袍。舐笔和铅欺贾马，赞功论道鄙萧曹。东南楼日珠帘卷，西北天宛此地名，读宛，平声。玉厄豪。四海一家无一事，将军携镜泣霜毛。

晴云似絮惹低空，紫陌微微弄袖风。韩嫣读演，上声。金丸韩嫣，人名。以金丸为弹。见《汉书》。莎覆绿，许公宇文述封许公。事见《北史》。鞯汗杏黏红。烟生窈窕深东第，轮撼流苏下北宫。自笑苦无楼护智，楼护，人名。见《汉书·楼护传》。可怜铅椠古代书写文字的工具，相当于现在的笔。竟何功！

雨晴九陌铺江练，岚嫩千峰叠海涛。南苑草芳眠锦雉，夹城云暖下霓旄。少年羁络青纹玉，游女花簪紫蒂桃。江碧柳深人尽醉，一瓢颜巷日空高。

(清)王夫之：琢处见情，率处见真。——《唐诗评选》

(清)金人瑞："江练"、"海涛"，写出胜地；"芳草"、"云暖"，写出良辰。又及"南苑"、"夹城"者，盖其意之所指乃独在斯也。〇五、六又写少年，又写游女，言长安以天子辇毂之下，而其男女风俗如此，此谁实开之乎！七、八自言屹然独不为淫风之所渐染也。——《贯华堂选批唐才子诗》

束带谬趋文石陛，有章曾拜皂囊封。期严无奈睡留

癖，势窘犹为酒泥慵。偷钓侯家池上雨，醉吟隋寺日沉钟。九原可作吾谁与？师友琅琊邴曼容。邴曼容，人名。事见《汉书·两龚传》。

洪河清渭天池浚，太白终南地轴横。祥云辉映汉宫紫，春光绣画秦川明。草妒佳人钿朵色，风回公子玉衔声。六飞南幸芙蓉苑，十里飘香入夹城。

(元)方回：诗人于四方风土皆能言之，至于长安、洛阳、鄴都、金陵帝王建都之地，则多见于怀古之作，而述今者少。牧之《长安》六诗，于五诗之末，各寓闲中自静之意。独此诗前夸形势，后叙侈丽，亦足以形容天府之盛，故取之。五诗内如“韩嫣金丸莎覆绿，许公鞯汗杏妆红”、“投钓谢家池上雨，醉吟隋寺日沉钟”、“白鹿原头回猎骑，紫云楼下醉江花”，又街西长句云“游骑偶同人斗酒，名园相倚杏交花”，皆艳冶而不流。当其时，郊、岛、元、白下世之后，张祜、赵嘏诸人皆不及牧之，盖颇能用老杜句律，自为翘楚，不卑于晚唐之酸楚凑砌也。——《瀛奎律髓汇评》

(清)冯班：牧之正与元、白、郊、岛同时。——同上

(清)纪昀：评小杜确。——同上

(清)陆贻典：“投钓”句，集作“偷钓侯家池上月”似更佳。——同上

(清)何焯：浑成精妙。○如此山川，宜孕毓英贤，乃惟见纷纷游童妖女，所以刺也。此篇不减工部。——同上

(清)纪昀：风格自遒。——同上

(清)许印芳：史称牧之自负才略，喜言兵事，时无援者，怏怏不平而终。为人疏隽，不拘细行。其诗情致豪迈，高出晚唐之上。刘后村亦云：晚唐诗体柔靡，牧之于律诗中常寓拗峭以矫时弊。许丁卯与牧之同时而诗各自为体，丁卯律诗丽密或过牧之，而抑扬顿挫不及也。愚观牧之《樊川集》，古体常病猥杂率易，惟近体可取。近体中七言最工，七绝佳篇尤夥，七律亦多可采者。虚谷此书，但选五首，佳者又止二首。操选家往往不惬人意，如虚谷之浅陋，其弃取益难谛当矣。又按：此诗三、四分之皆拗句，合之则上下不粘，乃古调也。牧之七律每有此格，所谓寓拗峭以矫时弊者，即此可

见。——同上

丰貂长组金张辈，驷马文衣许史家。白鹿原头回猎骑，紫云楼下醉江花。九重树影连清汉，万寿山光学翠华。谁识大君谦让德，一毫名利斗蛙蟆。

街西长句 长安街西五十四坊多王公贵戚之第。　（唐）杜　牧

碧池新涨浴娇鸦，分锁长安富贵家。游骑跨马，读平声，骑的马读去声。此读去声。偶同人斗酒，名园相倚杏交花。银鞍騕褭嘶宛马，绣鞅读上声。套在马颈上的皮带。璁珑走钿车。一曲将军何处管，连云芳树日初斜。

（清）金人瑞：前解写池上大家各自叠山疏沼，种树栽花，起楼筑台，征歌选舞，一一门有一一锁，一一园属一一姓。于是而引他都人相逢斗酒，共夸墙树十里交花，举国如狂，不可化诲也。通解四句，须知最妙是起句之“新涨浴娇鸦”五字。独有此五字不入一解中来，今先生则正注意于此，以见自己眼色只看碧池新水，不看名园杏花，以自表人醉独醒也（前四句下）。○此写一时流连荒亡，马则正嘶，车则正走，笛则正发，日则正未斜也（后四句下）。金雍补注：“日初斜”，妙。终有必斜之日，而彼意中乃殊未觉其斜，便写尽流连荒亡人之可悯可笑。——《贯华堂选批唐才子诗》

（清）胡本渊：佳句，比“绿杨宜作两家春”尤妙（“名园相倚”句下）。——《唐诗近体》

乐游原　（唐）李商隐

向晚意不适，驱车登古原。夕阳无限好，只是近黄

昏。叶葱奇《疏注》云："起句先着'向晚意不适'五字，结二句便倍感苍茫。纪昀说：'百感苍茫，一时交集，谓之怨身世可，谓之忧时事亦可。'这固然说得融会贯通，但仔细参详，商隐年才四十，便已失偶，沉沦使府，坎坷终身，年未五十而没，即使这是四十以后作，似乎也还不至于说'近黄昏'，拿他的身世说，更说不上'无限好'。这显然是慨叹唐王朝的大好基业日趋没落的作品。"

（清）何焯：迟暮之感，沉沦之痛，触绪纷来，悲凉无限。又曰：叹时无宣帝可致中兴，唐祚将沦也。——《李义山诗集辑评》

（清）屈复：时事遇合，俱在个中，抑扬尽致。——《玉溪生诗意》

（清）李锳：以末句收足"向晚"意，言外有身世迟暮之感。——《诗法易简录》

（清）施补华：义山"向晚意不适……"，叹老之意极矣，然只说夕阳，并不说自己，所以为妙。五绝、七绝，均须如此，此亦比兴也。——《岘佣说诗》

街西池馆　（唐）李商隐

白阁他年别，《通志》："紫阁、白阁、黄阁三峰，俱在圭峰东；紫阁旭日射之烂然而紫，白阁阴森，积雪不融，黄阁不知所谓。三峰相去不甚远。"按：圭峰在今陕西鄠县东南。杜甫诗："错落终南翠，颠倒白阁影。"朱门此夜过。疏帘留月魄，珍簟接烟波。太守三刀梦，将军一箭《唐诗纪事》：杨巨源诗"三刀梦益州，一箭取辽城"由此知名。歌。国租《南史·梁武帝纪》："王公以下，各上国租及田谷，以助军资。"按：《新唐书·食货志》："给禄之外，有职田。""国租"似即职田收入之租税。容客旅，香熟玉山禾。玉山即琼山也。张协《七命》："琼山之禾。"昆仑山又名琼山。《山海经》昆仑山上有禾长五寻大五围。

乐游原　（唐）李商隐

万树鸣蝉隔岸红，乐游原上有西风。羲和自趁虞泉

《淮南子》:“日薄于虞泉是谓黄昏。”宿,不放斜阳更向东。

五松驿五松驿在长安东。　　(唐)李商隐

独下长亭念过秦,五松不见见舆薪。只应既斩斯高后,寻被樵人用斧斤。何焯曰:“斯高既斩,秦祚亦尽。此叹甘露谋国者不知务也。”

曲　江　　(唐)李商隐

望断平时翠辇过,贵妃。空闻子夜鬼悲歌。甘露。金舆不返倾城色,玉殿犹分下苑《汉书·元帝纪》注:“宜春下苑即今京城东南隅曲江池是。”波。三、四两句谓:贵妃虽不返,唐王室依然如故。死忆华亭闻唳鹤,陆机遇害时叹曰:“华亭鹤唳岂可复闻乎?”见《晋书·陆机传》。老忧王室泣铜驼。索靖知天下将乱,指洛阳宫门铜驼叹曰:“会见汝在荆棘中耳。”见《晋书·索靖传》。天荒地变心虽折,若比伤春五、六两句指甘露,从而引出七、八来。伤春谓对目前国家命运的担忧。意未多。此诗以贵妃和甘露二事合说。贵妃与玄宗常游曲江。大和九年修淘曲江,以甘露故罢修。

(清)姚培谦:朱鹤龄云:此诗前四句追感玄宗与贵妃临幸时事,后四句则言王涯等被祸,忧在王室,而不胜天荒地变之悲也。——《李义山诗集笺注》

(清)纪昀:五、六宕开,七、八收转。言当日陆机、索靖虽有天荒地变之悲,亦不过如此而已矣。大提大落,极有笔意,不得将五、六看作借比,使末二句文理不顺也。——《玉溪生诗说》

长安秋望 (唐)赵 嘏

云物凄清拂曙流，秋。汉家宫阙动高秋。长安。残星几点雁横塞，秋。长笛一声人倚楼。望。紫艳半开篱菊静，红衣落尽渚莲愁。二句秋。鲈鱼正美不归去，用西晋张翰事。空戴南冠学楚囚。二句长安。南冠、楚囚事见《左传·成公九年》。

(宋)周弼：真有灵气中涵，不可摸索之妙。何也？残星几点，天光欲曙矣；翔雁南飞，秋声已惨，况值长笛风清，动人旅思之时乎？悄然生感，倚楼独立，正觉难以为情也。陶铸成句，毫不道破，令人诵之，悠然远引，所以延誉当年，流传后世者，定精神与之俱在也("残星"二句下)。——《碛砂唐诗》

(清)朱之荆：韵用"楼"字，唐人多有佳句，此"楼"字更用得妙……"雁"、"菊"、"莲"皆秋时之物；曰"几点"、"一声"、"半开"、"落尽"，皆写凄凉；而又以"静"字、"愁"字点破。"长笛"一句，写凄凉更透露。——《增订唐诗摘钞》

(清)赵臣瑗：此不得志而思归之作也……三四"残星"、"长笛"，见景实事，而以"雁横塞"陪出"人倚楼"自是兴体。格高调响，杜紫微吟赏不已，称之为"赵倚楼"，有以也。夫五之"篱菊静"，六之"渚莲愁"，正所以双逼起七之"鲈鱼美"，皆遥想故园景物也……"空戴南冠"，一"空"字最苦，其所以欲归，正在此。——《山满楼笺注唐人七言律》

曲江春望，怀江南故人 (唐)赵 嘏

杜若洲边人未归，水寒烟暖想柴扉。故园何处风吹柳，一雁南来雪满衣。目极思随原草遍，浪高书到海门稀。此时愁望情多少，万里春流绕钓矶。

终南山　(唐)张乔

带雪复衔春，横天占半秦。势奇看不定，景变写难真。洞远皆通岳，川多更有神。白云幽绝处，自古属樵人。

及第后宴曲江　(唐)刘沧

及第新春选胜游，杏园初宴曲江头。紫毫粉壁题仙籍，柳色箫声拂御楼。霁景露光明远岸，晚空山翠坠芳洲。归时不省花间醉，绮陌香车似水流。

故　都　(唐)韩偓

故都遥想草萋萋，上帝深疑亦自迷。塞雁已侵池籞籞，指帝王的园林，见桓宽《盐铁论·园池》。籞读御，上声。宿，宫鸦犹恋女墙啼。天涯烈士作者自指。唐昭宗天复三年(903)作者被朱温赶出朝廷，漂泊南下，定居福建。次年昭宗被迫迁都洛阳，同年八月，朱温弑昭宗立哀帝。又三年(907)，废哀帝自立为后梁，自此唐亡。空垂涕，烈士，作者自指。地下强魂指昭宗的宰相崔胤，为铲除宦官势力，引进河南宣武节度使朱温，结果自己也被朱温所杀。必噬脐。噬脐，喻后悔不及，事见《左传·庄公六年》。掩鼻计成终不觉，冯驩无路斆鸣鸡。孟尝君由秦潜逃回齐，夜间不得过函谷关，其门客乃效鸡叫，始骗开城门而脱险。斆同效。

(元)方回：此为昭宗作，第六句佳。——《瀛奎律髓汇评》

(清)冯班：三、四有比兴。——同上

(清)何焯:次联妙极。第四自比,第六指崔昌遐。——同上

(清)纪昀:此真所谓鬼诗,刘后村《老吏》诗从此生出而又加甚焉。——同上

(清)无名氏(甲):昭宗本都长安,被朱温劫迁,而长安遂虚,乃称"故都"云。——同上

题雁塔　(唐)许玫

宝轮金地压人寰,独坐苍冥启玉关。北岭风烟开魏阙,南轩气象镇商山。灞陵车马垂杨里,京国城池落照间。暂放尘心游物外,六街钟鼓又催还。

曲　江　(唐)郑谷

细草岸西东,酒旗摇水风。楼台在烟杪,鸥鹭下沙中。翠幄晴相接,芳洲夜暂空。何人赏秋景,兴与此时同。

望秦川　(唐)李颀

秦川朝望迥,日出正东峰。远近山河净,逶迤城阙重。秋声万户竹,寒色五陵松。客有归欤叹,凄其霜露浓。

乐游原春望　　(唐)李 频

五陵佳气晚氛氲，霸业雄图势自分。秦地山河连紫塞，紫塞指长城。汉家宫殿入青云。未央树色春中见，长乐钟声月下闻。无那杨花起愁思，满天飘落雪纷纷。

曲　江　　(唐)林 宽

曲江初碧草初青，万毂千蹄匝岸行。倾国妖姬云鬓重，薄徒公子雪衫轻。琼镌读娟，平声，刻也。狒狨狒，读废，去声。狨，读术，入声。绕觥舞，言酒杯上雕刻着两种野兽，像活的一样在跳舞。金蹙读促，入声。一种刺绣方法。辟邪野兽名。拏拨鸣。柳絮杏花留不得，随风处处逐歌声。

长安春望　　(唐)张 蠙

明时不敢卧烟霞，又见秦城换物华。残雪未销双凤阙，新春已发五侯家。甘贫只拟长缄酒，忍病犹期强采花。故国别来桑柘尽，十年兵践海西艖。艖，读槎，平声。小船。

灞陵道中作　　(五代)韦 庄

春桥南望水溶溶，一桁晴山倒碧峰。秦苑落花零露湿，灞陵新酒拨醅浓。青龙天矫盘双阙，丹凤褵褷读离诗，皆平声。羽毛初生貌。隔九重。万古行人离别地，不堪吟罢夕阳钟。

长安道中早行 （五代）张 泌

客离孤馆一灯残，牢落星河欲曙天。鸡唱未沉函谷月，雁声新度灞陵烟。浮生已悟庄周蝶，壮志仍输祖逖鞭。何事悠悠策羸马，此中辛苦过流年。

忆荐福寺南院 （五代）徐 夤

忆昔长安落第春，佛宫南院独游频。灯前不动惟金像，壁上曾题尽古人。鸱鸠声中双阙雨，牡丹花际六街尘。啼猿溪上将归去，合问升平诣秉钧。掌握朝政的重臣。

长安道中怅然作三首 （北宋）宋 祁

三辅古风烟，征骖怅未前。山园蓬颗外，贾山议始皇侈葬，言后世不得蓬颗蔽冢。宫室黍离边。树老经唐日，碑残刻汉年。便须真陨涕，不待雍门弦。用雍门子周鼓琴事，见刘向《说苑》。

兴亡作今古，事往始堪悲。宫破黄山黄山，宫名，汉惠帝所建。李善注《汉书》曰："槐里有黄山之宫。"在，城空北斗移。走冈寒兔隐，啼戍暮鸦饥。灞岸重回首，惟余王粲诗。

城阙今安在,关河昔所凭。种祠犹种祀,谓立祠祀奉祖宗。语出《汉书·郊祀志下》。秦故畤,抔土汉诸陵。苑树圆排荠,楼云淡引缯。南山不改色,千古恨相仍。

(元)方回:景文自真定移守成都,过长安有此诗,皆工妙逼唐人。——《瀛奎律髓汇评》

(清)冯舒:所谓"西昆体"者如此,真高妙。——同上

(清)冯班:此三章真不可及。有气象,盛世之音也。——同上

(清)陆贻典:"西昆"本于温李,此三首尤似义山学杜。——同上

(清)查慎行:第三首第四句,炼。——同上

(清)何焯:第二首第一、二句未经人道。——同上

(清)纪昀:三诗俱有杜意,冯氏引为"西昆体",以张其军。宋公固"西昆派",此三诗则非"西昆体"也。——同上

上巳晚游九曲池九曲池即曲江池也。　(北宋)韩琦

九曲池边第一开,舣舟同赏尽高才。弯流自得黄河势,怪石应从紫阁紫阁山峰名。来。尘外恍迷仙境界,竹间深有古亭台。徘徊复至丰碑下,花萼吁嗟作盗灰。

翠微寺寺在终南山东。二首　(金)赵秉文

南山深锁翠微宫,寺在南山十里东。只怪朝来衫袖湿,不知身在翠微中。

南山常爱退之诗,韩愈有《终南山》长诗一首,凡一百零二韵。未说云烟润色之。要看山光如拨黛,更须留待雨晴时。

长安怀古　（金）吴 激

佳气犹能想郁葱，云间双阙峙苍龙。春风十里灞陵树，晓月一声长乐钟。小苑花开红漠漠，曲江波涨碧溶溶。眼前叠嶂青如画，借问南山共几峰？

长安道　（元）钱惟善

车马如流水，楼台结彩虹。王孙来戚里，戚里是汉代单供外戚居住的地方。豪士遇扶风。扶风，地名，现属宝鸡市。不睹衣冠盛，空闻意气雄。鸢肩耸着肩膀。亦何事，日暮醉新丰。新丰，县名，汉高祖置，是汉皇族居住处。

长安杂诗十首（录一首）　（明）陈子龙

谁言百二独秦关，豪侠幽并帝里间。宫带玉河穿渭水，树回金岭像骊山。列侯邸第花冬满，丞相车骑火夜还。最是大家能好武，虎圈熊馆不曾闲。

杜曲谒子美唐代大诗人杜甫字子美。先生庙

（清）屈大均

城南韦杜潏读决，入声。水名。潏水源出终南山，北流经长安注入渭水。川滨，工部千秋庙貌新。一代悲歌成国史，二南风化在骚

人。少陵原上花含日，皇子陂前写弄音。稷尧时贤臣。契舜时贤臣。平生空自诩，谁知祠客有经纶。

秋兴客长安作五首　（清）李因笃

长安四代提封地，指顾中原据上游。乱水遥分飞雪幕，清歌旧识采莲舟。园林翠柏填薪市，帝子朱门起战楼。转饷江天频告瘁，南方征调几时休！

三川北拱帝城开，古殿阴移万树哀。地老黄蒿通作柱，霜侵白骨半生苔。临城猎骑櫜弓入，带郭渔舟击棹回。近说西羌诸部劲，秋深牧马过边来。

终南太华古林坰，更使长河绕户庭。日落夕曛三辅紫，云开秋色五陵青。门空光禄群游榻，自注：文少卿太青。院冷尚书旧讲经。自注：冯宗伯少墟。何处笛翻杨柳夜？故园风雨忆飘零。

西来宛马络青丝，万炬围城罢猎时。黍逼故宫秋自满，鸿号中泽暮何之？浮云回首悲关塞，返照经心望崦嵫。一滞双洲情不惬，蒹葭摇落好谁思？

曲江池水已成墟，江岸篱花傍客车。采地纵观周召邑，沧波高枕汉唐渠。村舂寥落斜阳里，野哭分明旧创余。咫尺杜陵连郑谷，抚时怀古一踌躇。

(清)沈德潜:诸咏作于秦中受创以后。帝子伤残,故家凋谢,羌戎沓至,野哭时闻,律体中变雅也。杜诗《诸将》、《秋兴》是其本原。——《国朝诗别裁集》

望终南 (清)王士禛

青绮门边路,终南积翠阴。山河三辅汉初京畿官称内史。景帝二年分为左内史、右内史、主爵中尉同治,合称三辅。至汉武帝太初元年改称京兆尹、左冯翊、右扶风。其辖境相当于今陕西中部地区,后人习惯称这一带为三辅。壮,烟树五陵此指唐代的高祖、太宗、高宗、中宗、睿宗五个皇帝的陵墓。均在长安附近。西汉的五陵则在渭水北岸,咸阳附近。深。朝市几迁改,白云无古今。何如归辋口,水石好园林。

灞 桥 (清)汪 灏

长乐坡上秋风清,销魂桥畔斑马鸣。颓梁欹柱虹断续,沙碛隰畔水纵横。离人酒照杨柳泪,骚客鞭敲风雪情。无花古树不复见,伤心春草年年生。

二、临　潼

过始皇墓在临潼区东五公里处。　(唐)王 维

古墓成苍岭，幽宫象紫台。星辰七曜隔，河汉九泉开。有海人宁渡，元春雁不回。更闻松韵切，疑是大夫哀。此是王维早期作品。

骊　山　(唐)杜 甫

骊山绝望幸，花萼罢登临。地下无朝烛，人间有赐金。鼎湖龙去远，银海雁飞深。万岁蓬莱日，长悬旧羽林。

秋望兴庆宫　(唐)戎 昱

先皇歌舞地，今日未游巡。幽咽龙池水，凄凉御榻尘。随风秋树叶，对月老宫人。万事如桑海，悲来欲恸神。

晓望华清宫　(唐)王 建

晓来楼阁更鲜明,日出阑干见鹿行。程大昌《雍录》:"华清宫有毬场、连理木、饮鹿槽、丹霞泉、羯鼓楼等。"武帝自知身不死,看修玉殿号长生。长生殿在华清宫内。王溥《唐会要》:"天宝元年造长生殿,名为集灵台以祀神。"

华清宫感旧　(唐)王 建

尘到朝元边使急,千官夜发六龙回。辇前月照罗衣泪,宫里风吹蜡烛灰。公主妆楼金锁涩,贵妃汤殿玉莲开。有时云外闻天乐,疑是先皇沐浴来。

华清宫　(唐)皇甫冉

骊岫接新丰,岧峣驾翠空。凿山开秘殿,隐雾闭仙宫。绛阙犹栖凤,雕梁尚带虹。温泉曾浴日,华馆旧迎风。肃穆瞻云辇,沉深闭绮栊。东郊倚望处,瑞气霭蒙蒙。

华清宫　(唐)张 继

天宝承平奈乐何,华清宫殿郁嵯峨。朝元阁峻临秦岭,羯鼓楼高俯渭河。玉树长飘云外曲,霓裳闲舞月中歌。只今唯有温泉水,呜咽声中感慨多。

过华清宫　(唐)李　贺

春月夜啼鸦,宫帘隔御花。云生朱络暗,石断紫钱苔藓之紫色者,其状如钱。斜。玉碗盛残露,银灯点旧纱。蜀王唐玄宗也。以其幸蜀故云。无近信,泉上有芹芽。即诗人黍离麦秀之意。当明皇远幸蜀土之日,泉上已有芹生,况今日久不复巡幸,其风景之荒凉宜矣。

华清宫四首(录一首)　(唐)张　祜

红树萧萧阁半开,上皇曾幸此宫来。至今风俗骊山下,村笛犹吹阿滥堆。

(宋)葛立方:《后庭花》陈后主之作也。主与幸臣各制歌词,极为轻荡。男女唱和,音甚哀,故杜牧之诗云:"烟笼寒水月笼沙,夜泊秦淮近酒家。商女不知亡国恨,隔江犹唱《后庭花》。"《阿滥堆》唐明皇之所作也,骊山有禽名"阿滥堆",明皇御玉笛,将其声翻为曲,左右皆能传唱。故张祜诗云"红树萧萧阁半开……"二君骄淫侈靡,耽嗜歌曲,以至于亡乱。世代虽异,声音犹存,故诗人怀古,皆有犹唱、犹吹之句。呜呼,声音之入人深矣!——《韵语阳秋》

骊　山　(唐)许　浑

闻说先皇醉碧桃,日华浮动郁金袍。风随玉辇笙歌迥,云卷珠帘剑佩高。凤驾北归山寂寂,龙舆西幸水滔滔。贵妃殁后巡游少,瓦落宫墙见野蒿。

过华清宫二十二韵 (唐)温庭筠

忆昔开元日，承平事胜游。贵妃专宠幸，天子富春秋。月白霓裳殿，风干羯鼓楼。斗鸡花蔽膝，骑马玉搔头。绣毂千门妓，金鞍万户侯。薄云欹雀扇，轻雪犯貂裘。过客闻韶濩，居人识冕旒。气和春不觉，烟暖霁难收。涩浪《丹铅总录》：蔡衡仲一日举温庭筠诗“涩浪涵瑶甃”问予曰：“涩浪何语也？”予曰：“子不观《营造法式》乎？宫墙基自地上一丈余叠石凹入为崖险状，谓之叠涩石，多作水文谓之涩浪。”衡仲叹曰：“不通《水经》知涩浪为何等语耶？”涵瑶甃，晴阳上彩斿。卷衣轻鬓懒，窥镜淡蛾羞。屏掩芙蓉帐，帘褰玳瑁钩。重瞳分渭曲，纤手指神州。御案迷萱草，《天宝遗事》：“明皇与贵妃幸华清宫，宿酒初醒，凭妃子肩同看水芍药，上亲折一枝与妃子遍嗅其艳曰：不惟萱草忘忧，此花尤能醒酒。”按：御案，指玄宗，迷萱草，迷色忘忧也。天袍妒石榴。深岩藏浴凤，浴凤指贵妃。潜虬指玄宗，以潜往华清宫也。鲜隰读吸，入声。低湿的地方。媚潜虬。不料邯郸虱，邯郸虱见《韩非子》：虮上党在一而已，以临东阳，则邯郸口中虱也。俄成即墨牛。即墨，地名。即墨牛见《史记·田单列传》。剑锋挥太皞，旗焰拂蚩尤。内嬖陪行在，孤臣预坐筹。坐筹，指陈元礼密启太子诛国忠父子也。事见《旧唐书》。瑶簪遗翡翠，霜仗驻骅骝。艳笑以褒似之笑，比一骑红尘妃子之笑。双飞断，双飞断谓玄宗独行入蜀也。香魂一哭休。早梅悲蜀道，高树隔昭丘。高树，贵妃缢于树。昭丘，昭陵。《旧唐书》文德顺圣皇后葬于昭陵，以比贵妃葬处。朱阁重霄近，苍崖万古愁。至今汤殿水，呜咽县天子所居之地曰县，见《礼记·王制》郑玄注。前流。

过华清宫绝句三首 (唐)杜 牧

长安回望绣成堆，山顶千门次第开。一骑红尘妃子笑，无人知是荔枝来。

新丰绿树起黄埃，数骑渔阳探使回。原注：帝使中使辅璆琳探禄山反否，璆琳受禄山金，言禄山不反。霓裳一曲千峰上，舞破中原始下来。

万国笙歌醉太平，倚天楼殿月分明。云中乱拍禄山舞，风过重峦下笑声。

(明)谢榛：鲍防《杂感》诗曰“五月荔枝初破颜，朝离象郡夕函关”。此作托讽不露。杜牧《华清宫》诗曰“一骑红尘妃子笑，无人知是荔枝来”。二绝皆指一事，浅深自见。——《四溟诗话》

(明)钟惺：可见可思。——《唐诗归》

(近代)俞陛云：首二句赋本题，宫在骊山之上，楼台花木，布满一山，亦称绣岭，故首句言“绣成堆”也。后二句言回想当年，滚尘一骑西来，但见贵妃欢笑相迎，初不料为驰送荔枝。历数千里险道蚕丛，供美人之一粲也。——《诗境浅说续编》

龙　池龙池即兴庆池。在兴庆殿后。　　(唐)李商隐

龙池赐酒敞云屏，羯鼓声高众乐停。夜半宴归宫漏永，薛王沉醉寿王醒。

(宋)杨万里：近世陈克咏李伯时画《宁王进史图》云“汗简不知天上事，至尊新纳寿王妃”，是得谓为微、为晦、为婉、为不污秽乎？唯李义山云“侍宴归来宫漏永，薛王沉醉寿王醒”，可谓微婉显晦，尽而不污矣。——《诚斋诗话》

(清)吴乔：诗贵有含蓄不尽之意，尤以不着意见、声色、故事、议论者为

上。义山刺杨妃事之"夜半宴归宫漏永，薛王沉醉寿王醒"是也……其词微而意显，得风人之体。〇开元天宝共四十二年，赐酒于此者多矣；薛王侍宴自在前，寿王侍宴自在后，义山诗意非指一席之事而言之也。十四字中叙四十余年事，扛鼎之笔也。〇禅者有云"意能划句，句能划意，意句交驰，是为可畏"，夫意划句，宜也。而句亦能划意，与意交驰，不须禀意而行，故曰可畏。……"薛王沉醉寿王醒"，诗之句划意也。——《围炉诗话》

华清宫 (唐)李商隐

朝元阁迥羽衣新，首按昭阳第一人。当日不来高处舞，可能天下有胡尘。

华清宫 (唐)李商隐

华清恩幸古无伦，犹恐蛾眉不胜人。未免被他褒女笑，只教天子暂蒙尘。

骊山有感 (唐)李商隐

骊岫即骊山，在今陕西临潼县。飞泉泛暖香，指骊山华清宫温泉。九龙呵护玉莲房。华清宫汤池装饰豪华。平明每幸长生殿，不从金舆皇帝銮驾。惟寿王。寿王李瑁为玄宗第十八子，玄宗贵妃原为寿王妃，事见新、旧《唐书》。

华清宫(录二首)　　(唐)吴　融

渔阳烽火照函关,玉辇匆匆下此山。一曲羽衣听不尽,至今遗恨水潺潺。

四郊飞雪暗云端,唯此宫中落旋干。绿树碧檐相掩映,无人知道外边寒。

(明)敖英:尝爱谢叠山《蚕归吟》"子规啼彻四更时,起视蚕稠怕叶稀。不信楼头杨柳月,玉人歌舞未曾归"。合而观之,深宫之暖,不知外边之寒;玉人之乐,不知蚕妇之苦,词不迫切而意独至,深得风人之体。——《唐诗绝句类选》

(明)周敬等:吴子《华清宫》三诗俱讥明皇恣欲宴游,俾全盛世业召祸一朝而莫悟。如此篇言独乐而不恤其民,以致怨恨之意见于言外也。……此篇非但意好,亦法度森严。第三句与第二句相应,树、檐掩映,所以"落便干"也。第四句与第一句相应,"四郊飞雪",所以"外边寒"也。——《唐诗选脉会通评林》

(清)黄周星　本晏子对齐景语来,而更加隽婉之致(末句下)。——《唐诗快》

骊山三绝句　　(北宋)苏　轼

功成惟欲善持盈,可叹前王恃太平。辛苦骊山山下土,阿房秦宫名。才废又华清。

几变雕墙几变灰,举烽周幽王事。指鹿秦二世事。事悠哉。上皇指唐玄宗。不念前车戒,却怨骊山是祸胎。

海中方士觅三山，秦始皇事。万古明知去不还。咫尺秦陵秦陵亦在骊山。是商鉴，《诗·大雅·荡》："殷鉴不远。"朝元何必苦跻攀。唐玄宗作朝元阁于骊山。

沉香亭故址在兴庆宫东兴庆池中。 (明)彭 年

辇路青青燕麦齐，镂空断础枕蒿藜。彩云天外留歌舞，斜日宫门动鼓鼙。绝调几人掺赋笔，新妆何处问香泥。徘徊野寺栏杆北，清磬萧然杂午鸡。

过华清宫浴汤泉 (明)袁宏道

镜澈古苔光，溪风湛碧香。花犹知世代，水不解兴亡。粉黛山川俗，烟泉水月长。而今正好景，石骨照苍凉。

三、蓝 田

辋川闲居赠裴秀才迪 (唐)王 维

寒山转苍翠，秋水日潺湲。倚杖柴门外，临风听暮

蝉。渡头余落日，墟里上孤烟。复值接舆接舆人名，春秋时楚国隐士。因当时楚国政局变化无常，便佯狂不仕，借指裴迪。醉，狂歌五柳前。五柳先生即陶潜，作者自指。

(明)钟惺："转"字妙，于寒山有情(首句下)。"上"字好(墟里句下)。——《唐诗归》

(明)陆时雍：三、四意态犹夷，五、六佳在布景，不在属词。彼"时倚檐前树，远看原上村"，语似逊此。——《唐诗镜》

(清)黄生：虚实相间格。一、二、五、六用实，三、四、七、八用虚，相间成篇。——《唐诗矩》

(清)卢𬭚、王溥：陈德公曰：此篇声格与上诸作迥别，淡逸清高，自然超俗。右丞有此二致，朝殿则绅黻雍容，山林则瓢衲自得，惟其称也。〇三、四绝不作意，品高气逸，与"采菊东篱下，悠然见南山"正同一格。五、六亦是直置语，淡然高老，无暇胭脂。绮隽之外，又须知有此种，盖关乎性情，本之元亮，不从沈、宋袭得，独为千古。——《闻鹤轩初盛唐近体读本》

山居秋暝　(唐)王　维

空山新雨后，天气晚来秋。明月松间照，清泉石上流。竹喧归浣女，莲动下渔舟。随意春芳歇，王孙自可留。

(明)钟惺："竹喧"、"莲动"细极！静极！——《唐诗归》

(明)周珽：月从松间照来，泉由石上流出，极清极淡，所谓洞口胡麻，非复俗指可染者。"浣女"、"渔舟"，秋晚情景；"归"字、"下"字，句眼大妙；而"喧"、"动"二字属之"竹"、"莲"，更奇入神。——《唐诗选脉会通评林》

(清)黄生：尾联见意格。〇右丞本从工丽入，晚岁加以平淡，遂到天成，如"明月松间照，清泉石上流"，此非复食烟火人能道者。今人不察其渐老渐熟乃造平淡之故，一落笔便想作此等语，以为吾以王孟为宗，其流弊可胜道

哉！——《唐诗矩》

（清）张谦宜："空山"两句，起法高洁，带得通篇俱好。——《茧斋诗话》

（清）卢麰、王溥：陈德公曰"三、四极直置，而清寒欲溢，遂使起二句顿增生致，不见为率。五、六加婉琢矣"。〇三、四佳在景耳，景佳则语虽率直，不伤于浅。然人人有此景，人人不能言之，以是知修辞之不可废也。——《闻鹤轩初盛唐近体读本》

（清）张文荪：语气若不经意，看其结体下字何等老洁，切勿顺口读过。——《唐贤清雅集》

雨后游辋川　（唐）李端

骤雨归山尽，颓阳入辋川。看虹登晚墅，踏石过春泉。紫葛藏仙井，黄花出野田。自知无路去，回步就人烟。

独游辋川　（北宋）苏舜钦

行穿翠霭中，绝涧落疏钟。数里踏乱石，一川环碧峰。暗林麋养角，当路虎留踪。隐逸何曾见，孤吟对古松。

游辋川　（明）陈文烛

人间何处避干戈，幽胜无如此地何。水尽山头人迹少，云生树杪鸟声多。良田数顷浮青霭，怪石千峰长绿萝。况是知心有裴迪，风流肯许右丞过。

四、咸　阳

秦孝公始都咸阳。始皇初并天下,收天下兵器聚之咸阳,销以为金人十二。徙天下豪富十二万户于咸阳,皆在此。○《三秦记》:地在九嵕之南,渭水之北,山水皆阳,故名咸阳。

渭城曲

公元前350年,秦孝公由栎阳迁都咸阳。汉时咸阳更名渭城。

(唐)王　维

渭城朝雨浥轻尘,客舍青青柳色新。劝君更尽一杯酒,西出阳关无故人。

(明)李东阳:作诗不可以意徇辞,而须以辞达意。辞能达意,可歌可咏,则可以传。王摩诘"阳关无故人"之句,盛唐以来所未道。此辞一出,一时传诵不足,至为三叠歌之。后之咏别者,千言万语,殆不能出其意之外。必如是,方可谓之达巨。——《怀麓堂诗话》

(明)胡应麟:"数声风笛离亭晚,君向潇湘我向秦"、"日暮酒醒人已远,满天风雨下西楼",岂不一唱三叹,而气韵衰飒殊甚。"渭城朝雨"自是口语,而千载如新。此论盛唐、晚唐三昧。——《诗薮》

(清)黄生:先点别景,次写别情,唐人绝句多如此,毕竟以此首为第一,惟其气度从容,风味隽永,诸作无出其右故也。失粘须将一二倒过,然必竟移动不得,由作者一时天机凑泊,宁可失粘而语势不可倒转。此古人神境,未易到也。——《唐诗摘钞》

(清)徐增:人皆知此诗后二句妙,而不知亏煞前二句提顿得好。此诗之妙只是一个真,真则能动人。——《而庵说唐诗》

(清)赵翼:人人意中所有,却未有人道过,一经说出,便人人如其意之所欲出,而易于流播,遂足传当时而名后世。如李太白"今人不见古时月,今月

曾经照古人”,王摩诘“劝君更尽一杯酒,西出阳关无故人”,至今犹脍炙人口,皆是先得人心之所同然也。——《瓯北诗话》

马嵬 在陕西兴平县西二十五里。 (唐)贾岛

长川几处树青青,孤驿危楼对翠屏。一自上皇惆怅后,至今来往马蹄腥。

咸阳城东楼 (唐)许浑

一上高城万里愁,蒹葭杨柳似汀洲。溪云初起日沉阁,原注:南近磻溪,西对慈福寺阁。山雨欲来风满楼。鸟下绿芜秦苑夕,蝉鸣黄叶汉宫秋。行人莫问当年事,故国东来渭水流。

(清)金人瑞:仲晦,东吴人。蒹葭杨柳,生性长习,醉中梦中不忘失也。无端越在万里,久矣形神不亲。今日独上高楼,忽地惊心入眼。二句七字,神理写绝。不知是咸阳东门,真有此景?不知是高城晚眺,忽地游魂?三、四极写独上“独”字之苦,言云起日沉,雨来风满,如此怕杀人之十四字中,却是万里外之一人,独立城头,可哭也!二句只是一景,有人乃言,山雨句胜于溪云句,一何可笑。(前四句下)〇秦苑也,秦人其何在?吾徒见鸟下耳,然而日又夕矣。汉宫也,汉人又何在?吾徒闻蝉鸣耳,然而叶又黄矣。孔子曰:逝者如斯夫,不舍昼夜。今人问前人,后人且将问今人,后人又复问后人,人生之暂如斯,而我犹羁万里耶?(后四句下)——《贯华堂选批唐才子诗》

登咸阳北寺楼　（唐）张　籍

高秋原上寺，下马一登临。渭水西来直，秦山南向深。旧宫人不住，荒碣路难寻。日暮凉风起，萧条多远心。

马嵬驿　（唐）温庭筠

穆满曾为物外游，六龙经此暂淹留。返魂无验青烟灭，埋血空生碧草愁。香辇却归长乐殿，晓钟还下景阳楼。甘泉宫名。汉武帝李夫人死后，帝常思之，乃图其形于甘泉宫。见《汉书·外戚列传》。不复重相见，谁道文成文成，指方士少翁。少翁言能致李夫人之神于帷中，可以遥望。武帝乃拜少翁为文成将军。见《汉书》及《史记·孝武本纪》。是故侯。唐人多以王母比贵妃。刘禹锡诗："仙心从此在瑶池，三清八景相追随。"王建诗："武皇自送西王母，新换霓裳月色裾。"杜甫诗有"惜载瑶池饮"，又"落日留三母"等。

（清）朱三锡：不便明言玄宗，而曰"穆王"；不便明言避胡，而曰"物外游"；不便明言车驾，而曰"六龙"；不便明言军士不发，请诛罪人，而曰"暂淹留"：此三字中便藏却无数惨毒之状，可为斟酌，至轻至妙。三、四承写"暂淹留"意。五、六即七之"不复重相见"也，只是轻轻一手，便为空行绝迹之作。世传温、李齐名，读此却高义山一筹矣。——《唐诗鼓吹笺注》

（清）金人瑞："暂淹留"三字，斟酌最轻，中间便藏却佛堂尺组、玉妃就尽无数惨毒之状也。三、四承"暂淹留"，言自从此日，直至于今，玉妃既死，安有更生？碧血所埋，依然草满！人经其地者，直是试想不得也。（首四句下）〇上解写马嵬，此解又终说玉妃之事也。"香辇"七字，言既而乘舆还京；"晓钟"七字，言依旧春宵睡足。嗟乎！宫中事事如故，细思只少一人。又何言哉！又何言哉！（末四句下）——《贯华堂选批唐才子诗》

咸 阳 （唐）李商隐

咸阳宫阙郁嵯峨，六国楼台艳绮罗。《史记·秦始皇本纪》："秦每破诸侯，仿其宫室，作之咸阳北阪上，南临渭，自雍门以东至泾、渭，殿屋复道周阁相属，所得诸侯美人、钟鼓以充入之。"自是当时天帝醉，张衡《西京赋》："昔者大帝（天帝）说秦穆公而觐（接见）之，飨以钧天广乐，帝有醉焉，乃为金策锡用此土（指秦地），而翦（尽）诸鹑首（星次名）。"古代认为秦的分野属此，是说把鹑首分次的土地全部给了秦。不关秦地有山河。纪昀曰："起二句写平六国蕴藉。后二句亦沉着。"〇叶葱奇《疏注》："上二句着意描写秦平六国时的声势喧赫，措辞却非常蕴藉，下二句反驳贾谊《过秦论》，冷语作收，兴寄非常深远。"〇按《过秦论》云："秦地被山带河以为固，四塞之国也，自穆公以来，至于秦王（始皇）二十余君，常为诸侯雄，岂世世贤哉？其势居然也。"

马嵬二首（其二） （唐）李商隐

海外徒闻更九州，他生未卜此生休。空闻虎旅传宵柝，无复鸡人报晓筹。此日六军同驻马，当时七夕笑牵牛。如何四纪为天子，不及卢家有莫愁。

（元）方回："六军"、"七夕"、"驻马"、"牵牛"，巧甚，善能斗凑，"昆体"也。——《瀛奎律髓汇评》

（清）冯舒：玉溪之高妙，不在对偶。——同上

（清）陆贻典：义山之高妙，全在用意，不在对偶。——同上

（明）周珽：《侯鲭录》云：有意用事者，有语用事者。李义山"海外徒闻更九州"其意则用杨妃在蓬莱山，其语则用驺子云"九州之外更有九州"，如此然后深稳健丽。〇此诗讥明皇专事淫乐，不亲国政，不唯不足以保四海，且不能庇一贵妃，用事用意俱深刻不浮。——《唐诗选脉会通评林》

（清）吴乔：起联如李远之"有客新从赵地回，自言曾上古丛台"，太伤平浅……至于义山之"海外徒闻更九州，他生未卜此生休"，则势如危峰矗天，

当面崛起，唐诗中所少有者。——《围炉诗话》

(清)赵臣瑗："六军"、"七夕"、"驻马"、"牵牛"，信手拈来，颠倒成文，有头头是道之妙。——《山满楼笺注唐诗七言律》

(清)冯浩：起句破空而来，最是妙境，况承上首，已点明矣，古人连章之法也。次联写事甚警。三联排宕。结句人多讥其浅近轻薄，不知却极沉痛，唐人习气不嫌纤艳也。——《玉溪生诗集笺注》

(清)冯班：此篇以工巧为能，非玉溪妙处。——《瀛奎律髓汇评》

(清)查慎行：一起括尽《长恨歌》。——同上

(清)何焯：逐层逆叙，势极错综。未尝专事工巧，起联变化之至。末句乃不能庇其伉俪之意，责明皇有识见。——同上

茂　陵茂陵在兴平县东十五公里，汉武帝刘彻的陵墓。

(唐)李商隐

汉家天马出蒲梢，蒲梢，良马名。见《史记·乐书》。苜蓿榴花遍近郊。内苑只知含凤觜，传说仙人煮凤嘴麟角为胶，能续断弦。又传武帝时西海国王献此胶。属车皇帝侍从的车，称属车。无复插鸡翘。属车前插的鸾旗。玉桃偷得怜方朔，金屋修成贮阿娇。谁料苏卿老归国，茂陵松柏雨潇潇。苏武奉武帝命而出使，归来时武帝已死。

(宋)张戒：(义山)咏物似琐屑，用事似僻，而意则甚远，世但见其诗喜说妇人，而不知为世鉴戒。"玉桃偷得怜方朔，金屋修成贮阿娇。谁料苏卿老归国，茂陵松柏雨潇潇。"此诗非夸王母玉桃，阿娇金屋，乃讥汉武也。——《岁寒堂诗话》

(元)方回：义山诗织组有余，细味之格律亦不为高。此诗讥诮汉武甚矣，谓骄侈如此，终归于尽也。——《瀛奎律髓汇评》

(清)冯舒：以其无硬字耶？——同上

(清)纪昀：义山殊有气骨，非"西昆"之比。此语未是。——同上

(清)冯舒：首句亦有病。"蒲梢"，马名。——同上

(清)冯班:只用苏卿一衬,丰神百倍。〇“昆体”也。——同上

(清)何焯:首句言蒲梢,汗马,乃天子马也,故自无嫌。惟一事占两句,稍费词耳。〇“郊”字误押。〇八句中包括贯串,极工整而不牵率。〇首句,用兵。第三句,畋猎。第四句,微行。第五句,神仙。第六句,声色。〇末二句讥刺自见于言外。——同上

(清)陆昆曾:首言勤兵大宛,是黩武也。三、四言畋猎,即微行,是好动也。五、六言既求神仙,又耽声色,是自戕也。结处借子卿一衬,讽刺见于言外。——《李义山诗解》

(清)冯浩:此章是慨武宗矣。然谓直咏汉武以为讽戒,意味固已深长,诗中妙境,其趣甚博,随人自领之耳。——《玉溪生诗集笺注》

(清)纪昀:前六句一气,七、八转折,集中多此格。此首尤一气鼓荡,神力完足。蘅斋评曰:此首确是茂陵怀古诗,以为托讽,恐失作者本意。——《玉溪生诗说》

(清)方东树:藏锋敛锷于宏音壮采之中,七律无此法门。不善学者,便入痴肥一派。——《昭昧詹言》

马嵬驿　(唐)于 濆

常经马嵬驿,见说坡前客。一从屠贵妃,生女愁倾国。是日芙蓉花,不如秋草色。当时嫁匹夫,不妨得头白。

马嵬坡　(唐)郑 畋

肃宗回马杨妃死,云雨虽亡日月新。终是圣朝天子事,景阳宫井景阳殿之井,又名胭脂井。祯明三年(589),隋兵南下过江,攻占台城。陈后主闻兵至,与妃张丽华投此井。至夜,为隋兵所执,后人亦称此井为辱井。又何人。

(宋)魏泰：唐人咏马嵬之事者多矣……《唐阙史》载郑畋《马嵬》诗，命意似矣，而词句凡下，比说无状，不足道也。——《临汉隐居诗话》

(宋)吴开：《唐阙史》称郑相畋吟《马嵬》诗……观者以为真辅国之句，予以谓畋盖取杜诗"不闻夏殷衰，中自诛褒妲"之意。——《优古堂诗话》

(清)陆次云：得体。当时读此诗者，以为有宰辅气，许得不错。——《五朝诗善鸣集》

(清)李瑛：立言得体。"可怜金谷坠楼人"，高一层衬；此低一层衬。——《诗法易简录》

长　陵长陵系汉高祖刘邦的陵墓，在咸阳市东北。

(唐)唐彦谦

长安高阙此安刘，祔葬祔葬，合葬也。祔读附，去声。累累尽列侯。丰上旧居无故里，沛中原庙对荒丘。耳闻明主提三尺，眼见愚民盗一抔。千载腐儒骑瘦马，渭城斜月重回头。

(宋)叶少蕴：彦谦《题汉高庙》云"耳闻明主提三尺，眼见愚民盗一抔"。虽是著题，然语皆歇后。"一抔"事无两出，或可略"土"字；如"三尺"，则三尺律、三尺喙皆可，何独剑乎？"耳闻明主"、"眼见愚民"，尤不成语。——《石林诗话》

(宋)陈岩肖：苏子瞻云"买牛但自捐三尺，射鼠何劳挽六钧"，亦与此同病。然余按《汉高帝纪》曰"吾以布衣，提三尺取天下"。又《韩安国传》"高帝曰'提三尺取天下者，朕也'"。皆无"剑"字，唯注曰"三尺谓剑也"。出处既如此，则诗家用其本语，何为不可？——《庚溪诗话》

(元)方回：此汉高帝陵也。"耳闻"、"眼看"或以为病，然"提三尺"、"盗一抔"属对亲切。诗体如李义山。彦谦又有警句云"烟横博望乘槎水，月上文王避雨陵"。——《瀛奎律髓汇评》

(清)冯舒:力在“耳”、“目”二字,包括却许多大议论,以为病者,眯目者也。○不选:“烟横”者,直附载二句,真无目也。——同上

(清)冯班:何不取此首?略点“乘槎”、“避雨”两故事,“烟横”、“月上”二字含却古之无限感慨。如此用事,千古不得一句也。——同上

(清)冯舒:首句不可解。——同上

(清)冯班:只首句不妥,以下字字不苟,“昆体”妙作。——同上

(清)钱湘灵:“安刘”二字未妥。——同上

(清)何焯:贞观十一年诏从汉氏使将相陪陵功臣密戚,皆赐茔地一所。第二正用其事。○一路逼出末句,可谓揶揄殆尽。——同上

(清)纪昀:“安刘”二字误用,饴山老人批《唐诗鼓吹》而为之词,非也。“竖儒”暗对谩骂郦生事。——同上

(清)许印芳:“安刘”借言安厝,非误用也。“提三尺”乃往时事,故曰“耳闻”;“盗一抔”是后来事,故曰“眼看”,亦不得谓之为病。惟“旧居”、“故里”意重复耳。后半嗟其重武轻文,妙在语无痕迹。——同上

(清)陆次云:“重回头”三字深,此时腐儒胸中有无限议论没处告语在。——《五朝诗善鸣集》

咸阳怀古　(唐)刘沧

经过此地无穷事,一望凄然感废兴。渭水故都秦二世,咸原秋草汉诸陵。天空绝塞闻边雁,叶尽孤村见夜灯。风景苍苍多少恨,寒山半出白云层。

(清)金人瑞:“闻边雁”,言今之所闻止此而已;“见夜灯”,言今之所见止此而已。不信秦汉当时,亦徒止此而已乎?忽转笔曰,秦汉风景固有在者,不见白云之上高矗寒山,此即自昔至今,何尝兴废也哉!(末四句下)——《贯华堂选批唐才子诗》

(清)朱三锡:此地之为言,不过一望荒草平原,如篇中所云“孤村”耳,“绝塞”耳,“寒山半出”、“白云”在望已耳。无端经过此地,猛然省是故都,回首“秦二世”、“汉诸陵”,不知有千千万万人成败于其间,故曰“无穷事”,“感

废兴”也。——《东岩草堂评订唐诗鼓吹》

(清)胡以梅：五虽闲句，而气犹朗润；六寒苦而气索，所言者小耳。结亦句顺而气寡。怀古者须有议论典实意味，不应呆写也。然亦成一家，可供采用。——《唐诗贯珠》

(清)赵臣瑗：五、六写景，天空闻雁而曰“绝塞”，见气象高寒；叶尽见灯而曰“孤村”，见人事萧索。七，“风景苍苍”一承，“多少恨”一顿。“多少恨”三字紧应“无穷事”三字，唯事无穷，故恨亦不计其多少也。八，一宕。——《山满楼笺注唐诗七言律》

咸阳怀古　(五代)韦　庄

城边人倚夕阳楼，城上云凝万古愁。山色不知秦苑指上林苑。废，水声空傍汉宫流。李斯不向仓中悟，徐福应无物外游。意谓若无李斯佐秦并天下，则无徐福海外求仙事。李斯与徐福事均见《史记》。莫怪楚吟偏断骨，野烟踪迹似东周。

(清)朱三锡：一曰城边人倚楼耳，中间插“夕阳”二字，读之便觉城上景色加倍衰飒，则此句中已尽有次句之意，而必更作“城上”一语者，只为欲提出“万古愁”三字以起下二句也。三“不知秦苑废”偏写山色，四“空傍汉宫流”偏写水声，妙！妙！言此理曰在眼前却无一人悟着，殊属不解。五、六即秦二事言之，以见贤者贵在自托，胡为不急去耶？——《东岩草堂评订唐诗鼓吹》

(清)胡以梅：人谓己也，“夕阳楼”，外景，言夕阳之候而己倚楼，内意则夕阳言末季之时也。第二有“云凝”二字，句便松，且愁云亦现成，当时昭宗已被播迁，“万古愁”亦心事，非为古来也。三、四妙在第四有变换，写其实事而以“空”字点明之，连上句俱活。五、六虽言秦时事，谓李斯仕秦，赞成始皇暴虐，以致徐福有遗世之举。然其心事亦言如此乱世，在位者必蹈李斯之祸，而徐福之事尤可慕而不可为也。且当是时，宰相崔胤党朱温，结兵构祸，以李斯比之，拟己以徐福，欲作物外之游，其意不一。结言有楚词之吟，销骨之痛者，盖如东周君徒建空名，终为强秦吞灭，即《哀郢》之余音耳。情致凄

惋，而诗思仍精，才人处末世，真可痛欤！——《唐诗贯珠》

过茂陵 (唐)韩偓

不悲霜露但伤春，孝理何因感兆民。景帝龙髯消息断，景帝刘启，武帝刘彻之父。此借皇帝升天之事喻景帝逝世。异香空见李夫人。李延年之妹，得到武帝的宠幸，死后，武帝思念不已。有方士可于灯烛下隔幕显现李夫人。事见《汉书》。

杨妃墓 (明)马祖常

汉庙衣冠照碧燐，唐陵翁仲作黄尘。马嵬坡上棠梨树，犹占咸秦几日春。

晚渡咸阳 (明)马中锡

野色苍茫接渭川，白鸥飞尽水连天。僧归红叶林间寺，人唤斜阳渡口船。表里山河犹往日，变迁朝市已多年。渔翁看破兴亡事，独坐秋风钓石边。

茂 陵 (清)吴骐

茂陵枯柏自巑岏，露重珠襦马上寒。独与铜人相对笑，三更残月下金盘。指铜人捧的承露盘。

咸　阳　（清）陈恭尹

关门一夜柳条青，今古茫茫草色新。龙虎有云终王汉，诗书余火竟燃秦。瑶池西望犹通鸟，指青鸟。渭水东流不待人。最是五陵游侠客，年年磨剑候风尘。

咸阳早发　（清）王士禛

日照长陵山市东，依然踪迹逐飞蓬。未央宫阙悲歌里，鄠杜鄠县和杜陵。鄠读户，上声。莺花泪眼中。已见铜人辞汉月，空留石马卧秋风。多情最有咸阳草，和雨和烟岁岁同。

马　嵬　（清）袁　枚

莫唱当年长恨歌，人间亦自有银河。石壕村里夫妻别，泪比长生殿上多。

咏马嵬坡　（清）吴文溥

玉笛吹天上，金笳动地来。蛾眉仙不死，虎旅横相摧。栈雨经秋滴，祠花带血开。至今思锦袜，不忍踏坡苔。

五、延 安

送李侍御过夏州

晋时，赫连勃勃称夏王，筑统万城，都之。后魏灭其国，置夏州。在今陕西横山县。（唐）姚合

酬恩不顾名，走马觉身轻。迢递河边路，苍茫塞上城。沙寒无宿雁，虏近少闲兵。饮罢挥鞭去，旁人意气生。

（元）方回：此诗以“虏近少闲兵”一句能道边塞间难道之景，故取之。上联“迢递河边路，苍茫塞上城”两句似泛，亦无深病也。大抵姚少监诗不及浪仙，有气格卑弱者，如“瘦马寒来死，羸童饿得痴”、“马为赊米贵，童因借得顽”，皆晚辈之所不当学。如王建“脱下御衣偏得着，放来龙马每教骑”，不惟卑，而又俗矣。东坡谓元轻白俗，然白亦不如是之太俗也。又姚诗如“茅屋随年借，盘飧逐日炊。无竹栽芦看，思山叠石为”两句一般无造化。又如“檐燕酬莺语，邻花杂絮飘”，妆砌太密，则反若浅拙。予以公论评之至此。其细润而甚工者，亦不可泯没，又当于他诗下备论而表出之。——《瀛奎律髓汇评》

（清）冯舒：必流水对，决弱而小矣。“两句一般无造化”此言半是半不是，应细参而得之，则纵横如意矣。——同上

（清）纪昀：此诗佳在末二句。“虏近少闲兵”句殊不见工。○边塞诗如此者甚多，不必写出地名方为切题。必以此论，则第六句临边之地，何处不可用？评摘武功疵病皆是。所谓细润而工者，则不尽然。——同上

（清）纪昀：武功诗之极浑成者。落句得神。——同上

登夏州城楼后魏灭夏，置夏州。隋改为朔方郡，唐复夏州。在今陕西横山县，即延安之北。　　(唐)罗　隐

寒城猎猎戍旗风，独倚危楼怅望中。万里山河唐土地，千年魂魄晋英雄。离心不忍听边马，往事应须问塞鸿。好脱儒冠从校尉，一枝长戟六钧弓。苏秦说楚威王"楚有夏州"是指湖北夏口，非此也。○钝吟曰："并不椎琢，慷慨可爱。"夏州在边，故云"万里山川唐土地"；是赫连勃勃所都，故曰"千年魂魄晋英雄"也。

(清)杨逢春：声情慷慨，笔力雄健，不以椎琢为工，固是晚唐之杰。——《唐诗绎》

(清)钱朝鼒、王俊臣：一写夏州城楼，二写登夏州城楼，下六句皆凭栏怅望也。三、四是由今而吊古，五、六又吊古而悲今，无非自叹自伤之意。投笔从戎，固有满腔忧愤于言外见之者矣。——《唐诗鼓吹笺注》

(清)沈德潜：唐末昭谏诗，犹棱棱有骨。——《唐诗别裁集》

绥州作绥德亦称绥州，在延安北。　　(五代)韦　庄

雕阴雕阴，山名。在绥德。无树水南流，其地属河套，故黄河之水南流。雉堞连云古帝州。因桥山在其南，黄帝冢在焉，故云。带雨晚驼鸣远戍，望乡孤客倚高楼。明妃去日花应笑，蔡琰读演，上声。归时鬓已秋。一曲单于暮烽起，扶苏城上《一统志》：上郡城在绥德州城北，即扶苏监蒙恬军处。月如钩。

延安道中　　(明)马中锡

延安城外树苍苍，暑雨随风送早凉。东望黄河天渐

远，西连紫塞路偏长。人歌韩范韩琦和范仲淹。言犹在，地考金元志也亡。为感废兴成久竚，却题诗句记山墙。

六、渭　南

题潼关楼东汉设潼关，唐置潼津县，明为潼关卫，清改潼关厅。地处晋、陕、豫三省要冲，为历代军事要地。楼在今潼关县城东三公里。

（唐）崔　颢

客行逢雨霁，歇马上津楼。山势雄三辅，关门扼九州。川从陕路去，河绕华阴流。向晚登临处，风烟万里愁。

行经华阴　（唐）崔　颢

岧峣读条尧，皆平声。形容山势高峻。太华华山。俯咸京，可俯视咸阳与长安。天外三峰指华山的莲花、明星、玉女三峰。一说三峰是：落雁、朝阳、莲花。削不成。刀削难成。武帝祠汉武帝立的神祠。前云欲散，仙人掌上仙人掌在华山东峰石壁之上。雨初晴。河山北枕秦关险，驿树西连汉畤读止，上声。古代祭祀的场所。平。借问路旁名利客，无如此处学长生。

(清)金人瑞:写岩峣太华,看他忽横如杠大笔,架出“俯咸京”之三字,咸京者,即下解路旁千千万万名利之客,所为钻头不入,拔足不出,半生奔波,一世沉没之处。其处本不易俯,而今判之曰俯,则其为太华之岩峣,亦略可得而仿佛也。“天外三峰”句正画“俯”字也。言三峰到天,天已被到,而峰犹不及,故曰“天外”。“削不成”之为言此非人工所及,盖欲言其削成,则必何等大人,手持何器,身立何处,而后乃今始当措手?此三字,与上“俯咸京”三字,皆是先生脱尽金粉章句,别舒元化手眼,真为盖代大文,绝非经生恒睹也。至于三、四只是承上“三峰”,自言是日正值云散而晴,故得了了见之。(前四句下)〇此五、六运笔,真如象王转身,威德殊好。盖欲切讽路旁之不须复至咸京,而医指点太华之北枕西连,则有秦关汉畤,当时两朝何等富贵,而今眼见尽归乌有,则固不如天外三峰之永永常存也。(后四句下)——《贯华堂选批唐才子诗》

(清)屈复:前四经华阴而望岳也,后四经华阴而生感也。“削不成”用典活动。五、六包含多少兴废在内,方逼出七、八来。——《唐诗成法》

(清)方东树:起二句破题。次句句法带写加琢。三、四句写景,有兴象,故妙。五、六亦是写,但有叙说而无象,故不妙也。收托意亦浮浅。姚云:三四壮于嘉州“秦女”一联,愚谓诗意一般,只是字面有殊耳。……然此自是初唐气格。——《昭昧詹言》

望　岳西岳华山也。　　(唐)杜　甫

西岳崚嶒竦处尊,诸峰罗立似儿孙。安得仙人九节杖,《刘根外传》:“汉武帝登少室,见一女子以九节杖仰指日。”拄到玉女洗头盆。《集仙录》:“明星玉女居华山,祠前有五石臼,号曰:玉女洗头盆。其中水色碧绿澄澈,不溢不耗。”车箱入谷《寰宇记》:“车箱谷一名车水涡,在华阴县西南,深不可测。”无归路,箭栝通天有一门。用秦昭王上华山事,见《韩非子》。稍待秋风凉冷后,高寻白帝《洞天记》:“华山名太极总仙之天,即少昊为白帝治西岳。”问真源。浦起龙云:“从贬斥失意,写望岳之神,兼有二意:一以华顶比帝居,见远不可到;一以华顶作仙府,将邈然相从。盖寄慨而兼托隐之词也。”

(明)钟惺:真雄、真浑、真朴,不得不说他好!——《唐诗归》

(清)黄周星:自是奇句("诸峰罗列"句下)。同一望岳也,"齐鲁青未了",何其雄浑;"诸峰罗立似儿孙",何其奇峭!此老方寸间,固隐然有五岳。——《唐诗快》

(清)张谦宜:《望岳》此拗格第一。"西岳崚嶒竦处尊,诸峰罗立似儿孙",笔势自上压下。"安得仙人九节杖,拄到玉女洗头盘",自下腾上,才敌得住;不对,所以有力。若移五、六在此,便软。○此是格拗,不是句拗,唐人多有之。——《茧斋诗谈》

(清)何焯:"无归路"、"有一门",一重一掩,或暗或明,方是处下窥高真景。上承"到"字,下起"寻"字,亦非常生动("车箱入谷"联下)。——《义山读书记》

秋日赴阙题潼关驿楼　(唐)许浑

红叶晚萧萧,长亭酒一瓢。残云归太华,太华即华山。疏雨过中条。中条山在山西省永济县,地当太行山与华山之间,故名。树色随关迥,河声入海遥。帝乡明日到,犹自梦渔樵。

(近代)俞陛云:凡作客途风景诗者,山川形势,最宜明了;笔气能包扫一切,而句法复雄宕高超,斯为上乘;许诗其佳选也。开篇以秋日说起,若仙人驾鹤,翩然自空而降;首句即押韵,神味尤隽。三、四句皆潼关左右之名山:太华在关西,中条在关东,皆数百里而近;残云挟雨,自东而西,应过中条而归太华,地望固确,诗句弥工。五句以雍州为积高之壤,入关以后迤逦而登,故树色亦随关而迥。余曾在风陵渡河望潼关树色,高入云中,深叹其"迥"字之妙。六句言大河横亘关前,浩浩黄流,遥通沧海,表里山河之险,涌现笔端。以上皆纪客途风景。篇终始言赴阙,觚棱在望,而故乡回首,犹梦渔樵,知其荣利之淡也。——《诗境浅说》

潼关兰若　(唐)许　浑

来往几经过，前轩枕大河。远帆春水阔，高寺夕阳多。蝶影下红药，鸟声喧绿萝。故山归未得，徒咏采芝歌。

(清)余成教：韦庄读浑诗云"江南才子许浑诗，字字清新句句奇。十斛真珠量不尽，惠休空作碧云词"。《丁卯集》中"孤枕易为客，远书难到家"、"林繁树势直，溪转水纹斜"、"远帆春水阔，高寺夕阳多"……"两岸晓烟千里草，半帆斜日一江风"、"溪云初起日沉阁，山雨欲来风满楼"之句，《寄房千里》、《金陵怀古》、《凌歊台》、《四皓庙》诸诗，字字清新，果不愧乎"江南才子"也。——《石园诗话》

晚至华阴　(唐)皇甫曾

腊尽促归心，行人及华阴。云霞仙掌出，松柏古祠深。野渡冰生岸，寒川烧隔林。温泉指骊山温泉。看渐近，宫树晚沉沉。

华岳庙又名西岳庙，相传为汉武帝时所建。　(唐)张　籍

金天庙即华岳庙。金天本指古帝少昊。唐玄宗先天二年(713)秋八月封西岳华山神为金天王。下西京指长安。道，巫女纷纷走似烟。手把纸钱迎过客，追求恩福到神前。

途次华州,后魏置华山郡,西魏为华州。隋废,唐仍名为华州,宋曰华州华阴郡,金仍为华州,清属陕西同州府,民国改州为县。陪钱大夫登城北楼春望,因睹李、崔、令狐三相国唱和之什,翰林旧侣,继踵华城,山水清高,鸾凤翔集,皆忝夙眷,遂题此诗

(唐)刘禹锡

城楼四望出风尘,见尽关西渭北春。百二山河雄上国,一双旌旆委名臣。壁中今日题诗处,天上同时草诏人。莫怪老郎呈滥吹,吹读去声,指管乐器的吹奏。宦途虽别旧情亲。

华 顶华山南峰仰天池旁,有石峰突起,上题“太华绝顶”四字。

(唐)李 绅

欲向仙峰炼九丹,独瞻华顶礼仙坛。石标琪树凌空碧,水挂银河映月寒。天外鹤声随绛节,洞中云气隐琅玕。浮生未有从师地,空诵仙经想羽翰。

马戴居华山因寄 (唐)贾 岛

玉女洗头盆,孤高不可言。瀑流莲岳顶,河注华山根。绝雀林藏鹘,无人境有猿。秋蟾才过雨,石上古松门。

(元)方回:三、六谓绝雀之林为藏鹘,无人之境始有猿。一句上本下,一句下本上。诗家不可无此互体。工部诗"林疏黄叶坠,野静白鸥来"亦似。——《瀛奎律髓汇评》

(清)纪昀:解得好。——同上

(清)纪昀:无深意而自然高爽,此由气格不同。——同上

(清)许印芳:末句有讹字。——同上

入潼关　(唐)张祜

都城三百里,雄险此回环。地势遥尊岳,河流侧让关。秦皇曾虎视,汉祖昔龙颜。何处枭凶辈,干戈自不闲。

潼关驿亭　(唐)薛逢

河上关门日日开,古今名利旋堪哀。终军壮节埋黄土,杨震丰碑翳绿苔。寸禄应知沾有分,一官常惧处非才。犹惊往岁同袍者,尚逐江东计吏计吏,古代州郡掌管簿籍的官员,按照规定每年都要到户部报告地方财政收支账目。来。

华岳下题西王母庙　(唐)李商隐

神仙有分岂关情,八马虚随落日行。莫恨名姬中夜没,君王犹自不长生。叶葱奇《疏注》:朱氏云:《唐书》"武宗王才人善歌舞,状纤颀,颇类帝。每畋苑中,才人必从,袍而骑,佼服光侈,观者莫知孰为帝也。帝惑方士说,欲饵药长生,后寝不豫,才人独忧之。及大渐,才人悉取所常贮散遗宫中,审帝已

崩，即自经幄下”。义山此诗岂有感其事而发欤？

出关潼关也。**宿盘豆馆**《甘棠志》：“盘豆馆在湖城县西二十里。昔汉武帝过此，父老以牙豆盘献，因名焉。”《通典》：“三十里置一驿，其非通都大路则曰馆。”**对丛芦有感**　（唐）李商隐

芦叶梢梢夏景深，邮亭暂欲洒尘襟。昔年曾是江南客，此日初为关外心。思子台《汉书·戾太子传》：“上怜太子无辜乃作思子宫，为归来望思之台于湖。师古曰：台在湖城县西阕乡东。”边风自急，玉娘湖上《嵩山志》：“登封县有玉女台，汉武帝见二玉女于此，因名焉。”玉女湖或在其侧。月应沉。清声不远行人去，一世荒城伴夜砧。

华　山　（唐）张　乔

谁将倚天剑，削出倚天峰。众水背流急，他山相向重。树粘青霭合，崖夹白云浓。一夜盆倾雨，前湫起毒龙。

少华少华山在陕西华县东南五公里，与西岳太华山并称二华，皆属秦岭支脉。**甘露寺**　（唐）郑　谷

石门萝径与天邻，雨桧风篁远近闻。饮涧鹿喧双派水，上楼僧蹋一梯云。孤烟薄暮关城没，远色初晴渭曲分。长欲然香来此宿，北林猿鹤旧同群。

(明)许学夷:(郑谷)七言律如"饮涧鹿喧双派水,上楼僧蹋一梯云"、"林下听经秋苑鹿,溪边扫叶夕阳僧"、"万顷白波迷宿鹭,一林黄叶送残蝉"、"情多最恨花无语,愁破方知酒有权"等句,皆晚唐语。——《诗源辩体》

(清)黄生:字眼重复是诗一病,在盛唐特为小疵,至晚则此例当严矣。……此诗重"远"字,而取之何也?盖虚字犹可重,实字不可重。又当相其字法所在,碍与不碍耳。结句言外云"猿鹤与我有旧,想不见阻耳"。——《唐诗摘钞》

仙　掌仙掌崖在华山朝阳峰。　　(唐)僧齐己

峭形寒倚夕阳天,毛女莲花翠影连。毛女、莲花皆峰名,二峰紧接。云外自为高出手,人间谁合斗挥拳。鹤抛青汉来岩桧,僧隔黄河望顶烟。晴露红霞长满掌,只应栖托是神仙。

华　山　　(北宋)寇 准

只有天在上,更无山与齐。举头红日近,回首白云低。

西溪无相院一作华州西溪。　　(北宋)张 先

积水涵虚上下清,几家门静岸痕平。浮萍破处见山影,小艇归时闻棹声。入郭僧寻尘里去,过桥人似鉴中行。已凭暂雨添秋色,莫放修林碍月生。

(元)方回:此东坡所称三、四一联。子野诗集湖州有之,近亡其

本。——《瀛奎律髓汇评》

(清)冯班：不独三、四好，五、六亦好。——同上

(清)李光垣：应云“此三、四一联东坡所称”。——同上

(清)冯舒：此公一生只会用“影”字。——同上

(清)查慎行：三、四小巧而新鲜。——同上

(清)纪昀：三、四有致，宜为东坡所称，然气象未大，颇近诗余。五句作意而笨。——同上

念奴娇·钦叔，钦用避兵太华绝顶，有书见招，因为赋此　(金)元好问

云间太华，笑苍然尘世，真成何物。玉井莲开花十丈，华山中峰曰莲花峰，有池称玉井。韩愈《古意》：“太华峰头玉井莲，开花十丈藕如船。”独立苍龙绝壁。九点齐州，一杯沧海，李贺《梦天》诗：“遥望齐州九点烟，一泓海水杯中泻。”半落天山雪。中原逐鹿，定知谁是雄杰。　我梦黄鹄移书，洪崖招隐，逸兴尊中发。箭筈天门飞不到，杜甫《望岳》：“车箱入谷无归路，箭栝(筈)通天有一门。”落日旌旗明灭。华屋生存，零落山丘，几换青青发。人间休问，浩歌且醉明月。

潼　关　(南宋)汪元量

蔽日乌云拨不开，昏昏勒马度关来。绿芜径路人千里，黄叶邮亭酒一杯。事去空垂悲国泪，愁来莫上望乡台。桃林塞外秋风起，大漠天寒鬼哭哀。元世祖至元二十六年(1289)，作者送南宋末代皇帝赵显至甘州(今甘肃张掖)出家后，归途路经潼关，写了此诗。

经华岳庙　　(明)李　贤

华岳巍巍势独雄，层屑削出翠芙蓉。红光映日仙人掌，黛色连天玉女峰。绝顶泉飞千尺练，悬崖根固万年松。四时赖尔兴云雨，历代尊崇祀典隆。

潼　关　　(明)李梦阳

咸东天险设潼关，闪日旌旗虎豹闲。隘地黄河吞渭水，炎天白雪压秦山。旧京想象千官入，余恨逡巡六国还。满眼非无弃𦈡者，寄言军吏莫嗔颜。

玉泉院玉泉院在华山峪口，宋仁宗皇祐年间为陈抟所建。

(明)杨　慎

玉泉道院水溶溶，石上闲亭对碧峰。幽径落花春去早，疏帘斜日燕飞慵。窗涵萃岫晴岚色，云断长溪两岸风。洞里睡仙何日起，不堪吟罢绕林钟。

杪秋登太华山绝顶　　(明)李攀龙

缥渺真探白帝宫，白帝为西方之神。三峰指莲花峰、朝阳峰、玉女峰。此日为谁雄？苍龙华山有苍龙岭。半挂秦川雨，石马玉女祠

前有石如马。长嘶汉苑风。地敞中原秋色尽，天开万里夕阳空。平生突兀看人意，容尔深知造化工。

（清）沈德潜：沧溟诗有虚响，有沉着，此沉着一路。——《唐诗别裁集》

游青柯坪青柯坪距华山谷口约十公里，石壁上有“青柯坪”三字。

（明）温 纯

削成绝壁倚危梯，刚到山腰眼界迷。为近天门寻白帝，故从鸟道拄青藜。衔杯欲并峰莲吸，得句先携玉女题。正好乘风凌绝顶，归来恐作旧人啼。

千尺幢至百尺峡华山险景之一。千尺幢在青柯坪东约三公里处，百尺峡在千尺幢上方。

（明）袁宏道

千仞云中缀一丝，势危那免堕枯枝。算来白石清泉死，差胜儿啼女唤时。百尺峡是一条近于垂直的狭长山石裂缝，中置铁索，供游人攀越。

题云台峰云台峰是华山的北峰，是通向东、西、南、中诸峰的必经之路。

（清）阎尔梅

山巅山麓异阴晴，群巘参差雾割平。落雁峰头云万丈，飞鱼岭上月三更。星潭水响金薤舞，箭筈风摇铁锁惊。夷险何常人自取，樵夫担担走幢坪。

云台观华山云台现有二处，一在谷口约二三里处，玉泉院旁；一在云台峰上，相传为老子及其弟子生活处。　(清)宋　琬

三峰峰下羽人居，夹道青松覆碧渠。金榜蝌文程邈篆，玉函龙气老聃书。荷锄种药他年事，倚杖穿云此地初。柏子一餐身力健，芙蓉苍翠湿衣裾。

华　岳　(清)宋　琬

遥遥青黛削芙蓉，此日登临落雁峰。霄汉何人骑白鹿，天门有路跨苍龙。流沙弱水真杯勺，太白终南尽附庸。却忆巨灵开辟日，神功橐籥读托约，皆入声。古代冶炼时用以鼓风的装置，犹今之风箱。费陶熔。

太华作　(清)屈大均

仙掌三峰立，天门半壁扃。莲花围白帝，玉井出明星。横度苍龙磴，高歌落雁亭。河山襟带尽，两戒据天经。

望　岳　(清)李因笃

太华三峰列峻屏，晴霄飞翠下空溟。晓云东抱关河紫，秋色西来天地青。玉女盆中寒落黛，仙人掌上接明

星。乱余林壑饶遗客，缥缈幽栖赋采苓。采苓见《诗经·唐风》。

潼　关　　（清）王士禛

潼津直上势嵯峨，天险初从百二百二，言河山之险，二万人足以敌百万人。语出《史记·高祖本纪》。过。两戒国家疆域的南北界限称两戒。中分蟠太华，华山之华应读去声。孤城北折走黄河。复隍几见熊罴守，弃甲空传犀兕多。汉阙唐陵尽禾黍，雁门司马指明末兵部尚书孙传庭战死潼关，孙系雁门人。恨如何。

满庭芳·和人潼关　　（清）曹贞吉

太华垂旒，黄河喷雪，咸秦百二谓二万人可敌诸侯百万人也。语出《史记·高祖本纪》。重城。危楼高楼。千尺，刁斗古代军中巡更、煮饭两用的铜器。静无声。落日红旗半卷，秋风急、牧马悲鸣。闲凭吊，兴亡满眼，衰草汉诸陵。　　泥丸封未得，《东观汉记》："隗嚣将王元曰：'请以一丸泥，为大王东封函谷关。'"此句谓关未守住。渔阳鼙鼓，响入华清。白居易《长恨歌》："渔阳鼙鼓动地来，惊破霓裳羽衣曲。"早平安烽火，不到西京。长安。自古王公设险，终难恃、带砺指山河。之形。何年月，铲平斥堠，堠读候，去声。古代瞭望敌人的土堡。如掌看春耕。

潼　关　　（清）谭嗣同

终古高云簇此城，秋风吹散马蹄声。河流大野犹嫌束，山入潼关不解平。

七、商　洛

再宿武关

武关在丹凤县城东四十公里，与潼关、萧关、大散关合称秦之四寨。　　（唐）李　涉

远别秦城万里游，乱山高下出商州。关门不锁寒溪水，一夜潺湲送客愁。

（清）沈德潜：一夜不寐意，写来偏曲。——《唐诗别裁集》

（近代）俞陛云：戴叔伦诗言湘水东流，不为愁人少住；此诗言武关之水但送客愁，皆因一片乱愁更无着处，但能怨流水无情耳。——《诗境浅说续编》

题青云馆

在陕西商洛县境内。　　（唐）杜　牧

虬蟠千仞剧羊肠，天府由来百二强。四皓有芝轻汉祖，张仪无地与怀王。云连帐影萝阴合，枕绕泉声客梦凉。深处会容高尚者，水苗三顷百株桑。

商山麻涧　（唐）杜　牧

云光岚彩四面合，柔桑垂柳十余家。雉飞鹿过芳草远，牛巷鸡埘读时，平声。凿墙为鸡窝称埘。春日斜。秀眉老父对樽酒，茜袖女儿簪野花。征车远行人乘的车称征车。自念尘土计，惆怅溪边书细沙。

（清）金人瑞：一写四面，二写中间，三写闲静，四写丰乐，便较陶令《桃花源记》为烦矣。〇五、六忽然写一父老樽酒、女儿衣袖，以深显自家形秽。“书细沙”者无颜自明，而又不能含糊付之也。——《贯华堂选批唐才子诗》

（清）赵臣瑗：此诗字字古朴，字字新颖，又字字美丽；披之如身入桃源，虽竟日坐卧其中，不厌也。——《山满楼笺注唐诗七言律》

（清）张文荪：朴而弥雅，源出《国风》，非后人好书琐事可比。——《唐贤清雅集》

商山富水驿原注：驿本名与阳谏议同姓名，因此改为富水驿。按：阳城隐于中条山，德宗召为谏议大夫。　（唐）杜　牧

益戆由来未觉贤，终须南去吊湘川。当时物议朱云朱云事见《晋书·段灼传》。小，后代声华白日悬。邪佞每思当面唾，清贫长欠一杯钱。驿名不合轻移改，留警朝天者惕然。

（宋）沈括：“厨人具鸡黍，稚子摘杨梅”、“当时物议朱云小，后代声华白日悬”，以“鸡”对“杨”，以“朱云”对“白日”，如此之类，皆为假对。——《梦溪笔谈》

武　关　(明)何景明

北转趋刘坝,刘坝,县名。西盘出武关。微茫一线路,回合万重山。天地几龙战,风云惟鸟还。关门锁溪水,日夜送潺湲。

过武关　(明)温　纯

关塞空秦汉,风尘感岁华。猿啼唯鸟道,犬吠有人家。孤嶂天疑近,穷途日易斜。商山知不远,吾欲了生涯。

宝　鸡

题仙游观观在陕西省麟游县,传赤脚大仙曾游此,故名。

(唐)韩　翃

仙台初见五城楼,风物凄凄宿雨收。山色远连秦树晚,砧声近报汉宫秋。疏松影落空坛静,细草香闲小洞幽。何用别寻方外去,人间亦自有丹丘。

(清)金人瑞：五城十二楼，昔所传闻，殊未目睹，今日乃幸斗然亲见。"初"字妙，言实是生平之所未经，况又加以夜来雨过，巧值新晴。再写七字，便使上七字又分外清绝也。山色远连，砧声近报，且不入观门，且先将观前观后，观左观右，无限风物，无限凄清，一例平收。"秦"字妙，"晚"字妙，"汉"字妙，"秋"字妙。不是寓目，不知是送怀。我读之，亦如列子御风，泠然其善，更不谓阅此诗时，正在三伏盛暑中坐矣(前四句下)。〇比方写入观来也。"疏松"犹庄子云"大年"，"细草"犹庄子云"小年"，"影落空坛"犹庄子云"断之则悲"，"香闲小洞"犹庄子云"续之则忧"。何用别寻丹丘，夫丹丘又岂出此疏松细草之外耶？读此五、六二句，便胜读全部道经，不谓先生眼光至此(末四句下)！——《贯华堂选批唐才子诗》

(清)朱之荆：若非次句，中联如何承接？若非七句，全首如何接合？真可味。——《增订唐诗摘钞》

(清)赵臣瑗：既登山以后，未入观以前，所见所闻如此，风物凄清已隐然有个"晚"字、"秋"字在内，非但以宿雨初收之故。"秦树"、"汉宫"须活着，妙处全在"远连"、"近报"之四虚字。——《山满楼笺注唐诗七言律》

过五丈原

在陕西郿县西南，与岐山县接界。《三国志·诸葛亮传》："建兴十二年，诸葛亮悉大众由斜谷出，以流马运，据武功五丈原，与司马懿对于渭南，分兵屯田，为久驻之基。"即在此。　(唐)温庭筠

铁马云雕久绝尘，柳阴高压汉营春。天清杀气屯关右，夜半妖星照渭滨。下国卧龙空寤主，中原逐鹿不由人。象床宝帐无言语，从此谯周是老臣。谯周，蜀光禄大夫，蜀后主用其策降。"炎兴元年(263)冬，邓艾破卫将军诸葛瞻于绵竹。用光禄大夫谯周策，降于艾。"见《三国志·蜀书》。从此蜀亡。

(清)吴乔：结句结束上文者，正法也；宕开者别法也。上官昭容之评沈、宋，贵有余力也。"曲终人不见，江上数峰青"，贵有远神也……温飞卿《五丈原》诗以"谯周"结武侯，《春日偶成》以"钓渚"结旅情。刘长卿之"白马翩翩

春草绿,邵陵西去猎平原",宕开者也。——《围炉诗话》

(清)胡以梅:二、三可以言目今,亦可以言武侯当年,是活句。——《唐诗贯珠》

圣女祠祠在陈仓与大散关之间。　(唐)李商隐

杳蔼云雾飘缈貌。逢仙迹,苍茫滞客途。何年归碧落,此路向皇都。消息期青雀,逢迎异紫姑。《荆楚岁时记》:"正月望日,其夕迎紫姑神以卜。按:紫姑本人家妾,为大妇所逐,正月十五感激而死。"肠回楚国梦,心断汉宫巫。《汉书·郊祀志》:"上郡有巫病而鬼神下之,上召置祠之甘泉。"从骑裁寒竹,行车荫白榆。星娥一去后,月姊更来无。寡鹄寡鹄见《列女传》:"陶婴夫死,守义,作歌曰:'悲夫黄鹄早寡兮,七年不双飞。'"迷苍壑,羁凰怨翠梧。惟应碧桃下,方朔是狂夫。

圣女祠　(唐)李商隐

松篁台殿蕙香帏,龙护瑶窗凤掩扉。无质易迷三里雾,不寒长着五铢衣。《博物志》:"贞观中岑文本于山亭避暑,有叩门云:'上清童子。'文本问曰:'衣服轻细,何土所出?'童子对曰:'此上清五铢衣也。'"人间定有崔罗什,《酉阳杂俎》:"崔罗什夜入长白山夫人墓与鬼相会,鬼云:'平陵刘仲璋之妻,吴质之女。'别后十年,什在园中食杏,忽报女郎信,俄即去,食一杏未尽而卒。"天上应无刘武威。寄问钗头双白燕,每朝珠馆几时归。

重过圣女祠　(唐)李商隐

白石岩扉碧藓滋,上清沦谪得归迟。一春梦雨常飘

瓦,尽日灵风不满旗。萼绿华来无定所,杜兰香去未移时。萼绿华,仙女,下嫁羊权;杜兰香,仙女,下嫁张硕。玉郎会此通仙籍,忆向天阶问紫芝。

(清)贺裳:长吉、义山皆善作神鬼诗。《神弦曲》有幽阴之气,《圣女祠》多缥缈之思……至"一春梦雨常飘瓦,尽日灵风不满旗",又似可亲而不可望,如曹植所云"神光离合,乍阴乍阳"也。——《载酒园诗话又编》

(清)张谦宜:《重过圣女祠》云"一春梦雨常飘瓦,尽日灵风不满旗",思入微妙。夫朝云暮雨,高唐神女之精也。今经春梦中之雨,历历飘瓦,意者其将来耶?来则风肃然,上林神君之迹也。乃尽日祠前之风尚未满旗,意者其不来耶?恍惚缥缈,使人可想而不可即。鬼神文字如此做,真是不可思议。——《茧斋诗谈》

(清)赵臣瑗:此借题以发抒己意也。从来才人失志,其一种无聊不平之思,必有所托,或托诸美人,或托诸香草,或托诸神仙鬼怪之事,如屈子之《离骚》是也。……"得归迟"三字是通篇眼目。——《山满楼笺注唐诗七言律》

九成宫

《新唐书·地理志》:"凤翔府……麟游县(今陕西麟游县)西五里有九成宫。按:原名仁寿宫,贞观间修之以避暑,因改名焉。"

(唐)李商隐

十二层城阆苑西,平时避暑拂虹霓。云随夏后双龙尾,《山海经》:"大乐之野,夏后启于此舞《九代》,乘两龙,云盖三层。"风逐周王八骏蹄。周穆王有良马八匹,号八骏。见《穆天子传》。吴岳晓光连翠巘,甘泉晚景上丹梯。荔枝卢橘司马相如《上林赋》"卢橘夏熟"。按:卢橘今金橘。江浙人呼为金柑。沾恩幸,鸾鹊天书湿紫泥。言下诏索此二物。"湿"字指诏书下达得快。此诗感慨当日衰败,回想贞观时兴隆。○一、二"平时"二字为一篇眼目。平时即承平之时。"拂虹霓"谓高。"阆苑"王母所居,指宫禁,九成宫在长安之西,故云。三、四,极写盛世叱咤风云气象。五、六,极言旦暮光景的明丽。吴岳即《禹贡》的岍(读牵)山,在今陕西陇县西南。《史记·封禅书》:"自华以西名山有七,其一吴岳。""甘泉"比拟九成宫醴泉。七,意即一微物也获登进。八,鸾鹊,指书法。庾肩吾《书品》:"波回堕镜之鸾,楷顾雕陵之鹊。""湿"字谓诏书下降迅速,紫泥未干。○纪昀评此诗云:"望古遥集,声在弦外。"

送凤翔范书记　(唐)李　频

西京无暑气,夏景似清秋。天府来相辟,高人去自由。江山通蜀国,日月近神州。若共将军语,河兰地未收。

(元)方回:晚唐诗鲜壮健,频却有此五、六一联。——《瀛奎律髓汇评》
(清)纪昀:后四句自好。——同上
(清)无名氏(甲):此时吐蕃尚盗河、陇,末联甚有关系,异于宋人浮浪之笔矣。——同上

过九成宫　(唐)吴　融

凤辇东归二百年,九成宫殿半荒阡。魏公碑字指魏徵撰的《九成宫醴泉铭》。封苔藓,文帝泉声落野田。指太宗行幸有灵泉自涌。碧草断沾仙掌露,绿杨犹忆御炉烟。升平旧事无人说,万叠青山但读袒,上声。敞开而露出。语出《墨子·耕柱》。一川。

汧阳间　(五代)韦　庄

汧水汧读牵,平声。汧水,渭水支流。源出甘肃六盘山南麓,流经陇县汧阳注

入渭河。古以河中出五色鱼，因又称为龙鱼川。**悠悠去似绯**，绯读棚平声。引绳使直。**远山如画翠眉横。僧寻野渡归吴岳**，即吴山，亦名汧山，在汧阳县西。**雁带斜阳入渭城**。汉名渭城，唐名咸阳。**边静不收蕃帐马，地贫惟卖陇山鹦**。鹦鹉出陇西，能言鸟也。**牧童何处吹羌**读枪，平声。少数民族。**笛，一曲《梅花》出塞声。**

(清)朱三锡：一写水，二写山，皆阁中之所见。举世纷乱，其地独守。三曰“僧寻野渡”，四曰“雁带斜阳”，言入山者入山，入城者入城，总以见人物之相安耳。五言边境清宁，六曰居民贫乏，然其地虽贫而四境宴然，亦太平乐事。牧童羌笛，一曲《梅花》，非今日所不易闻者哉！——《东岩草堂评订唐诗鼓吹》

(清)赵臣瑗：前半阁上景致，后半县中风土，皆极凄凉。一赋水，以绯比之；二赋山，以眉比之。只是闲闲着笔，已觉凄凉满目。三于人之中但举一僧，四于物之中但举一雁，皆从冷处落想，而又衬以“寻野渡”、“带斜阳”，则全是一片凄凉矣！五之“边静”即“不收马”可见，六之“地贫”即“唯卖鹦“可知，最简最雅，然两句不可平看，言边虽已静而地则甚贫也，故结以牧童吹笛，声犹出塞，为习为战争所致，亦全是一片凄凉也。——《山满楼笺注唐诗七言律》

磻溪怀古

磻读蟠，平声。磻溪一名璜河，在陕西宝鸡县东南。源出南山，合成道宫水，北流入于渭水。　　(五代)孟宾于

良哉吕尚父，深隐始归周。钓石千年在，春风一水流。松根盘藓石，花影卧沙鸥。谁更怀韬术，追思古渡头。

渭上秋夕闲望　　(北宋)潘 阆

秋夕满秦川,登临渭水边。残阳初过雨,何树不鸣蝉。极浦涵新月,孤帆没远烟。渔人空老尽,谁似太公贤?

(元)方回:五、六清淡。尾句必合如此,乃有转换。——《瀛奎律髓汇评》

(清)冯舒:落句急出题,非转换也。——同上

(清)查慎行:三、四绝胜五、六。○五、六正写闲望,评之清淡,失之矣。——同上

(清)冯舒:结句呆。——同上

(清)冯班:次联妙,尾句极不佳。——同上

(清)陆贻典:次联能写真境。——同上

(清)纪昀:二诗(指《秋日题琅琊山寺》与此诗)俱有唐意,风格自高。——同上

(清)许印芳:"秋"字复。○结句但不出色耳。冯氏斥为呆钝,未免太刻。——同上

石鼻城

在宝鸡县南,亦曰灵壁。唐光启二年田令孜劫帝幸宝鸡,留禁兵守石鼻,即此。《方舆胜览》:"宝鸡有石鼻寨。"入蜀者至此渐入山,出蜀越谷者至此渐出山。故苏轼诗云:"北客初来试新险,蜀人从此送残山。"

(北宋)苏 轼

平时战国今无在,陌上征夫自不闲。北客初来试新险,蜀人从此送残山。王文诰注:"次公曰,自北来而入蜀者,至此渐入山,故曰试新险;自蜀来而趋京洛者,至此已出山,故曰送残山。"独穿暗月朦胧里,愁渡奔河苍茫"茫"字平仄不协,恐有误,存疑。间。渐入西南风景

变，道边修竹水潺潺。

题宝鸡县斯飞阁《宝鸡县志》："斯飞阁，在县治西南。"

（北宋）苏 轼

西南归路远萧条，倚槛魂飞不可招。野阔牛羊同雁鹜，天长草树接云霄。昏昏水气浮山麓，泛泛春风弄麦苗。谁使爱官轻去国，此身无计老渔樵。此因陈公弼之来而感宋选之去也。

周公庙庙在岐山西北七八里，庙后百许步，有泉依山，涌冽异常，国史所谓"润德泉世乱则竭"者也。

（北宋）苏 轼

吾今那复梦周公，尚喜秋来过故宫。翠凤旧依《竹书纪年》："周文王元年，有凤集于岐山。"山硉兀，清泉长与世穷通。至今游客伤离黍，故国诸生咏雨蒙。王文诰按："此联用《毛诗・诗序》闵宗周及东征事，曲折而切当。"牛酒不来乌鸟散，白杨无数暮号凡大声呼叫或大风发出的巨响，皆读平声豪。风。

岐阳三首（录一首）

（金）元好问

百二关河草不横，十年戎马暗秦京。秦京指长安。岐阳西望无来信，陇水东流闻哭声。野蔓有情萦战骨，残阳何意照空城。从谁细向苍苍问，争遣蚩尤作五兵。传说有蚩尤受金作五兵以伐黄帝的说法。

凤翔府 (清)王士禛

城边汧渭两交流,陇蜀中分第一州。西雍水名,俗名濉河。横当斜谷路,南山高接杜陵秋。雌鸣尚忆秦人霸,星陨难销汉相指诸葛亮。愁。形势依然身万里,挟风歌罢拂吴钩。

望太白山在眉县城南二十公里。南界洋县,东接佛坪,西南与留坝,凤县相连。为汉江、渭水之间和秦岭山脉的主峰之一,是关中最高山峰。

(清)张问陶

形势抗西岳,尊严朝百灵。雪留秦汉是秦汉时代留下来的。白,山界雍梁雍州和梁州。青。鸟道欺三峡,神功怀五丁。蛾眉可横绝,归梦记曾经。

九、榆 林

杀子谷在今绥德县城北三公里处,传为扶苏当年赐死之地。

(唐)胡 曾

举国贤良尽泪垂,扶苏屈死树边时。至今谷口泉呜

咽，犹似秦人恨李斯。

扶苏墓 （北宋）孔武仲

天下精兵掌握间，便宜便该也。长啸入秦关。奈何仗剑区区言其仗剑自杀。死，不辨书从赵李赵高和李斯。奸。

登榆林城 （明）谢 榛

凭高望不极，望不到尽头。天外一鸿过。众岭夕阳尽，孤城寒色多。芦笳指少数民族的一种音乐声。满亭堠，羽檄度关河，遥忆龙庭匈奴单于的祭天之处，后亦指其朝廷。士，严霜正荷戈。

榆 林 （清）方 还

榆林四望黄沙际，千里连墩绝塞天。夹道陈兵横套口，长城环堑绕延川。徙边御史筹无缺，旧治绥德，成化间，都御史余子俊建议移镇榆林。折色弘治中改延庆等府本镇之税为折色，军用始窘。司农计苟全。此地从来多勇敢，莫教枵腹枵读消，平声。枵腹，空腹饥饿也。事鸣弦。

（十）甘肃

一、兰　州

金城北楼

汉昭帝年间设金城郡，隋文帝开皇元年改为兰州，其名取自城南皋兰山。　　（唐）高　适

北楼西望满晴空，积水连山胜画中。湍上急流声若箭，城头残月势如弓。垂竿已羡磻溪老，体道犹思塞上翁。为问边庭更何事，至今羌笛怨无穷。

题金城临河驿楼　　（唐）岑　参

古戍依重险，高楼见五凉。五凉指晋代十六国中的前凉、后凉、南凉、北凉、西凉。山根盘驿道，河水浸城墙。庭树巢鹦鹉，园花隐麝香。忽如江浦上，忆作捕鱼郎。

寄兰州司马赵紫垣　　（清）宋　琬

城郭皋兰山名。北，衙斋面翠微。雪中千帐驻，树里五泉飞。兰州市南有五泉山。怀古频看帖，思乡易湿衣，他时如问讯，海上有鱼矶。

甘 肃 (清)李 果

牛羊四驿草萧萧，宛马嘶风惨不骄。哈密入藩嘉峪重，敦煌屏弃黑泉指黑泉驿。在甘肃高台县西二十五公里，明代在此置戍所。遥。黄榆古戍愁征雁，大雪自注：山名，即祁连山。空山想射雕。险绝西关中路断，将军谁是霍嫖姚。

金城关 (清)张 澍

倚岩百尺峙雄关，西域咽喉在此间。白马指波涛。涛声喧日夜，青鸳自注：指金城关对面的白塔寺。幢影出冈峦。轮蹄不断氛烟靖，风雨常愆草木瘝。瘝读关，平声。疾病。回忆五泉山名。在兰州市皋兰山北麓。泉味好，为寻旧日漱云湾。

清明次日游五泉五泉，山名。在皋兰山北麓，因有甘露、掬月、摹子、蒙、惠，五泉而得名。登清晖阁远眺，夕归 (清)张 澍

兰峰高处放吟眸，寒恻风轻野色浮。白雪消残河涘外，绿烟飞上柳梢头。梵钟洪响遥相答，远岫斜阳淡不收。我自望归人影散，西岩虎啸碧泉流。

二、天　水

秦州杂诗二十首三国魏置秦州，隋改为天水郡，唐复曰秦州。民国改为天水县。　　(唐)杜　甫

满目悲生事，因人作远游。迟回度陇怯，浩荡及关愁。水落鱼龙夜，山空鸟鼠秋。西征问烽火，心折此淹留。

(宋)葛立方：近时论诗者，皆谓偶对不切，则失之粗；太切，则失之俗。如江西诗社所作，虑失之俗也；则往往不甚对，是亦一偏之见耳。老杜《江陵》诗"地利西通蜀，天文北照秦"。《秦州》诗云"水落鱼龙夜，山空鸟鼠秋"……如此之类，可谓对偶太切矣，又何俗乎？——《韵语阳秋》

(明)王嗣奭：游须因人，而亦无专主之人，故有"迟回"、"浩荡"之语；所以怯且愁者，因亡畜未靖，西征之烽火未息也，首尾相应……"鱼龙"、"鸟鼠"固属地名，而借以为景物之用，不即不离，妙不容言，真化工笔也。——《杜臆》

(清)浦起龙：起联字字清彻。"生事"而曰"满目悲"，为世乱可知……三、四，萦前透后，开摆非常。不独来路艰难，而"问路"之神已摄。五、六乃贴秦州……(结句)着一"问"字，觉一路惊惶，姑就此栖托矣。——《读杜心解》

秦州城北寺，胜迹隗嚣宫。苔藓读险，上声。山门古，丹青野殿空。月明垂叶露，云逐渡溪风。清渭无情极，愁时独向东。

(元)方回：此诗晚唐人声调一同。五、六极天下之工，第七句天生此语。——《瀛奎律髓汇评》

(清)纪昀：晚唐人那得此神骨？——同上

(明)周珽：少陵又有《秦州杂诗》一章，与此同体。此以“城寺”起兴，通篇咏寺以见志；彼以鼓角起兴，通篇咏鼓角以寓情。丰神警语，各有深致。——《唐诗选脉会通评林》

(清)张谦宜：《秦州杂诗》“月明垂叶露”，学其深细。“云逐渡溪风”学其圆活。“清渭无情极，愁时独向东”，是推结法。——《茧斋诗谈》

(清)冯班：落句秦州结。——《瀛奎律髓汇评》

(清)何焯：身不能随渭水而东，故反怨其无情也。——同上

(清)无名氏(甲)：秦州，今属甘肃，即隗嚣所都也。——同上

州图领同谷，驿道出流沙。降虏兼千帐，居人有万家。马骄朱汗落，胡舞白蹄薛梦符曰：“题者额也，其俗以白涂垩其额因名，舞则首偏，故曰白题斜。”斜。年少临洮地名。在秦州西。子，西来亦自夸。

(明)王嗣奭：“降虏兼千帐”，而居人止万家，则虏多而民少矣；故“马骄”、“胡舞”，气势极盛。——《杜臆》

(清)浦起龙：此志地界、土俗。“同谷”领于本州，故曰“领”……盖言地当要冲，所以羌民杂处也。而俗近蕃风，但见骄悍成习，亦重地矣。——《读杜心解》

(清)杨伦：三章总写秦州形势。——《杜诗镜铨》

鼓角缘边郡，川原欲夜时。秋听殷地发，风散入云悲。二句承鼓。抱叶寒蝉静，归来独鸟迟。二句承夜。万方同一

概，一概，一个样。语出《后汉书·王符传》。吾道竟何之！

(宋)刘克庄:《听角》篇云:"万方同一概，吾道竟何之!"听角者多矣，孰知此言之悲哉?——《后村诗话》

(明)王嗣奭:鼓角声悲，故蝉为之静，鸟为之迟，亦以自寓。——《杜臆》

(清)何焯:"寒蝉静"，不敢言也;"独鸟迟"，不敢息也。故下有"何之"句("抱叶"二句下)。——《义门读书记》

(清)仇兆鳌:"殷地"、"入云"，承"鼓角";"蝉静"、"鸟迟"，承"夜时"。末因边郡而及万方，则所概于身世者深矣。——《杜诗详注》

(清)浦起龙:曰"夜"，曰"秋"，曰"风"，都为边声托出凄苦。五、六，兴起"何之"。结意更悲:本因避乱而来，到此仍无宁宇，直是无处安身。——《读杜心解》

(清)杨伦:二句见声之深入，此句见声之高举("秋听殷地发"二句下)。——《杜诗镜铨》

南使宜天马，由来万匹强。浮云连阵没，秋草遍山长。闻说真龙种，仍残老骕骦。哀鸣思战斗，迥立向苍苍。

(清)何焯:比叹时危市骏，独在所遗，老弃遐荒也("闻说"二句下)。——《义门读书记》

(清)仇兆鳌:借天马以喻意。良马阵没，秋草徒长，伤邺城军溃。——《杜诗详注》

(清)沈德潜:伏枥长鸣，隐然自寓。——《唐诗别裁集》

(清)浦起龙:七、八，乃因神马而思建功。只就马说，壮心自露。——《读杜心解》

(清)杨伦:借伤马致慨。——《杜诗镜铨》

城上胡笳奏，山边汉节归。防河赴沧海，奉诏发金微。金微，地名。时发金微之卒防御河北，途经秦州，故赋其所见。士苦形骸黑，林疏鸟兽稀。那堪往来戍，恨解邺城围。此首伤防河之戍卒也。

莽莽万重山，孤城山谷间。无风云出塞，不夜月临关。属国归何晚？楼兰斩未还。烟尘一长望，衰飒正摧颜。

（明）王嗣奭：时吐蕃作乱，征西士卒，络绎出塞；出则虽无风而烟尘随以去，故云"无风云出塞"。边关入夜，人烟阒寂，白沙如雪；兼之秋冬草枯木脱，虽夜不黑，常如有月，故云"不夜月临关"。非目见不能描写如此。——《杜臆》

（清）毛先舒：昔人称老杜字法如"碧知湖外草，红见海东云"，句法如"无风云出塞，不夜月临关"。余谓此等皆杜句字之露巧者，浑读不妨大雅，拈出示人，将开恶道。——《诗辨坻》

（清）仇兆鳌：山多，故无风而云常出塞；城迥，故不夜而月先临关；二句写出阴云惨淡，月色凄凉景象。——《杜诗详注》

（清）浦起龙：忧吐蕃之不庭也。一、二，身所处。三、四，警绝。一片忧边心事，随风飘去，随月照着矣。……"长望"、"摧颜"，忧何时解！——《读杜心解》

（清）沈德潜：起手贵突兀。王右丞"风劲角弓鸣"，杜工部"莽莽万重山"、"带甲满天地"，岑嘉州"送客飞鸟外"等篇，直疑高山坠石，不知其来，令人惊绝。——《说诗晬语》

闻道寻源使，汉武帝令张骞使大夏寻河源。从天此路回。牵牛去几许，《古诗十九首》："迢迢牵牛星，皎皎河汉女。河汉清且浅，相去复几许。"宛马至今来。一望幽燕隔，何时郡国开。东征健儿尽，羌笛暮吹哀。赵汸云："因秦州为西域驿道，叹汉以一使穷河源，且通大宛，如此其易；而今以天下之力，不能定幽燕，致使壮士几尽，一何难耶？是可哀也。"

今日明人眼，临池好驿亭。丛篁低地碧，高柳半天青。稠叠多幽事，喧呼阅使星。老夫如有此，不异在郊坰。此首咏秦州驿亭也。即借传舍逗出谋家室意。

云气接昆仑，涔涔塞雨繁。羌童看渭水，使节向河源。烟火军中幕，牛羊岭上村。所居秋草静，正闭小蓬门。此首咏秦州雨景，兼伤边事也。

萧萧古塞冷，漠漠秋云低。黄鹄翅垂雨，苍鹰饥啄泥。仇注：鹄垂翅，见奋飞无路，鹰啄泥，慨一饱难期。蓟门谁自北，汉将独征西。不意书生耳，临衰厌鼓鼙。此首对雨而伤安史之乱也。

山头南郭寺，水号北泉流。老树空庭得，清渠一邑传。秋花危石底，晚景卧钟边。俯仰悲身世，溪风为飒然。

(明)王嗣奭："秋花"、"晚景"一联，自况身世之穷，故承以"俯仰悲身世"。——《杜臆》

(清)何焯：予尝入泉林寿圣寺亲见此景，乃叹为工("秋花"一联下)。——《义门读书记》

(清)仇兆鳌：邑藉清渠之传注，承水；花掩危石，影落卧钟，以况己之穷巷，故下有俯仰身世之感。——《杜诗详注》

(清)胡本渊：《秦州》诗忧愤悱恻，都非文人伎俩。即"归山独鸟迟"，"老树空庭得"二语，亦令人阁笔。——《唐诗近体》

传道东柯谷，《通志》："东柯谷在秦州东南五十里。"杜甫有祠于此。深藏数十家。对门藤盖瓦，映竹水穿沙。瘦地翻宜粟，阳坡可种瓜。船人近相报，但恐失桃花。赵汸云："起用传道二字，则以

下景物皆是未至谷中，先述所闻。末方言泛舟往游，恐如桃源之迷路也。”

万古仇池穴，潜通小有天。水经注：仇池绝壁峭峙孤险，其高二十余里，羊肠蟠道，有洞，周回万里，名小有清虚之天。神鱼今不见，福地语真传。近接西南境，长怀十九泉。朱注：“按旧志，仇池上有田百倾，泉九十九眼。此云十九泉，岂举其最胜者耶。”何当一茅屋，送老白云边。

未暇泛沧海，悠悠兵马间。塞门风落木，客舍雨连山。阮籍行多兴，庞公隐不还。东柯遂疏懒，休镊鬓毛斑。此首乃羡东柯而无心出仕也。左思《白发赋》：“兴兴白发，生于鬓垂。将拔将镊，好爵是縻。”

东柯好崖谷，不与众峰群。落日邀双鸟，晴天卷片云。野人矜险绝，水竹会平分。朱注：言野人久占水竹之居，欲与之平分其胜。采药吾将老，儿童未遣闻。此首定计卜居东柯也。

边秋阴易久，不复辨晨光。檐雨乱淋幔，见雨之骤。山云低度墙。见云之浓。鸬鹚窥浅井，鸬鹚食鱼，久雨则井生鱼，故窥之。蚯蚓上深堂。车马何萧索，门前百草长。此首咏山居苦雨也。

地僻秋将尽，山高客未归。塞云多断续，边日少光辉。警急烽常报，传闻檄屡飞。西戎外甥国，何得迕天威。

（明）王嗣奭：“西戎外甥国，何得近（“迕”一作“近”）天威”，戎本无亲，时方内寇，而下语浑含得体。——《杜臆》

（清）何焯：贴“秋”，又形容得“高”字出（“塞云”一联下）。——《义门读

书记》

(清)仇兆鳌:客秦而忧吐蕃也。上四,记边秋苦景;下四,言边警可危。——《杜诗详注》

(清)浦起龙:一、二,就谷中写;三、四,引到边塞;五、六,落出烽檄;七、八,点明吐蕃,妙在逐层拓出。……须知此处渐近收局,故就寓中再将世事兜里,所谓规重矩叠者也。——《读杜心解》

凤林凤林,山名。属金城郡。戈未息,鱼海鱼海地在河州之西,属吐蕃境。路常难。候火云峰峻,悬军幕井干。风连西极动,月过北庭寒。故老思飞将,何时议筑坛?此首忧乱而思良将也。

唐尧真自圣,野老复何知。晒药能无妇,应门亦有儿。藏书闻禹穴,读记忆仇池。为报鸳行旧,鹪鹩在一枝。此首慨世不见用,而羁栖异地也。张上若曰:"是诗二十首,首章叙来秦之由,其余皆至秦所见所闻也。或游览,或感怀,或即事,间有带慨河北处,亦由本地触发。大约在西言西,反复于吐蕃之骄横,使节之络绎,无能为朝廷效一筹者。结以唐尧自圣,无须野人,惟有以家事付之妇与儿,此身访道探奇,穷愁卒岁,寄语诸友,无复有立朝之望矣。公之志可知也。"

(明)王嗣奭:"野老复何知",有决绝长住之意矣。时携子,故有颔联……因"鹪鹩"故用"鸳行",用字之巧。——《杜臆》

(清)何焯:应(第一首)发端"悲生事"("晒药"二句下)。〇应"此淹留",叹当时同在两省者,竟任一老之播弃也("为报"二句下)。——《义门读书记》

(清)浦起龙:其二十,为通局总结。首联言圣主自宁国步,野人何用杞忧,结完悲世等篇。中四,言偕隐亦既有人,探奇聊可遂志,结完藏身等篇。末正与首篇"心折淹留"相应。——《读杜心解》

(清)杨伦:末章慨世不见用,而羁栖异地也。为二十首总结。——《杜诗镜铨》

山　寺此指麦积山石窟也。　　（唐）杜 甫

野寺残僧少，山园细路高。麝香眠石竹，鹦鹉啄金桃。乱水通人过，悬崖置屋牢。上方重阁晚，百里见秋毫。何焯云："麝以香焚，逃窜无所；鹦以言累，囚闭不放。非此山高峻，人迹不至，安得适性如此。三、四以奇丽写幽寂，真开府之嗣音。"

题麦积山天堂麦积山西阁悬梯而上，有一万菩萨堂，在此堂之上有一龛，谓之天堂，罕有人至。作者登上此堂题诗于壁。

（五代）王仁裕

蹑尽悬空万仞梯，等闲身共白云齐。檐前下视群山小，堂上平分落日低。绝顶路危人少到，古岩松健鹤频栖。天边为要留名姓，拂石殷勤身自题。

游麦积山山在今天水市东南。　　（明）冯维纳

鹫岭在印度境内，相传为佛祖如来居住的地方。横西极，祇园即祇陀给孤独园，是印度的佛教胜地。复在兹。孤标拔地起，万象入云危。月殿金枝秀，霜林锦树披。经过未辞数，猿鹤久相期。

游大象山在甘谷县城南。　　（清）任其昌

三里楼台五里亭，携朋登览旧时经。岩头云涌朝金

像，龙背人来入画屏。红叶满林山亦醉，黄花伴客坐皆馨。隗王指隗嚣，东汉时天水成纪人。王莽末年占据天水、武都、金城等郡。后屡为汉军所败，忧愤而死。遗址君休问，终古关河向北庭。

三、嘉峪关

嘉峪晴烟　（明）戴弁

烟笼嘉峪碧岧峣，影拂昆仑万里遥。暖气常浮春不老，寒光欲散雪初消。雨收远岫和云湿，风度疏林带雾飘。最是晚来闲望处，夕阳山外锁山腰。

出嘉峪关感赋四首　（清）林则徐

严关百尺界天西，万里征人驻马蹄。飞阁遥连秦树直，缭垣读辽袁，皆平声。围墙也。斜压陇云低。天山巉削摩肩立，瀚海苍茫入望迷。谁道崤函崤山与函谷，自古为险要的关隘。张衡《西京赋》："左有崤函重险，桃林之塞。"千古险，回看只见一丸泥。

东西尉候往来通，博望星槎笑凿空。塞下传笳歌敕勒，楼头倚剑接崆峒。长城饮马寒宵月，古戍盘雕大漠风。除是卢龙山海险，东南谁比此关雄。

敦煌旧塞委荒烟，今日阳关古酒泉。不比鸿沟分汉地，全收雁碛入尧天。威宣贰负陈尸后，疆拓匈奴断臂前。西域若非神武定，何时此地罢防边。

一骑才过即闭关，中原回首泪痕潸。弃𦈡人去谁能识，用终军事。见《汉书·终军传》。投笔功成老亦还。用班超事。见《后汉书·班超传》。夺得胭脂胭脂，山名。颜色淡，唱残杨柳杨柳，曲名。鬓毛斑。我来别有征途感，不为衰龄盼赐环。林昌彝《射鹰楼诗话》评此诗云："风格高壮，音调凄清，读之令人唾壶击碎。然怨而不怒，得诗人温柔敦厚之旨。"

四、武　威

凉州词　　（唐）王　翰

葡萄美酒夜光杯，欲饮琵琶马上催。醉卧沙场君莫笑，古来征战几人回？

（明）王世贞："可怜无定河边骨，犹是深闺梦里人"，用意工妙至此，可谓绝唱矣。惜为前二句所累，筋骨毕露，令人厌憎。"葡萄美酒"一绝，便是无瑕之璧。盛唐地位不凡乃尔。——《艺苑卮言》

（清）朱之荆：诗意在末句，而以饮酒引之，沉痛语也。若以豪饮解之，则

人人所知,非古人之意。——《增订唐诗摘钞》

(清)李瑛:"君莫笑"三字喝末句有力。——《诗法易简录》

凉州词　(唐)王之涣

黄河远上白云间,一片孤城万仞山。羌笛何须怨杨柳,春风不度玉门关。

(明)杨慎:此诗言恩泽不及于边塞,所谓君门远于万里也。——《升庵诗话》

(清)黄生:王龙标"更吹羌笛关山月,无那金闺万里愁",李君虞"不知何处吹芦管,一夜征人尽望乡",与此并同一意,然不及此作,以其含蓄深永,只用"何须"二字略略见意故耳。——《唐诗摘钞》

(清)王士禛:此状凉州之险恶也。笛中有《折柳曲》,然春光已不到,尚何须作杨柳之怨乎?明说边境苦寒,阳和不至,措词宛委,深耐人思。——《唐贤三昧集笺注》

(清)李瑛:神韵格大,俱臻绝顶。不言君恩之不及,而托言春风之不度,立言尤为得体。——《诗法易简录》

凉州郊外游望　(唐)王　维

野老才三户,边村少四邻。婆娑依里社,古代乡里祭祀土地神的处所称里社。箫鼓赛赛,酬报之意。古时祭祀酬神称赛。王充《论衡》:"项羽攻襄安,襄安无噍类,未必不祷赛也。"田神。洒酒浇刍狗,刍狗,古代祭祀时用草札成的狗。焚香拜木人。女巫纷屡舞,罗袜自生尘。

从军北征 （唐）李益

天山雪后海风寒，横笛偏吹行路难。《行路难》为古乐府曲名。碛里征人三十万，一时回首月中看。

（清）毛先舒：七绝，李益、韩翃足称劲敌。李华逸稍逊君平，气骨过之，至《从军北征》，便不减盛唐高手。——《诗辨坻》

（清）黄生："回首"，望乡也，却藏一"乡"字。闻笛思乡，诗中常事，硬说三十万人一时回首，便使常意变新。——《唐诗摘钞》

（清）黄叔灿："碛里征人"，妙在不说着自己，而己在其中。——《唐诗笺注》

（清）李瑛：即"一夜征人尽望乡"之意，而措语又别。——《诗法易简录》

（清）施补华："天山雪后"一首，"回乐峰前"一首，皆边塞名作，意态绝健，音节高亮，情思悱恻，百读不厌也。——《岘佣说诗》

凉州词三首 （唐）张籍

边城暮雨雁飞低，芦笋初生渐欲齐。无数铃声遥过碛，应驮白练到安西。

古镇城门白碛开，胡兵往往傍沙堆。巡边使客行应早，欲问平安无使来。

凤林关里水东流，白草黄榆六十秋。边将皆承主恩泽，无人解道取凉州。

凉州曲 (明)高 启

关外垂杨早换秋,行人落日旆悠悠。陇山高处愁西望,只有黄河入汉流。谓流入中原地区也。

凉州词 (明)张 恒

垆头酒熟葡萄香,马足春深苜蓿长。醉听古来横吹曲,雄心一片在西凉。

五、平 凉

安定城楼安定,汉郡名,唐改为保定,现属甘肃平凉市。

(唐)李商隐

迢递高城百尺楼,绿杨枝外尽汀洲。贾生年少虚垂泪,王粲春来更远游。作者应博学宏词科试不中选而至泾原后作此诗,其时年才二十五六岁。永忆江湖归白发,欲回天地入扁舟。不知腐鼠成滋味,猜意鹓雏竟未休。末二句出《庄子》。

(宋)蔡启:王荆公晚年亦喜称义山诗,以为唐人知学老杜而得其藩篱者,唯义山一人而已。每诵其"雪岭未归天外使,松州犹驻殿前军"、"永忆江湖归白发，欲回天地入扁舟”，另“池光不受月，暮气欲沉山”、“江海三年客，乾坤百战场”之类，虽老杜无以过也。——《蔡宽夫诗话》

(清)屈复：一登楼，二时，中四情，七八时事。一上高楼而睹杨柳汀洲，忽生感慨，故下紧接贾生、王粲远游垂泪，以贾生有《治安策》，王有《登楼赋》。五六欲泛扁舟，归隐江湖，己之本怀如此，而谗者犹有腐鼠之吓。盖忧谗之作。——《玉溪生诗意》

(清)沈德潜：何减少陵(“永忆江湖”二句下)！言己长忆江湖以终老，但志欲挽回天地，乃入扁舟耳。时人不知己志，以鸱鸮嗜腐鼠而疑鹓雏，不亦重可叹乎(末二句下)！——《唐诗别裁集》

(清)冯班：杜体。○如此诗岂妃红俪绿者所及？今之学温、李者得不自羞？——《瀛奎律髓汇评》

(清)查慎行：王半山最赏此五、六一联，细味之，大有杜意。——同上

(清)何焯：五、六言所以垂涕于远游者，岂为此腐鼠而不能舍然哉？吾诚“永忆江湖”，欲归而优游白发，但俟回旋天地功成，却入扁舟耳。——同上

(清)纪昀：“江湖”、“扁舟”之兴，俱自“汀洲”生出。故次句非趁韵凑景。五、六千锤百炼，出以自然，杜亦不过如此。世但喜其浮艳雕镌之作，而义山之真面隐矣。○结太露。○“欲回天地入扁舟”，言欲投老江湖，自为世界，如收缩天地归于一舟。然即仙人敛日月于壶中，佛家缩山川于粟颍之意。注家谓欲待挽回世运，然后退休，非是。——同上

(清)许印芳：此评解次句甚当，解六句则直率无味。盖五、六句，上四字须作一顿，下三字转出意思，方有味。言己长念江湖不忘，而归必在白发之时，所以然者为欲挽回天地也。天地既回，而后可入扁舟，归江湖耳。句中层折暗转暗递，出语浑沦，不露筋骨，此真少陵嫡派。晓岚不赏其笔意曲折，反斥旧解为非，所解收缩天地云云，又皆浮虚之言，了无意味，此性好翻驳之过也。结句虽露，言外当有余地，斥为太露，亦是苛刻。——同上

平　凉　(明)李攀龙

春色萧条白日斜，平凉西北见天涯。惟余青草王孙

路，不入朱门帝子家。宛马如云开汉苑，秦兵二月走胡沙。欲投万里封侯笔，愧我谈经鬓有华。

游崆峒二首 崆峒山在平凉市西三十公里处。

(明)李攀龙

风尘问道欲如何，二月崆峒览胜过。返照自悬疏陇树，浮云初断出泾河。长城雪色当风尽，大漠春阴入塞多。已负清尊寻窈窕，还将孤剑倚嵯峨。

谁道崆峒不壮游，香炉春雪照凉州。浮云半插孤峰色，落日长窥大壑秋。万乘东还灵气歇，诸天西尽浊泾流。萧关只在藤萝外，客子风尘自白头。

崆　峒 (清)谭嗣同

斗星高被众峰吞，莽荡山河剑气昏。隔断尘寰云似海，划开天路岭为门。松拏霄汉来龙斗，石负苔衣挟兽奔。回望桃花红满谷，不应仍问武陵源。

自平凉柳湖柳湖在平凉县城北。至泾州道中

(清)谭嗣同

春风送客出湖亭，官道迢遥接杳冥。百里平原经雨绿，两行高柳束天青。蛙声鸟语随鞭影，水态山容足性

灵。为访瑶池歌舞地，瑶池，俗传在泾州城外。飘零黄竹不堪听。黄竹，歌曲名，相传为周穆王哀民之作。

六、临　洮

塞下曲　　（唐）王昌龄

饮马渡秋水，水寒风似刀。平沙日未没，黯黯见临洮。昔日长城战，咸言意气高。黄尘足今古，白骨乱蓬蒿。

（明）周珽：少伯慧心甚灵，神亦劲。此篇及《少年行》与新乡此题诗极简、极纵、极古、极新，俱在汉魏之间。——《唐诗选脉会通评林》

发临洮将赴北庭留别　　（唐）岑参

闻说轮台路，年年见雪飞。春风曾不到，汉使亦应稀。白草通疏勒，青山过武威。勤王敢道远，私向梦中归。

（清）黄生：前后两截格。〇七八分明写北庭之远，一时不能遽归。立言恰要如此，方是真正诗人。将“春风”陪“汉使”，设语更松趣。——《唐诗矩》

（清）余成教：（岑参《送人到安西》）云“小来思报国，不是爱封侯”。《发临洮将赴北庭留别》云“勤王敢道远,私向梦中归”。《酬崔十三侍御登玉垒山》云“旷野看人小,长空共鸟齐”。《送张子尉南海》云“海暗三山雨,花明五岭春”。《首秋轮台》云“秋来唯有雁,夏尽不闻蝉”。信乎“语奇体峻”也!——《石园诗话》

自萧关望临洮　(唐)朱庆余

玉关西路出临洮,风卷边沙入马毛。寺寺院中无竹树,家家壁上有弓刀。惟怜战士垂金甲,不尚游人着白袍。日暮独吟秋色里,平原一望戍楼高。

我忆临洮好六首　(清)吴镇

我忆临洮好,春光满十分。牡丹开径尺,鹦鹉过成群。涣涣西川水,悠悠北岭云。剧怜三月后,赛社日纷纷。

我忆临洮好,三冬足自夸。冰鳞穿鰋鲤,野味买麋麚。霭霭人如月,飘飘雪似花。年来青稞贱,到处酒能赊。

我忆临洮好,山川似画图。高岗真产玉,寒水旧流珠。云影迷双鹤,涛声落万凫。曰归归未得,三径日榛芜。

我忆临洮好,流连古迹赊。莲开山五瓣,指莲花山,山有五

峰。珠溅水三叉。三股分流。蹀躞胭脂胭脂，山名。马，阑干苜蓿花。永宁桥桥在洮河上，建于宋代。下过，鞭影蘸明霞。

我忆临洮好，灵踪足胜游。石船作者自注：指洮河旁之船崖寺。藏水面，玉井作者自注：为玉井峰，在临洮城南。泻峰头。多雨山皆润，长丰岁不愁。花儿流行于当地的一种民歌。饶比兴，番女亦风流。

我忆临洮好，城南碧水来。崖飞高石出，作者自注为高石崖。峡断锁林作者自注：为锁林峡。开。静夜鱼龙喜，清秋虎豹哀。何时归别墅，鸡黍酸新醅。

七、酒　泉

送刘司直赴安西安西为古西戎地。春秋时谓瓜州，秦时大月氏居之，汉初为匈奴浑邪王地，武帝时为敦煌郡地。清建安西府旋降为直隶州，属甘肃省。　（唐）王　维

绝域阳关道，胡沙与塞尘。三春时有雁，万里少行人。苜蓿随天马，蒲桃逐汉臣。当令外国惧，不敢觅和亲。

(明)叶羲昂：起便酸楚，中俱实境实事。——《唐诗直解》

(明)周珽：唐时吐蕃强盛，每争安西，中国常与之和亲，以公主嫁吐蕃，大损国威。故此诗结励刘司直当别建远谟，俾夷人畏服，勿敢希蹈前图，致重国耻。通篇典雅醇正，音合大调。——《唐诗选脉会通评林》

(清)王士禛：此是雄浑一派，所谓五言长城也。——《唐贤三昧集》

和王七玉门关听吹笛玉门关在敦煌西北戈壁滩上。

(唐)高　适

胡人吹笛戍楼间，楼上萧条海月闲。借问落梅凡几曲，从风一夜满关山。

阳关图阳关为古关名。西汉时置，在敦煌城西南的古董滩上，因在玉门关之南，故称阳关。

(金)李俊民

一杯送别古阳关，关外千重万叠山。试问青青渭城柳，不知眼见几人还。

北陌平沙指酒泉北面的沙漠地带。

(明)戴　弁

北上高楼接大荒，塞原如掌思茫茫。朔风怒卷黄如雾，夜月轻笼淡似霜。弱水即黑河，发源于祁连山，流经张掖、高台至金塔县称弱水。西流青海远，将台南去里山长。远人遥指斜阳外，蔓草含烟古战场。

（十一）宁夏

塞下曲　(唐)王昌龄

蝉鸣空桑林,八月萧关道。萧关故址在今宁夏固原县东南。出塞复入塞,处处黄芦草。从来幽并客,皆共沙场老。莫学游侠儿,矜夸紫骝好。

(清)张文荪:情景黯然,妙不说尽,低手必再作结句。——《唐贤清雅集》

暮过回乐烽回乐县的烽火台,故址在今宁夏灵武县西南。　(唐)李　益

烽火高飞百尺台,黄昏遥自碛西来。昔时征战回应乐,今日从军乐未回。

盐州过胡儿饮马泉饮马泉又名铁柱泉,在盐州,即今宁夏盐池和陕西定边一带。　(唐)李　益

绿杨着水草含烟,旧是胡儿饮马泉。几处吹笳明月夜,何人倚剑白云天。从来冻合关山路,今日分流汉使前。莫遣行人照容鬓,恐惊憔悴入新年。

(清)沈德潜:"几处吹笳明月夜,何人倚剑白云天?"言备边无人,句特含蓄。——《唐诗别裁集》

(清)赵臣瑗:首句七字,先将鹏鹈泉上太平风景一笔描出,想当年饮马之时,安能有此?次句倒落题面,何等自然!于是三、四遂用凭吊法,遐企古

人开疆辟土之功，笳吹月中，剑倚天外，写得十分豪迈，千载下犹堪令壮士色飞也。“从来”一纵，“今日”一擒，此二句是咏叹法；而“冻合”、“分流”，觉犹是泉也，南北一判，寒暖顿殊，天时地气，宜非人力所能转移，而转移者已如此，写得何等兴会！七、八只就自己身上闲闲作结，妙在不脱“泉”字。——《山满楼笺注唐诗七言律》

（清）吴瑞荣：中唐最苦软直无婉致，此首人皆称中二联之明快悲壮，予独赏其起结虚婉，与君虞五绝“殷勤驿西路，此去是长安”一样体格。——《唐诗笺要》

（清）方东树：起句先写景，次句点地。三、四言此是战场，戍卒思乡者多，以引起下文自家，则亦是兴也。五、六实赋，带入自家“至”字（按：诗题一作《盐州过五原至饮马泉》）。结句出场，神来之笔，“入”妙。此等诗，有过此地之人，有命此题之人，有作此题诗之人之性情面目流露其中，所以耐人吟咏。——《昭昧詹言》

送卢潘尚书之灵武　（唐）韦蟾

贺兰山下果园成，塞北江南旧有名。水木万家朱户暗，弓刀千队铁衣鸣。心源落落堪为将，胆气堂堂合用兵。却使六番诸子弟，马前不信是书生。

朔方书事　（五代）张蠙

秋尽角声苦，逢人唯荷戈。城池向陇少，歧路出关多。雁远行垂地，烽高影入河。仍闻黑山寇，又觅汉家和。

塞　上　（五代）谭用之

秋风汉北雁飞天，单骑那堪绕贺兰。碛暗更无岩树影，地平时有野烧瘢。貂披寒色和衣冷，剑佩胡霜隔匣寒。早晚横戈似飞尉，拥旌深入异田单。

杨德章监宪贺兰山图　（元）贡师泰

太阴为峰雪为瀑，万里西来一方玉。使君坐对兰山图，不数江南众山绿。

出郊观猎至贺兰山　（明）金幼孜

贺兰之山五百里，极目长空高插天。断峰迤逦烟云阔，古塞微茫紫翠连。野旷旌旗明晓日，风高鹰隼下长川。昔年僭伪俱尘土，犹有荒阡在目前。

夏城漫兴晋时赫连勃勃立夏城，即今银川。　（明）李梦阳

行尽沙陲又见河，贺兰西望碧嵯峨。名存异代唐渠古，唐渠即崃渠，在宁夏北部。云锁空山夏寺多。万里君恩劳馈饷，三边封尋重干戈。朔方今难汾阳汾阳王郭子仪，借指戍边将领。老，谁向军门奏凯歌。

送康元龙之灵武 （明）徐 勃

贺兰山下战尘收，君去征途正值秋。落日故关秦上郡，断烟残垒汉灵州。胡儿射猎经河北，壮士吹笳怨陇头。城窟莫教频饮马，水声呜咽动乡愁。

宁 夏 （清）方 还

镇城西倚贺兰开，满目沙飞筚篥读毕栗，皆入声。古代乐器中之一种，多用于军中。哀。冰合黄河朝走马，云迷红寺夜登台。膏腴昔日称蕃庶，蹂践连年尽草莱。欲识金城四方略，浚渠即是靖边才。自陕西筑为边城，洼为沟渠，复修秦汉故迹，边城外固，沟渠内深，以资灌溉，全陕之利也。

固 原 （清）方 还

秋入平原动鼓鼙，弓鸣风劲塞云低。汉家营垒沿山后，秦郡川原尽陇西。征调频年忧戍土，逃亡何计复蒸黎。徘徊险阻谁为守，花马池边落日迷。

贺兰山故宫 （清）唐 鉴

古木空山落照边，寝园无主起寒烟。年年三月东风里，忍听枝头叫杜鹃。

（十二）青海

平蕃曲　　(唐)刘长卿

吹角报蕃营,回军欲洗兵。已教青海外,自筑汉家城。

河湟书事 河湟,指黄河和湟水,湟水又名西宁河,在青海省东部,为黄河的支流。　　(元)马祖常

阴山铁骑角弓长,闲日原头射白狼。青海无波春雁下,草生碛里见牛羊。

西宁道中　　(明)詹理

湟中四境接穷荒,揽辔西游肃命将。赤日不磨山积雪,清秋先到草惊霜。行从问俗方停盖,坐未移时又束装。自愧菲樗读初,平声。木名,无用之材。空倚剑,升平何以答明王。

次新城望元朔山 元朔山在西宁市北,现名老爷山,因山顶建有老爷庙(即关帝庙)故也。　　(清)杨应琚

端岩双水曲,斜影数峰晴。过客停骢马,秋风满石城。沙头起雁语,天际落钟声。白道如丝细,层层草木清。

中春日登北禅寺楼寓目　（清）杨应琚

路为沿坡曲，楼因峭壁悬。春流争浴马，薄雾竞耕田。乍静心如濯，居高势似仙。只愁归去后，尘事尚依然。

东溪春色指乐都东溪，在乐都县东北二里。　（清）张 恩

桥横独木渡东溪，竟日寻芳望眼迷。激浪跳珠圆转磨，清风嫩玉曲分畦。柳边小径飞鹦鹉，花里孤村系駃騠。一片翠烟芳草外，牧牛人背夕阳西。

硖口道中硖口在乐都县城西三十里，分大硖和小硖，两岸石壁对峙，望之如门，为西宁和乐都往来咽喉。　（清）杨汝楩

雨后平戎驿，山田接鄯州。古州名。治所即今乐都县城。草肥坡岸没，石乱马蹄愁。硖口西衔日，河腰远带流。及旬归已晚，重过不登楼。

（十三）新疆

夕次蒲类津蒲类津，又名蒲类海，在巴里坤哈萨克自治县县城以西，天山东段哥巴尔库山和北巴尔库山间。　（唐）骆宾王

二庭唐时西突厥分裂为二，即南庭与北庭，是谓二庭。归望断，万里客心愁。山路犹南属，河源自北流。晚风连朔气，新月照边秋。灶火通军壁，烽烟上戍楼。龙庭龙庭，匈奴单于祭天地鬼神之所，此泛指边塞。但苦战，燕颔燕颔，东汉名将班超，相士说他“燕颔虎颈”，有万里封侯之相，此亦泛指武将。会封侯。莫作兰山下，空令汉国羞。

轮台即事轮台在新疆维吾尔自治区，天山南麓，塔里木盆地北缘。历史上的轮台确切位置尚有争论。　（唐）岑　参

轮台风物异，地是古单于。三月无青草，千家尽白榆。蕃书文字别，胡俗语音殊。愁见流沙北，天西海一隅。

题铁门关楼铁门关在新疆库尔勒市北侧，铁关谷（亦称遮留谷，哈满沟）南端。　（唐）岑　参

铁关天西涯，极目少行客。关门一小吏，终日对石壁。桥跨千仞危，路盘两崖窄。试登西楼望，一望头欲白。

焉耆行

焉耆在维吾尔自治区巴音郭楞蒙古自治州北部。地处天山的南面，博斯腾湖的西北。

(南宋)陆 游

焉耆山头暮烟紫，牛羊声断行人止。平沙风急卷寒蓬，天似穹庐月如水。大胡太息小胡悲，投鞍欲眠且复起。汉家诏用李轻车，汉代李广从弟李蔡曾封轻车将军。万丈战云来压垒。

阴山途中

此阴山指金、元时的阴山，即今天山山脉。

(元)丘处机

高如云气白如沙，远望那知是眼花。渐见山头堆玉屑，远观日脚射银霞。横空一字长千里，照地连城及万家。从古到今常不坏，吟诗写向直南南，指南方的汉族地区。夸。

阴　山

(元)耶律楚材

八月阴山雪满沙，清光凝目眩生花。插天绝壁喷晴月，擎海层峦吸翠霞。松桧丛中疏畎亩，藤萝深处有人家。横空千里雄西域，江左名山不足夸。此是对丘诗的和韵之作。

壬午西域河中游春二首

(元)耶律楚材

河中二月好踏青，且莫临风叹客程。溪畔数枝红杏浅,墙头半点小桃明。谁知西域逢佳景,始信东君不世情。圆沼方池三百所,澄澄春水一时平。

异域春郊草又青,故园东望远千程。临池嫩柳千丝碧,倚槛夭桃几点明。丹杏笑风真有意,白云送雨太无情。归来不识河中道,春水潺潺满路平。

火焰山在吐鲁番盆地中北部,《隋书》作赤石山。　(明)陈　诚

一片青烟一片红,炎炎气焰欲烧空。春光未半浑如夏,谁道西方有祝融。

土尔番城土尔番即吐鲁番。　(明)陈　诚

路出榆关几十程,诏书今到土番城。九重雨露沾夷狄,一统山河属大明。天上遥瞻黄道日,人间近识少微星。作者自指。姓名不勒阴山石,刻石勒功,借用汉代窦宪的故事。见《后汉书·窦宪传》。原积微勋照汗青。

哈密城　(明)陈　诚

此地何由见此城,伊州哈密竟谁名?荒村漠漠连天阔,众木欣欣向日荣。灵凤景星争快睹,壶浆箪食笑相迎。圣恩广阔沾遐迩,夷貊熙熙乐太平。

哈密火州城 (明)陈诚

高昌火州，在汉魏时称高昌城。旧治月氏月氏，汉朝西域国名。氏读脂，平声。西，城郭萧条市肆稀。遗迹尚存唐制度，居人争睹汉官仪。梵宫零落留金像，神道神道，指墓道。谓神行之道。语出《汉书·霍光传》。荒凉卧石碑。征马不知风土异，隔花犹自向人嘶。

乌鲁木齐杂诗十一首 (清)纪昀

半城高阜半城低，城内清泉尽向西。金井银床无用处，随心引取到花畦。自注：城内水皆西流，引以浇灌，启闭由人，不假桔槔之力。

山围芳草翠烟平，迢递新城接旧城。行到丛祠歌舞榭，绿氍毹上看棋枰。自注：城旧卜东山之麓，观御史议移今处，以就水泉。故地势颇卑，登城北关帝庙戏楼，城市皆俯视历历。

廛肆鳞鳞两面分，门前官柳绿如云。夜深灯火人归后，几处琵琶月下闻。自注：富商大贾聚居旧城南北二关，夜市既罢，往往吹竹弹丝，云息劳苦，土俗然也。

烽燧全消大漠清，弓刀闲挂只春耕。瓜期指约定期满时间。语出《左传·庄公八年》。五载如弹指，谁怯轮台万里行。自注：携家之兵，谓之眷兵，眷兵需粮较多。又：三营耕而四营食，恐粮不足，更于内地调兵屯种以济之，谓之差兵。每五年践更，盐菜糇粮皆加给。而内地之粮，家属支请如故。故多乐往。

一路青帘挂柳阴,西人总爱醉乡深。谁云山郡才如斗,酒债年年二万金。自注:西人嗜饮,每岁酒商东归,率携银二三万而去。

到处歌楼到处花,塞垣此地擅繁华。军邮岁岁飞官牒,只为游人不忆家。自注:商民流寓,往往不归。询之,则曰:此地红花。红花者,土语繁华也。其父母乏养者,或呈请内地移牒拘归,乃官为解送,岁恒不一其人。

花信阑珊欲禁烟,晴云骀宕此读待荡,上去声。无拘束,使人舒畅。暮春天。儿童新解中州戏,也趁东风放纸鸢。自注:塞外旧无风鸢之戏,近有蓝旗兵士能作之,遂习以成俗。

彻耳金铃个个圆,檐牙屋角影翩翩。春云澹宕春风软,正是城中放鸽天。自注:土与鸽宜,最易蕃衍,风和日暖,空中千百为群,铃声琅琅,颇消岑寂。

春鸿秋燕候无差,寒暖分明纪岁华。何处飞来何处去,难将踪迹问天涯。自注:燕鸿来去之候,与中土相同。但沙漠万里,不知何所往耳。

蛱蝶花边又柳边,晚春篱落早秋天。只怜翎粉无多少,叶叶黄衣小似钱。自注:花间时逢黄蝶,其小如钱。

剪剪西风院落深,夜凉是处有蛩音。秦人不解金笼戏,一任篱根彻晓吟。自注:地多促织,从无畜斗之戏。

西域八咏 （清）褚廷璋

乌鲁木齐

额鲁公孙此建瓴，天戈万里下风霆。山围蒲类分西谷，云护沙陀拱北庭。不断角声横月白，无边草色入天青。辑怀城上舒雄眺，尽把耕畴换牧垧。

伊 犁

人驱风雪兽驱烟，犹见乌孙立国年。海气万方吞丽水，山容三面负祁连。盘雕红寺朝鸣角，散马青原夜控弦。纪绩穹碑衔落日，英灵班鄂想回旋。

雅 尔

多罗川外夜吹芦，雉堞新城接上腴。塞月已寒三叶护，边风犹动五单于。名藩甲卷烟消漠，健将弓开血洒芜。不是皇威宣北徼，春光谁遣遍坟垆。

额尔齐斯

西州直北势凭陵，瀚海迢遥过白登。铃铎风高奔怒马，金山雪暗下饥鹰。曾传旧壤开都伯，仅见降王保策凌。四部虫沙成底事，好将忠谨化骁腾。

吹作者自注:图斯库尔,唐碎叶地也。自北岸傍吹河西北行五百余里,总名曰吹,为今时屯垦之所。

梯云劲旅倚孱颜,径出盘雕落雁间。波浪远翻图库水,风云高护格登山。千屯此日开榆塞,十箭当时阻玉关。碎叶长川流不极,犹悬边月照潺湲。

哈喇沙尔

风雨犹疑铁骑屯,至今沙戟有遗痕。焉耆镇启龙游远,都护城悬乌垒尊。弓挂轮台飞皎月,剑磨蒲海射晴暾。戍楼高处分襟带,山水遗经费讨论。

阿尔苏

天边冰雪郁嵯峨,木素峰高朔气多。壕上射生城落雁,军前飨士帐鸣鼍。东萦姑墨千年碛,南走于阗一线河。待把方言垂竹笔,阿苏温宿浸承讹。

和　阗

毗沙府号古于阗,葱岭千盘积翠连。大乘西来留法显,重源东下问张骞。渔人秋采河边玉,战马春耕陇上田。今日六城歌舞地,唐家风雨汉家烟。

伊犁纪事诗四十二首(录九首)　　(清)洪亮吉

橐笔橐笔,古代侍臣持橐簪笔立于帝王或大臣左右以备记事。语出《汉书·

赵充国传》。后亦泛指文士的笔墨耕耘。频年上玉墀，虎贲三百笑舒迟。舒迟，从容不迫貌。语出《礼记·玉藻》。书生亦有伸眉日，独跨长刀万里驰。自注：废员见将军，例佩刀长跽。

熟客先惊问姓名，记曾跃马入咸京。当时书记疏狂甚，亲屈元戎作骑兵。自注：谓张总兵廷彦。余辛丑岁客西安节署，张时尚在抚标学习，亲导至曲江镇看花。

谁夸明驼明驼，善走的骆驼。语出《乐府横吹曲》及《酉阳杂俎》。天半回，传呼布鲁特人来。牛羊十万鞭驱至，三日城西路不开。自注：布鲁特每年驱牛羊及哈拉、明镜等物至惠远城互市。

坐来八尺马如龙，演武堂前夹路松。谪吏一边三十六，尽排长戟壮军容。自注：四月一日随将军演武场角射，时废员共七十二人。

凿得冰梯向北平，阴崖白昼鬼徘徊。万丛磷火思偷渡，尽附牛羊角上来。自注：冰山为伊犁適叶尔羌要道，常拨回户二十人，日凿冰梯以通行人。

瓯脱瓯脱，古代少数民族屯戍或守望的土室。语出《史记·匈奴列传》。后亦指边境荒地或两国分界地。宵寒忽异常，行辕门外橐驼僵。堂期纵过天中节，天中节，当端午节别称。语出陈元靓《岁时广记》。明日仍冠骨种羊。自注：将军一月内以二五八为堂期，诸废员咸入办事。又伊犁夏日即换季，后每天寒，则仍戴暖帽。

将军昨日射黄羊，黄羊为野生羊之一种，生活在草原及沙漠地带。东汉阴识以黄羊祭灶后家至巨富,后遂以黄羊作为祭祀或待客的最佳物品。亲为番王进一汤。百手尽从空里举,更凭通事通事,官名,掌交际往来之事。始见《周礼》。贡真香。自注:时哈萨克王子以承袭王爵来谢,因照例设宴。外番以藏香为贵,有所敬则献之。

伏流百尺水潺湲,地势斜冲北斗垣。高出长安一千里,故应雷雨在平原。自注:伊犁地形高出西安八百余里。

五月天山雪水来,城门桥下响如雷。南衢北巷零星甚,却倩河流界画开。自注:四月以后即引水入城,街巷皆满,人家间作曲池以蓄之,至八九月始涸。

到巴里坤在新疆东部,是天山北路的交通要道。

(清)史善长

到此疑无路,群山裹一城。光分太古雪,未及半天晴。鼓角重关壮,风云百战平。摩挲残碣在,唐汉未销兵。

三台道上三台在阜康去奇台的路上,属吉木萨尔县三台乡。

(清)史善长

稻草高于屋,泥垣白板扉。鸡豚过社少,牛马入秋肥。漠漠田千顷,阴阴木四围。此乡风景异,不见塞尘飞。

木垒河在吉昌回族自治区东部。汉、唐称蒲类河，清代改称木垒河。

(清)史善长

木垒旧名河，谁曾放棹过。雪消容有水，春冷竟无波。北套平沙阔，南山落照多。故人逢意外，肯惜醉颜酡。

伊丽河上即伊犁河。　　(清)邓廷桢

万里伊丽水，西流不奈何。驱车临断岸，落木起层波。远影群鸥没，寒声独雁过。河梁终古意，击剑一长歌。

天山题壁　　(清)邓廷桢

叠嶂摩空玉色寒，人随飞鸟入云端。蜿蜒地干秦关远，突兀天梯蜀道难。龙守南山冰万古，马来西极石千盘。艰辛销尽轮蹄铁，东指伊州一笑看。

过赛里木赛里木在新疆拜城县境内，是古代姑墨的旧地。

(清)施补华

西域之国三十六，姑墨当今赛里木。刘平国碑我所搜，指东汉时石碑。编入赵家金石录。永寿三年作四年，改元

恩诏阻遥传。东汉桓帝，永寿只有三年，而碑文作为四年，说明改元不知道，故云。龟兹乌垒西域二国名。长怀古，策马亭亭汉月圆。

望博克达山博克达山又称博格多山。在阜康县境。

（清）王树楠

九霄高插碧芙蓉，雨后淋漓石气浓。郡国俯看三十六，烟霞深护万千重。峰中剑戟惊啼狖，天上风云起卧龙。一览应知众山小，几回相对倚吟筇。

抵哈密　（清）宋伯鲁

万木伊州道，垂条拂客车。寒城隐白雪，古戍访黄花。铁梗千年柳，金盘五色瓜。回乡本饶沃，水木自清华。

木垒河道中　（清）宋伯鲁

百重云幌启，九迭锦屏张。只觉青山好，那知驿路长。阴崖残剩雪，劲草敌严霜。翻笑孤吟者，徒为镇日忙。

果子沟道中　（清）宋伯鲁

瀑泉飞下碧巃嵸，廿一重桥宛转通。苔磴冷吹松叶雨，石林香散药苗风。天垂陡壑苍寒外，雷辊阴崖惨淡中。欲访西征元代迹，涧花山果自青红。

古牧途中作　（清）宋伯鲁

云木连山野气凉，小桥残雪带晴光。萧萧落叶飘空戍，滚滚清波抱远庄。且喜文翁能教授，更闻王霸劝耕桑。十年生聚纡筹策，莫信山经《山海经》："大荒西经。"说大荒。

哈密二首　（清）裴景福

天山积雪冻初融，哈密双城哈密旧有回汉二城。夕照红。十里桃花万杨柳，中原无此好春风。

踏残白刺白刺，植物名，五加皮的别称。过黄芦，秀麦宜禾绿似铺。更与围郎维语"跳舞"的译音。弹一曲，不辞烂醉住伊吾。伊吾，古地名。隋大业六年(610)置伊吾郡，其治所即今之新疆哈蜜。

天　山　（清）裴景福

呼吸苍穹逼斗躔，斗躔，指北斗星。躔读禅，平声。明星辰运行的轨迹。昆仑气脉得来先。春风难扫千年雪，秋月能开万岭烟。西域威灵蟠两部，天山山脉把新疆分为南北两部。南疆旧称回部，北疆旧称准部。北都枝干络三边。古称幽、并、凉三州为三边。会当绝顶观初日，五岳中原小眼前。

（十四）江苏

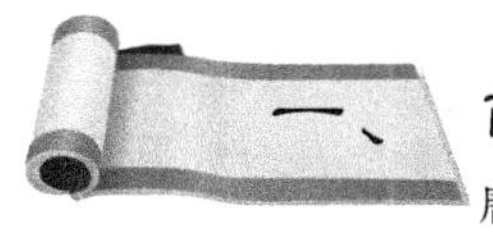

南　京楚名金陵，秦名秣陵，吴名建业，宋名建康，晋名江宁，唐名上元。

1. 金　陵

金陵三首　（唐）李　白

晋家南渡日，此地旧长安。地即帝王宅，山为龙虎盘。金陵空壮观，天堑净波澜。醉客回桡去，吴歌且自欢。

地拥金陵势，城回江水流。当时百万户，夹道起朱楼。亡国生春草，离宫没古丘。空余后湖月，波上对瀛洲。

六代兴亡国，六代，指东吴、晋、宋、齐、梁、陈。三杯为尔歌。苑方秦地少，山似洛阳多。《景定建康志》："洛阳四山围，伊、洛、瀍、涧在中。建康亦四山围，秦淮、直渎在中。"故云："风景不殊，举目有河山之异。"李白云"山似洛阳多"，许浑云"只有青山似洛中"谓此也。古殿吴花草，深宫晋绮罗。并随人事灭，东逝与沧波。

金陵怀古　（唐）司空曙

辇路江枫暗，宫庭野草春。伤心庾开府，老作北朝臣。庾信聘于北周，遂留之，官开府仪同三司。时陈氏通好南北之士，各还故国而周独不遣信，此《哀江南》所以作也。《删定唐诗解》云："怀古如此，用意极妙。"

（近代）俞陛云：此诗当是易代后所作，借兰成以自况。"北去萧综，惟闻落叶；南来苻朗，只见江流。"文人之沦落天涯者，宁独《哀江南》一赋耶！——《诗境浅说续编》

金陵五题并引　（唐）刘禹锡

余少为江南客而未游秣陵，尝有遗恨。后为历阳守，跂而望之。适有客以金陵五题相示，逌尔逌尔，笑貌。《汉书·叙传上》："主人逌尔而笑。"颜师古注：逌，古攸字。攸，笑貌也。生思，欻然有得。他日，友人白乐天掉头苦吟，叹赏良久，且曰："石头题诗云'潮打空城寂寞回'，吾知后之诗人不复措词矣。余四咏虽不及此，亦不孤乐天之意耳。"

石头城

山围故国周遭在，潮打空城寂寞回。淮水东边旧时月，夜深还过女墙来。瞿蜕园《笺证》："《六朝事迹编类》云：'吴孙权沿淮立栅，又于江岸必争之地筑城，名曰石头，常以腹心大臣镇守之。今石头故基乃杨行密稍迁近南，夹淮带江以尽地利。其形势与长干山连接。'《舆地志》云：'环七里一百步，在县西五里，去台城九里，南抵秦淮口，今清凉寺之西是也。'诸葛亮论金陵地形云：'钟阜龙蟠，石城虎踞，真帝王之宅，正谓此也。'禹锡诗引中颇道此诗之妙，后之论者亦无异词。盖其微旨在指出天险之不足恃也。又前人之评此诗者，《焦氏笔乘》云：'山围故国周遭在，潮打空城寂寞回，乐天叹为警绝。'子瞻云：'山围故国城空在，潮打西陵意未平，则又以己意斡旋用之，然不及刘。'"

(明)王鏊："潮打空城寂寞回"，不言兴亡而兴亡之感溢于言外，得风人之旨。——《震泽长语》

乌衣巷

朱雀桥边野草花，乌衣巷口夕阳斜。旧时王谢堂前燕，飞入寻常百姓家。瞿按：前人之评此诗者，谢榛《四溟诗话》云："作诗有三等语，堂上语、堂下语、阶下语，知此三者，可与言诗矣。凡上官临下官，动有昂然气象，开口自别。若李太白'黄鹤楼中吹玉笛，江城五月落梅花'，此堂上语也。凡下官见上官，所言殊有条理，不免局促之状，若刘禹锡'旧时王谢堂前燕，飞入寻常百姓家'，此堂下语也。凡讼者说得颠末详尽，犹恐不能胜人，若王介甫'茅檐长扫净无苔，花木成蹊手自栽'，此阶下语也。又沈德潜《唐诗别裁集》云：'言王谢家成民居耳，用笔巧妙，此唐人三昧也。'"

(宋)谢枋得：王、谢之第宅今皆变为寻常百姓之室庐矣，乃云："旧时王谢堂前燕，飞入寻常百姓家"，此风人遗韵。两诗(指《石头城》)皆用"旧时"二字，绝妙。——《注解选唐诗》

(清)黄生：本意只言王侯第宅变为百姓人家耳，如此措词遣调，方可言诗，方是唐人之诗。——《唐诗摘钞》

台　城

台城六代竞豪华，结绮临春事最奢。万户千门成野草，只缘一曲后庭花。瞿《笺证》："《容斋续笔》五云'晋、宋间谓朝廷禁省曰台，故称禁城为台城，官军为台军，使者为台使，卿士为台官，法令为台格，需科则曰台有求需，调拨则曰台所遣兵。刘梦得赋《金陵五咏》故有《台城》一篇。今人于他处指言建康为台城，则非也。'"

(唐)韦縠：陈亡，则江南王气尽矣。首句自六代说起，不止伤陈叔宝也。六朝尽于陈亡，末句可叹可恨。——《才调集》

生公讲堂

生公说法鬼神听，身后空堂夜不扃。高坐寂寥尘漠漠，一方明月可中庭。瞿按：《方舆胜览》云："在虎丘寺。生公，异僧竺道生也。讲经于此，无人信者，乃聚石为徒，与讲至理，石皆点头。"此首所咏，似去金陵较远，亦列在《金陵五题》，未详其故。又按，前人之评此诗者，游潜《梦蕉诗话》云："刘梦得虎丘寺生公讲堂诗，叠山选注以为诗意笑生公也。予意生公何足笑哉？况亦言浅意直甚矣。梦得盖以生公比当时执政者。言其在日假恩宠以令百寮，莫敢有违，思神亦听之也。次句言身后子孙不守，门墙已非。三句四句则言声消势尽，殊非前日华盛景象，无复及其门者，惟明月夜深可中庭耳。与石头城夜深还过女墙来意同，可字有味。"（见《学海类编》）考禹锡之诗固往往言在此而意在彼，亦不宜过涉附会揣测，此诗谓笑生公固不然，必谓指执政，亦附会也。〇又按《佛祖统纪》载："宋文帝大会沙门，亲御地筵，食至良久，众疑日过中，僧律不当食，帝曰：'始可中耳。'生公乃曰：'白日丽天言可中，何得非中？'遂举箸而食。禹锡用可中字本此。盖即以生公事咏生公堂，非杜撰也。彼言白日可中，变言明月可中，尤见其妙。"又，张相《诗词曲语辞汇释》云："可犹当也。刘禹锡诗'高坐寂寥尘漠漠，一方明月可中庭'，言当庭也。按此可字或疑可作恰字解。然周邦彦《南柯子》词，'晓来阶下按新声，恰有一方明月可中庭'，若作恰字解，则有两恰字矣。故知可中庭者即当中庭也。又杨无咎《雨中花慢》词咏中秋，想嫦娥应念，待久西厢，为可中庭。言特为当中庭也。若云为恰中庭，则不词矣。侯寘《西江月》词'可庭明月绮窗开，帘幕低垂不卷。若云恰庭，则更不词矣'，以上三词均从刘诗出，可以证刘诗之义。白居易《宿张云举院》诗'隔房招好客，可室致芳筵'，可室言当室也。陈与义《题继祖蟠室》诗'日斜疏竹可窗影，正是幽人睡足时'，可窗言当窗也。"以上张氏之说亦有未谛处。白居易《红线毯》诗'披香殿广十丈余，红线织成可殿铺'，与明月可中庭之意正同，谓恰好也。今北京语犹然。况周颐《蕙风簃随笔》云："罗隐诗'可中用作鸳鸯被'，可中恰宜也。宋人亦用之。"此亦一说。词家运用刘诗，固不必尽合也。

江令宅

南朝词人北朝客，归来唯见秦淮碧。池台竹树三亩余，至今人道江家宅。瞿《笺证》："《六朝事迹》江令宅，陈尚书令江总宅也。"《建康实录》及杨修之诗注云："南朝鼎族多夹青溪，江令宅尤占胜地，后主尝幸其宅，呼为狎客。今城东段大夫约之宅正临青溪，即其地也。故王荆公诗云：'昔时江令宅，今日段侯家。'"此可验也。○又按:李壁《王荆公诗集》注云:"江总,陈人也,仕至尚书令,陈亡入隋,为上开府,开皇中卒。刘禹锡诗:'池台竹树三亩余,至今人道江家宅。'青溪实连秦淮。按《建康志》:'江总宅在青溪大桥北,与孙玚宅对夹青溪。'"

金陵怀古　　(唐)刘禹锡

潮满冶城以吴冶铸之所,故称冶城。渚,日斜征虏亭。瞿蜕园笺证:《景定建康志》:"征虏亭在石头坞,东晋太元中创。"蔡洲瞿蜕园笺证:《读史方舆纪要》:"蔡州,府(江宁)西二十五里。"志云:"在江宁县西南十八里石头西岸,一名蔡家泾。晋苏峻之乱,陶侃等入援,舟师至于蔡洲。"新草绿,幕府山名。晋王导建幕府山上,故名。旧烟青。兴废由人事,山川空地形。后庭花一曲,幽怨不堪听。《玉树后庭花》南朝陈后主制,其辞轻荡,而其音甚哀,故后多用以称亡国之音。

(元)方回:每读刘宾客诗,似乎百十选一以传诸世者,言言精确。前四句用四地名,而以"潮"、"日"、"草"、"烟"附之。第五句乃一篇之断案也,然后应之曰"山川空地形",而末句乃寓悲怆,其妙如此。——《瀛奎律髓汇评》

(清)冯舒:"新草"、"旧烟",只四字逼出"怀古"。五、六斤两,起结俱"金陵"。○丝缕俨然,却自无缝。——同上

(清)冯班:起句千钧。——同上

(清)钱湘灵:起力千钧。——同上

(清)何焯:此等诗何必老杜?才识俱空千古。○"潮落"、"日斜"、"烟青"、"草绿",画出"废"字。落日即陈亡,具五国之意。第五起后二句,第六收前四句,变化不测。○前四句借地形点化人事。○第三句,将。第四句,相。幕府,山名,因王导著;征虏亭,因谢安著。——同上

(清)纪昀:叠用四地名,妙在安于前四句,如四峰相矗,特有奇气。若安于中二联,即重复碍格。○五、六筋节,施于金陵尤宜,是龙盘虎踞,帝王之都。末《后庭》一曲,乃推江南亡国之由,申明五、六。虚谷以为但寓悲怆,未尽其意。○起四句似乎平对,实则以三句"新草",剔出四句"旧烟",即从四句转出下半首。运法最密,毫无起承转合之痕。——同上

(清)许印芳:此评甚精,深得古人笔法之妙。如此解乃知三、四"新"、"旧"二字是眼目。古人作诗,一字不妄下。后人作诗多闲字,且多赘句,不及古人远矣。作五律尤忌浮泛,所谓四十贤人,不可杂一屠沽儿也。文章一道,总不能离起承转合之法,用之无痕者,作用在内,暗起暗承,暗转暗合,暗中消息相通,外面筋骨不露。盛唐诗气格高浑,意味深厚,其妙如此。愚人但以形貌求盛唐,谓其无甚作用,谬矣。晚唐及宋人诗,作用在外,往往露骨,故少浑厚之作。惟中唐刘中山、刘随州,犹有盛唐遗意耳。又按六句用龙虎天堑故事,而用其意,不用其词。此亦暗用法。愚人用典,必将词语抄出凑句,盖未知古人用典,如水中着盐,不见盐而有盐味也。又此句不但缴足第五句,而且收拾前四句。若无收拾,便是无法,可谓精密之至。——同上

西塞山怀古　(唐)刘禹锡

王浚楼船下益州,金陵王气黯然收。千寻铁锁沉江底,一片降幡出石头。人世几回伤往事,山形依旧枕寒流。今逢四海为家日,故垒萧萧芦荻秋。

(清)查慎行:专举吴亡一事,而南渡、五代以第五句含蓄之。见解既高,格局亦开展动宕。——《瀛奎律髓汇评》

(清)何焯:气势笔力匹敌《黄鹤楼》诗,千载绝作也。——同上

(清)纪昀:第四句但说得吴。第五句七字括过六朝,是为简练。第六句一笔折到西塞山,是为圆熟。——同上

(清)无名氏(甲):山在荆州。——同上

(清)许印芳:此评能发此诗之妙。又沈归愚云:"起手如黄鹄高举,见天地方圆。三、四言地利不足恃,七句言唐代别于割据偏安。"所评皆惬当,因附录之。按《唐诗纪事》云:"梦得与白乐天、元微之、韦楚客各赋《金陵怀古》,梦得诗先成,乐天览之曰:'四人探骊龙,子已获珠,余皆鳞爪矣。'遂罢唱。"当时名流推服此诗,必有高不可及处,自来无人亲切指点。所传探骊珠一语,但指平吴一事耳。得沈、纪二评,始尽发此诗之蕴。可知古人好文字

流传千载，众口称妙，而实不知其妙者多也。——同上

(清)薛雪：刘宾客《西塞山怀古》似议非议，有论无论，笔著纸上，神来天际，气魄法律，无不精到。洵是此老一生杰作。——《一瓢诗话》

金陵怀古　(唐)许浑

玉树歌残王气终，景阳兵合戍楼空。松楸远近千官冢，禾黍高低六代宫。石燕拂云晴亦雨，江豚吹浪夜还风。英雄一去豪华尽，唯有青山似洛中。李白诗：山似洛阳多。

(元)方回："禾黍高低六代宫"此一句好。上句所谓"松楸远近千官冢"，非也。大抵亡国之余，乌有松楸蔽千官之冢者？五、六却切于江上之景。——《瀛奎律髓汇评》

(清)冯舒：金陵，六朝建都之地，虽经变革，岂是朝朝伐树？可笑。——同上

(清)冯班：陈亡之后，诸臣皆仕隋富贵，方君不知也，大谬。——同上

(清)陆贻典：陈亡后，诸臣都半事隋，居大官。至唐，其子孙亦盛，何至不能庇祖先之墓？方公此论，未尝论世也。——同上

(清)查慎行：此论太滞，且金陵多降王，则松楸无恙，亦常理也。——同上

(清)纪昀：松楸句本意指林莽蔽翳而言，非指旧日所插，但松楸乃蔽冢之木，似乎旧植之犹存，语意不明，故为虚谷所摘。——同上

(清)陆贻典：丁卯诗着意多在中四句，此篇起结皆有力。——同上

(清)何焯：从陈发端，一笔带过往事，势亦空阔。——同上

(清)吴昌祺：言石能作雨，豚亦兴风，而英雄一死则无复豪华也。"洛中"王气不终，反应起句意。——《删订唐诗解》

(清)金人瑞：此先生眼看一片楸梧禾黍，而悄然追叹其事也。一、二，玉树歌残，景阳兵合，对写最妙，言后庭之拍板初擎，采石之暗兵已上；宫门之露刃如雪，学士之余歌正清。分明大物改命，却作儿戏下场。又加"王气终"、"戍楼空"，对写又妙，言天之既去，人皆不应，真为可骇可悯也。于是合

殿千官，尽成瓦散，六宫台殿，咸委积莽。如此楸梧禾黍，皆是当时朝朝琼树，夜夜璧月之地之人也(首四句下)。○此又快悟而痛说之也。言当时英雄有英雄之事，今日石燕亦有石燕之事，江豚亦有江豚之事。当时英雄有事，而极一代之豪华；今日石燕江豚有事，而成一日之风雨。前者固不知后，后者亦不知前也。"青山似洛中"，掉笔又写王气仍旧未终。妙！妙！(后四句下)——《贯华堂选批唐才子诗》

(清)黄叔灿：此诗似不及刘梦得《西塞山怀古》。盖刘从孙吴说起，虚带六朝，凭吊深情，自有上下千古之慨，气魄宏阔，诗亦深厚。此诗叹陈后主为南朝之终，追溯六朝，立局亦妙。——《唐诗笺注》

秣陵怀古　(唐)李群玉

野花黄叶旧吴宫，六代豪华烛散风。龙虎势衰佳气歇，凤凰名在故台空。市朝迁变秋芜绿，坟冢高低落照红。霸业鼎图人去尽，独来惆怅水云中。

(清)赵臣瑗：一，眼前只见"野花黄叶"，一片凄凉，土人指以告予曰："此孙吴旧宫也。"二，因思自吴至陈，六代以来，何等豪华，曾几何时，今皆安在？真如风中蜡烛，一俯销亡，可不悲哉！三四紧承"龙虎气"、"凤凰台"，六代豪华也；其"衰"字、"歇"字、"在"字、"空"字，即"野花黄叶"也。五、六，"市朝"已化"秋芜"，"坟冢"徒留"落照"，所谓"惆怅水云中"者，以此。试思市朝未变迁，坟冢未高低，生其时者，不皆霸业鼎图之人乎！"去尽"、"独来"一开一合，备极淋漓之致。——《山满楼笺注唐诗七言律》

金陵夜泊　(唐)罗隐

冷烟轻霭傍衰丛，此夕秦淮驻断蓬。栖雁远惊沽酒火，乱鸦高避落帆风。地销王气波声急，山带秋阴树影空。六代精灵人不见,思量应在月明中。

金陵晚望　(唐)高蟾

曾伴浮云归晚翠,犹陪落日泛秋声。世间无限丹青手,一片伤心画不成。

(清)黄叔灿:"浮云"、"落日",谓盛衰之不常;"曾伴"、"犹陪",感佳丽之凄寂,正所谓"伤心"也。然"晚翠"、"秋声",丹青能画,而望中心事,妙手难描。"画不成"三字,是"伤心"二字之神。——《唐诗笺注》

(近代)俞陛云:画实境易,画虚景难。昔人有咏行色诗云:"赖是丹青不能画,画成应遣一生愁。"与此诗后二句相似。行色固难着笔,伤心亦未易传神。金陵为帝王所都,佳丽所萃,追昔抚今,百端交集,纵有丹青妙手,安能曲绘其心耶? 此诗佳处在后二句,迥胜前二句也。——《诗境浅说续编》

上元怀古二首　(唐)李山甫

南朝天子爱风流,尽守江山不到头。总是战争收拾得,却因歌舞破除休。尧行道德终无敌,秦把金汤可自由。试问繁华何处有,雨苔烟草古城秋。

争帝图王德尽衰,骤兴驰霸亦何为。君臣都是一场笑,家国共成千载悲。排岸远樯森似槊,落波残照赫火赤红貌。如旗。今朝城上难回首,不见楼船索战时。

金陵图 （五代）韦 庄

谁谓伤心画不成，画人心逐世人情。君看六幅南朝事，老木寒云满故城。

（清）王士禛：翻高蟾意，高唱而入，已得机得势。次句又接得玲珑。末句一点，画意已足，经营入妙。——《万首唐人绝句选评》

台 城 （五代）韦 庄

江雨霏霏江草齐，六朝如梦鸟空啼。无情最是台城柳，依旧烟笼十里堤。

（宋）谢枋得：台城乃梁武帝馁死之地。国亡主灭，陵谷变迁，人物换世，唯草木无情，只如前日。此柳必梁朝所种，至唐犹存，“无情”、“依旧”四字最妙。——《注解选唐诗》

（明）周敬等：胡次焱曰，始责烟柳无情，不顾兴亡；终羡烟柳自若，付兴亡于无可奈何，意味深长。端平北使王楫诗：“到处江山是战场，淮民依旧说耕桑。梅花不识兴亡恨，犹向东风笑夕阳。”北将胡谘议留江州诗：“寂寞武矶山上庙，萧条罗伏水中船。垂杨不管兴亡事，依旧青青两岸边。”二诗俱讥本朝文武不知国势危急，随时偷乐也。皆从此诗变化。——《唐诗选脉会通评林》

（近代）刘永济：“六朝如梦”，一切皆空也。“依旧”之物，惟柳而已，故曰“无情”。然则有情者不免感慨可知矣。此种写法，王士禛所谓神韵也。——《唐人绝句精华》

上元县　　(五代)韦　庄

南朝三十六英雄,角逐兴亡尽此中。有国有家皆是梦,为龙为虎亦成空。残花旧宅悲江令,落日青山吊谢公。止竟霸图何物在,石麟无主卧秋风。

再过金陵　　(五代)沈　彬

玉树歌终王气收,雁行高送石城秋。江山不管兴亡事,一任斜阳伴客愁。

金陵即事三首(录一首)　　(北宋)王安石

水际柴门一半开,小桥分路入苍苔。背人照影无穷柳,隔屋吹香并是梅。

金　陵　　(北宋)王安石

金陵陈迹老莓苔,南北游人自往来。最忆春风石城坞,坞上声读舞,去声读雾。家家桃杏过墙开。

忆金陵三首　　(北宋)王安石

覆舟山覆舟山在城北七里,东际青溪,北临真武湖,状如覆舟,故名。下龙

光寺，玄武湖畔五龙堂。想见旧时游历处，烟云渺渺水茫茫。

烟云渺渺水茫茫，缭绕芜城一带长。蒿目“蒿目而忧世之患”，见《庄子·骈拇》。黄尘忧世事，追思陈迹故难忘。

追思陈迹故难忘，翠木苍藤水一方。闻说精庐今更好，好随残汴理归艎。

金陵怀古四首　（北宋）王安石

霸祖指陈霸先，霸先庙号高祖，故称。孤身取二江，谓江南东、西道。子孙多以百城降。豪华尽出成功后，逸乐安知与祸双。东府《舆地志》：“金陵有东府城，晋安帝时筑。”旧基留佛刹，后庭遗唱落船窗。黍离麦秀从来事，且置兴亡近酒缸。

（清）冯舒：腹联佳甚。惜一起未工。——《瀛奎律髓汇评》

（清）冯班：起二句种种不妥。〇善用事，过贡父远甚。——同上

（清）查慎行：第四句借谚语“福无双至”，因以双语祸，极奇、极幻、极稳妥。——同上

天兵南下此桥江，敌国当时指顾降。山水雄豪空复在，君王神武自难双。留连落日频回首，想像余墟独倚窗。却忆夏阳才一苇，汉家何事费罂缸。《汉书·韩信传》：“遂进兵击魏。魏盛兵蒲坂，塞临晋。信乃益为疑兵，陈船欲渡临晋。而伏从夏阳以木罂缶度军，袭安邑。魏王豹惊，引兵迎信。”

地势东回万里江，云间天阙天阙，建康山名。《景定建康志》："牛头山一名天阙，在城南三十里。"古来双。兵缠兵缠谓因战争而搅扰。《后汉书·班固传》："汉兴以来，旷世历年，兵缠夷狄，尤事匈奴。"四海英雄得，圣出中原次第降。山水寂寥埋王气，风烟萧飒满僧窗。废陵坏冢空冠剑，谁复沾缨沾缨，谓泪水沾缨也。《淮南子·缪称》："雍门子以哭见孟尝君，涕流沾缨。"酹一缸。

(清)陆贻典：第七句泛。——《瀛奎律髓汇评》

(清)查慎行："圣出中原次第降"，名句。——同上

忆昨天兵下蜀江，将军谈笑士争降。黄旗已尽年三百，紫气空收剑一双。破堞自生新草木，废宫谁识旧轩窗。不须搔首寻遗事，且倒花前白玉缸。

(元)方回：读半山所作，又读刘贡父所作，韵险而律熟，若皆似乎不和韵者，亦可长学诗者一格也。第三首移"降"字、"双"字先后之，此亦一例。——《瀛奎律髓汇评》

(清)冯班：善用韵，过贡父远甚。——同上

(清)查慎行：四诗不但律熟，饶有风骨，故佳。——同上

(清)纪昀：四诗各自为篇，合之不成章法，语亦多复。○第二首末句"缸"字究竟添凑。第四首末句复第一首。——同上

桂枝香·金陵怀古　(北宋)王安石

登临送目。正故国晚秋，天气初肃。千里澄江似练，翠峰如簇。归帆去棹残阳里，背西风、酒旗斜矗。彩舟云

淡，星河鹭起，画图难足。　　念往昔、繁华竞逐。叹门外楼头，悲恨相续。千古凭高对此，漫嗟荣辱。六朝旧事如流水，但寒烟、芳草凝绿。至今商女，时时犹唱，后庭遗曲。《景定建康志》引《古今词话》云："金陵怀古，诸公寄词于《桂枝香》，凡三十余首，独介甫最为绝唱。东坡见之，不觉叹息，曰：'此老乃野狐精也。'"

(宋)张炎：词以意趣为主，要不蹈袭前人语意。如东坡中秋《水调歌》(词略)、王荆公金陵怀古《桂枝香》(词略)……此数词皆清空中有意趣，无笔力者未易到。——《词源》

(明)卓人月："矗"字妙。从清空中出意趣，无笔力者难为。窦巩诗"伤心欲问南朝事，惟见江流去不回。日暮东风春草绿，鹧鸪飞上越王台"。"六朝"二句本此出。——《古今词统》

(清)梁启超：李易安谓介甫文章似西汉，然以作歌词，则人必绝倒。但此作却颉颃清真、稼轩，未可谩诋也。——《饮冰室评词》

西河·金陵怀古　(北宋)周邦彦

佳丽地、南朝盛事谁记？山围故国绕清江，髻鬟对起。怒涛寂寞打孤城，风樯遥度天际。　　断崖树，犹倒倚。莫愁艇子曾系。空余旧迹郁苍苍，雾沉半垒。夜深月过女墙来，伤心东望淮水。　　酒旗戏鼓甚处市。想依稀、王谢邻里。燕子不知何世。入寻常巷陌人家，相对如说兴亡，斜阳里。

(宋)王楙：有两(石)城，一在金陵，一在竟陵。在金陵者，即左思所谓"戎车次于石城"者也。在竟陵者，即莫愁所居之城也。而周美成词乃以金陵石城为莫愁事用，无乃误乎？——《野客丛书》

(清)许昂霄：隐括唐句，浑然天成。"山围故国绕清江"四句，形胜；"莫

愁艇子曾系”三句,古迹;“酒旗戏鼓甚处是”至末,目前景物。——《词综偶评》

(清)陈廷焯:此词以“山围故国”、“朱雀桥边”二诗作蓝本,融化入律,气韵沉雄,音节悲壮。——《词则·放歌集》

酹江月·石头城

石头城旧址在今南京清凉山上,为建康四城之一。

(南宋)杜旟

江山如此,是天开万古,东南王气。一自髯孙横短策,坐使英雄鹊起。玉树声消,金莲影散,多少伤心事?千年辽鹤,并疑城郭非是。　当日万驷云屯,潮生潮落处,石头孤峙。人笑褚渊今齿冷,只有袁公不死。褚渊与袁粲同为南朝宋的顾命大臣。萧道成篡立南齐,褚失节,袁死节于石头城。《南齐书·乐颐传》有“人笑褚公至今齿冷”之语。斜日荒烟,神州何在?欲堕新亭泪。见《晋书·王导传》。元龙老矣,世间无限余子。结语乃引陈登之语,陈登字元龙。登曰:“夫闺门雍穆,有德有行,吾敬陈元方兄弟;渊清玉洁,有礼有法,吾敬华子鱼;清修疾恶,有识有义,吾敬赵元达;博闻强记,奇逸卓荦,吾敬孔文举;雄姿杰出,有王霸之略,吾敬刘玄德。所敬如此,何骄之有!余子琐琐,亦焉足录哉?”见《三国志·魏志·陈矫传》。

(清)许昂霄:“一自髯孙横短策”五句,六朝兴废,数语括尽。换头又提起言之,并寓南宋之慨。——《词综偶评》

(清)张德瀛:“元龙老矣,世间何限余子。”……所谓拔地倚天,句句欲活者。——《词征》

(清)陈廷焯:议论纵横,魄力雄大,彼是何等气慨。——《词则·放歌集》

(近代)刘永济:此词叹恢复无人也,略与稼轩《永遇乐》词相似。上半阕言孙吴立国江南,一时多少英雄。“玉树”二句,言齐、陈末主当日荒淫之事,今已“声消”、“影散”,但觉可怜,言外盖斥当时君臣,苟且偷安使人伤心也。“千年”二句,言今日不但人民已非,城郭亦变,言外有沧海桑田之感。下半阕起处，似指庾亮屯兵石头城故事，今则惟有石头城孤峙，见此时无人如庾也。“褚渊”二句，言失节事仇为可耻，尽节死忠之可敬。“斜日”三句，言中原不见，但满目“斜日荒烟”，盖有故国黍离之悲，故曰“欲堕新亭泪”。末二句，一悲己身已老，志业无成；一叹余子虽多，而无可用，以见人才衰歇也。——《唐五代两宋词简析》

唐多令　（南宋）邓剡

雨过水明霞，潮回岸带沙。叶声寒、飞透窗纱。堪恨西风吹世换，更吹我、落天涯。　寂寞古豪华。乌衣日又斜。说兴亡、燕入谁家？惟有南来无数雁，和明月、宿芦花。

（清）王闿运：亡国不死，仍有羁愁一语，写尽黄黎洲、王船山一辈人。——《湘绮楼选绝妙好词》

（近代）刘永济：此哀南宋之亡也。前半阕以萧瑟景色寓悲凉之感。“堪恨”句，似指贾似道辈促成宋之亡也。后半阕起用刘禹锡《乌衣巷》诗意，而燕入谁家，似指投降之辈。刘诗本言“旧时王谢堂前燕，飞入寻常百姓家”，此云“飞入谁家”，则非入百姓家而是飞入新朝也，虽不曾明言而意亦显然。南来雁，则与己相同之人，南下避兵者。——《唐五代两宋词简析》

满江红·金陵怀古　（元）萨都剌

六代豪华，春去也，更无消息。空怅望、山川形胜，已非畴昔。王谢堂前双燕子，乌衣巷口曾相识。听夜深、寂寞打孤城，春潮急。　思往事，愁如织。怀故国，空陈迹。但荒烟衰草，乱鸦斜日。玉树歌残秋露冷，胭脂井又名景阳井。隋兵攻打金陵，陈后主与妃子避入此井，终被隋兵所俘。坏寒螿读姜，平声。寒蝉。泣。到如今、只有蒋山青、秦淮碧。刘禹锡《金陵五题·江令宅》：“南朝词臣北朝客，归来唯见秦淮碧。”

念奴娇·登石头城　（元）萨都剌

石头城上，望天低吴楚，眼空无物。指点六朝形胜地，唯有青山如壁。蔽日旌旗，连云樯橹，白骨纷如雪。一江南北，消磨多少豪杰。　寂寞避暑离宫，南唐李昪曾在清凉山建离宫避暑。东风辇路，芳草年年发。落日无人松径里，鬼火高低明灭。歌舞尊前，繁华镜里，暗换青青发。伤心千古，秦淮一片明月。

金陵晚眺　（元）傅若金

金陵古形胜，晚望思迢遥。白日余孤塔，青山见六朝。燕迷花底巷，鸦散柳荫桥。城下秦淮水，年年自落潮。

题金陵　（元）陆仁

丽正门当天阙高，元代称京师内城之正南门为丽正门。此指金陵南门。景阳台指南朝陈代景阳宫遗址。下草萧萧。江围大地蟠三楚，石偃孤城见六朝。落日不掩遗恨去，秋风能使旅魂消。忘情只有龙河柳，烟雨年年换旧条。

金陵雨后登楼　（明）彭泽

醉倚危栏看雨收，分明远树见晴洲。千年壮丽山为郭，十里人家水绕楼。燕子近来谁是主，用刘禹锡诗。凤凰已去有遗丘。用李白诗。如何东晋诸名士，却上新亭双泪流？新亭流泪见《世说新语》。

金陵怀古　（清）僧读彻

石城城下水淙淙，西望江关合抱龙。六代萧条黄叶寺，五更风雨白门钟。凤凰已去台边树，燕子仍飞矶上峰。抔土当年谁取盗，一朝伐尽孝陵松。读彻示寂后，吴梅村吊以诗云："说法中峰语句真，沧桑阅尽剩闲身。宗风实处都成教，慧业通来不碍尘。白社老应空世相，青山我自笑诗人。纵教落得江南梦，万树梅花孰比邻。"

上巳将过金陵　（清）龚鼎孳

倚槛春愁玉树飘，空江铁锁野烟销。"玉树飘"是因，"野烟销"是果。兴怀无限兰亭感，流水青山送六朝。

（清）王士禛：先兄西樵尝云：合肥龚尚书"流水青山送六朝"，才子语；阳羡陈其年"浪拥前朝去"，英雄语。——《渔洋诗话》

金陵怀古　　(清)盛符升

重向南邦忆少年,宫门仿佛戍楼边。长陵松径来樵子,后苑湖阴宿钓船。故国几堪歌玉树,行人犹自怨金川。却怜山色依然在,灵谷苍然倚断烟。沈德潜云:"人知有明南渡亡于荒嬉,不知金川门之入,国脉早伤也。"此更推本言之。

金陵杂感　　(清)余　怀

六朝佳丽晚烟浮,擘阮擘通拨,阮,琵琶也。相传西晋时阮咸好乐器,后遂称阮。弹筝上酒楼。小扇歌者道具。画鸾乘雾去,轻帆带雨入江流。山中梦冷依弘景,陶弘景自号华阳隐居,人称山中宰相。湖畔歌残倚莫愁。莫愁湖在今南京水西门,昔有名妓,卢莫愁居此。吴殿金钗梁院鼓,杨花燕子共悠悠。春燕翻飞,杨花飘荡;六朝似梦,往事如烟。

金陵旧院　　(清)蒋　超

锦绣歌残翠黛尘,楼台已尽曲池湮。荒园一种瓢儿菜,独占秦淮昔日春。

尉迟杯·许月度新自金陵归,以《青溪集》示我,感赋　　(清)陈维崧

青溪路。青溪在今南京市东北。是三国时东吴开凿的一条水渠。溪九曲,

流入秦淮河。记旧日、年少嬉游处。覆舟山又名龙舟山，在南京市太平门内，东连钟山，北临玄武湖。畔人家，麾扇渡秦淮河上渡口，位于镇淮桥附近，因晋时顾荣挥羽扇退陈敏军而得名。头士女。水花风片，有十万、珠帘夹烟浦。指歌楼妓馆林立的秦淮河。泊画船、柳下楼前，衣香暗落如雨。　闻说近日台城，剩黄蝶蒙蒙，和梦飞舞。黄蝶用庄子梦蝶事。绿水青山浑似画，只添了、几行秋戍。指营垒。三更后、盈盈皓月，见无数、精灵含泪语。精灵指鬼魂。想胭脂、井底娇魂，隋将韩擒虎攻破台城，陈叔宝带他的宠妃张丽华和孔贵嫔藏于景阳宫的胭脂井内被俘。至今怕说擒虎。隋开皇九年(589)陈亡。

秣　陵　　(清)屈大均

牛首开天阙，南京市牛头山，东西双峰并峙，似天阙。龙岗指钟山。抱帝宫。六朝春草里，万井落花中。访旧乌衣南京乌衣巷，在东晋及南朝时，名门大族聚居于此。少，听歌玉树空。陈后主《玉树后庭花》后人以为亡国之音。如何亡国恨，尽在大江东。

金陵怀古　　(清)陈恭尹

山飞楼阁水飞霞，冷落春城宿乳鸦。天阙双峰铦似戟，海门高浪白如花。空劳玉辇销王气，曾划长江作帝家。五马渡边五马渡在幕府山下。晋元帝司马睿初为琅琊王时，与西阳、汝南、南顿、彭城等四王同渡江，到南京后即位为帝。当时有“五马浮渡江，一马化为龙”的歌谣。龙化后，南方文物掩中华。

余澹心寄金陵咏怀古迹诗，却寄二首

（清）王士禛

千载秦淮水，东流绕旧京。江南戎马后，愁绝庾兰成。

钟阜蒋侯祠，青溪江令宅。传得石城诗，肠断蕉城客。

忆江南三首　（清）纳兰性德

江南好，建业旧长安。李白《金陵》诗：晋家南渡日，此地旧长安。紫盖指云气。见《三国志·吴书》。忽临双鹢渡，翠华争拥六龙看。二句言皇帝的陆路车驾和水路船只。雄丽却高寒。此词及以下均为1684年扈驾康熙南巡时作。

江南好，城阙尚嵯峨。故物陵指明孝陵。前惟石马，遗踪陌上有铜驼，玉树指《玉树后庭花》歌。夜深歌。杜牧《泊秦淮》诗："商女不知亡国恨，隔江犹唱后庭花。"

江南好，怀古意谁传？燕子矶在南京东北郊。头红蓼月，乌衣巷在南京市东南。口绿杨烟，风景忆当年。

金陵杂感六首（录一首）　（清）赵执信

深宫《燕子》《燕子笺》的作者阮大铖，本是阉党余孽，南明政权建立后，又依附宰相马士英，做了兵部尚书。弄歌喉，粉墨尚书作部头。《燕子笺》是个剧本。部头又称班头。是戏班的负责人。瞥读撇，入声。目光掠过。眼君臣成院本，院本即剧本。输他叔宝最风流。叔宝是南朝陈代的末代皇帝，荒诞风流，但不如南明君臣。按：宋高宗时，宫中有菊夫人，善歌舞，妙音律，作菊部(戏曲)班头。人称菊部头。见《齐东野史》。

金陵杂诗　（清）赵庆熺

璧月姮娥镜殿光，六宫学士女儿妆。南朝才子都无福，不作词臣作帝王。

金陵怀古八首　（清）魏 源

一桁青山六代宫，沧桑都在水声中。只今雨雪千帆北，自古云涛万马东。千载江山风月我，百年身世去来鸿。陆机别有兴亡辨，不与过秦监夏同。

照残今古秦淮水，磨灭英雄晋石头。地气辄随王气尽，前人留与后人愁。春秋吴越灯前垒，台榭齐梁雾里讴。凄绝多情天上月，年年长恋冶城秋。

丝竹新亭晋永嘉，梧桐南内玉钩斜。如何衮藻山龙客，不许春江夜月花。万里汉淮重锁钥，千年陆谷几官家。东南不是宸居地，底事秦皇枉翠华。

黯黯青青画不成，山如晏坐水如行。千年山色南都恨,五府江涛北府兵。故国潮来秋不老,六朝人去雪无声。关河太好诗难称,渔唱何曾识战争。

南都胜国驻旌旗,宫阙歌坛尚有基。一自六飞归北燕,未曾五马化南螭。台城更逊鸡鸣埭,祭灶空传龙脉词。千古兴亡无限恨,寒鸦夕照又多时。今之满城,即明之故宫也。视梁武台城旧址,更出其下。朱国桢《涌幢小品》载:明太祖晚年知禁城洼下,悔卜都之误,曾于除夕作《光禄寺祭灶文》言"改筑劳民,求地脉龙神祐护"云云。宜于成祖决计北还。而福王南渡亦不永也。

但见茭芦不见江,如何形胜亦沧桑。荻洲沙失黄天荡,柳岸云迷朱雀航。破浪烟青南去舫,隔江云黑北来冈。可怜一片楼船地,输与渔家占夕阳。

一夜秦淮水半篙,画船直并画楼高。青溪小艇桥头过,乐府鸡声树上号。不信六朝金粉地,但闻中夜泽鸿嗷。月华如水秋如海,弗照游艘照赈艘。

天堑从来愁饮马,金焦几见忽横鲸。齐飞燕子城犹昨,徙族爰居海不平。夜月量江樊若水,秋风枯树庾兰成。小舟犯浪如平地,谁道东南乏水兵。

奉和金陵杂诗十六首　(清)樊增祥

老去屏山赋汴京,裕之俳体雪香亭。名篇十六浑相似,传唱江南不忍听。

二乔国色并乘龙，总角英雄盖代功。公瑾伯符俱不寿，天教寂寞古江东。

紫盖黄旗下有人，大航朱雀会风云。钟山虎踞龙蟠势，具眼无如诸葛君。

伤心玉树有何春？佳丽江山要洗尘。除却寄奴能虎步，南朝天子半词人。

一半春风付教坊，李平潘佑枉思量。曹彬勾当江南事，愁坐围城咏凤皇。

天堑横分制佛狸，后来虞雍断韩蕲。如今铁甲乘潮上，不用量江费钓丝。

瘦丁亭子水西门，古有俭邪尚识真。今日节楼读洋画，流连江雪又何人？

莫愁湖已乞中山，儿女英雄事可怜。万古云霄遗像在，胜棋楼子亦凌烟。胜棋楼上有曾文正画像。

《桃花》《燕子》话兴亡，马阮匆匆送建康。朝暮蜉蝣同一笑，台南十口亦真王。

一从时相用商才，大贾如云衮衮来。千载瞻园幽绝处，金钱花傍夕阳开。

文采风流递不如，乾嘉末胜道咸初。江南后蟹输前蟹，依傍仓山有薛庐。

秦淮画舫暖围春，时有渔郎来问津。闲坐河房思误字，衡钧谁是钓鱼人。曾忠襄镇金陵，幕僚陈某招权纳贿，多在钓鱼巷伎馆，或改节署三省钧衡扁为三省钓鱼。

雨花台畔血痕蔫，龙膊收功四十年。怪事曾胡殊不料，有人俎豆到金田。

濠泗风云祚一僧，杀人如草自矜能。红灯尚托朱家裔，直恨无人发孝陵。

西上陶桓意可伤，石城回首旧斜阳。可怜仪凤门边地，圈作威廉外教场。

乖崖持节镇三吴，苦恨升平一事无。今试维新开辟手，那能闲却老尚书。由云龙《定厂诗话》："曩张文襄以河工事至金陵，觞咏流连，有《金陵杂咏》诗十六首。樊山和之，极工，惟第一首云'老去屏山赋汴京，裕之俳体雪香亭，名篇十六浑相似，传唱江南不忍听'，以裕之《雪香亭》诗相况，颇切合诗体。惟裕之诗实只十五首，而云十六，究嫌未吻合也。又第三首云"紫盖黄旗下有人"，系用《吴书》陈化使魏对魏文帝，及《江表传》刁元使蜀语，又第十一首云：'文采风流递不如，乾嘉末胜道咸初。江南后蟹输前蟹，依傍仓山有薛庐。'系指薛慰农之薛庐，不如袁子才之随园也。第三句见王君王《国老谈苑》，陶穀使吴越，忠懿王享以蝤蛑，罗立十余种，穀笑曰：'此谓一代不如一代也。'《谈苑》书不恒见，特表而出之，以见樊山之博雅。"

2. 秦 淮

泊秦淮 (唐)杜 牧

烟笼寒水月笼沙，夜泊秦淮近酒家。商女不知亡国恨，隔江犹唱后庭花。

(清)杨逢春：首句写景荒凉，已为“亡国恨”钩魂摄魄。三、四推原亡国之故，妙就现在所闻犹是亡国之音而感叹，索性用“不知”二字，将“亡国恨”三字扫空，文心幻曲。——《唐诗绎》

(清)徐增：“烟笼寒水”，水色碧，故云“烟笼”。“月笼沙”，沙色白，故云“月笼”。下字极斟酌。夜泊秦淮，而与酒家相近，酒家临河故也。商女，是以唱曲为生涯者，唱《后庭花》曲，唱而已矣，那知陈后主以此亡国，有恨于其内哉！杜牧之隔江听去，有无限兴亡之感，故作是诗。——《而庵说唐诗》

(清)李瑛：首句写秦淮夜景。次句点明夜泊，而以“近酒家”三字引起后二句。“不知”二字感慨最深，寄托甚微。通首音节神韵，无不入妙，宜沈归愚叹为绝唱。——《诗法易简录》

秦淮夜泊原注：“辛未正月晦赋。”即元祐六年(1091)。

(北宋)贺 铸

官柳动春条，秦淮生暮潮。楼台见新月，灯火上双桥。隔岸开朱箔，临风弄紫箫。谁怜远游子，心旆正摇摇。

(元)方回：想见太平时节，近元宵处必有此景。惟贺公乐府老手，尤能言其情。——《瀛奎律髓汇评》

(清)纪昀：“处”字何说？——同上

(清)纪昀：前四句写得生动，自然秀丽，雅称秦淮。——同上

木兰花慢·秦淮次汤碧山教授韵汤弥昌号碧山，官安州判官，府学教授。

（元）许有壬

问东来何处，控吴越、壮江淮。爱十里萦纡，水云图画，鼓吹风雷。回头下临无地，尽朱楼、迢隔倚天开。酒旆高悬别浦，绣帘低拂长桅。　疏狂常与世情乖。胜地却须来。漫怀古长歌，后庭花落，斜日潮回。伤心旧时明月，照凄凉、亡国恨无涯。为问水边鸥鹭，人间几梦庭槐。李公佐《南柯太守传》载："淳于棼饮酒槐树下，醉后梦入大槐安国，被国王招为驸马，任南柯太守，享尽荣华富贵。醒后见槐树下有一大蚁穴，南枝有一小蚁穴，即梦中的槐安国与南柯郡。"

秦　淮

（明）于慎行

秋月秦淮岸，江声转画桥。市楼临绮陌，商女驻兰桡。云里青丝骑，花间碧玉箫。不知桃叶水，秦淮河畔有桃叶渡，相传王献之在此歌送其妾桃叶而得名。流恨几时消。

舟中与胡元润谈秦淮盛时事，次韵四首

（清）周亮工

红儿家近古青溪，作意相寻路已迷。渡口桃花新燕语，门前杨柳旧乌啼。画船人近湘帘缓，翠幔歌轻纨扇低。明月欲随流水去，箫声只在板桥西。

曲曲银河荡晚霞，兰丛玉瑟问琵琶。暗潮夜湿依栏石，细雨朝开隔岸花。菡萏无心临翠盖，芙蓉有意映窗纱。云鬟月底分明尽，妒杀垂杨一半遮。

不分合欢夜不开，吹笙无力自徘徊。钟声渐远随波去，花气将眠过渡来。曲曲鸳鸯流艳梦，垂垂杨柳绻深杯。一生明月秦淮好，到眼烟云第几回。

拂水藏鸦弱自持，轻寒帘外影离离。风吹香动花无骨，露逼歌清月有丝。渔笛暗随红雨落，酒鲈闲受绿阴支。钟山松老云霞漫，近日金陵百不宜。

秦淮晚渡　（清）潘高

潮长波平岸，乌啼月满街。一声孤棹响，残梦落清淮。

好事近·秦淮灯船　（清）李良年

相对卷珠帘，中有画桡来路。花烬玉虫零乱，玉虫指灯花。范成大诗："今朝合有家书到，昨夜灯花缀玉虫。"小桥红缕。　横箫络鼓夜纷纷，声咽晚潮去。五十五船旧事。指明代有五十五只灯船的盛况。听白头人语。

秦淮杂诗二十首(录四首)　　(清)王士禛

新歌细字写冰纨,小部君王带笑看。千载秦淮呜咽水,不应仍恨孔都官。王士禛《渔洋诗话》:"余客金陵,居秦淮邀笛步上,与主人丁翁谈秦淮盛时旧事,作绝句二十首,人竟传焉。"赵翼《瓯北诗话》:"然阮亭专以神韵为主,如《秦淮杂诗》,有感于阮大铖《燕子笺》事云:'千载秦淮呜咽水,不应仍恨孔都官。'……蕴藉含蓄,实是千古绝调。"

旧院风流数顿杨,梨园往事泪沾裳。樽前白发谈天宝,零落人间脱十娘。王士禛《池北偶谈》云:"金陵旧院,有顿、脱诸姓,皆元人后,没入教坊者。顺治末,予在江宁,闻脱十娘者,年八十余,尚在。万历中,北里之尤也。予感而赋诗云云。"

北里新词那易闻,欲乘秋水问湘君。传来好句红鹦鹉,今日青溪有范云。云字双玉,有《红鹦鹉》诗最佳。

十里清淮水蔚蓝,板桥斜日柳毵毵。栖鸦流水空萧瑟,不见题诗暨阿男。阿男,名映淮,诗人伯紫(映钟)之妹也。幼有诗云"栖鸦流水点秋光",后适莒州杜氏,以节闻。吴德旋《初月楼闻见录》:"……伯紫(映钟)与贻上(王士禛)书云:'公诗即史,乃以青灯白发之嫠归,与莫愁、桃叶同列,后人其谓之何?'贻上谢之。后贻上为礼部郎,力主御史题疏旌其间。笑曰:'聊以忏悔少年绮语之过。'"

题秦淮小榭四首　　(清)孙致弥

赤栏桥外柳千条,一曲清溪涨晚潮。鹍管偷声催月上,不知何计不魂消。

南部烟花失旧闻，都无歌笑有愁云。才人潦倒佳人老，肠断当年白练裙。

艳曲空传燕子笺，如雷羯鼓闹灯船。可怜三五花梢月，曾向临春阁外圆。

欸乃声中酒半消，水天闲话总无憀。不须重数华胥梦，衰柳秋风见六朝。

秦淮杂咏 （清）沈德潜

横波写出楚江春，诗句蘼芜字字新。国破家亡赵承旨，元代书画家赵孟頫。多情应为管夫人。赵孟頫夫人管道昇。自注：金陵周氏藏顾横波画兰，上有柳蘼芜（柳如是）题句。顾系合肥龚尚书（芝麓）夫人。

秦淮水阁醉歌 （清）马朴臣

一杯清酌独婆娑，笑倚朱栏对碧波。月影分明三李白，水光荡漾百东坡。愁来天外雁飞远，秋到人间客占多。我自胸中有忧乐，阿谁吹笛夜深歌。

秦淮怀古四首 （清）厉鹗

佳丽江山入暮秋，秦淮从古擅风流。残阳半隔乌衣巷，绿水斜通白鹭洲。事去兴平空拜爵，天亡归命不成候。当年大有伤时语，一曲清歌在漏舟。

回首中原接战尘，但夸天堑渡无因。阿谁肯堕新亭泪，有客犹寻旧院春。会冠莲台王学士，名喧桃叶顾夫人。蛾眉前后皆奇绝，莫怪群公欠致身。

南都近事斗妍华，北里妆成胜若耶。妙妓新裙吟蛱蝶，君王特敕问虾蟆。忽忽时节争钩党，草草兵戈散内家。赢得渡头残柳在，瘦腰无力倚风斜。

女墙东畔足流连，只少刘郎好句传。长板桥空余旧月，回光寺古剩寒烟。荒畦尽种瓢儿菜，乐府新停燕子笺。闻道樵童闲换酒，井中淘得坠金钿。

(清)袁枚：明季秦淮多名妓，柳如是、顾横波，其尤著者也。俱以色艺受公卿知，为之落籍。而所适钱、龚两尚书，又都少夷、齐之节。两夫人恰礼贤下士，侠骨嶙嶒。阎古古被难，夫人匿之侧室中，卒以脱祸。厉樊榭诗云："蛾眉先后皆奇绝，莫怪群公欠致身。"较梅村"蘼芜诗句横波墨，都是尚书传里人"更蕴藉。——《随园诗话》

秦淮酒楼　(清)靳志

江孔风流去未遥，后庭花好正魂销。六朝自有青山在，不信青山送六朝。

3. 雨花台 燕子矶

雨花台 （北宋）王安石

盘互长干有绝陉，读刑，平声。盘互，犹盘据。并包佳丽入江亭。《建康志》载："佳丽亭，太守马亮所建。在折柳亭之东。"新霜浦溆读叙，上声。浦溆，水边。绵绵白，薄晚林峦往往青。南上欲穷牛渚怪，北寻难忘读望，去声。草堂灵。篴读鞭，平声。舆却走垂杨陌，已戴寒云一两星。

雨花台 （明）敖英

雨花台上无花雨，此日登临踏古苔。清梵不闻重说法，乱山依旧对衔杯。六朝蔓草天边去，万里长江席下来。回首长干笳鼓动，城南灯火映楼台。

暮春登燕子矶怀古燕子矶在南京北观音山上，俯临大江，形如燕子。 （明）林章

扬子江南燕子矶，杨花燕子一时飞。六朝人物空流水，两晋山川尽落晖。草色远迷瓜步去，潮声暗打石头归。倚栏天际春三月，惆怅东风动客衣。

二郎神·燕子矶秋眺 （明）朱一是

岷峨万里，见渺渺，水流东去。指远近关山，参差宫

阙，起灭长空烟雾。南望沧溟天边影，辨不出、微茫尽处。叹三楚古代把长江中下游一带分为东楚、南楚、西楚。英雄，指项羽、刘邦辈。六朝指三国吴、东晋，宋、齐、梁、陈为六朝，均建都金陵。王霸，消沉无数。

从古。长江天堑，飞艎大船。难渡。自玉树歌残，《玉树后庭花》为陈后主所制歌曲，后人称为“亡国之音”。金莲舞罢，齐末代皇帝萧宝卷以金莲花铺地，令潘妃行其上，称“步步生金莲”。倏忽飞乌走兔。乌指日，兔指月，言日月飞驰。燕子堂前，用刘禹锡《乌衣巷》诗。凤凰台畔，凤凰台在南京凤凰山上。冷落丹枫白露。但坐看、狎鸥随浪渔父，扁舟朝暮。

燕子矶感旧　（清）杜 浚

坡陀山半结飞楼，壮岁曾叨饯远游。彩笔雕弓俱气象，美人名士各风流。暮帆遥指青山峡，夕照斜通白鹭洲。惆怅一时消歇尽，独张老眼望难收。

燕子矶　（清）王 岱

危矶似燕飞，不作呢喃语。翩然大江滨，四顾无俦侣。

燕子矶　（清）施闰章

绝壁寒云外，孤亭落照间。六朝流水急，终古白鸥闲。树暗江城雨，天青吴楚山。矶头谁把钓？向夕未知还。

卖花声·雨花台 （清）朱彝尊

衰柳白门建康（今南京）城西门，又称白下门。湾。潮打城还。小长干接大长干。小、大长干均南京地名。歌板酒旗零落尽，剩有渔竿。 秋草六朝寒。花雨空坛。更无人处一凭栏。燕子斜阳来又去，如此江山。

登雨花台 （清）魏禧

生平四十老柴荆，老于茅屋守贫之意。此日麻鞋拜故京。谁使山河全破碎，可堪翦伐到园陵。牛羊践履多新草，冠盖雍容半旧卿。歌泣不成天已暮，悲风日夜起江声。

晓雨后登燕子矶绝顶作 （清）王士禛

岷涛万里望中收，振策危矶最上头。吴楚青苍分极浦，江山平远入新秋。永嘉南渡人皆尽，建业西风水自流。洒泪重悲天堑险，浴凫飞燕满汀洲。

雨花台 （清）黄景仁

行尽长干道，崇台得壮观。秋天多雨势，江上更风寒。王气全消歇，山形尚郁盘。松楸弥望处，寂寞葬千官。

归舟江行望燕子矶作　(清)厉鹗

石势浑如掠水飞，渔罾绝壁挂清晖。俯江亭上何人坐，看我扁舟望翠微。

4. 凤凰台　长千里　赏心亭

登金陵凤凰台　(唐)李白

凤凰台上凤凰游，凤去台空江自流。吴宫花草埋幽径，晋代衣冠成古丘。三山半落青天外，二水中分白鹭洲。总为浮云能蔽日，浮云蔽日，微辞也，当指谗人当道。长安不见使人愁。

(元)方回：太白此诗与崔颢《黄鹤楼》相似，格律气势未易甲乙。此诗以凤凰台为名，而咏凤凰台不过起语两句已尽之矣，下六句乃登台而观望之不可见也，三、四怀古人之不见也，五、六、七、八咏今日之景而慨帝都之不可见也。登台而望，所感深矣。金陵建都自吴始，三山、二水、白鹭洲，皆金陵山水名。金陵可以北望中原，唐都长安，故太白以浮云遮蔽，不见长安为愁焉。——《瀛奎律髓汇评》

(清)冯舒：何见第二句不是观望之景？——同上

(清)冯班：登凤凰台便知此句之妙，今人但登清凉台，故多不然此联也。——同上

(清)纪昀：原是登凤凰台，不是咏凤凰台，首二句只算引起。虚谷此评，以凤凰台为正文，谬矣。○气魄远逊崔诗，云“未易甲乙”，误也。——同上

（清）冯舒：第三联绝唱。——同上

（清）冯班：穷敌矣，不如崔自然。〇极拟矣，然气力相敌，非床上安床也。次联定过崔语。——同上

（清）陆贻典：起二句即崔颢《黄鹤楼》四句意也，太白缩为二句，更觉雄伟。——同上

（清）查慎行：太白不工七律，摩诘不工七古，才分固有所限邪。〇此诗昔人论之详矣，即末用“举头见日不见长安”成语，东坡诗用“不道盐”三字所自来也。——同上

（清）纪昀：太白不以七律见长，如此种俱非佳处。——同上

（清）无名氏（乙）：五、六雄骏，太白本色。余颇似落摹拟，转成崔颢之名耳。——同上

长干曲四首

《长干曲》原乐府名。长干，里巷名，靠近长江。歌辞内容写长干里一带妇女的生活感情。李白有《长干行》二首，皆属古风。其一云：“妾发初覆额，折花门前剧。郎骑竹马来，绕床弄青梅。同居长干里，两小无嫌猜……”

（唐）崔颢

君家何处住，妾住在横塘。停船暂借问，或恐是同乡。

（清）王夫之：论画者曰“咫尺有万里之势”。一“势”字宜着眼。若不论势，则缩万里于咫尺，直是《广舆记》前一天下图耳。五言绝句，以此落想为第一义。唯盛唐人能得其妙，如“君家何处住”云云，墨气所射，四表无穷，无字处皆其意也。——《姜斋诗话》

（清）吴乔：绝无深意，而神采郁然。后人学之，即为儿童语矣。——《围炉诗话》

（清）李瑛：此首作问词，却于第三句倒点出“问”字，第四句醒出所以问之故，用笔有法。——《诗法易简录》

（清）刘宏煦、李德举：望远杳然，偶闻船上土音，遂直问之曰：“君家何处住耶？”问者急，答者缓，迫不及待，乃先自言曰：“妾住在横塘也，闻君语音似

横塘,暂停借问,恐是同乡亦未可知。"盖惟同乡知同乡,我家在外之人,或知其所在,知其所为耶?直述问语,不添一字,写来绝痴绝真。用笔之妙,如环无端,心事无一事道及,具在人意想间遇之。——《唐诗真趣编》

家临九江水,来去九江侧。同是长干人,生小不相识。

(明)周敬等:此与前篇含情宛委,齿颊如画。杨慎曰:"不惊不喜正自佳。"——《唐诗选脉会通评林》

下渚多风浪,莲舟渐觉稀。那能不相待,独自逆潮归。

(明)桂天祥:妙在无意有意,有意无意,正使长言说破,反不及此。——《批点唐诗正声》

(清)刘邦彦:吴敬夫云:"于直叙中见其蕴藉,若一往而无余意可思者,不可与言诗也。"——《唐诗归折衷》

三江潮水急,五湖风浪涌。由来花性轻,莫畏莲舟重。

(近代)俞陛云:第一首既问君家,更言妾家,情网遂凭虚而下矣。第二首承上首同乡之意,言生小同住长干,惜竹马青梅,相逢恨晚。第三首写临别余情,日暮风多,深恐其迎潮独返,相送殷勤。柔情绮思,视崔辅国《采莲曲》但言"并着莲舟",更觉情致。——《诗境浅说续编》

登凤凰台二首　(唐)殷尧藩

凤凰台上望长安,五色宫袍照水寒。彩笔十年留翰墨，银河一夜卧阑干。三山飞鸟江天暮，六代离宫草树残。始信人生如一梦，壮怀莫使酒杯干。

梧桐叶落秋风老，人去台空凤不来。梁武台城芳草合，吴王宫殿野花开。石头城下春生水，燕子堂前雨长苔。莫问人间兴废事，百年相遇且衔杯。

凤凰台次李太白韵　（北宋）郭正祥

高台不见凤凰游，浩浩长江入海流。舞罢青娥同去国，战残白骨尚盈丘。风摇落日吹行棹，潮拥新沙换故州。结绮临春无觅处，年年荒草向人愁。

登赏心亭　（南宋）陆 游

蜀栈秦关岁月遒，今年乘兴却东游。全家稳下黄牛峡，半醉来寻白鹭洲。黯黯江云瓜步雨，萧萧木叶石城秋。孤臣老抱忧时意，欲请迁都涕已流。宋孝宗和金人和议将成，陆游曾上书建议迁都建康，以便恢复，朝廷不从。

登凤凰台　（南宋）杨万里

千年百尺凤凰台，送尽潮回凤不回。白鹭北头江草合，乌衣西面杏花开。龙蟠虎踞山川在，古往今来鼓角哀。只有谪仙留句处，春风掌管拂蛛煤。指蛛网和灰尘。

水龙吟·登建康赏心亭　(南宋)辛弃疾

楚天千里清秋,水随天去秋无际。遥岑远目,献愁供恨,玉簪螺髻。落日楼头,断鸿声里,江南游子。把吴钩看了,栏杆拍遍,无人会、登临意。　休说鲈鱼堪脍。尽西风、季鹰归未?求田问舍,怕应羞见,刘郎才气。可惜流年,忧愁风雨,树犹如此!倩何人唤取,盈盈翠袖,揾读问,去声。揩拭也。英雄泪?

(清)李佳:辛稼轩词,慷慨豪放,一时无两,为词家别调。集中多寓意作,如……“把吴钩看了,栏干拍遍,无人会,登临意。”……此类甚多,皆为北狩南渡而言。以是见词不徒作,岂仅批风咏月!——《左庵词话》

(清)刘体仁:词起结最难,而结尤难于起,盖不欲转入别调也。“呼翠袖,为君舞”、“倩盈盈翠袖,揾英雄泪”,正是一法。然又须结得有“不愁明月尽,自有夜珠来”之妙乃得。美成元宵云“任舞休歌罢”,则何以称焉。——《七颂堂词绎》

(清)谭献:裂竹之声,何尝不潜气内转。——《谭评词辨》

(清)陈廷焯:落落数语,不数王粲《登楼赋》。——《白雨斋词话》

又云:雄健可喜,一结风流悲壮。——《词则·放歌集》

念奴娇·登建康赏心亭,呈史留守致道

(南宋)辛弃疾

我来吊古,上危楼、赢得闲愁千斛。虎踞龙蟠何处是?只有兴亡满目。柳外斜阳,水边归鸟,陇上吹乔木。片帆西去,一声谁喷霜竹。　却忆安石风流,东山岁

晚，泪落哀筝曲。儿辈功名都付与，长日惟消棋局。宝镜难寻，碧云将暮，谁劝杯中绿？江头风怒，朝来波浪翻屋。

（明）潘游龙：词至辛稼轩一变，其源实自苏长公，至刘改之诸公而极，抚时之作，意存感慨，然浓情致语几于尽矣。——《古今诗余醉》

（清）陈廷焯：老辣。——《词则·放歌集》

念奴娇·长干里　（清）郑燮

逶迤曲巷，在春城斜角，绿杨荫里。赭白青黄墙砌石，门映碧溪流水。细雨饧箫，卖饴糖人所吹的箫。饧读行，平声。斜阳暮笛，一径穿桃李。风吹花落，落花风又起。　更兼处处缫车，缫车是抽茧出丝的工具。缫读骚，平声。家家社燕，江介江边。风光美。四月樱桃红满市，雪片鲥鱼刀鮆。鮆读己，上声。刀鱼。淮水秋清，钟山暮紫，老马耕闲地。一丘一壑，吾将终老于此。

过凤凰台访瓦官寺　（清）金武祥

谪仙去后我来游，依旧长江天际流。过眼桑田变沧海，到头华屋总山丘。佳名犹说凤凰里，奇想谁翻鹦鹉洲。白浪高于瓦官阁，可能淘尽古今愁。

5. 山

登蒋山开善寺秦称金陵山，汉称钟山，东吴孙权改名为蒋山，又称紫金山。 (唐)崔 峒

山殿秋云里，香烟出翠微。客寻朝磬食，僧背夕阳归。下界千门见，前朝万事非。看心兼送目，葭菼读家毯，平上声。芦与荻也。暮依依。

(元)方回：三、四已佳，五、六尤佳，以第六句出于不测也。——《瀛奎律髓汇评》

(清)纪昀：此评好。——同上

游钟山 (北宋)王安石

终日看山不厌山，买山终待老山间。山花落尽山长在，山水空流山自闲。此又一格。

游钟山 (北宋)王安石

两山松栎暗朱藤，一水中间胜武陵。午梵隔云知有寺，夕阳归去不逢僧。

钟山西庵白莲亭 (北宋)王安石

山亭新破一方苔，白帝留花满四隈。野艳轻明非傅

粉，秋光清浅不凭杯。乡穷自作幽人伴，岁晚谁为静女媒。可笑远公池上客，高僧慧远，主持庐山东林寺，寺内有莲池。池上客指陶渊明。却因松菊赋归来。

（清）纪昀：次句“白帝留花”四字点缀却俗。三、四凑砌不自然。结二句点化渊明事，既切“白莲”，又切“庵”，又切退居，可谓玲珑巧妙。——《瀛奎律髓汇评》

登蒋山　（明）乌斯道

作镇皇州明太祖朱元璋定都金陵。势独雄，英英紫气散晴峰。龙蟠实为金陵重，鹤怨曾因蕙帐空。云拥禅关新建塔，指为营建孝陵新移至灵谷寺的宝公塔。花明潜邸旧行宫。指元文宗图帖穆尔在钟山所建的行宫。试临绝顶闲凭眺，锦绣山河感慨中。

摄山纪游二首即栖霞山，古名摄山。

（明）袁宏道

黄叶旋空下，清泉作雨飞。苔毛青拂面，万色老天衣。僧静厨疏少，山寒野雀稀。自然消万虑，不是学忘机。

山色重重怪，高谭同谈。即高谈。事事新。荒松吹去鬣，古石长斑鳞。入室寻僧梦，翻经悟客尘。禅兄兼酒弟，傲杀世间人。此二诗原题为《摄山纪游，游者为无念、藩髯、丘大、袁大蕴璞、袁三、潘四及两吴歌》。

鸡鸣寺寺在鸡鸣山。　　(明)吴承恩

地拔凭观豁，廊回引步深。晚云山有态，秋寺树多阴。徙倚弥成趣，频来为写心。平生奇尚在，随处具登临。

春日牛头山作牛头山在南京中华门外十五公里。
(明)何良俊

远披翠巘礼空王，传是融师唐代佛教宗师法融曾在此讲禅。古道场。曲磴穿云天阙迥，寒泉拂树梵源长。年深不记衔花鹿，地远犹存化石羊。无奈浮生多俗焰，暂来此处得清凉。

摄山绝顶　　(清)方文

下方惟见石，不信有紫荆。紫荆，用《续齐谐记》兄弟故事，暗指有人家。仄径盘空上，危峰到顶平。夕阳千岭秀，春水一江明。愁绝浮云外，苍茫旧帝京。

覆舟山下山在南京太平门西侧。　　(清)屈大均

千年龙虎国，怅望一平芜。风落台城柳，云沉玄武

湖。大江流王气，遗殿怨栖乌。玉树歌良苦，英雄莫据吴。

摄山秋夕 （清）屈大均

秋林无静树，叶落鸟频惊。一夜疑风雨，不知山月生。松门开积翠，潭水入空明。渐觉天鸡晓，披衣念远征。作者十八岁时参加陈邦彦、陈子壮、张家玉等人领导的反清武装斗争。1650年清兵再陷广州时，他反对垂辫，不得已在番禺县雷峰海云寺削发为僧。此诗是在南京稽留时游摄山后写下。其时已为僧九年，仍在奔走联络抗清志士。末句应是画龙点睛之笔。

登牛首山 （清）李国宋

万壑争江势，千峰绕白门。青林云气合，赤日石崖昏。鸟下半空小，人当绝顶尊。沧波流浩浩，日夜动乾坤。

扫叶楼

楼在清凉山南麓。明遗民画家龚贤隐居于此。龚曾自写小照，着僧服，持帚作扫叶状，以示不与清人合作。后人因称其居为扫叶楼。

（清）蒋士铨

落叶扫不尽，几年存此楼。天空群木老，寺古一山秋。壁垒东晋时苏峻叛乱，兵抵石头城下，陶侃乃筑白石垒于江渚。移江渚，功名指石头。清凉山在唐以前叫石头山。输他尘外客，缚帚坐森陬。陬读邹，平声。角落也。

登最高峰指钟山最高峰。　　（清）姚鼐

已上嶕峣又佛台，正逢秋霁夕阳开。地穷江海与天际，山自岷嶓指四川的岷山与陕西的嶓冢山。嶓读波，平声。夹水来。南国中原同下俯，华林衰草几千回。何当住此云霄上，长与星房日驭陪。

蒋子文祠《艺文类聚》："建康北有钟山。"汉末秣陵尉蒋子文讨贼阵亡，灵发于此，因立蒋侯祠，故世号蒋山。　　（清）靳志

干宝搜神干宝为《搜神记》的作者。半杳冥，神弦乐府况伶俜。侯封帝号纷纭久，骨与钟山一样青。

二、镇　江

1. 润　州隋置润州，取州东润浦为名。寻废，唐复置，后改丹阳郡，寻复曰润州。宋曰润州丹阳郡，升为镇江府。故治在今江苏镇江。

登万岁楼楼在镇江古城中，焦楼之西。　　（唐）孟浩然

万岁楼头望故乡，独令乡思更茫茫。天寒雁度堪垂

泪，日落猿啼欲断肠。曲引古堤临冻浦，斜分远岸近枯杨。今朝偶见同袍友，却喜家书寄八行。

万岁楼　（唐）王昌龄

江上巍巍万岁楼，不知经历几千秋。年年喜见山长在，日日悲看水独流。猿狖读诱，去声。黑猿。何曾离暮岭，鸬鹚空自泛寒洲。谁堪登望云烟里，向晚茫茫发旅愁。

（明）胡应麟：王昌龄、孟浩然俱有题万岁楼作，而皆拙弱可笑，则以二君非七言律手也。——《诗薮》

芙蓉楼送辛渐楼在镇江古城中，西南楼名万岁，西北名芙蓉。
（唐）王昌龄

寒雨连江夜入吴，平明送客楚山孤。洛阳亲友如相问，一片冰心在玉壶。

（明）周珽：神骨莹然如玉。○薛应旂曰：多写已意。送客有此一法者。——《唐诗选脉会通评林》

（清）黄生：古诗"清如玉壶冰"，此自喻其志行之洁，却将古句运用得妙。——《唐诗摘钞》

和樊使君登润州城楼　（唐）刘长卿

山城迢递敞高楼，露冕吹铙居上头。春草连天随北望,夕阳浮水共东流。江田漠漠全吴地,野树苍苍故蒋州。王粲尚为南郡客,别来何处更销忧。

登丹阳楼丹阳,郡名,唐时又称润州,古治在今江苏镇江市。

(唐)张　继

寒皋皋,近水边的高地。那可望,旅客又初还。迢递高远貌。高楼上,萧疏旷野间。暮晴依远水,指长江。秋兴秋天的感慨。潘岳《秋兴赋》:"临川感流以叹逝兮,登山怀远而悼近。"此用其意。属连山。指丹阳周围的众山。浮客指他乡未归之客。鲍照《吴兴黄浦亭庾中郎别诗》:"旅雁方南过,浮客未西归。"时相见,霜凋朱翠颜。青春壮健之色。

登润州芙蓉楼　　(唐)崔　峒

上古人何在?东流水不归。上古之人,如东流之水,去而不归。往来潮有信,朝暮事成非。烟树临沙静,云帆入海稀。郡楼多逸兴,良牧谢玄晖。

京口怀古镇江在东晋、南朝时称京口,长江下流经此一带亦名京江。

(唐)戴叔伦

大江横万里,古渡渺千秋。浩浩波声险,苍苍天色愁。三方归汉鼎,一水限吴洲。指偏安江左的南朝。霸国今何在,清泉长自流。

润州听暮角　（唐）李 涉

江城吹角水茫茫，曲引边声怨思长。惊起暮天沙上雁，海门斜去两三行。

题金陵渡指长江南岸镇江渡口。　（唐）张 祜

金陵津渡小山楼，一宿行人自可愁。潮落夜江斜月里，两三星火是瓜洲。瓜洲斜对镇江。江中夜景如画。

（清）潘德舆：吾独惜以承吉之才，能为“晴空一鸟渡，万里秋江碧”、“河流出郭静，山色对楼寒”、“海明先见日，江白迥闻风”、“此盘山入海，河绕国连天”、“仰砌池光动，登楼海气来”、“风帆彭蠡疾，云水洞庭宽”、“人行中路月生海，鹤语上方星满天”、“潮落夜江斜月里，两三星火是瓜洲”诸句，可以直跨元、白之上，而竟为微之所短，又为乐天所遗也。——《养一斋诗话》

润州二首　（唐）杜 牧

向吴亭东千里秋，放歌曾作昔年游。青苔寺里无鸟迹，绿水桥边多酒楼。大抵南朝皆旷达，可怜东晋最风流。月明更想桓伊在，一笛闻吹出塞愁。

（清）朱三锡：润州北枕大江，东连吴会，一起曰“千里秋”，便将润州写得分外出色；亭东一望，千里清光，不觉有感于昔年之游也。三、四承之，是因昔年而有感于目前，言寺犹昔日之寺，桥犹昔日之桥，“无鸟迹”是感其衰，“多酒楼”是志其盛，数年之内，盛衰在目，良可慨也。……杜公一生不拘细行，意气闲逸，观其胸中眼底，必深有旨乎晋人风味矣！月明江上，感慨良

深，故以“更想桓伊”作结也。——《东岩草堂评订唐诗鼓吹》

谢朓诗中佳丽地，谢朓诗：“江南佳丽地，金陵帝王州。”夫差传里水犀军。城高铁瓮润州城孙权筑，号铁瓮。横强弩，柳暗朱楼多梦云。画角爱飘江北去，钓歌长向月中闻。扬州尘土试回首，不惜千金借与君。

望海楼宋时在镇江城内，登楼可望甘露、金山美景。

(北宋)米　芾

云间铁瓮镇江古有铁瓮城之称。近青天，缥缈飞楼百尺连。三峡江声流笔底，六朝帆影落樽前。几番画角催红日，无事沧洲起白烟。忽忆赏心何处是，春风秋月两茫然。

西江月·题溧阳三塔寺溧阳以在溧水之阳为名。清属江苏镇江府。《景定建康志》：“三塔湖一名梁城湖，在溧阳县西七十里。”三塔寺傍三塔湖而建，寒光亭又在湖边。

(南宋)张孝祥

问讯杜甫《送孔巢父谢病归江东》：“南寻禹穴见李白，道甫问讯今何如。”问讯何如，即问候起居。湖边春色，重来又是三年。东风吹我过湖船。杨柳丝丝拂面。　世路如今已惯，此心到处悠然。寒光亭下水连天，飞起沙鸥一片。

(清)李佳：词家有作，往往未能竟体无疵。每首中，要亦不乏警句，摘而出之，遂觉片羽可珍。如……张于湖云：“寒光亭下水连天，飞起沙鸥一片。”——《左庵词话》

蝶恋花·京口 （清）万寿祺

荆楚东来增古戍。铁瓮城为镇江子城。三国时孙权所建，以其坚固，故号铁瓮。西，月下前朝树。风景不殊“风景不殊，正自有山河之异！”见《世说新语》载周顾语。后常作国土沦丧、国难当头之典。天四宇，惊飙驱雁谁为侣？　　洲渚年年芳草渡。依旧江山，摆到丹阳住。瑟瑟秋风吹暮雨，夜深不见潮回去。

丹阳十字碑在江苏丹阳县九里小学中。《延陵季子墓碑》云："呜呼有吴延陵季子之墓。"相传为孔子所书。 （清）王士禛

延陵风义著勾吴，延陵季子的高风亮节。勾吴即吴国，勾，词头，无义。十字千年映练湖。练湖在丹阳县西北。却去阖庐城畔望，可怜麋鹿满姑苏。伍子胥语用其意。

昭明读书处相传镇江招隐寺为梁昭明太子萧统的读书与编选《文选》的地方。 （清）王士禛

王孙读书处，梵宇自萧森。无复维摩室，空余双树林。荒台梁碣尽，夕景楚江阴。古缘悲犹在，风流不可寻。

京口渡江　　(清)董潮

轻帆如叶下吴头，晚景苍茫动客愁。云净芜城山过雨，江空瓜步雁横秋。铃声几处烟中寺，灯影谁家水上楼。最是二分明月好，玉箫声里宿扬州。

念奴娇·渡江至京口　　(清)黄景仁

铜琶铁板，问何人解唱，大江东去。苏轼的词须关西大汉，铜琵琶、铁绰板，唱大江东去。见俞文豹《吹剑录》。如此江山，才称得一个寄奴南朝宋武帝刘裕，小名寄奴，曾住京口。家住。花月茫茫，鱼龙混混，淘洗英雄处。金焦金山和焦山。两点，为谁阅尽朝暮。

却好南控金阊，指苏州。北连淮海，划断繁华路。我渡此江凡几遍，自对夕阳低诉。送客依依，笑人碌碌，多少闲鸥鹭。卸帆京口，声声万岁楼楼在镇江古城中。鼓。

自京口至金陵二首　　(清)曾燠

白门柳色冶城花，六代茫茫感物华。那更钟山山下路，清明人卖孝陵瓜。

秦淮楼阁影新波，江燕初归识旧窠。怪道桃花零落尽，秣陵风雨一春多。

2. 北固山

次北固山下 （唐）王 湾

客路青山外，行舟绿水前。潮平两岸阔，风正一帆悬。海日生残夜，江春入旧年。乡书何处达，归雁洛阳边。

（明）胡应麟："清辉能娱人，游子澹忘归"，凡登览皆可用。"微云淡河汉，疏雨滴梧桐"，凡燕集皆可书。"海日生残夜，江春入旧年"，北固之名奚与？"天阙象纬逼，云卧衣裳冷"，奉先之义奚存？而皆妙绝千古，则诗之所尚可知。今题金山而必曰金山之金，咏赤壁必曰赤白之赤，皆逐末忘本之过也。——《诗薮》

（明）袁宏道：三、四工而易拟，五、六太淡而难求。——《唐诗训解》

（明）周敬等：徐充曰，此篇写景寓怀，风韵洒落，佳作也。"生"字、"入"字淡而化，非浅浅可到。——《唐诗选脉会通评林》

（明）陆时雍："潮平"二语，俚气殊甚。"海日生残夜"，略有景色。"江春入旧年"，此溷语耳。——《唐诗镜》

（明）邢昉：高奇与日月常新，非摹仿可得。——《唐风定》

（清）佚名：五、六以"残夜"反拖"早"字，以"旧年"反拖"新"字，名正言反挑法，亦奇秀不可言。"何处达"，言无处达也。洛阳正在邛雁边，乡书即从何处达？深见思乡之情，顺看即不然。此唐人句调，粗心人未易识也。——《唐诗从绳》

（清）黄叔灿："潮平"一联，写得宏阔，非复寻常笔墨。——《唐诗笺注》

北固晚眺 （唐）窦 常

水国芒种后，梅天风雨凉。露蚕户外饲养的蚕。淮西皆然。开晚簇，江燕绕危樯。山趾北来固，潮头西去长。年年此登眺，人事几销亡。

登北固山亭　　(唐)李　涉

海绕重山江抱城，隋家宫苑此分明。居人不觉三吴恨，却笑关河又战争。

题润州甘露寺甘露寺在北固山后峰。　　(唐)张　祜

千重构横险，高步出尘埃。日月光先见，江山势尽来。冷云归水石，清露滴楼台。况是东溟上，平生意一开。

寄题甘露寺北轩传云：吴主孙权与蜀主刘备尝置酒此会云。

(唐)杜　牧

曾上蓬莱宫里行，北轩栏槛最留情。孤高堪弄桓伊笛，缥缈宜闻子晋笙。天接海门秋水色，烟笼隋苑暮钟声。他年会着荷衣去，不向山僧道姓名。

(清)金人瑞：此写甘露寺北轩旧是熟游。三，非真欲弄笛；四，非真欲闻笙，只是极写北轩之孤高飘渺如此(前四句下)。〇此是寄题之一段胸中缘故也。"海门秋水"，横去者滔滔无极；"隋苑暮鼓"，竖去者浩浩焉终？人生世上，建大功，垂大名，自是偶然游戏之事。乃真因此而铜架铁锁，牢不肯脱，皮里有血，眼里有筋，即果胡为而至此乎？他年不道姓名，真摆断索头，自在而去矣(后四句下)。——《贯华堂选批唐才子诗》

(清)陆次云:此诗佳处在骨力,不在字句之间。——《五朝诗善鸣集》

题润州妙善寺前石羊　(唐)罗 隐

紫髯桑盖紫髯指孙权,桑盖指刘备。此沉吟,狠石妙善寺前有石如羊。孙权与刘备坐其上论天下事,相传谓之狠石。犹存事可寻。汉鼎未安聊把手,楚醪虽满肯同心。英雄已往时难问,苔藓何知日渐深。还有市鄽读婵,平声。市中置物处。沽酒客,雀喧鸠聚话蹄涔。

(元)方回:此诗《昭谏集》中第一。今京口此石犹存,诗碑亦无恙云。——《瀛奎律髓汇评》

(清)查慎行:《江东集》中好诗尚多,以此为第一,恐非笃论。——同上

(清)纪昀:动曰某人某诗第一,最是夸语。文章各有佳处,题目亦不相同,何由铢铢两两定其高下?——同上

(清)冯舒:"桑盖"未稳。○三、四句意谓李璟、钱镠辈。——同上

(清)何焯:落句叹时无英雄,黥髡盗贩皆思宰割天下也。——同上

(清)纪昀:详"楚醪"句,题注"置"字下似脱一"酒"字。○笔笔沉着。○以"桑盖"二字代刘字不妥,与紫髯连用更不妥。○"楚醪"二字,添出末句,讥时无英雄,僭窃纷纷也。——同上

宿甘露僧舍　(北宋)曾公亮

枕中云气千峰近,床底松声万壑哀。要看银山拍天浪,开窗放入大江来。

甘露上方　(北宋)杨　蟠

沧江万景对朱栏,白鸟群飞去复还。云捧楼台出天上,风飘钟磬落人间。银河倒泻分双月,锦水西来转几山。今古冥冥难借问,且持玉爵破愁颜。

(元)方回:欧阳公有云"卧读杨蟠一千首,乞渠秋月与春风"。公济诗葩藻流丽,与王平甫相似。"云捧楼台出天上",佳句也。下句亦称。——《瀛奎律髓汇评》

(清)冯舒:唐人若用玉爵,便换不得磁瓯、金盏,所以为高。——同上

(清)冯班:结句弱。——同上

(清)陆贻典:秀丽过平甫,萧散不如也。——同上

(清)查慎行:起句补凑,结亦少力。——同上

(清)纪昀:第二联对句自然胜出句。——同上

甘露寺多景楼　(北宋)曾　巩

欲收嘉景此楼中,徙倚栏干四望通。云乱水光浮紫翠,天含山气入青红。一川钟呗淮南月,万里帆樯海外风。老去衣襟尘土在,只将心目羡冥鸿。

题多景楼　(北宋)曾　肇

屈曲危楼倚半空,诗情无限景无穷。江声逆顺潮来往,山色有无烟淡浓。风月满楼供一醉,乾坤万里豁双瞳。片云迴逐斜阳去,知落淮山第几重。

多景楼呈某使君　（北宋）米　芾

六代萧萧木叶稀，楼高北固落残晖。两州城郭青烟起，千里江山白鹭飞。海近云涛惊夜梦，天低月露湿秋衣。使君岂负清时乐，长倒金樽尽醉归。

题多景楼　（北宋）王　琮

秋满阑干晚共凭，残烟衰草最关情。西风吹起江心浪，犹作当时击楫声。

念奴娇　（北宋）叶梦得

云峰横起，障吴关三面，真成尤物。倒卷回潮目尽处，秋水粘天无壁。韩愈《祭河南张员外文》："洞庭汗漫，粘天无壁。"绿鬓人归，如今虽在，空有千茎雪。追寻如梦，漫余诗句犹杰。

闻道尊酒登临，孙郎终古恨，长歌时发。万里云屯瓜步晚，落日旌旗明灭。鼓吹风高，画船遥想，一笑吞穷发。"穷发"指遥远的地方。词出《庄子·逍遥游》。当时曾照，更谁重问山月。作者《琴趣外编》注云："程致远寄，顷与江子我登北固山用赤壁韵，因记往岁旧游词曰：（略）。"（按：程致远疑应作程致道，即程俱。江子我即江端友，字子我，自号七里先生。）

（近代）俞陛云：起句写江上所见，从云峰着想，笔势亦如云峰突兀。"回潮"二句波长天阔，思接浑茫。"绿鬓"数句，观河面皱，虽属恒情，而笔殊俊爽。下阕追慨孙郎，"落日"、"云屯"二句英词壮采，颇似东坡。此词本和东

坡韵也。——《唐五代两宋词选释》

水调歌头·多景楼　(南宋)陆游

江左占形胜，最数古徐州。镇江旧称南徐州。远山如画，佳处缥渺着危楼。鼓角临风悲壮，烽火连空明灭，往事忆孙刘。千里曜戈甲，万灶宿貔貅。　露沾草，风落木，岁方秋。使君宏放，谈笑洗尽古今愁。不见襄阳登览，磨灭游人无数，遗恨黯难收。叔子羊祜字叔子。独千载，名与汉江流。张孝祥《于湖居士文集》："《题陆务观多景楼长短句》云：'甘露多景楼，天下胜处，废以为优婆塞之居，不知几年，榈庐方公(方滋)尹京口，政成暇日，领客来游，慨然太息，寺僧识公意。阅月楼成，陆务观赋《水调》歌之，张安国书而刻之崖石。'"

南乡子·登京口北固亭有怀　(南宋)辛弃疾

何处望神州？满眼风光北固楼。千古兴亡多少事？悠悠。不尽长江滚滚流。　年少万兜鍪。坐断东南战未休。天下英雄谁敌手？曹刘。用曹操与刘备煮酒论英雄事。见《三国志》。生子当如孙仲谋。用曹操原话，见《三国志》。

(清)陈廷焯：魄力之大，虎视千古。——《云韶集》

又云：信手拈来，自然合拍。——《词则·放歌集》

永遇乐·京口北固亭怀古　(南宋)辛弃疾

千古江山，英雄无觅、孙仲谋孙权字仲谋。处。舞榭歌台，风流总被，雨打风吹去。斜阳草树，寻常巷陌，人道寄奴南朝宋武帝刘裕小字寄奴，世居京口。曾住。想当年、金戈铁马，气吞万里如虎。刘裕于京口起事，率兵北伐，一度收复中原大片土地，又削平内乱，取晋而称帝，成就一代霸业。 元嘉草草，元嘉是宋文帝刘义隆年号。此时北方拓跋氏建立了北魏王朝，元嘉年间，草草发动北伐，又冒险贪功，结果大败而归。封狼居胥，狼居胥地名，在今内蒙古西北部。汉将霍去病，曾追击匈奴至此。封，筑坛祭天。此言欲效霍去病。赢得仓皇北顾。此暗指权臣韩侂胄，急功主战，不纳作者之言，仓促出兵，导致开禧二年(1206)的北伐败绩和开禧三年的屈辱和议。四十三年，望中犹记，烽火扬州路。作者于绍兴三十二年(1162)奉表南渡，至开禧元年(1205)京口任上，计四十三年，也是金主完颜亮大举南侵，使扬州一带烽火不断。可堪回首，佛狸祠北魏太武帝拓拔焘小字佛狸。曾追击刘宋军至长江北岸瓜步山，并建行宫，后即于此建佛狸祠。下，一片神鸦社鼓。谓社日祭神活动。凭谁问，廉颇老矣，尚能饭否？用春秋时期赵国将军廉颇事，借以自况。事见《史记·廉颇传》。

(宋)岳珂：辛稼轩……既而又作一《永遇乐》，序北府事，首章曰“千古江山，英雄无觅，孙仲谋处”。又曰“寻常巷陌，人道寄奴曾住”。其寓感慨者则曰：“可堪回首，佛狸祠下，一片神鸦社鼓。凭谁问，廉颇老矣，尚能饭否？”特置酒召数客，使妓迭歌，益自击节，遍问客，必使摘其疵，逊谢不可。客或措一二辞，不契其意，又弗答，然挥羽四视不止。余时年少，勇于言，偶坐于席侧，稼轩因诵起语，顾问再四，余率然对曰：“待制词句，脱去古今轸辙，每见集中有‘解道此句，真宰上诉，天应嗔耳’之序，尝以为其言不诬。童子何知，而敢有议？然必欲以范文正以千金求《严陵祠记》一字之易，则晚进尚窃有疑也。”稼轩喜，促膝亟使毕其说。余曰：“前篇(按：指《贺新郎》甚矣吾衰矣)豪视一世，独首尾二腔，警语差相似；新作(指此篇《永遇乐》)微觉用事多耳。”于是大喜，酌酒而谓坐中曰：“夫君实中予痼。”乃味改其语，日数十易，累月犹未竟，其刻意如此。余既以一语之合，益加厚，颇取视其骫骳欲以家世荐之朝，会其去，未果。——《桯史》

(明)沈际飞：事迹一经其手，政不多见。——《草堂诗余别集》

(明)卓人月：典故一经其乎，正不患多。——《古今词统》

(清)先著、程洪：升庵云"稼轩词中第一。"发端便欲涕落，后段一气奔注，笔不得遏。廉颇自拟，慷慨壮怀，如闻其声。谓此词用人名多者，当是不解词味。——《词洁》

(清)周济：有英主则可以隆中兴，此是正说。英主必起于草泽，此是反说。○又云：继世图功，前车如此。——《宋四家词选》

(清)谭献：起句嫌有犷气，且使事太多，宜为岳氏所议。非稼轩之盛气，勿轻染指也。——《谭评词辨》

(清)沈祥龙：稼轩《永遇乐》，岳倦翁尚谓其用事太实。然亦有法，材富则约以用之，语陈则新以用之，事熟则生以用之，意晦则显以用之，实处间以虚意，死处参以活语，如禅家转法华，弗为法华转，斯为善于运用。——《论词随笔》

登多景楼　　(南宋)刘　过

壮观东南二百州，景于多处最多愁。江流千古英雄泪，山掩诸公富贵羞。北固怀人频对酒，中原在望莫登楼。西风战舰成何事？空送年年使客舟。

水调歌头·登甘露寺多景楼望淮有感

多景楼在北固山甘露寺内。　　(南宋)程　珌

天地本无际，南北竟谁分？淮河原是一条内河。但在南宋时却成为宋金以和约议成的分界线。楼前多景，中原一恨杳难论。却似长江万里，忽有孤山两点，指金焦二山。点破水晶盆。为借鞭霆力，驱去附昆仑。　　望淮阴，兵冶处，祖逖在此冶铸兵器的地方。见《晋书·祖逖传》。俨然存。看来天意，止欠士雅与刘琨。祖逖字士雅。刘琨与祖逖友善，素以恢复事业相激励。三拊读斧，上声。拍、

击。当时顽石。甘露寺内有“狠石”，相传刘备与孙权在此商议破曹大计。唤醒隆中一老，细与酌芳尊。孟夏正须雨，一洗北尘昏。

乌夜啼·南徐多景楼作　（南宋）张 辑

江头又见新秋，几多愁？塞草连天何处、是神州？
英雄恨，古今泪，水东流。惟有渔竿明月、上瓜洲。

祝英台近·北固亭　（南宋）岳 珂

淡烟横，层雾敛，胜概分雄占。月下鸣榔，风急怒涛飐。关河无限清愁，不堪临鉴。正霜鬓、秋风尘染。
漫登览。极目万里沙场，事业频看剑。古往今来，南北限天堑。倚楼谁弄新声？重城正掩。历历数，西州更点。

（明）杨慎：岳珂《祝英台近·北固亭》填词云（略），此词感慨忠愤，与辛幼安“千古江山”一词相伯仲。——《词品》

（明）徐士俊：槎枒垒块，不减乃祖之《满江红》。——《古今词统》

（清）王奕清等：岳倦翁登北固亭，赋《祝英台近》其末云：“倚楼休弄新声，重城门掩。历历数，西州更点。”真佳句也。——《历代词话》

刘润州邀游甘露　（明）王 野

曲阿即润州。《太平寰宇记·润州》：丹徒有高骊国女来此，东海之神乘船致酒，欲礼聘为妻，女不肯，海神拨船覆酒，流入曲阿湖。后遂以产美酒著名。偏雨露，北固绕烟霞。碧石临江险，青山背郭斜。六朝空燕麦,三月自莺花。回首俱愁思,孤云万里家。

满江红·蒜山怀古

蒜山在镇江市西,以山上有泽蒜而得名。

(清)吴伟业

沽酒南徐,南徐,古代州名,治所在今镇江。听夜雨、江声千尺。记当年、阿童王浚,小字阿童。刘禹锡《西塞山怀古》:"王浚楼船下益州,金陵王气黯然收。"280年灭吴,即此。东下,佛狸深入。北魏太武帝小字佛狸。元嘉二十七年(450)率军南下,至瓜步山,声欲渡江,都下惊惧。白面书生成底用,《南史·沈庆之传》:上使湛之等难庆之。庆之曰:"为国譬如家,耕当问奴,织当问婢,陛下今欲伐国,而与白面书生辈谋之,事何由济。"萧郎裙屐《北史·邢峦传》:"萧深藻是裙屐少年,未洽政务……"此指当时的萧斌。偏轻敌。笑风流、北府东晋建都建康(今南京市),军府设在建康之北的广陵(今扬州市)。故称军府曰:北府。好谈兵,参军客。用桓温及郗超事,见《晋书·郗超传》。　人事改,寒云白。旧垒废,神鸦集。尽沙沉浪洗,断戈残戟。落日楼船鸣铁锁,西风吹尽王侯宅。任黄芦苦竹打荒潮,渔樵笛。《诗余》引陈椒峰云:稼轩词"佛狸祠下,一片神鸦社鼓"仿佛似之。○陈廷焯曰:"此词声情悲壮,高唱入云。"又曰:"顿挫生姿,哀感不尽,不专为南徐写照也。"

舟泊京口,王梦楼前辈邀游北固山、蒜山诸胜,置酒江阁,流连竟日,即席有作二首

(清)赵　翼

握别京华十五年,故乡重喜履綦联。人曾泛海随星使,家住临江作水仙。老境风流犹顾曲,儒门淡泊忽逃

禅。故应海岳庵边路，不可无人继米颠。

滇峤归来鬓未秋，万签高拥一窗幽。诗名尚爱称才子，官位几忘是故侯。碧海鲸鱼传丽作，杨枝骆马遣闲愁。羡君天与无花眼，灯下蝇头写更遒。

木兰花慢·江行晚过北固山 (清)蒋春霖

泊秦淮雨霁，又灯火、送归船。正树拥云昏，星垂野阔，暝色浮天。芦边。夜潮骤起，晕波心，月影荡江圆。梦醒谁歌楚些？泠泠霜激哀弦。　婵娟。美丽貌，此指月亮。不语对愁眠，往事恨难捐。看莽莽南徐，今江苏镇江的古称。苍苍北固，如此山川。钩连。更无铁锁，任排空指波浪。樯橹自回旋。寂寞鱼龙睡稳，伤心付与秋烟。

3. 金　山

金山寺 (唐)张 祜

一宿金山寺，微茫水国分。僧归夜船月，龙出晓堂云。树影中流见，钟声两岸闻。因悲在城市，终日醉醺醺。

(元)方回：此诗金山绝唱，孙鲂者努力继之，有云："天多剩得月，地少不生尘。过橹妨僧定，归涛溅佛身。谁言张处士，诗后更无人？"其言矜夸自大，然"溅佛"之句，或者则谓金山岂如此之低耶？——《瀛奎律髓汇评》

(清)冯班：着一"惊"字，何见得浪头不高？〇江大，故形容山低

耳。——同上

(清)查慎行:"惊涛"句措词太粗狠,未免近俗则有之。若论作诗法,则形容模写处,往往有过其实者。执此论,天下无诗境矣。——同上

(清)纪昀:"或者"四字可去。——同上

(元)方回:大历十才子以前,诗格壮丽悲感。元和以后,渐尚细润,愈出愈新。而至晚唐,以老杜为祖,而又参此细润者,时出用之,则诗之法尽矣。——同上

(清)冯班:好论。今人学杜者,只欠细润。——同上

(清)纪昀:此岂足以尽诗法,出语太易。——同上

(清)冯舒:中二联极重难结,故以"一宿"结之,非凑语也。——同上

(清)冯班:第七句紧应"一宿"。落句直拟换不得,然格调颇俗。——同上

(清)陆贻典:五、六更切景,"因悲"二句遥映"一宿"句。言非此一宿,则终日城市耳,安能得此情景乎?——同上

(清)查慎行:妙处在自然,他人未免有意铺张。——同上

(清)何焯:破题"一宿",中二联一昏一晓,细甚。——同上

(清)纪昀:沉归愚谓此诗庸下,所见最高。末二句殆不成语。——同上

(清)无名氏(乙):次句尤发露金山之胜。——同上

(清)王谦:中二联独切金山,移易不动,仍有妙极自然,无迹可求处。——《碛砂唐诗》

登金山寺　(唐)张祜

古今斯岛绝,南北大江分。水阔吞沧海,亭高宿断云。返潮千涧落,啼鸟半空闻。皆是登临处,归航酒半醺。

题金山寺 （唐）许棠

四面波涛匝，中流日月邻。上穷如出世，下瞰读嵌，去声。探视也。忽惊神。刹碍长空鸟，船通外国人。房房皆叠石，风扫永无尘。

（元）方回：五、六亦奇绝。“谁言张处士，诗后更无人。”亦可着此语也。——《瀛奎律髓汇评》

（清）冯班：何必？不可移。〇此首可去。——同上

（清）纪昀：张处士《金山》诗殊不佳，而以此十字拟之，处士尚未必首肯。——同上

（清）冯舒：五止状其高，然塔在山上俱可用。六更泛。——同上

（清）冯班：甚切金山。——同上

（清）纪昀：三、四拙极，结尤拙。——同上

题金山寺 （五代）孙鲂

万古波心寺，金山名目新。天多剩得月，地少不生尘。过橹妨僧是，惊涛溅佛身。谁言张处士，题后更无人。

登金山 （北宋）范仲淹

空半簇楼台，红尘安在哉。山分江色破，潮带海声来。烟景诸陵断，天光四望开。疑师得仙去，白日上蓬莱。

金山寺　(北宋)梅尧臣

吴客独来后，楚桡归夕曛。山形无地接，寺界与波分。巢鹘宁窥物，驯鸥自作群。老僧忘岁月，石上看江云。

(元)方回：三、四绝妙，尾句自然有味。“谁言张处士，诗后更无人?”然则有梅圣俞可也。——《瀛奎律髓汇评》

(清)冯班：非张敌也，落句凑在“忘岁月”三字。颔联虽佳，不如张之遒拔。——同上

(清)钱湘灵：次联稍胜孙鲂耳。“巢鹘”、“驯鸥”，金、焦实有此景，不到便知。独“宁窥物”三字不妥。——同上

(清)无名氏(乙)：后来苦难居上。——同上

(清)冯舒：“吴”、“楚”便造作，“宁窥物”不成句，结句无处不可移去。只三、四好，结亦宽。第七句不紧切。——同上

(清)纪昀：冯云“吴”、“楚”便造作，“宁窥物”不成句，皆是。至谓“结句无处不可移”，又谓“凑在‘忘岁月’三字”，则有意吹求矣。大抵二冯纯尚西昆，一见宋诗，先含怒意，亦是习气。——同上

(清)陆贻典：三、四妙，远胜荆公“水底有天行日月，山中无地着尘埃”之句。——同上

(清)查慎行：宛陵诗极为欧阳公所推重，其古淡高洁，洵在欧上。○结有余味。——同上

(清)纪昀：圣俞集“巢鹘”句下有自注，虚谷删去，令读者不得其本事，此句遂近杂凑。○高于承吉作，然似焦山。或当日金山不似今日之恶俗。——同上

陪润州裴如海学士游金山回作　(北宋)杨　蟠

试上蓬莱第几洲，长云漠漠鸟飞愁。海山乱点当轩

出，江水中分绕槛流。天远楼台横北固，夜深灯火见扬州。回船却望金陵月，独倚牙旗坐浪头。

(元)方回：前辈诗话或讥此五、六为庄宅牙人语。若如此论，介甫亦犯此戒。其实自是佳句。公济"灯火见扬州"，介甫"沙岸似西兴"，孰胜？细味公济尤胜，尤切题，非外来也。——《瀛奎律髓汇评》

(清)冯班："似西兴"，新簇有致，尚不如"北固"、"扬州"，移去别用不得。——同上

(清)许印芳：此评欠当。——同上

(清)无名氏(乙)：然半山却似超，谓以西兴推宕北固也。——同上

(清)冯舒：五、六必是名句。——同上

(清)陆贻典：此首及《甘露上方作》，极似《浣花集》。——同上

(清)查慎行：第四句脱不得张处士境界。——同上

(清)纪昀：气象雄阔，到底不懈。○随手带起，"回"字无痕。○"游"字、"回"字俱分明，语亦遒上，惟陪裴学士意未周到。——同上

(清)许印芳：题中事理但可视轻重为多寡，若有脱漏，便不合法，此诗漏却裴学士，末句又着一"独"字，据诗而论，题目上八字直须删去。——同上

(清)无名氏(乙)：佳在依约，不在亲切。——同上

次韵平甫金山会宿寄亲友　(北宋)王安石

天末海门横北固，烟中沙岸似西兴。西兴在越州，六朝时为西陵。吴越人以陵非吉语，改曰西兴。已无船舫犹闻笛，远有楼台只见灯。山月入松金破碎，江风吹水雪崩腾。飘然欲作乘桴计，一到扶桑恨未能。

(元)方回：介甫有《金山寺》五言律诗，未为极致。此和其弟平甫者。《遁斋闲览》谓："《金山寺》佳句绝少，张祜'树影中流见，钟声两岸闻'，孙鲂'天多剩得月，地少不生尘'，亦未为工。熙宁中荆公有'北固'、'西兴'之句，

始为中的。"予谓孙鲂诗"过橹妨僧定,惊涛溅佛身",下一句,金山何其卑也?前辈已能议之,今不以入选。张祜诗、无可议矣。荆公此诗,恐亦未能压倒张处士也。——《瀛奎律髓汇评》

(清)冯班:方君谓"'天多剩得月,地少不生尘',亦未为工",胡说。〇又谓"荆公此诗,恐亦未能压倒张处士也",此处宜参。用力之极。腹联佳句也,何以抹之?(按:方回于"已无船舫犹闻笛"句首四字抹黑杠)〇第二句亦妙。——同上

(清)纪昀:张诗未至"无可议"。——同上

(清)无名氏(乙):纷纷诗话皆病在太着题,未尽取题之奇变。——同上

(清)冯舒:第三句未稳。第五句宋句。——同上

(清)陆贻典:此义山学杜也。——同上

(清)纪昀:不见妙处,三句意工而语拙。——同上

(清)许印芳:张孙二诗优劣,详见张祜金山诗。荆公此诗,三、四工于写景,不让张祜"树影中流见,钟声两岸闻"之句,而通体稳称,实胜张诗。虚谷癖好张诗,晓岚苛责王诗,皆非也。学者平心静气细读二诗,当以愚言为然。——同上

(清)无名氏(乙):出语便高迥,一结俯仰激昂,何等胸次!——同上

金山寺　(北宋)王　令

万顷清江浸碧山,乾坤都向此中宽。楼台影落鱼龙骇,钟磬声来水石寒。日暮海门飞白鸟,潮回瓜步见黄滩。常时户外风波恶,只得高僧静处看。

金山寺　(元)陈　孚

万顷天光俯可吞,壶中别有小乾坤。云侵塔影横江口,潮送钟声过海门。僧榻夜随鲛室涌,佛灯秋隔蜃楼

昏。年年只有中泠水,水在金山寺北,扬子江中。此水最宜烹茶,称为"天下第一泉"。不受人间一点尘。

登金山 (元)冯子振

双塔嵯峨耸碧空,烂银堆里紫金峰。江流吴楚三千里,山压蓬莱第一宫。指金山寺。云外楼台迷鸟雀,水边钟磬振蛟龙。问僧何处风涛险,郭璞郭璞,东晋人,据说他的坟在扬子江中的小岛上。坟前浪打篷。

晚过金山 (元)虞集

云连山树树连林,数笔元晖米芾之子友仁字元晖,是宋代著名画家,以水墨山水名世。水墨痕。吟苦不知身入画,更添白鸟破烟昏。

游金山寺 (元)周伯琦

江心一簇翠芙蓉,金碧晶莹殿阁重。隐士有缘来化鹤,梵王无语坐降龙。钟声两岸占昏晓,海眼中泠指中泠泉。湛夏冬。八十高僧供茗罢,细谈苏米指苏轼和米芾。旧时踪。

游金山寺 (明)李梦阳

楚缆吴樯万里还,梦魂长在水云间。地当好景多逢寺,江到中流合有山。鹘岭高秋增突兀,龙宫深夜锁潺湲。谢公无艰登临兴,不为苍生暂解颜。

饮中泠泉

中泠泉又称南泠泉。在金山之西。陆羽评天下泉水时,列为第七;稍后刘伯刍把宜于煮茶之水分为七等,中泠泉被评为第一。

(明)吴国伦

峭壁当江截海潮,芙蓉千叶锁僧寮。峰峦飞动疑三岛,殿阁峥嵘自六朝。仙梵杳从空翠落,乱帆飞挂野云飘。携壶自汲中泠水,一畞居然万虑消。

登金山寺塔

(清)杜　浚

极目非无岸,沧波接大荒。人烟沙鸟白,春色岭云黄。出世登初地,思家傍战场。咄哉天咫尺,消息转茫茫。

浪淘沙·江行望金山

(清)宋　琬

谁削玉嶙峋,千尺云根。蛟龙深护海西门。金碧楼台青黛树,小李将军。唐代画家李昭道,与其父李思训皆工金碧山水。李思训以官称大李将军,昭道因称小李将军。　雁影落纷纷,浪起江豚。钟声两岸客边闻。登陟不如遥望好,倒影斜曛。

满江红·金山寺 （清）朱彝尊

巨石孤根，作弄出、寒潮呜咽。映焦山远树，蒜山晴雪。水品中泠谁截取，钟声两岸何曾歇。试层层路转妙高台，帘齐揭。 哀笛响，风鸣叶，楼船静，沙沉铁。望扬州一片，海云明灭。浪里江豚空自舞，天边塞雁飞相接。把题诗张祜问山僧，犹能说。

登金山二首 （清）王士禛

振衣直上江天阁，江天阁即观音阁在金山顶上。怀古仍登海岳楼。《京江志》："海岳楼，米芾居此，在府城东。"三楚风涛杯底合，九江云物坐中收。石簰《镇江府志》三石山，一名笔架山，东曰巧石，虽大水不没。一曰石排山，亦曰石簰。落照翻孤影，玉带王世贞《苏长公外记》载苏轼游金山寺，主持了元请轼解所系玉带，呼侍者云："收此玉带，永镇山门。"山门访旧游。我醉吟诗最高顶，蛟龙惊起暮潮秋。

三山即北固山、金山、焦山。缥缈望如何？有客褰裳俯逝波。绝顶高秋盘鹳鹤，大江白日踏鼋鼍。泠泠钟梵云间出，历历樯帆槛外过。京口由来开府地，不堪东望尚干戈。

金　山 （清）童钰

三山名胜岂寻常，彼岸居然一苇航。重叠楼台知地少，奔腾江海觉天忙。梵音只许鱼龙听，佛面时分水月光。回首蓬莱应不远，几声长啸极苍茫。

4. 焦　山

焦山望松寥山

焦山东北有二小山，即松寥山和夷山，古人称之为海门。　　（唐）李　白

石壁望松寥，宛然在碧霄。安得五彩虹，驾天作长桥。仙人如爱我，举手来相招。

立春日焦山留宿　　（北宋）蔡　襄

岁为兹山一再登，渡头飞阁独相凭。云生江海交流处，人在松萝最上层。残雪既能留野客，春风先与报山僧。凭谁邀上东岩宿，更约花时命杖藤。

焦山寺　　（南宋）林景熙

山裹中流小梵林，宝莲鳌背翠沉沉。半空但觉烟岚合，三面不知风浪深。仙井浴丹开晓日，海门浮玉淡秋阴。洞深瑶草无人采，瘗鹤残碑指《瘗鹤铭》碑。欧阳修《集古录跋》《瘗鹤铭》题云："华阳真逸撰，刻于焦山之足，常为江水所浸。好事者伺水落时模而传之，往往只得其数字云……"华阳真逸是顾况道号。浸碧浔。

游焦山寺　　（元）周伯琦

涉江已阅裴云洞，夏访焦光东汉末焦光隐居此山，不应帝诏，故名焦山。到此山。险绝远同巴蜀峡，岿然对峙海门焦山附近的夷山和松寥山，古称海门。关。神蛟戏浪时潜跃，野鸟巢林自往还。建业南京。青山广陵扬州。树，开轩尽在酒壶间。

重游焦山　　（明）杨一清

洞口孤云面面生，百年身世坐来清。一般月色金山寺，十里烟光铁瓮城。江阁雨余秋水阔，海门风定暮潮平。青山潦倒虚名在，耻向沙鸥问旧盟。

望焦山　　（明）王世贞

石斗东溟起，云含北固青。江山分气概，风雨走精灵。处士指东汉焦尧。轻龙诏，皇帝的诏书。仙岩秘鹤铭。指瘗鹤铭碑。由来悬圃传说在昆仑山顶，仙人居处。路，少许俗人经。

焦山六首　　（清）杜 浚

触处迷人代，兹山尚姓焦。上头仍栋宇，到眼忽云霄。树色南徐近，江声北岸遥。衣冠留洞壑，不必访松寥。

远迹沧江曲，山情实澹然。石根争插水，树杪欲浮天。莫起苍虬卧，端如处士贤。再来应酹鹤，把酒坐高堙。

八年前一到，车骑乱青苍。剩此题诗客，来寻置酒堂。饥鹰啼半岭，野马战斜阳。实有悲盈谷，非关吊夜郎。

出郭来差远，凭高望独深。江分神禹迹，海见鲁连心。密竹藏金像，回流灌石林。拟寻幽绝处，却诵白头吟。

摩碑临积水，折竹杖危坡。不向山中住，宁知幽处多。雪埋孤衲笠，风乱老渔蓑。荒率存真意，余心不厌过。

僧堂陈古鼎，青绿略参差。沙劫何多故，商周仅片时。神工疑太浅，怪物复安施。不必论真赝，风尘忌独知。

焦山夜泊　(清)王昙

华严灵馆压嶕峣，华严阁高踞于焦山之上。一片风烟接寂寥。大地星河围永夜，中江灯火见南朝。鱼龙古寺三秋水，神鬼虚堂八月潮。独上层楼扪北极，满天风露下银霄。

江上望焦山有怀昔游二首　（清）陈三立

风暖云明倒酒瓶，闲看鸂鶒满沙汀。垂垂日脚孤舟下，襟袖光飞一点青。

隔岁支筇苍莽颠，藏山肺腑世无传。插椽箕斗松寥阁，忆抱江声赤脚眠。

三、上　海

1. 沪　城

龙华夜泊龙华地跨黄浦江两岸，有龙华寺与塔。

（唐）皮日休

今市犹存古刹名，草桥霜滑有人行。尚嫌残月清光少，不见波心塔影横。此诗录自《龙华志》。

丹凤楼为沪城四大名楼之一。在沪城东北天妃宫。

（元）杨维桢

十二危楼百尺梯，飞飞丹凤五云齐。天垂翠盖东皇近,地拂银河北斗低。花靥秋空戎马顺,神灯夜烛滩鸡啼。仙童为报麻姑传说中的仙人,曾三见沧海变桑田。会,应说蓬莱水又西。

题静安寺绿云洞,为宁为无寺之祖师鰕子和尚静安寺在上海静安区,南京西路。　　(元)成廷珪

沪渎城西古道场,洞天深处绿云凉。雨昏不辨琅玕色,日转都成翡翠光。春水满溪虾子活,午阴当户鸟声长。华阳老客道家有华阳洞天的说法,此指神仙。家何在?拟伴高僧坐石床。

登真如塔上海真如镇有真如寺,寺内原有真如塔。

(清)吕留良

难寻平地荡胸云,试上岧峣借夕曛。洞磴盘旋人不见,栏干笑语远偏闻。春从蒲草青边长,水到湖楼绿处分。乍暖僧房梅气发,四方八面水沉薰。

沪城杂事四首　　(清)蒋敦复

斜阳古垒草萧萧,惟见风帆天际遥。万里螺桑沉鬼国,一城脂夜荡花妖。横江组练青龙舰,大将旌旗白马潮。辛苦当年袁内史,水仙遗迹未全消。

火宅都开枕上莲，琼膏日日费熬煎。黄金有价真成土，碧落无情欲化烟。遍检神方难续命，愁看长夜竟如年。东山若问闲丝竹，总为苍生一惘然。

焦头烂额竟何如，薪突于今计莫疏。货殖已开循吏传，安危谁上徙戎书。金波地涌龙蛇宅，华屋春深燕雀居。独倚高城一长啸，欲携霜锷斩鲸鱼。

汀鸥沙雁自相呼，倦眼模糊眺绿芜。海上楼台惊蜃蛤，眼中人物笑菰芦。梅花不作销魂赋，骏马休描没骨图。惆怅所思隔芳树，长烟漠漠满江湖。王韬《瀛壖杂志》："沪虽濒海，而贾舶往来，多北至沈、辽，于东南洋诸岛国，皆所未悉，洋舰西航，道经吴淞口外，侦知民物之富庶，市廛之繁盛，辄生艳羡心。道光中叶，间岁一至，地方官外则馈物加礼，以示羁縻；内则严禁渔舟，不得导之入口，然终未能绝也。其于水道之深浅，形势之险夷，防御之疏密，早已了然。一旦发难，易若摧枯。干请要求，期于必得。……和议既定，海禁大开，劫火重圆，游踪更盛。顾文人学士之至此间者，登临凭吊，每多感慨今昔，把酒问天，拔剑斫地，殊不自觉其欷歔不已也。宝山蒋剑人有《沪城感事》诗四首云云。"

沪城竹枝词十首（录四首）　（清）黄钧宰

满天烽火照苏州，独有花枝不解愁。丽水台高三十尺，隔窗清坐看梳头。

吴淞楼橹达西洋，廿载华夷共一堂。凭杖荷钱遮盖好，横塘无数野鸳鸯。

连宵歌舞倒金樽，晓起飞舆竞出门。士气凌夷官气减，铜山当道市儿尊。

锦衣公子性奢淫，一点金闺礼佛心。香火共传红庙盛，靓妆华服拜观音。

2. 吴　松

过华亭华亭地名。唐天宝十年，割嘉兴、海盐、昆山三县地置华亭县，后为松江治所。　(北宋)梅尧臣

晴云嗥鹤几千只，隔水野梅三四株。欲问陆机当日宅，而今何处不荒芜。此诗暗用华亭鹤唳典故。《世说新语・尤悔》："陆平原(机)败，为卢志所谗，被诛。临刑叹曰：'欲闻华亭鹤唳，可复得乎？'"机于吴亡入洛前，与其弟陆云常游于华亭墅中。

过横云山渡长谷横云山相传为陆云所居。(北宋)黄庭坚

云横疑有路，天远欲无门。信矣江山美，怀哉谴逐魂。长波空咏泛，佳句洗眵昏。眵，读痴，平声。眼中出的黄色液体，俗称眼屎。眵昏，目多眵而昏花。谁奈离愁得，村醪或可尊。同樽，盛酒器也。

过垂虹垂虹桥俗称长桥。　(南宋)姜夔

自作新词韵最娇，小红低唱我吹箫。曲终过尽松陵路，回首烟波十四桥。

点绛唇·丁未冬过吴松作　（南宋）姜夔

燕雁无心，太湖西畔随云去。数峰清苦。形容寒山寥落荒凉。商略商量。黄昏雨。　第四桥《苏州府志》：甘泉桥一名第四桥。以泉品居第四也。边，拟共天随唐代诗人陆龟蒙自号天随子，晚年隐居松江甫里。住。今何许？凭栏怀古。残柳参差舞。

（明）卓人月："商略"二字诞妙。——《古今词统》

（清）许昂霄："数峰清苦"二句，遒紧。——《词综偶评》

（清）陈廷焯：字字清虚，无一笔犯实，只摹叹眼前景物而令读者吊古伤今不能自止，其绝调也。"今何许"三字提唱，"凭栏怀古"下只以"残柳"五字咏叹之，神韵无尽。——《词则·大雅集》

又云：白石长调之妙，冠绝南宋，短章亦有不可及者。如《点绛唇·丁未过吴松作》一阕，通首只写眼前景物，至结处云："今何许？凭栏怀古，残柳参差舞。"感时伤事，只用"今何许"三字提唱。"凭栏怀古"以下，仅以残柳五字，咏叹了之。无穷哀感，都在虚处。令读者吊古伤今，不能自止，洵推绝调。——《白雨斋词话》

（近代）俞陛云：欲雨而待"商略"、"商略"而在"清苦"之"数峰"，乃词人幽渺之思。白石泛舟吴江，见太湖西岸诸峰，阴沉欲雨，以此二句状之。"凭栏"二句其言往事烟消，仅余残柳耶？抑谓古今多少感慨，而垂柳无情，犹是临风学舞耶？清虚秀逸，悠然骚雅遗音。——《唐五代两宋词选释》

水调歌头·建炎庚戌题吴江　（南宋）无名氏

平生太湖上，短棹几经过。如今重到，何事愁与水云多？拟把匣中长剑，换取扁舟一叶，归去老渔蓑。银艾银印绿绶，代指官职。绶以艾草染为绿色，故称。非吾事，丘壑已蹉跎。

脍新鲈，斟美酒，起悲歌。太平生长，岂谓今日识兵戈？欲泻三江雪浪，净洗胡尘千里，不用挽天河。回首望霄汉，双泪堕清波。据曾敏行《独醒杂志》云，此词“题于吴江长桥”。后来传入宫中，高宗赵构查访甚急。

三月一日自松陵过华亭松陵为吴松江的别称。

（元）倪 瓒

竹西莺语太丁宁，斜日山光澹翠屏。春与繁花俱欲谢，愁如中酒不能醒。鸥明野水孤帆影，鹘没长天远树青。舟楫何堪久留滞，更穷幽赏过华亭。

厍读射，去声，姓氏。公山山在松江西北。为松郡九峰之一。

（明）陆 深

晨登厍公山，山形如轴，正当凤喙，谓正对凤凰山的凤嘴。地理家云丹凤衔书。

丹凤衔书下九霄，分明形势见山椒。先秋古树苍黄出，映月高峰紫翠摇。税地浇花人未老，买船载酒路非遥。经行更爱清溪曲，若个淮南苦见招。

过吴江有感　（清）吴伟业

落日松陵道，松陵为吴淞江的别称。陆广微《吴地记》：“松江，一名松陵，又名笠泽。”**堤长欲抱城。**吴江县东南旧有一条长堤，界于松江与太湖之间蜿蜒八十余里。**塔盘湖势动，**塔指方塔，在吴江东门外。**桥引月痕生。**桥指垂虹桥，又名长桥。**市静人逃赋，江宽客避兵。廿年交旧散，**明亡后，许多爱国文人，相率结为诗社，遁迹林泉，砥砺气节。顺治七年(1650)开始出现的吴江“惊隐诗社”在当时尤为著名。吴江吴炎、潘柽章，昆山的顾炎武、归庄等人都是主要成员。康熙二年(1663)庄廷钺“明史案”兴，清王朝借机大搞株连，杀戮遗民志士，“惊隐诗社”亦被迫停止活动。吴炎、潘柽章也惨遭杀害。顾炎武曾做诗文吊之，吴伟业与他们亦有交往。**把酒叹浮名。**

3. 青　浦

醉眠亭
在青龙江东岸。隐士李中行筑，苏轼命名。

(北宋)张　先

醉翁家有醉眠亭，为爱江堤乱草青。不听耳边啼鸟乱，任教风外杂花零。饮酣未必过此舍，乐甚应宜造大庭。五柳北窗知此趣，三间南楚漫孤醒。

泖　湖
位于上海市青浦县沈巷镇西南，唐乾符年间，有僧人如海在湖中建泖塔，并凿井建亭，名澄照塔院。泖读卯，上声。

(北宋)梅尧臣

断岸三百里，萦带松江流。深非桃花源，自有渔者舟。闲意见飞鸟，日共泛觥筹。何当骖鲸鱼，一去几千秋。

淀　山

在淀山湖中,山上有三姑祠、普光王寺、鳌峰塔等古迹。

(南宋)许 尚

殿阁辉金碧,遐观足画图。维舟一登览,误涉小方壶。

青龙渡头

青龙江在青浦县北。其上游西接大盈浦,东接顾会浦,北流入嘉定县界,西通白鹤江,入吴淞江。据说三国时,孙权在此造青龙舰故名。

(南宋)陈允平

天阔雁飞飞,松江鲈正肥。柳风欺客帽,松露湿僧衣。塔影随潮没,钟声隔岸微。不堪回首处,何日可东归。

三　泖

指泖湖一带的美丽风景。北为上泖,亦名圆泖,中曰大泖,南曰下泖,亦称长泖。

(元)杨维桢

天环泖东水如雪,十里竹西歌吹回。莲叶筒深香雾卷,桃花扇小彩云开。九朵芙蓉指松郡九峰。当面起,一只鸂鶒近人来。老夫于此兴不浅,玉笛横吹晏浪堆。

薛淀湖

即淀山湖。因湖中有淀山。

(明)徐 阶

梯云磴石兴逶迤,画舸平川昼漏迟。花底鸟过惊落

瓣，柳边风弱细垂丝。隔江榜子鱼为饭，近水人家槿作篱。春赏此时浑不恶，独和松露写新诗。

登泖塔 (明)申时行

澄波万顷一峰孤，云树烟岚总画图。八月浮槎凌汗漫，四天开阁浸虚无。禅灯影动鱼龙出，梵铎声高鹳鹤呼。把酒凭栏看不厌，好将身世寄菰芦。

八月大风雨中游泖塔，连夕同游者宋子建尚木、陆子玄、张子慧 (明)陈子龙

层湖黯淡路漫漫，孤屿登临怯羽翰。晓雾东连沧海白，霜枫西接洞庭丹。梦随风雨银河近，人在烟波玉佩寒。欲拟招魂秋草外，夜深犹自倚栏干。

四、苏　州

1. 姑　苏

苏台览古　（唐）李　白

旧苑荒台杨柳新，菱歌清唱不胜春。只今惟有西江月，曾照吴王宫里人。

（明）高棅：作法圆转，妙在“只今惟有”四字。——《唐诗正声》

（明）叶羲昂：此首伤今思古，后作思古伤今，得力全在“只今唯有”四字。——《唐诗直解》

（明）胡振亨：诸家怀古感旧之作，如“年年春色为谁来”、“唯见江流去不回”、“惟有年年秋雁飞”、“只今唯有西江月，曾照吴王宫里人”等句，非不脍炙人口，奈词意易为仿效，竟成吊古海语，不足贵矣。诸贤生今，不知又作如何洗刷？——《唐音癸签》

（清）王夫之：七言绝句唯王江宁能无疵颣，储光义、崔国辅其次者。……若“水尽南天不见云”、“永和三月荡轻舟”、“囊无一物献尊亲”、“玉帐分弓射虏营”，皆所谓滞累，以有衬字故也。其免于滞累者，如“只今唯有西江月，曾照吴王宫里人”、“黄鹤楼中吹玉笛，江城五月《落梅花》”、“此夜曲中闻《折柳》，何人不起故园情”，则又疲苶无生气，似欲匆匆结煞。——《唐诗评选》

（清）李瑛：一二句但写今日苏台之风景，已含起吴宫美人不可复见意，却妙在三四句不从不得见处写，转借月之曾经照见写，而美人之不可复见，

已不胜感慨矣。——《诗法易简录》

吴城览古 (唐)陈羽

吴王旧国水烟空，香径无人兰叶红。春色似怜歌舞地，年年先发馆娃宫。

(明)高棅：吴逸一评，“似怜”、“先发”，说得春色有情，又与“兰叶红”相映带。——《唐诗正声》

(明)桂天祥：只是气格委下。——《批点唐诗正声》

(明)周敬等：吴本水国，国亡人去，是“水烟空”也。独有兰叶逢春先发于故宫，若为有情然者，所以重吊古者之思也。“似怜”二字妙。——《唐诗选脉会通评林》

(清)黄生：此首犹是盛唐余韵，觉比太白“旧苑荒台”作较浑。——《唐诗摘钞》

(清)王士禛：将黍离芳草之思而反言之，用意更深远独妙。——《万首唐人绝句选评》

送从弟戴玄往苏州 (唐)张籍

杨柳阊门路，悠悠水岸斜。乘舟向山寺，着屐到渔家。夜月红柑树，秋风白藕花。江天诗景好，回日莫令赊。

(元)方回：此苏州风景。“乘舟”、“着屐”一联，脍炙人口。“红柑”、“白藕”一联，太绮。故尾句放宽，不然冗然。——《瀛奎律髓汇评》

(清)纪昀：此论深得疏密相参之妙。——同上

(清)纪昀：差有风韵。——同上

(清)无名氏(甲):“乘舟”二句太质,又须“夜月”二句点缀相映,此正善于调剂处。——同上

姑苏台　(唐)刘禹锡

故国荒台在,前临震泽波。绮罗随世尽,麋鹿古时多。筑用金椎力,摧因石鼠窠。昔年雕辇路,唯有采樵歌。

赴苏州酬乐天　(唐)刘禹锡

吴郡鱼书下紫宸,长安厩吏送朱轮。二南风化承遗爱,八咏声名蹑后尘。梁氏夫妻为寄客,陆家兄弟是州民。江城春日追游处,共忆东归旧主人。

(元)方回:乐天尝守苏,今梦得亦往守此,故有“承遗爱”、“蹑后尘”之语。梁鸿、孟光尝客于吴,机、云二陆昔为吴人,今到苏之后,凡寄寓之客,及在郡之士人,与太守相追游,当共忆乐天为旧太守,即旧主人也。善用事,笔端有口,未易可及。——《瀛奎律髓汇评》

(清)陆贻典:诗有远近起伏,意致便灵。——同上

(清)查慎行:香山妙处在辞达而无俗气。——同上

(清)何焯:次联胜三联。四联若无共忆二字便成死句。○后四句极变极细。——同上

(清)纪昀:第三句“二南风化”四字无着,亦不切苏州,而不觉借用,以原是太守事耳。——同上

姑苏怀古　（唐）许 浑

宫馆余基辍棹过，黍苗无限独悲歌。荒台麋鹿争新草，空苑岛凫占浅莎。吴岫雨来虚槛冷，楚江风急远帆多。可怜国破忠臣死，日日东流生白波。

长洲怀古

长洲，古苑名。故址在苏州市西南，太湖北。春秋时吴王阖闾游猎处。（晋）左思《吴都赋》："带朝夕之浚池，佩长洲之茂苑。"即指此。

（唐）刘 沧

野烧原空尽荻灰，吴王此地有楼台。千年事往人何在，半夜月明潮自来。白鸟影从江树没，清猿声入楚云哀。停车日晚荐蘋藻，风静寒塘花正开。

（元）方回：刘蕴灵大中八年进士，其诗乃尚有大历以前风味。所以高于许浑者，无他，浑太工而贪对偶，刘却自然顿挫耳。——《瀛奎律髓汇评》

（清）冯舒：未见高于用晦。——同上

（清）冯班：贪对是许病处。——同上

（清）纪昀：此评却细，然亦伯仲间耳。——同上

（清）何焯：首联倒出，有力。——同上

（清）纪昀：如夫差等，皆无应祀之处，此直凑句耳。——同上

吴宫怀古　（唐）陆龟蒙

香径长洲香径，即采香径，为馆娃宫美人采香处。长洲即长洲苑为吴王游猎处。尽棘丛，奢云艳雨只悲风。吴王事事须亡国，未必

西施胜六宫。《诗式》云：一二两句"香径长洲"、"奢云艳雨"写吴宫之盛；而"尽棘从"、"只悲风"却写吴宫之衰。每句中由盛及衰，寓凭吊之意。三句、四句翻用故事，意义始新，他可隅反。做诗以议论行之，便有可观。

送人游吴　(唐)杜荀鹤

君到姑苏见，人家尽枕河。古宫闲地少，水港小桥多。夜市卖菱藕，春船载绮罗。遥知未眠月，乡思在渔歌。《精选评注五朝诗学津梁》云："多"句如在画中。转韵贴切，无斧凿痕。一收反振。

(近代)俞陛云：户藏烟浦，家具画船，江南之擅胜也。诗言其烟户之盛，桥港之多。余生长吴趋，诵之如身在鹂坊鹤市间。忆近人句云"屐齿声喧沽酒市，波光红映过桥灯"，写家乡景物如绘。作旅行诗者，能掩卷若身临其地，便是佳诗。——《诗境浅说》

过苏州　(北宋)苏舜钦

东出盘门苏州城西南门名。刮眼明，潇潇疏雨更阴晴。绿杨白鹭俱自得，近水远山皆有情。万物盛衰天意在，一身羁苦俗人轻。无穷好景无缘住，旅棹区区暮亦行。

送程公辟得谢归姑苏　(北宋)王安石

东归行路叹贤哉，碧落新除宠上才。白傅林塘传画去，吴王花草入诗来。唱酬自有微之在，谈笑应容逸少

陪。除此两翁相见外，不知三径为谁开。

戏书吴江三贤画像三首《中吴纪闻》：“越上将军范蠡、江东步兵张翰、赠右补阙陆龟蒙，各画其像于吴江鲈乡亭之傍。东坡有诗。后易其名曰三高，且更为塑像。今在长桥北，与垂虹亭相望。”据《式古堂书画考》云：“三贤像，李伯时所画。”

（北宋）苏 轼

谁将射御教吴儿，长笑申公为夏姬。申公、夏姬事见《左传·成公二年》。却遣姑苏有麋鹿，伍子胥谏吴王，吴王不用。乃曰：“臣今见麋鹿游姑苏之台也。”事见《史记》。更怜夫子得西施。杜牧有诗云：“夏姬灭两国，逃作巫臣姬。西子下姑苏，一舸逐鸱夷。”

浮世功劳食与眠，季鹰张翰字季鹰。真得水中仙。不须更说知机早，直为鲈鱼也自贤。王赞《过吴江》诗云：“因思季鹰当日事，归来未必为鲈鱼。”此即其意而反之，更高一格。

千首文章二顷田，囊中未有一钱看。却因养得能言鸭，惊破王孙金弹丸。按：能言鸭指陆龟蒙。“陆有驯鸭一阑，一日，使者过，挟弹毙其尤者，龟蒙曰：‘此鸭善人言，方将附苏州上贡进。’使者惧，尽与囊中金以窒其口。后徐使人问人语之状。陆曰：‘能自呼其名耳。’”

青玉案·和贺方回韵，送伯固归吴中故居

（北宋）苏 轼

三年枕上吴中路。苏伯固从苏轼在杭州任钱塘丞，三年未归。遣黄犬、陆机犬名，会传书信。随君去。若到松江呼小渡。莫惊鸥鹭，四桥尽是，苏州甘泉桥，因泉品居第四，故又名四桥。老子经行处。

辋川图三维居辋川别业。《陕西通志》云:"旧有辋川图四幅,举世宝之。"上看春暮,常记高人右丞句。作个归期天已许。春衫犹是,小蛮针线,曾湿西湖雨。谓伯固春衫,出自爱妾之手,因在杭州三年故云。

(清)况周颐:东坡词《青玉案》歇拍云"作个归期天已许。春衫犹是,小蛮针线,曾湿西湖雨"。上三句未为甚艳。"曾湿西湖雨"是清语,非艳语。与上三句相连属,遂成奇艳、绝艳,令人爱不忍释。坡公天仙化人,此等词犹为非其至者,后学已未易模仿其万一。——《蕙风词话》

(清)陈廷焯:风流自赏,气骨高绝。又云:较"襟上杭州旧酒痕"更觉有味。——《云韶集》

柳梢青·吴中　(北宋)僧仲殊

岸草平沙。吴王故苑,柳袅烟斜。雨后寒轻,风前香软,春在梨花。　　行人一棹天涯。酒醒处、残阳乱鸦。门外秋千,墙头红粉,深院谁家。

(明)杨慎:《柳梢青》"岸草平沙"一首,僧仲殊作也。今刻本往往失其名,故特著之。宋人小词,僧徒惟二人最佳,觉范之作类山谷,仲殊之作似花间。祖可、如晦,俱不及也。——《词品》

(明)李攀龙:"梨花春在"、"谁家深院"。何等对景传情?——《草堂诗余隽》

(明)沈际飞:"残阳乱鸦",着色疑有化工。——《草堂诗余正集》

姑苏台览古　(南宋)杨万里

我亦年来散发身,游人不用避车尘。插天孤塔云中出，隔水诸峰雪后新。道是远瞻三百里，《吴地纪》载："姑苏台经营九年始成，台高三百丈，望见三百里外，作九曲路以登临。"如何不见六千人。吴王越霸今安在，台下年年花草春。

姑苏怀古 （南宋）姜夔

夜暗归云绕柁牙，江涵星影鹭眠沙。行人怅望苏台柳，曾与吴王扫落花。

点绛唇·有怀苏州 （南宋）吴文英

明月茫茫，夜来应照南桥路。梦游熟处，一枕啼秋雨。　　可惜人生，不向吴城住。心期误。雁将秋去，天远青山暮。

（现代）刘永济：此词题曰"怀苏州"，怀苏州之人也。起句见月兴怀，亦即作词之由，想同此一月，此时月亦应照在苏州南桥路上。"南桥路"即苏州之人之处所也。而"茫茫"二字接在"明月"下，便觉有无限感慨。"梦游"句言熟游之南桥，而令思之成梦，非但成梦，而且梦啼。"秋雨"，泪也。换头正写"怀"字。曰"可惜"，追恋与后悔两意皆有。此时梦窗在杭也。"心期误"言人事多乖，不能如心所愿也。歇拍言雁又"将秋去"矣。"天远"、"山暮"是何景象，安得不使人兴怀。其思去妾之情，尽在不言中而意特缠绵。——《微睇室说词》

太常引·姑苏台赏雪 （元）张可久

断塘流水泛凝脂。早起索吟诗。何处觅西施。垂杨柳、萧萧鬓丝。　　银匙藻井，粉香梅圃，万瓦玉参差。一曲乐天词。富贵似、吴王在时。

过姑苏城　　(明)张　羽

片帆迢递入吴烟，竹溆芦州断复连。柳影浓遮官道上，蝉声多傍驿楼前。近期渔舍皆悬网，向浦人家尽种莲。行到吴王夜游处，湖川芳草独堪怜。

入郭过南湖望报恩浮图

报恩寺在苏州市城北传为三国时孙权舍宅所建，初名通玄寺，唐改开元寺，后称报恩寺。寺塔为南宋时重建，明代重修。　　(明)高　启

雨过春陂柳浪香，布帆归缓怕斜阳。渔人为指江城近，一塔船头看渐长。

阊门即事

阊门为苏州城的西门。　　(明)唐　寅

世间乐土是吴中，苏州吴县一带泛称吴中。中有阊门更擅雄。翠袖三千楼上下，黄金百万水西东。五更市买市场交易称“市买”。语出《史记》。何曾绝，四海方言总不同。若使画师描作画，画师应道画难工。

月夜登阊门西虹桥 (明)文徵明

白雾浮空去渺然，西虹桥上月初圆。带城灯火千家市，极目帆樯万里船。人语不分尘如海，夜寒初重水生烟。平生无限登临兴，都落风栏露楯读允，上声。栏干的横木。前。

拙政园若墅堂 (明)文徵明

若墅堂在拙政园中，园为唐陆鲁望故宅。虽在城市，而有山林深寂之趣。昔皮袭美尝称鲁望所居"不出郛郭，旷若郊野，"故以为名。

会心何必在郊坰，近圃分明见远情。流水断桥春草色，槿篱茅屋午鸡声。绝怜人境无车马，信有山林在市城。不负昔贤高隐地，手携书卷课童耕。

拙政园梦隐楼 (明)文徵明

梦隐楼在沧浪池上，南直若墅堂，其高可望郭外诸山。君(指拙政园主人王献臣)尝乞灵于九鲤湖，梦得隐字，及得此地，为戴颙、陆鲁望故宅，因筑楼以识。

林泉入梦意茫茫，旋起高楼拟退藏。鲁望五湖原有宅，渊明三径未全荒。枕中已悟功名幻，壶里谁知日月长。回首帝京何处是,倚栏惟见暮山苍。末二句言主人王献臣仍有用世之意。

饮徐参议园亭作者《寄伯修》书云:“吴侬可与语者,徐参议园亭。”

(明)袁宏道

古径盘空出,危梁溅水行。药栏斜布置,山子幻生成。欹仄天容破,玲珑石貌清。游鳞与倦鸟,种种见幽情。

己亥秋日游徐氏杂园亦即徐参议园亭。

(清)姜埰

徐氏东园在,招寻独倚筇。三吴金谷地,万古瑞云峰。徐氏园内有三太湖石名瑞云、紫云、冠云三峰。宿莽依寒雁,重潭伏蛰龙。西园花更好,其西有佛寺。香帔起南宗。南宗为禅宗慧能一派。

五人墓明天启六年(1626),苏州发生了一起反对阉党魏忠贤的市民暴动,被镇压了。领导暴动的颜佩韦、杨念如、马杰、沈扬、周文元等五人被害。不久魏忠贤失败,五人得到昭雪。苏州人民对五人的正义行为表示敬仰,乃为其立墓曰:“五人之墓。”

(清)桑调元

吴下无斯墓,要离冢亦孤。要离乃春秋时人,为吴公子光刺杀王僚之子庆忌,事成后伏剑自杀。其墓在苏州与五人墓毗邻。义声嘘侠烈,悲吊有屠沽。阘冗读榻腫,入上声。庸碌低劣而无能。朝廷党,峥嵘里巷夫。田横岛中士，楚汉相争时，田横系齐国贵族，曾自立为王。汉朝建立后田横与五百壮士逃入海岛。汉主刘邦派人招降。田横行至洛阳附近，因耻于臣汉而自杀，岛中五百壮士闻讯后亦全部自杀。足敌五人无？

戊寅岁元夕，网师园张灯合乐即事网师园又名瞿园。在苏州城南阔家头巷。　（清）彭启丰

试灯佳节卷晶帘，把盏征歌韵事兼。梅圃雪飘封玉树，冰池云散露银蟾。星桥乍架春初转，画舫新移景又添。漫听村南喧鼓吹，家家竹马驻茅檐。

苏台怀古　（清）席佩兰

浣纱溪水碧于湖，一勺清波便沼吴。五夜深宫炊粟梦，十年敌国卧薪图。捧心智自工狐媚，抉目危空捋虎须。至竟越王台下路，春风麋鹿似姑苏。

怡　园在苏州市人民路。　（清）李鸿裔

叠石疏泉不数旬，水芝即荷花。开出似车轮。石幢一尺桃花雨，便有红鱼跳绿苹。

青玉案·姑苏怀古　（近代）王国维

姑苏台上乌啼曙。剩霸业，今如许。醉后不堪仍吊

古。月中杨柳，水边楼阁，犹自教歌舞。　　野花开遍真娘墓。墓在苏州市，虎丘西。绝代红颜委朝露。算是人生赢得处。千秋诗料，一抔黄土，十里寒螿语。

2. 虎丘　狮子林

题东武丘寺六韵武丘即虎丘。　（唐）白居易

香刹看非远，祇园佛教"祇树给孤独园"的简称。印度佛教圣地之一。祇读知，平声。入始深。龙蟠松矫矫，玉立竹森森。怪石指千人石，南朝高僧生公说法之处千僧坐，灵池一剑沉。指剑池。海当亭两面，指望海楼。山在寺中心。酒熟凭花劝，诗成倩鸟吟。寄言轩冕客，此地好抽簪。谓挂冠归隐。

生公讲堂　（唐）殷尧藩

暝色护楼台，阴云昼未开。一尘无处着，花雨遍苍苔。

题虎丘东寺　（唐）张祜

云树拥崔嵬，深行异俗埃。寺门山外入，石壁地中开。俯砌池光动，登楼海气来。伤心万年意，金玉葬寒灰。

（元）方回：杜牧谓"谁人得似张公子，千首诗轻万户侯"，今传者五言律

三卷，绝句二卷，无七言律与古诗也，所逸多矣。僧寺诗二十四首《金山寺》诗第一，亦当为集中第一：《孤山寺》、《惠山寺》诗次之；此诗非亲到虎丘寺，不知第四句之工。高堂之后，俯视石涧，两壁相去数尺，而深乃数十丈，其长蜿蜒曼衍而坼裂到底、泉滴滴然，真是奇观。故其诗曰“石壁地中开”，非虚也，故选此诗以广见闻。“登楼海气来”，此一句亦佳。他如“地僻泉长冷，停香草不凡”（《题道光上人院》），亦佳。至如“上坡松径涩，深坐石池清”之类，则非人可到矣。——《瀛奎律髓汇评》

（清）冯舒：次联切。——同上

（清）冯班：真虎丘。〇结好。——同上

（清）纪昀：格力遒上，末亦切合不泛，惟次句拙，极不佳。——同上

（清）许印芳：纪批云次句极拙不佳。愚谓首句亦是通套语。今并易之：“虎追阜龙象，禅居亦壮哉！”此诗格意近盛唐人。承吉僧寺诗此为第一。《金山寺》诗起结皆劣，虚谷以为第一，谬矣。外有《登广武原》诗云：“广武原西北，华夷此浩然。地盘山入海，河绕国连天。远树千门色，高樯万里船。乡心日暮切，犹在楚城边。”气魄笔力，亦近盛唐。且通体完善，而虚谷不选，其无识类如此。〇虎丘东寺在苏州，即阖闾墓，有东、西二寺，后合为一，山在寺中，故此诗有“寺门山外入”句。——同上

和人题真娘墓　（唐）李商隐

虎丘山下剑池边，长遣游人叹逝川。《论语·子罕》：“子在川上曰：‘逝者如斯乎，不舍昼夜。’”罥读眷，去声。挂也。树断丝悲舞席，出云清梵想歌筵。柳眉空吐效颦叶，榆荚还飞买笑钱。一自香魂招不得，只应江上独婵娟。

次韵王忠玉游虎丘绝句三首　（北宋）苏轼

当年大白此相浮，老守娱宾得二丘。自注：郡人有闾丘公。

太守王规父尝云：不谒虎丘，即谒闾丘。规父，忠玉伯父也。白发重来故人尽，空余丛桂小山幽。王文诰云：此即用“桂树丛生兮，山之幽”句。但规父守苏时，公三过其处，必别有实事在，否则“空余”之下，断不落此五字也。

青盖红旗映三山，新诗小草落玄泉。玄泉者，黑泉也，张伯英临池学书，池水尽墨。风流使者人争看，知有真娘立道边。作者自注：虎丘中路有真娘墓。

舞衫歌扇转头空，只有青山杳霭中。若共吴王斗百草，使君未敢借惊鸿。

木兰花慢·陪仓幕游虎丘，时魏益斋已被新擢，陈芬窟、李方庵皆将满秩　(南宋)吴文英

紫骝嘶冻草，晓云锁，岫眉颦。正蕙雪初消，松腰玉瘦，憔悴真真。轻藜渐穿险磴，步荒苔、犹认瘗花痕。千古兴亡旧恨，半丘残日孤云。　　开尊，重吊吴魂。岚翠冷、洗微醺。问几曾夜宿，月明起看，剑水星纹。登临总成去客，更软红、先有探芳人。回首沧波故苑，落梅烟雨黄昏。起句言趁晓出游。“正蕙雪”三句用蕙松雪后之状，想像真真憔悴之容。“真真”，真娘也，亦作贞。《吴地记》：“虎丘有贞娘墓，吴国之佳丽也。”“轻藤”(误作藜，从郑校改)以下三句正写游。“瘗花痕”，即贞娘葬地遗迹。“千古”二句将吊古之情与游时景物结合，收上起下。换头四句写陪游宴饮之事，即承上过拍说来。“问几曾”三句写剑池，带出往日游踪。“登临”二句中之“去客”即魏、陈、李三人将去吴也。“更软红”二句言三人将入都城软红尘土中，先来游虎丘作探芳之人，以见三人之高情。“软红”，苏轼有“软红犹恋属车尘”句，自注云：“前辈戏语西湖风月不如东华软红香土。”“东华”乃宋时东京一城门名，即以代京都用也。歇拍以景结情。此词自晓写至黄昏，记竟日之游，

中间插入苍茫吊古之情。亦题中应有之义。布景设色,最为工整。

(清)陈廷焯:景中带情,词意两胜。——《诗则·别调集》

(近代)俞陛云:"轻藜"二句赋山景极幽峭。下阕登临去,已近收笔、乃承以"软红探芳"句,似花明柳暗又见一村。作此顿挫,而结句"回首沧波故苑"仍归到本题。梦窗学清真,此等处颇似之。——《唐五代两宋词选释》

七月二十七日过东郭狮子林兰若,如海上人索予画,因写此图并为之诗 (元)倪瓒

密林鸟啼邃,清池云影闲。茗雪炉烟袅,松雨石苔斑。心静境恒寂,何必月在山。穷途有行旅,日暮不知还。

狮子林十二咏·狮子峰 (明)高启

风生百兽低,欲吼空山夜。疑是天目岩,飞来此林下。

虎丘塔 (明)袁衮

雁塔翔云表,龙宫涌寺心。乘高宜眺望,暇日共登临。山面支硎支硎,山名。在江苏吴县西南。逼,湖窥震泽震泽为太湖之古称。深。平生飞动意,慷慨一狂吟。

试剑石　　(清)吴伟业

石破天惊出匣时，中宵气共斗牛期。鱼肠宝剑名。葬后应飞去，神物沉埋未足奇。

寄赠吴门故人　　(清)汪琬

遥羡风流顾恺之，爱翻新曲复残棋。家临绿水长洲苑，长洲苑在江苏吴县西南。人在青山短簿祠。短簿祠在苏州市虎丘山。王珣的祠庙，珣居桓温征西府时号“短主簿”，俗因以名其祠。芳草渐逢归燕后，落花已过浴蚕浴蚕，浸洗蚕子。是古代育蚕选种的方法。时。一春不得陪游赏，苦恨蹉跎满鬓丝。

虎丘题壁　　(清)陈恭尹

虎迹苍茫霸业沉，古时山色尚阴阴。半楼月影千家笛，万里天涯一夜砧。南国干戈征士泪，西风刀剪美人心。市中亦有吹箫客，乞食吴门秋又深。用伍子胥事。作者广东顺德人，流落苏州，故借伍子胥以自比。

重游虎丘二首　　(清)陈鹏年

雪艇松龛阅岁时，廿年踪迹鸟鱼知。春风再扫生公石，落照仍衔短簿祠。雨后万松全遝匝，遝读塔，入声。遝匝，纷乱貌。云中双塔半迷离。多佳亭上凭阑处，红叶空山绕梦思。

尘鞅读养，上声。尘鞅，世俗事务的束缚。删余半晌闲，青鞋布袜也看山。离宫路出云霄上，法驾春留紫翠间。代谢已怜金气尽，再来偏笑石头顽。楝花风后游人歇，一任鸥盟数往还。

虎　丘　（清）吴锡麒

虎气消沉鹤市《吴越春秋》载："阖闾女曰胜玉，自杀。阖闾痛之，葬于国西阊门外。乃舞白鹤于吴市中，令民随而观之，使男女与鹤俱入羡门，因发机以掩之。又取土，洼其地为湖，号女坟湖。"鹤市出此。荒，东风容易客回肠。真娘墓上年年柳，画了春愁画夕阳。

虎　丘　（清）潘飞声

芳草桥阑翠欲流，夕阳山外倚僧楼。美人宝剑都零落，独酌寒泉问虎丘。

留别虎丘冷香阁　（清）靳　志

开遍梅花三百树，冷香阁外雪漫空。归来道士千年鹤，行尽山塘七里风。妙境清诗杂仙鬼，销沉名剑伴英雄。摩崖大字留题去，急雨催成总未工。

3. 寒山寺 沧浪亭

枫桥夜泊范成大《吴郡志》:“枫桥在阊门外九里道旁。”

(唐)张 继

月落乌啼霜满天,江枫渔火对愁眠。姑苏城外寒山寺,夜半钟声到客船。

(宋)周弼:“对愁眠”三字为全篇关目。明逗一“愁”字,虚写竟夕光景,转辗反侧之意自见。——《碛砂唐诗》

(明)沈子来:全篇诗意自“愁眠”上起,妙在不说出。——《唐诗三集合编》

(清)王尧衢:此诗装句法最妙,似连而断,似断而连。——《古唐诗合解》

沧浪亭在苏州市人民路南段附近。 (北宋)苏舜钦

一径抱幽山,居然城市间。高轩面曲水,修竹慰愁颜。迹与豺狼远,心随鱼鸟闲。吾甘志此境,无暇事机关。

初晴游沧浪亭 (北宋)苏舜钦

夜雨连明春水生,娇云浓暖弄微晴。帘虚日薄花竹静,时有乳鸠相对鸣。

水调歌头·沧浪亭 (北宋)苏舜钦

潇洒太湖岸，淡伫洞庭山。鱼龙隐处，烟雾深锁渺弥间。方念陶朱张翰，忽有扁舟急桨，撇浪载鲈还。落日暴风雨，归路绕汀湾。　　丈夫志，当景盛，耻疏闲。壮年何事憔悴，华发改朱颜。拟借寒潭垂钓，又恐鸥鸟相猜，不肯傍青纶。据魏泰《东轩笔录》："苏子美谪居吴中，欲游丹阳，潘师旦深不欲其来，宣言于人，欲拒之。子美作《水调歌头》有'拟借寒潭垂钓，又恐鸥鸟相猜，不肯傍青纶'之句为是也。"刺棹穿芦荻，无语看波澜。

(宋)陈善：苏子美居姑苏，买水石作沧浪亭，欧阳公以诗寄题云："荒湾野水气象古，高林翠阜相回环。"此两句最着题。予尝访其遗迹，地经兵火，已易数主矣，今属韩郡蕲王家。亭非古创也，然荒湾野水，高林翠阜，犹可想像当时景物。予每至其上，徘徊不能去。因思古人"柳塘春水漫，花坞夕阳迟"、"池塘生春草"之句，似专为此亭设也。非身到目见，不知其妙。——《扪虱新话》

枫桥寺示迁老 (北宋)孙 觌

白首重来一梦中，青山不改旧时容。乌啼月落桥边寺，欹枕还闻半夜钟。

金缕歌·陪履斋先生沧浪看梅履斋名吴潜，字毅夫。官至左丞相，主张加强战守之备，抗御元兵，后被贬谪，毒死。 (南宋)吴文英

乔木生云气。访中兴、英雄陈迹，暗追前事。战舰东

风悭借便,梦断神州故里。旋小筑、吴宫闲地。华表月明归夜鹤,叹当时、花竹今如此。枝上露,溅清泪。　遨头宋代成都自正月至四月浣花,太守出游,士女纵观,称太守为"遨头"。小簇行春队。步苍苔、寻幽别坞,问梅开未?重唱梅边新度曲,催发寒梢冻蕊。此心与、东君同意。后不如今今非昔,两无言、相对沧浪水。怀此恨,寄残醉。

(宋)龚明之:沧浪亭在郡学之东,中吴节度使孙承佑之池馆,其后苏子美得之,为钱不过四万,欧阳公诗所谓"清风明月本无价,可惜只卖四万钱"是也。余家旧与章庄敏俱有其半,今尽为韩王所得矣。——《中吴纪闻》

(清)陈廷焯:起五字神来。——《诗则·大雅集》

又云:激烈语,偏写得温婉。若文及翁之"借问孤山林处士,但掉头,笑指梅花蕊。天下事,可知矣",不免有张眉弄目之态。——《白雨斋词话》

(近代)陈洵:要心与东君同意,能将履斋忠款道出,是时边事日亟,将无韩、岳,国脉微弱,又非昔时。履斋意主和守而履疏不省,卒致败亡,则所谓"后不如今今非昔,两无言相对沧浪水。怀此恨,寄残醉"也。言外寄慨,学者须理会此旨。前阕沧浪起,看梅结;后阕看梅起,沧浪结,章法一丝不走。——《海绡说词》

泊枫桥　(明)高 启

画桥三百映江城,诗里枫桥独有名。几度经过忆张继,乌啼月落又钟声。

姑苏八咏寒山寺　(明)唐 寅

金阊门外枫桥路,万家月色迷烟雾。谯阁更残角韵

悲,客船夜半钟声度。树色高低混有无,山光远近或模糊。霜华满天人怯冷,江城欲曙闻啼乌。

沧浪池上 (明)文徵明

杨柳阴阴十亩塘,昔人曾此咏沧浪。春风依旧吹芳杜,陈迹天多半夕阳。积雨经时荒渚断,跳鱼一聚晚波凉。渺然诗思江湖近,便欲相携上野航。

夜雨题寒山寺,寄西樵、礼吉二首

(清)王士禛

日暮东塘正落潮,孤篷泊处雨潇潇。疏钟夜火寒山寺,记得吴枫第几桥。

枫叶萧条水驿空,离居千里怅难同。十年旧约江头梦,独听寒山半夜钟。

4. 湖

太湖秋夕太湖,古称震泽、具区、笠泽。地跨苏、浙二省。

(唐)王昌龄

水宿烟雨寒,洞庭太湖中的岛屿名。有洞庭西山与洞庭东山。霜落微。月明移舟去,夜静魂梦归。暗觉海风渡,萧萧闻雁飞。

宿湖中　（唐）白居易

水天向晚碧沉沉，树影霞光重叠深。漫月冷波千顷练，苞霜新橘万株金。幸无案牍何妨醉，纵有笙歌不废吟。十只画船何处宿？洞庭山脚太湖心。

洞庭西山 在太湖中。是太湖中最大的岛和山。

（北宋）王禹偁

吴山无此秀，乘暇一游之。万顷湖光里，千家桔熟时。平看月上早，远觉鸟归迟。近古谁真赏？白云应得知。

过太湖二首　（北宋）范仲淹

有浪即天高，无风还练静。秋宵谁与期？月华三万顷。《越绝书》：“（太湖）周三万六千顷。”

平湖万顷碧，谢客谢灵运小名客儿。一开颜。待得临清夜，徘徊载月还。

望太湖　（北宋）苏舜钦

杳杳波涛阅古今，四无边际莫知深。润通晓月为清露，气入霜天作暝阴。笠泽鲈肥人脍玉，洞庭柑熟客分金。风烟触目相招引，聊为停桡一楚吟。

林屋洞又称毛公洞，在太湖中的洞庭西山东面。

（南宋）范成大

击水抟风浪雪翻，烟消日出见仙村。旧知浮玉浮玉，山名。在太湖之南。北堂路，今到幽墟三洞门。石燕翻飞遮炬火，金龙深阻护岩根。宝钟灵鼓何须扣，庭柱宵晨已默存。

念奴娇·和徐尉游石湖石湖在苏州城西南十二公里上方山下，为太湖内湾。

（南宋）范成大

湖山如画，系孤篷柳岸，莫惊鱼鸟。料峭春寒花未遍，先共疏梅索笑。一梦三年，松风依旧，萝月何曾老？邻家相问，这回真个归到。　　绿鬓新点吴霜，尊前强健，不怕衰翁号。赖有风流车马客，来觅香云花岛。似我粗豪，不通姓字，只要银瓶倒。奔名逐利，乱帆谁在天表。

过新开湖三首新开湖又名高邮湖，在江苏中部。

（南宋）杨万里

渔郎艇子入重湖，老眼殷勤看着渠。看去看来成怪事，化为独雁立横芦。

一鸥得得隔湖来，瞥见鱼儿眼顿开。只为水深难立脚，翩然飞下却飞回。

远远人烟点树梢，船门一望一回消。几行野鸭数声雁，来为湖天破寂寥。

除夜自石湖归苕溪　(南宋)姜 夔

细雨穿沙雪半消，吴宫烟冷水迢迢。梅花竹里无人见，一夜吹香过石桥。

烟雨中过石湖三绝　(元)倪 瓒

烟雨山前度石湖，一奁秋影玉平铺。何须更剪松江水，好染空青青绿色的颜料。画作图。

姑苏城外短长桥，烟雨空蒙又晚潮。载酒曾经此行乐，醉乘江月卧吹箫。

愁不能醒已白头，沧江波上狎轻鸥。鸥情与老初无染，一叶轻驱总是愁。

高邮湖又名新开河，在江苏中部。　(明)薛 瑄

高邮湖里雪中过，雪片无声点白波。天水渺茫遥自

接，烟云杳霭暗相和。寒蓑满眼渔翁少，画舫随风去客多。还似沧波水清浊，只应难觅扣舷歌。

石湖春游　　(明)文徵明

湖光披素练，野色涨青烟。一雨树如沐，千林花欲燃。疏钟白莲社，新水木兰船。行乐须春早，山头有杜鹃。

石　湖　　(明)文徵明

石湖烟水望中迷，湖上花深鸟乱啼。芳草自生茶磨岭，画桥横注越来溪。凉风袅袅青苹末，往事悠悠白日西。依旧江波秋月坠，伤心莫唱夜乌啼。

太　湖　　(明)文徵明

岛屿纵横一镜中，湿银盘紫浸芙蓉。谁能胸贮三万顷，我欲身游七十峰。天远洪涛翻日月，春寒泽国隐鱼龙。中流仿佛闻鸡犬，何处堪追范蠡踪？

夜过射阳湖　　(清)孔尚任

烟水拍帆半夜归，萧萧败苇几重围。船冲宿鹭当窗起,灯引秋蚊入帐飞。湖海陈登名未著,莼鲈张翰兴全违。谁知冷落渔歌入,风雨飘萍梦紫微。

月夜出西太湖作二首　(清)舒　位

风来云去月当头,销夏湾销夏湾在太湖洞庭西山脚下,相传为吴王避暑之地。边接素秋。如此烟波如此夜,居然着我一扁舟。

不抽帆子不安桅,两桨霜花细细开。半夜横风吹不断,青山飞过太湖来。

水调歌头·月夜登包山包山即洞庭西山。传说有包仙在此得道,故名。翠峰绝顶望太湖。

(清)孙尔准

今夕是何夕?天上玉京秋。包仙去后,遗却笙鹤在山头。七十二峰烟翠,三万千顷波浪,都作月华流。西子此中去,极目少扁舟。　　更何须,银汉水,写双眸。一声吹裂霜竹,唤起玉龙游。我欲乘之东下,看取玉壶天地,何处有瀛洲?身外且休问,醉酌碧花瓯。

夜宿太湖东山题古雪居　(清)陶　澍

古翠标门妙墨留,门额"翠峰寺"三字董其昌所书。禅房深处径通幽。窗连树色云生案,涧泻涛声雨入楼。远有明湖窥一

角，乍来绝顶豁双眸。匆匆莫讶鸿无迹，两夜青山借枕头。

射阳湖二首古名射陂，在江苏省北部。 （清）潘德舆

独立数云鸿，萧萧入芦苇。孤艇破烟归，斜阳在沙尾。

岸远月低墙，沙明星在网。夜半渔人归，前溪闻暗桨。

5. 山

题破山寺后禅院破山寺在虞山北麓。初名大慈寺，后改兴福寺。相传因龙斗破山而去，故又名破山寺。其上有破龙涧。

（唐）常 建

清晨入古寺，初日照高林。曲径通幽处，禅房花木深。山光悦鸟性，潭影空人心。万籁此俱寂，但余钟磬音。

（宋）洪刍：丹阳殷璠撰《河岳英灵集》首列常建诗，爱其“山光悦鸟性，潭影空人心”之句，以为警策。欧公又爱建“竹径通幽处，禅房花木深”，欲效作数语，竟不能得，以为恨。予谓建此诗，全篇皆工，不独此两联而已。——《洪驹父诗话》

（元）方回：欧公喜此诗。三、四不必偶，乃自是一体。盖亦古诗、律诗之间。全篇自然。——《瀛奎律髓汇评》

（明）钟惺：无象有影，无影有光，是何物参之？〇谭元春云：妙极矣，注脚转语，一切难着，所谓见诗人身而为说法也。〇又云：情境幻思，千古不

磨。——《唐诗归》

(清)顾安:"曲径"、"禅房"二句深为欧阳公所慕,至屡拟不慊。吾意未若刘君之"时有落花至,远随流水香"为尤妙也。——《唐律消夏录》

(清)刘邦彦:吴敬夫云"自济北集粗豪之语以为初盛,而竟陵以空幻娇之,引人入魔"。如"山光悦鸟性,潭影空人心",吟咏之家奉为金科玉律矣,不知诗贵深细,不贵粗豪,贵真实,不贵空幻。若悟二家无有是处,即已得是处矣。——《唐诗归折衷》

(清)黄生:全篇直叙,对一、二,不对三、四,名换柱对。有右丞《香积寺》之摹写,而神情高古过之;有拾遗《奉先寺》之超悟,而意象浑融过之。"薄暮空潭曲,安禅制毒龙"、"欲觉闻晨钟,令人发深省",方之此结,工力有余,天然则远矣。——《唐诗摘钞》

(清)冯班:字字入神。——《瀛奎律髓汇评》

(清)冯舒:古律之分在声病,且不论平仄,何有于对与不对?虚谷全然不晓。——同上

(清)纪昀:通体皆律,何得云古诗、律诗之间?然前八句不对之律诗,皆谓之古诗矣。——同上

又云:兴象深微,笔笔超妙,此为神来之候。"自然"二字尚不足以尽之。——同上

(清)许印芳:此五律中拗体。"空"字平声。前半不用对偶,乃五律中散行格。又有通首不对者,孟襄阳、李青莲集中皆有之,李集尤多,五律格调之最高者也。虚谷不知五律原有此格,故凡八句不对之律诗皆不选取,学问之陋如此!——同上

宿灵岩寺寺在灵岩山山顶。是中国佛教净土宗著名道场之一。

(唐)戴叔伦

马疲盘道峻,投宿入招提。雨急山溪涨,云迷岭树低。凉风来殿角,赤日下天西。偃腹虚檐外,林空鸟恣啼。

春游茅山，酬杜评事见寄茅山在江苏句容、金坛两县之间。 (唐)权德舆

喜得赏心处，春山岂计程。连溪芳草合，半岭白云晴。绝涧饮冰碧，仙坛挹灏清。怀君在人境，不共此时情。

白云泉又名一线泉，为天平山名泉。陆羽品此泉为吴中第一。(唐)白居易

天平山上白云泉，天平山又名白云山，在吴县灵岩山北。白本无心水自闲。何必奔冲山下去，更添波浪向人间。

灵岩寺又名崇报寺。在灵岩山山顶。 (唐)赵嘏

馆娃宫伴千年寺，水阔云多客到稀。闻说春来更惆怅，百花深处一僧归。

游茅山《建康志》：茅山初名勾曲山，像其形也。茅君得道，更名茅山，在县东南四十五里，周回一百五十里。 (唐)杜荀鹤

步步入山门，仙家鸟径分。渔樵不到处，麋鹿自成群。石面迸出水，松头穿破云。道人星月下，相次礼茅君。汉代在此得道的茅家三兄弟，世号三茅君。

登大茅山顶　(北宋)王安石

一峰高出众山巅,疑隔尘沙道里千。俯视云烟来不极,仰攀萝茑去无前。人间已换嘉平帝,指秦始皇。地下谁通句曲天。句,读沟,平声。句曲,山名。在江苏省句容县东南,因汉代茅盈与其弟固、衷修道于此,故又名茅山。陈迹是非今草莽,纷纷流俗尚师仙。

(元)方回:建康句容县茅山,初名句曲山,象形也。汉时三茅君来居,曰茅盈、茅固、茅衷,俱得道。先是秦始皇三十一年,更名腊曰"嘉平",尝自会稽登此山。《史记》注引《太原真人茅盈内纪》,谓盈曾祖父蒙,于始皇三十一年于华山乘云驾龙,白日升天。其邑谣曰:"神仙得者茅初成,继世而往在我盈,帝若学之腊嘉平。"故始皇改是名。介甫此诗不信神仙之说,故有后四句。"人间已换嘉平帝",言始皇终于长往也。"地下谁通句曲天",谓此句曲山之穴名曰华阳洞天,谁能入乎?本是次韵其弟平甫三诗。平甫诗曰《王校理集》,李雁湖殆未见也。——《瀛奎律髓汇评》

(清)查慎行:李雁湖,注《荆公诗集》者。○始皇改腊名"嘉平",此诗称"嘉平帝",亦强对"句曲天"耳。——同上

(清)冯舒:不劳作史断。——同上

(清)纪昀:前半"登"字、"顶"字俱写得出,后半切茅山生情,方非浮响。二冯讥此诗为"史断",太刻。必不容着议论,则唐人犯此者多矣。○宋人以议论为诗,渐流粗犷,故冯氏有史论之讥,然古人亦不废议论,但不着色相耳。此诗纯以指点出之,尚不至于史论。——同上

(清)许印芳:此说最平允。——同上

(清)冯班:第二句"道里千"不成句。○唐人不作此结,然不害为儒者之言也,但"尚师仙"三字不浑成。——同上

(清)陆贻典:五、六似义山。——同上

(清)查慎行:半山诗无体不工,宋人学唐者断推第一手。○第三联典雅。——同上

(清)纪昀:其言有物,必如是乃非空腔。凡初学为诗,须先有把握,稍涉

论宗亦未妨，久而兴象深微、自能融化痕迹。若入手但流连光景，自诧王、孟清音，韦、柳嫡派，成一种滑调，则终身不可救药矣。——同上

（清）许印芳：此说盖为近代学渔洋"神韵"，流为空滑者痛下针砭，虽为一时流弊而发，实至当不易之论，学诗者宜书诸绅。——同上

登中茅山　（北宋）王安石

翛然杖屦读句，去声。鞋也。出尘嚣，鸡犬无声到泬寥。欲见五芝茎叶老，尚攀三鹤羽翰遥。容溪路转迷横彴，读酌，入声。独木桥也。仙几风来得堕樵。兴罢日斜归亦懒，更磨苍藓认前朝。

（元）方回："五芝"见《茅君传》，食四节隐芝者为真卿，如此五种金阙帝君，谓茅君尽食之矣。此道家妄诞，不足信。"三鹤"谓三茅君得道，各乘白鹤据一山头也。容溪在茅山，仙几亦山名，在句容县。此诗律精语妙。——《瀛奎律髓汇评》

（清）纪昀：但妥贴耳，以为精妙，未然。——同上

（清）查慎行：末句"苍藓"，"苍"字不如用"碑"字，盖"苍"字与诗意无关，而"碑"字于语气必不可无。否则岂遍磨山中苍藓即可认前朝耶？——同上

登小茅山　（北宋）王安石

扪萝路到半天穷，下视淮洲杳霭中。物外真游来几席，人间荣愿付苓通。白云生处龙池杳，明月归时鹤驭空。回首三君谁更似，子房家世有高风。

（元）方回：马矢为"通"，猪矢为"苓"。山以高而群仙易于接近，故云"物

外真游来几席”。身登绝境,视世之荣利如粪土,故云“人间荣愿付苓通”。此一韵自公作古,前此未有人用,三诗皆绝妙。——《瀛奎律髓汇评》

(清)冯舒:结得率扯。——同上

(清)冯班:落句又欲学仙,如首篇何? ——同上

(清)陆贻典:三诗全摹玉溪生。——同上

(清)纪昀:“苓通”字新而稳,然此是宋人字法。○末二句乃自寓退居金陵之意。——同上

缥缈峰在太湖内,是洞庭西山的主峰。　　(南宋)范成大

满载清闲一棹孤,长风相送入仙都。莫愁怀抱无消豁,缥缈峰头望太湖。

八声甘州·陪庾幕诸公游灵岩

(南宋)吴文英

渺空烟四远,是何年、青天坠长星!幻苍崖云树,名娃金屋,残霸宫城。箭径酸风射眼,腻水染花腥。时靸双鸳响,廊叶秋声。　　宫里吴王沉醉,倩五湖倦客,独钓醒醒。问沧波无语,华发奈山青。水涵空、栏干高处,送乱鸦、斜日落渔汀。连呼酒,上琴台去,秋与云平。

(宋)张炎:词中句法,要平妥精粹。一曲之中,安能句句高妙?只要拍搭衬副得去,于好发挥笔力处,极要用工,不可轻易放过,读之使人击节可也。如吴梦窗登灵岩云:“连呼酒,上琴台去,秋与云平。”闰重九云:“帘半卷,带黄花,人在小楼。”此平易中有句法。——《词源》

(清)陈廷焯:“箭径”六字承“残霸”句,“腻水”五字承“名娃”句。○又

云：此词气骨甚遒。——《词则·大雅集》

（近代）陈洵：换头三句，不过言山容水态，如吴王、范蠡之醉醒耳。"苍波"承"五湖"，"山青"承"宫里"，独醒无语，沉醉奈何，是此词最沉痛处，今更为推进之，盖惜夫差之受欺越王也。长颈之毒，蠡知而王不知，则王醉而蠡醒矣。女真之猾，甚于勾践，北狩之辱，奇于甬东；五国城之崩，酷于卑犹位；遗民之凭吊，异于鸱夷之逍遥。而游艮岳、幸樊楼者，乃荒于吴宫之沉湎。北宋已矣，南渡宴安，又将岌岌，五湖倦客，今复何人？一"倩"字有众人皆醉意。不知当时庾幕诸公，何以对此？——《海绡说词》

登天平天平山名，又名白云山，在吴县灵岩山北。

（元）倪瓒

天平烂漫游三日，林下狂吟石上眠。浩荡春风芳草绿，梅花雪满白云泉。

游虞山虞山原名乌目山，在常熟市（今属苏州）西北。相传西周时古公亶父之次子虞仲（即仲雍）治也，故名。

（元）倪瓒

陈蕃悬榻处，徐孺过门时。甘冽言游井，荒凉虞仲祠。看云聊弄翰，把酒更题诗。此日交欢意，依依去后思。

灵岩寺

（明）高启

闲上香台望下方，渔村樵坞尽苍苍。倾城人远苔生径，归寺僧稀叶满廊。云散池边留塔影，雨来阁外失湖光。废兴皆幻何须问，独自吟诗送夕阳。

茅　山　(明)李东阳

丹阁烟霄外，登临万象分。槎排曲阿树，窗观溧阳云。种木耕岩石，寻芝采玉文。遥因不死诀，来此扣茅君。

看梅过玄墓山中 相传东晋青州刺史郁泰玄葬此，故名。它与邓尉山本为一山，北称邓尉，南名玄墓，也统称邓尉山。

(明)王稚登

人似梅花瘦，舟如兰叶长。青山千亩白，流水一春香。种密人难入，开齐夜有光。苔枝容我折，野老不嗔狂。

登缥缈峰　(清)吴伟业

绝顶江湖放眼明，飘然如欲御风行。最高尚有鱼龙气，半岭全无鸟雀声。芳草青芜迷近远，夕阳金碧变阴晴。夫差霸业销沉尽，枫叶芦花钓艇横。

游洞山 在太湖内洞庭西山，因林屋洞而得名。原注：龙潭在其下。

(清)汪　琬

名山逢胜日，取次共登临。龙卧渟泓稳，人穿荦确

深。从生多异药，清哢或仙禽。犹愧尘心在，金庭未及寻。金庭山名，与天柱山相对峙，俗称金庭、玉柱。

暮春游虞山　（清）彭孙遹

春山百叠倚晴空，应接峰峦路不穷。僧舍半开红雨外，女墙长在翠微中。全吴地尽云依水，平楚天低草贴风。暂得登临当暇日，胜游知复几时同。

雨中元墓元墓即玄墓。探梅

（清）宋 荦

余为吾家山题“香雪海”三字。

探梅冒雨兴还生，石径铿然杖有声。云影花光乍吞吐，松涛岩溜互喧争。韵宜禅榻闲中领，幽爱园扉破处行。望去茫茫香雪海，吾家山畔好题名。作者于康熙三十五年(1696)题“香雪海“三字于石壁。

登莫釐峰和汉瞻莫釐峰在太湖内，是洞庭东山的主峰。

（清）查慎行

青天七十二芙蓉，个是莫釐第一峰。吴越有山多作案，东南无水不朝宗。荡空日气消飞蜃，拔地风声稳卧龙。曾记岳阳楼畔望，肯教云梦芥吾胸。

响屧廊

响屧廊遗址在灵岩山寻岩寺附近。相传越王进西施于吴王后，于灵岩寺附近建馆娃宫响屧廊等。　(清)蒋士铨

不重雄风重艳情，遗踪犹自慕倾城。怜伊几緉平生屐，踏碎山河是此声。

浣溪沙·从石楼、石壁，往来邓禹山中

邓禹山在吴县光福镇西南，因东汉太尉邓禹隐居于此而得名。

(清)郑文焯

一半梅黄杂雨晴，虚岚浮翠带湖指太湖。明，闲云高鸟共身轻。　山果打头休论价，野花盈手不知名。烟峦直是画中行。

减字木兰花·登灵岩最高顶眺月

(清)郑文焯

琴台夜悄，片石重惊香屧读叶，入声。香屧，女人的脚步，暗指西施。到。云意留山，学得西施旧黛鬟。　流光镜里，几度栏干能并倚？明日横塘，犹有词人载雪航。冒雪行舟。词人，作者自指。

五、扬　州

1. 扬　州

宿桐庐江寄广陵旧游汉广陵国，隋置扬州，又改曰江都郡。唐复置扬州，改为广陵郡，又改曰扬州。宋曰扬州广陵郡，后废。

（唐）孟浩然

山暝听猿愁，沧江急夜流。风鸣两岸叶，月照一孤舟。建德非吾土，维扬维扬即扬州。《书·禹贡》："淮海维扬州。"忆旧游。还将两行泪，遥寄海西头。隋炀帝《泛龙舟歌》：借问杨州在何处，淮南江北海西头。

（宋）刘辰翁："一孤"似病，天趣自得。大有洗炼，非率尔得者。——《王孟诗评》

（明）陆时雍：三、四意象逼削。——《唐诗镜》

（清）沈德潜：孟公诗高于起调，故清而不寒。——《唐诗别裁集》

湖南送敬十使君适广陵　　（唐）杜 甫

相见各头白，其如离别何？几年一会面，今日复悲歌！少壮乐难得，岁寒心匪他。气缠霜匣满，冰置玉壶多。遭乱实漂泊，济时曾琢磨。形容吾校老，胆力尔谁过。秋晚岳增翠,风高湖涌波。骞腾访知己,淮海莫蹉跎。李子德云:"分三段。上段叙别,中段称使君,下段送之广陵。划沙印坭之篇有蛛丝联贯之妙。一宕便佳,看古人亦复如是。"

夜看扬州市　(唐)王　建

夜市千灯照碧云,高楼红袖客纷纷。如今不似时平日,犹自笙歌彻晓闻。

(宋)洪迈:唐世盐铁转运使在扬州,尽斡利权,判官多至数十人,商贾如织,故谚称"扬一益二",谓天下之盛,扬为一而蜀次之也。杜牧之有"春风十里"、"珠帘"之句。张祜诗云:"十里长街市井连,月明桥上看神仙。人生只合扬州死,禅智山光好墓田。"王建诗云:"夜市千灯照碧云……"徐凝诗云:"天下三分明月夜,二分无赖是扬州。"其盛可知矣。自毕师铎、孙儒之乱,荡为丘墟,杨行密复葺之,稍成壮藩,又毁于显德。本朝承平百七十年,尚不能及唐之什一,今日真可酸鼻也。——《容斋随笔》

题木兰院二首

木兰院原名蒙因显矢禅院,后改名惠照寺、高公寺、安国寺。唐乾元中改木兰院。故址在扬州西门外,南宋中迁至城内浮山观之西。

(唐)王　播

二十年前此院游,木兰花发院新修。如今再到经行处,树老无花僧白头。

上堂指僧人上法堂用餐。已了各西东,惭愧阇黎梵语,指僧众。阇此读蛇,平声。饭后钟。二十年来尘扑面,如今始得碧纱笼。谓壁上诗句始用碧纱罩护。故事见王定保《唐摭言》。作者序云:播少孤贫,尝客

扬州惠照寺木兰院，随僧斋餐。僧厌怠，乃斋罢而后击钟。后二纪，播自重位出镇是邦。因访旧游，向之题名皆以碧纱幕其诗，播继以二绝句。

同乐天登栖灵寺塔亦名大明寺，在扬州西北，塔在蜀冈中峰上。

（唐）刘禹锡

步步相携不觉难，九层云外倚栏干。忽然笑语半天上，无限游人举眼看。

宿扬州　　（唐）李绅

江横渡阔烟波晚，潮过金陵落叶秋。嘹唳塞鸿经楚泽，浅深红树见扬州。夜桥灯火连星汉，水郭帆樯近斗牛。今日市朝风俗变，不须开口问迷楼。

扬州春词三首（录一首）　　（唐）姚合

广陵寒食天，无雾复无烟。暖日凝花柳，春风散管弦。园林多是宅，车马少于船。莫唤游人住，游人困未眠。

隋宫隋炀帝杨广从大业元年至十二年（605—616），曾三次由洛阳通济渠沿运河乘龙舟下江都，沿途建离宫四十多所，其中以扬州江都宫最为壮丽。怀古

（唐）张祜

废宫深苑路，炀帝此东行。往事余山色，流年是水

声。古墙丹雘尽,深栋黑煤生。惆怅从今客,经过未了情。

纵游淮南　(唐)张祜

十里长街市井连,月明桥上看神仙。人生只合扬州死,禅智山光好墓田。

(宋)晁公武:(张祜)尝作《淮南》诗,有"人生只合扬州死,禅智山光好墓田"之句。大中中,果终丹阳隐舍,人以为谶。——《郡斋读书志》

(宋)刘克庄:扬州在唐时最繁盛,故张祜云"人生只合扬州死"。蜀都在本朝最繁盛,故放翁云"不死扬州死剑南"。——《后村诗话》

(明)李晔:隋唐以后之扬州,秦汉以前之邯郸,皆大贾走集,笙歌粉黛繁丽之地。古语云"骑鹤上扬州",以骑鹤神仙事,而扬州又人间佳丽之地也。唐张祜诗曰"十里长街市井连……",其盛如此。——《恬致堂诗话》

忆扬州　(唐)徐凝

萧娘脸下难胜泪,桃叶眉头易得愁。天下三分明月夜,二分无赖是扬州。

(宋)洪迈:唐世盐铁转运使在扬州,尽斡利权,判官多至数十人,商贾如织,故谚称"扬一益二",谓天下之盛,扬为一而蜀次之也。杜牧有"春风十里珠帘"之句……徐凝诗云"天下三分明月夜,二分无赖是扬州"。其盛可知矣。——《容斋随笔》

(清)黄叔灿:极言扬州之淫侈,令人留恋,语自奇辟。——《唐诗笺注》

(清)王士禛:月明无赖,自是佳句,与扬州尤切。——《唐人万首绝句选评》

扬州三首 (唐)杜 牧

炀帝雷塘土，迷藏有旧楼。谁家唱水调，炀帝凿汴渠成，自造水调。明月满扬州。骏马宜闲出，千金好暗游。喧阗醉年少，半脱紫茸裘。

(清)张文荪：绝世风调。——《唐贤清雅集》

秋风放萤苑，春草斗鸡台。金络擎雕去，鸾环拾翠来。蜀船红锦重，越橐水沉堆。处处皆华表，淮王奈却回。

街垂千步柳，霞映两重城。天碧台阁丽，风凉歌管清。纤腰间长袖，玉佩杂繁缨。柂轴鲍照《芜城赋》："柂以槽渠，轴以昆冈。"诚为壮，豪华不可名！自是荒淫罪，何妨作帝京。

遣 怀 (唐)杜 牧

落魄江南载酒行，楚腰纤细掌中轻。十年一觉扬州梦，赢得青楼薄幸名。

(宋)胡仔：《遣怀》云"落魄江湖载酒行……"，余尝疑此诗必有谓焉。因阅《芝田录》："牛奇章帅维扬，牧之在幕中，多微服逸游。公闻之，以街子数辈潜随牧之，以防不虞。后牧之以拾遗召，临别，公以纵逸为戒。牧之始犹讳之，公命取一箧，皆是街子辈报贴，云杜书记平善。乃大感服。"方知杜牧

此诗,言当日逸游之事耳。——《苕溪渔隐丛话》

赠别二首　(唐)杜 牧

娉娉袅袅十三余,豆蔻梢头二月初。春风十里扬州路,卷上珠帘总不如。

(明)杨慎:(杜牧"豆蔻梢头")言其美而且少,未经事人,如豆蔻花之未开耳,此为风情言也。——《升庵诗话》

多情却似总无情,唯觉尊前笑不成。蜡烛有心还惜别,替人垂泪到天明。

(宋)张戒:杜牧之云"多情却似总无情……",意非不佳,然而词意浅露,略无余蕴。元、白、张籍,其病正在此,只知道得人心中事,而不知道尽则又浅露也。——《岁寒堂诗话》

(清)黄叔灿:曰"却似"、曰"唯觉",形容妙矣。下却借蜡烛托寄,曰"有心"、曰"替人",更妙。宋人评牧之诗:豪而艳,宕而丽,其绝句于晚唐中尤为出色。——《唐诗笺注》

寄扬州韩绰判官　(唐)杜 牧

青山隐隐水迢迢,秋尽江南草未凋。二十四桥明月夜,玉人何处教吹箫。

(明)高棅:刘云"韩之风致可想,书记薄幸自道耳"。——《唐诗品汇》

(明)杨慎:唐诗绝句,今本多误字……《寄扬州韩绰判官》云"秋尽江南草未凋”，俗本作“草木凋”。秋尽而草木凋，自是常事，不必说也；况江南地暖，草本不凋乎！此诗杜牧在淮南而寄扬州者，盖厌淮南之摇落，而羡江南之繁华。若作“草木凋”，则与“青山明月”、“玉人吹箫”不是一套事矣。余戏谓此二诗（另一指《江南春》）绝妙。“十里莺啼”，俗人添一撇坏了；“草未凋”，俗人减一画坏了。甚矣，士俗不可医也。——《升庵诗话》

（明）周敬等：胡次焱曰“对草木凋谢之秋，思月桥吹箫之夜，寂寞之恋喧哗，始不胜情”，“何处”二字最佳。○陆时雍曰：“杜牧七言绝句，婉转多情，韵亦不乏，自刘梦得以后一人。”○牧之诗有“十年一觉扬州梦”之句，素恋其景物奇美。此不过谓韩判官当此零落之候，教箫于月中，不知“二十四桥”之夜在于何处？含无限意绪耳。——《唐诗选脉会通评林》

（清）黄生：作“草未凋”，本句始有意；若作“木”字，读之索然矣……扬州本行乐之地，故以此（按指“玉人”句）讯韩，言外有羡之意。——《唐诗摘钞》

（清）黄叔灿：“十年一觉扬州梦”，牧之于扬州绻恋久矣。“二十四桥”二句，有神往之致，借韩以发之。——《唐诗笺注》

炀帝陵

在扬州西北雷塘，俗称皇墓墩。炀帝先葬于江都宫西院，唐高祖李渊平定江南后，复以帝礼改葬于今址。　（唐）罗　隐

入郭登桥出郭船，红楼日日柳年年。君王忍把平陈业，只换雷塘数亩田。

（清）李瑛：一“忍”字，隐隐将阿麽杀父之罪提出，笔挟风霜，却又深藏不露。——《诗法易简录》

（清）王士禛：一气浑成，格调亦琤琤皦皦。——《唐人万首绝句选评》

（近代）王国维：“君王忍把平陈业，换取雷塘数亩田”，政治家之言也；“长陵亦是闲秋陇，异日谁知与仲多”，诗人之言也。政治家之言，域于一人之事；诗人之眼，则通古今而观之。——《人间词话》

送卢绒归扬州　(唐)赵嘏

曾向雷塘寄掩扉，荀家灯火有余辉。关河日暮望空极，杨柳渡头人独归。隋苑荒台风袅袅，灞陵残雨梦依依。今年春色还相误，为我江边谢钓矶。送卢归扬州，特自叙昔亦侨居扬州，盛主人余光是借，迄今怀之。今卢归扬州，我不得附舟，是以极大惆怅也。○“今年还误”谓明年准归，不再误也。

过扬州　(五代)韦庄

当年人未识兵戈，处处青楼夜夜歌。花发洞中春日永，月明衣上好风多。淮王去后无鸡犬，炀帝归来葬绮罗。二十四桥空寂寂，绿杨摧折旧官河。

(清)胡以梅：按此诗是在高骈之后所作。首言高骈以前未识兵戈，青楼花月繁艳。三、四重在“无鸡犬”、“葬绮罗”，其淮王、炀帝皆借用当地之人比之高(骈)、杨(行密)也。淮南王丹成，鸡犬舐之皆升天，今乃杀之无存也。绮罗尤物，荒乱则无人爱惜而皆死，焉知不亦如羊豕被屠？想见荒凉可惨。——《唐诗贯珠》

(清)姚鼐：高骈、吕用之妄事神仙，故借称淮南，而实叹兵火之后，鸡犬皆尽。“归来”字用《招魂》，然“葬”字不稳贴，疑本是“丧”字。——《七言今体诗钞》

琼　花　(北宋)王　令

无双亭下枝，密密复稀稀。蚌碎珠骈出，须牵蝶合围。会须珍作宝，常恐散成飞。况是东风后，游人莫易归。

送杜介归扬州　　(北宋)苏 轼

再入都门万事空，闲看清洛漾东风。当年帷幄几人在，回首觚棱觚，读孤，平声。班孟坚《西都赋》："设璧门之凤阙，上觚棱而栖金爵。"注：觚棱，阙角也。一梦中。采药会须逢蓟子，《后汉书·蓟子训传》：有百岁翁自说为儿时见子训卖药于会稽市中，颜色不异今日。问禅何处识庞翁。《传灯录》："江湖淄白谓禅门庞居士即毗耶净之名。"归来邻里应迎笑，新长淮南旧桂丛。

望海潮·广陵怀古　　(北宋)秦 观

星分牛斗，牛斗二星为扬州的分野。疆连淮海，《书·禹贡》："淮海维扬州。"《传》："北据淮，南距海。"扬州万井提封。《汉书·刑法志》："一周百里，提封万井。"谓人烟稠密之意。花发路香，莺啼人起，珠帘十里东风。豪俊气如虹。曳照春金紫，杜甫《奉寄章十侍御》："淮海维扬一俊人，金章紫绶照青春。"飞盖相从。巷入垂杨，画桥南北翠烟中。

追思故国繁雄。有迷楼挂斗，月观横空。纹锦制帆，明珠溅雨，《隋遗录》："炀帝命宫女洒明珠于龙舟上，以拟雨雹之声。"宁论爵马鱼龙。鲍照《芜城赋》："吴蔡齐秦之声，鱼龙爵马之好。"爵通雀。往事逐孤鸿。但乱云流水，萦带离宫。最好挥毫万字，一饮拚千钟。

(宋)曾季狸：少游扬州词云"宁论爵马鱼龙"。"爵马鱼龙"出鲍照《芜城赋》(按鲍照语又出自《西京赋》)。——《艇斋诗话》

(明)杨慎：秦淮海《望海潮》"纹锦制帆，明珠溅雨，宁论爵马鱼龙"。按

《隋遗录》:炀帝命宫女洒明珠于龙舟上,以拟雨雹之声。词所谓"明珠溅雨也"。——《词品》

寺　沟

即古邗沟。在扬州西北蜀冈下。春秋时吴、齐争霸,吴王夫差于公元前486年,在古邗国开挖邗沟,东北通射阳湖,西至淮安北入淮,以运兵粮。

(北宋)秦 观

霜落邗沟积水清,寒星无数傍船明,菰蒲深处疑无地,忽有人家笑语声。

茱萸湾晚泊

茱萸湾在扬州市东北五公里俗称湾头。

(北宋)贺 铸

冷云抛雪未成花,过埭东风冻蓄沙。获浦渔归初下雁,枫桥市散只啼鸦。旧闻南国饶春事,行见东风换物华。老病心情亦何有,药囊诗卷是生涯。

送邓根移戍扬州

(北宋)周必大

闻道维扬地望雄,风流人物似江东。六龙前日临淮海,五马由来说醉翁。指欧阳修曾任扬州太守,五马为太守代称。璧月几桥留夜色,珠帘十里待春风。遥知九月平山会,指九月九日在扬州平山堂的文酒诗会。笑插茱萸满鬓红。

扬州慢 （南宋）姜夔

淳熙丙申至日，予过维扬。即扬州。夜雪初霁，荠麦弥望。荠菜与麦满眼都是。入其城，则四顾萧条，寒水自碧，暮色渐起，戍角悲吟。予怀怆然。感慨今昔，因自度此曲。千岩老人萧德藻因居湖州弁山千岩，故以为号。以为有黍离之悲也。

淮左名都，竹西佳处，扬州禅智寺侧有竹西亭，环境清幽，杜牧诗有："谁知竹西路，歌吹是扬州。"解鞍少驻初程。过春风十里，尽荠麦青青。自胡马窥江去后，废池乔木，犹厌言兵。渐黄昏，清角吹寒，都在空城。　　杜郎指唐代杜牧。俊赏、算而今、重到须惊。纵豆蔻词工，杜牧《赠别》诗："豆蔻梢头二月初。"青楼梦好，杜牧《遗怀》诗："十年一觉扬州梦，赢得青楼薄幸名。"难赋深情。二十四桥仍在，二十四桥又名红药桥。杜牧《寄扬州韩绰判官》诗："二十四桥明月夜，玉人何处教吹箫。"波心荡、冷月无声。念桥边红药，年年知为谁生！此词上片写景，实中有虚；下片抒情，虚中带实。情景交融，虚实映带，可谓杰作。

（清）许昂霄："淮左名都，竹西佳处"，扬州府城东北有竹西亭，故杜牧诗云"谁知竹西路，歌吹是扬州"。"纵豆蔻词工，青楼梦好，难赋深情"、"豆蔻梢头二月初"及"十年一觉扬州梦，赢得青楼薄幸名"，皆牧之句。——《词综偶评》

（清）先著、程洪："无奈苕溪月，又唤我扁舟东下"，是"唤"字着力；"二十四桥仍在，波心荡、冷月无声"，是"荡"字着力。所谓一字得力，通首光彩，非炼字不能然，炼亦未易到。——《词洁》

（清）李佳：词家有作，往往未能竟体无疵。每首中，要亦不乏警句，摘而出之，遂觉片羽可珍……姜白石云"波心荡、冷月无声"。又云"冷香飞上诗句"。——《左庵词话》

(清)张德瀛:词有与诗风意义相近者,自唐迄宋,前人巨制,多寓微旨。……姜白石"淮左名都",击鼓怨暴也……其他触物牵绪,抽思入冥,汉、魏、齐、梁,托体而成。揆诸乐章,喁于协声,信凄心而咽魄,固难得而遍名矣。——《词征》

(清)陈廷焯:"自胡马窥江去后,废池乔木,犹厌言兵。渐黄昏、清角吹寒,都在空城"数语,写兵燹后情景逼真。"犹厌言兵"四字,包括无限伤乱语。他人累千万言,亦无此韵味。——《白雨斋词话》

沁园春·维扬作　　(南宋)刘克庄

辽鹤重来,不见繁华,只见凋残。甚都无人诵,何郎诗句,《南史·何逊传》载沈约尝谓逊曰:"吾每读卿诗,一日三复犹不能已。"也无人报,书记平安。杜牧在维扬帅牛奇章幕,多微服逸游。为防不测,牛让街子暗随其后,并随时报告。报贴云:"杜书记平安。"闾里俱非,江山略是,纵有高楼莫倚栏。沉吟处,但萤飞草际,用隋炀帝事。雁起芦间。　　不辞露宿风餐。怕万里归来双鬓斑。算这边赢得,黑貂裘敝,那边输了,翡翠衾寒。檄草流传,吟笺倚阁,开到琼花亦懒看。君记取,向中州差乐,塞地无欢。塞地,指扬州。据宋与金国和议,约以淮水中流为疆界。故曰塞地。

扬　州　　(元)吴师道

画鼓清箫估客估客,即商人。船,朱竿翠幔酒家楼。城西高尾如鳞起,依旧淮南第一州。

木兰院即惠照寺，唐乾元中改为木兰院。　(元)成廷珪

三月西城风日好，短筇随意踏晴沙。王孙不识靡芜草，童子来寻枸杞芽。白发有人中卯酒，早餐饮的酒称卯酒。清泉无火煮春茶。山扉寂寂僧归晚，落尽辛夷一树花。

维扬怀古　(明)曾棨

广陵城里昔繁华，炀帝行宫接紫霞。玉树歌残犹有曲，锦帆归去已无家。楼台处处迷芳草，风雨年年怨落花。最是多情汴堤柳，春来依旧带栖鸦。

广　陵　(清)谈迁

南朝旧事一芜城，故国飘零百感生。柳影天涯随去辇，杨花江上变浮萍。远山依旧横新黛，断岸还看散冷萤。今日广陵思往事，十年前亦号承平。

扬州四首(录一首)　(清)吴伟业

叠鼓鸣笳发棹讴，榜人高唱广陵秋。官河杨柳谁新种，御苑莺花岂旧游。十载西风空白骨，廿桥明月自朱楼。南朝枉作迎銮镇，难博雷塘土一丘。按：迎銮镇本汉江都县地。唐析置扬子县地为白沙镇，五代吴杨溥据有淮南地，溥兵白沙阅舟师，徐温自金陵来见，因改其名为迎銮镇。因其人其事已泯灭无闻，故云："南朝枉作迎銮镇。"

琼花台　　（清）毛奇龄

何年创此琼花台，不见琼花此观开。千载名花应有尽，寻花还上旧花台。飞鸿晓断邗关度，叠浪秋翻瓜步来。四顾凭栏一惆怅，萧萧黄叶下苍苔。

咏扬州二首　　（清）汪琬

水调歌残翠黛消，几枝烟柳曳寒潮。隋家无限伤心事，第一休过廿四桥。

艳骨香魂怨月明，荒村剩有玉钩名。春风吹遍青青草，直到雷塘不断生。杨际昌《国朝诗话》云：咏扬州诗多新焦可爱，汪钝翁绝句，笔妙尤过人。

隋　宫　　（清）陈恭尹

谷洛通淮“谷洛通淮”出《隋书·炀帝纪》。谷水、洛水皆在河南省境。日夜流，渚荷宫树不胜秋。十年士女河边骨，一笑君王镜里头。炀帝一天照镜子对萧妃说：“好头颅谁当斫之。”月下虹霓生水殿，天中弦管在迷楼。繁华往事邗沟邗沟，运河名。自扬州达淮安。外，风起杨花无那愁。

冶春绝句（录二首） （清）王士禛

三月韶光画不成，寻春步屧可怜生。青芜不见隋宫殿，一种垂杨万古情。

当年铁炮压城开，折戟沉沙长野苔。梅花岭畔青青草，闲送游人骑马回。清兵大举南下时，史可法率三千将士固守扬州，后以炮火破城，史可法英勇殉难，没有留下尸骨。人们将其衣冠葬在广储门外梅花岭畔。此事距作者作此诗仅二十年。首尾两句形成鲜明对照。诗人巧用了一个“送”字，将诗写活了。

拜　墓指史可法祠墓，在扬州广储门外梅花岭下。

（清）王士禛

梅花岭外夕阳时，步屧重来有所思。异代衣冠余蔓草，千秋伏腊只荒祠。芜城落日人烟杳，瓜步清秋戍角悲。萧瑟西风松柏树，春来犹发向南枝。

浣溪沙·红桥红桥在扬州城西北二里。同箨庵、袁于令号箨庵。茶村、杜濬号茶村。伯玑、陈允衡字伯玑。其年、陈维崧字其年。秋崖朱克生号秋崖。赋 （清）王士禛

北郭清溪一带流。红桥风物眼中秋。眼中秋，不仅涵盖“丽人”的比喻，且气韵更加生动，令人从美人的秋波顾盼中对红桥之美，产生丰富的联想。绿杨城郭是扬州。　　西望雷塘雷塘在江都县北，汉曰雷陂。唐改葬

隋炀帝于此。后废为民田。何处是？香魂零落使人愁，淡烟芳草旧迷楼。

扬州杂咏　（清）蒋衡

江南老拙旧风流，十载蕃厘一砚秋。石室他年传御榻，游人争上写经楼。作者尝写十三经于扬州蕃厘观。

元日登文峰寺塔同幼孚、蔚洲作文峰塔在扬州城南运河东岸文峰寺内。　（清）汪士慎

梵音齐唱众僧忙，引客梯空眺四方。霁日飞明江上雪，北风犹着树头霜。到来野服消尘壒，壒读艾，去声。尘埃。归去吟囊带妙香。共喜清斋过元日，祇园应结古欢场。

梅花岭吊史阁部　（清）蒋士铨

号令难安四镇强，四镇谓：黄得功、刘良佐、刘泽清、高杰四人。甘同马革自沉湘。有多种说法，其一云：兵败投水自尽。生无君相君相指弘光帝和奸臣马士英、阮大铖等。兴南国，南明。死有衣冠殉难后仅以衣冠葬梅花岭。葬北邙。碧血碧血用长弘事。见《庄子》。自封心更赤，梅花人拜土俱香。九原若遇左忠毅，左忠毅为史可法老师左光斗。史可法早年得老师赏识，谓："他日复能继吾志。"相向留都哭战场。

扬州城楼 （清）陈沆

涛声寒泊一城孤，万瓦霜中听雁呼。曾是绿杨千树好，王士禛《浣溪沙》云："绿杨城郭是扬州。"只今明月一分无。反用徐凝《忆扬州》："天下三分明月夜，二分无赖是扬州。"可如今连一分也没有了。三、四两句一扬一抑。穷商日夜荒歌舞，乐岁东南困转输。风俗奢靡，民生凋敝。道谊既轻功利重，临风还忆董江都。董仲舒为江都王相，其《对贤良策》云："夫仁人者，正其谊，不谋其利；明其道，不计其功。"结句批评清统治者重功利而轻道谊，只顾横征暴敛、剥削掠夺，而不讲仁义道德，扶持民生。全诗用事，都与扬州有关。

广陵吊史阁部 （清）黄燮清

沿江烽火怒涛惊，半壁青天一柱撑。群小已隳南渡局，孤臣尚抗北来兵。宫中玉树征歌舞，阵上靴刀决死生。留得岁寒真气在，梅花如雪照芜城。

过扬州 （清）龚自珍

春灯如雪浸兰舟，不载江南半点愁。谁信寻春此狂客，一茶一偈到扬州。

再游扬州感赋 （清）康有为

崇墉仡仡是扬州，千载繁华梦不收。芳草远侵隋苑道,芜城空认蜀冈头。名园销尽负明月,文物凋零思选楼。四十年来旧游处,邗沟漫漫水南流。

2. 平山堂

宋仁宗庆历八年(1048)欧阳修出守扬州时,在蜀冈上建成平山堂,并在堂前手植杨柳。

朝中措·送刘仲原甫出守维扬

刘敞,字原甫,《宋史》有传。嘉祐元年(1056)出知扬州。　　(北宋)欧阳修

平山阑槛倚晴空,山色有无中。手种堂前垂柳,别来几度春风。　　文章太守,指刘敞。挥毫万字,一饮千钟。行乐直须年少,樽前看取衰翁。作者自指。

(宋)叶梦得:欧阳文忠公在扬州作平山堂,壮丽为淮南第一,上据蜀冈,下临江南数百里,真、润、金陵三州,隐隐若可见。公每暑时,辄凌晨携客往游,遣人走邵伯,取荷花千余朵,插百许盆,与客相间。遇酒行,即遣妓取一花传客,以次摘其叶尽处以饮酒,往往侵夜,戴月而归。余绍兴初始登第,尝以六七月之间馆于此堂。是岁大暑,环堂左右老木参天,后有竹千余竿,大如椽,不复见日色。寺有一僧,年八十余,及见公,犹能道公时事甚详。——《避暑录话》

(宋)胡仔:送刘贡父守维扬作长短句云:"平山栏槛倚晴空,山色有无中。"平山堂望江左诸山甚近,或以为永叔短视,故云"山色有无中"。东坡笑之,因赋《快哉亭》道其事云:"长记平山堂上,攲枕江南烟雨,杳杳没孤鸿,认取醉翁语,山色有无中。"盖山色有无中,非烟雨不能然也。——《苕溪渔隐丛话》

(宋)张邦基:扬州蜀冈上大明寺平山堂前,欧阳文忠公手植柳一株,谓之"欧公柳",公词所谓"手种堂前杨柳,别来几度春风"者。薛嗣昌作守,相对亦种一株,自榜曰"薛公柳",人莫不嗤之。嗣昌既去,为人伐之。不度德有如此者!——《墨庄漫录》

(宋)陆游:"水流天地外,山色有无中",王维诗也。权德舆《晚渡扬子

江》诗云“远岫有无中，片帆烟水上”，已是用维语。欧阳公长短句云“平山阑槛倚晴空，山色有无中”，诗人至是，盖三用矣。然公但以此句施于平山堂为宜，初不自谓工也。东坡先生乃云“记取醉翁语，山色有无中”，则似谓欧阳公创为此句，何哉？——《老学庵笔记》

(明)卓人月：然永叔起句是“平山栏槛倚晴空”，安得烟雨？恐苏终不能为欧解矣。——《古今词统》

(清)刘熙载：词有尚风，有尚骨。欧公《朝中措》云“手种堂前杨柳，别来几度春风”，东坡《雨中花慢》云“高会聊追短景，清商不假余妍”，孰风孰骨可辨。——《艺概》

(清)沈祥龙：用成语，贵浑成，脱化如出诸己。……欧阳永叔“平山栏槛倚晴空，山色有无中”，用王摩诘句，均妙。——《论词随笔》

登平山堂寄永叔内翰　(北宋)刘敞

芜城此地远人寰，尽借江南万叠山。江气朝横飞鸟外，岚光平堕酒杯间。主人寄赏来何暮，游客消忧醉不还。无限秋风桂枝老，淮南仙去可能攀。《神仙传》载，西汉淮南王刘安服药求仙，白日飞升。

平山堂　(北宋)王安石

城北横冈走翠虬，一堂高视两三州。淮岑日对朱栏出，江岫读袖，去声。峰峦也。云齐碧瓦浮。墟落耕桑公恺悌，杯觞谈笑客风流。不知岘首登临处，壮观当时有此不。三、四切“平山”二字。

(元)方回：庆历八年二月，欧阳公以起居舍人知制诰守扬州，作是堂于蜀冈之大明寺，江南诸山拱列檐下，故名平山堂。“淮岑”、“江岫”皆言山也。

“日出对朱栏,云浮齐碧瓦”,则所谓平山而堂字又在其中也,其精如此。他人泥于题则巧而反拙,半山敛高才于小篇,包藏万象至矣。五、六亦闲雅,末句不谀而善颂。——《瀛奎律髓汇评》

(清)冯舒:结句末为陡峰。——同上

(清)陆贻典:五、六刻画无痕。——同上

(清)查慎行:三、四联一南一北。——同上

(清)纪昀:气象自好。○末句辞意微嫌太尽,出手亦微滑,是白璧之瑕。——同上

(清)许印芳:五句“岂悌”字腐气,以对句潇洒不觉耳。——同上

(清)无名氏(乙):变化恰合情事,后半似六一蹊径。——同上

西江月·平山堂　(北宋)苏轼

三过平山堂下,半生弹指声中。十年不见老仙翁,指已去世的恩师欧阳修。壁上龙蛇飞动。指欧阳修在壁上留下的墨迹。

欲吊文章太守,比指欧阳修。仍歌杨柳春风。欧词有“手种堂前杨柳,别来几度春风”句。休言万事转头空,未转头时皆梦。转头意喻死亡。

(宋)僧洪觉范:东坡登平山堂,怀醉翁,作此词。张嘉甫谓予曰“时红桩成轮,名士堵立,看其落笔、置墨,目送千里,殆欲仙去尔”。余衰退,得观此于佑上座处,便觉烟雨孤鸿在目中矣。——《跋东坡平山堂词》

(明)顾从敬:欧阳文忠公守维扬日,于城西北大明寺侧建平山堂,颇得游观之胜。金华刘原父出守维扬,文忠公作《朝中措》以饯之。后东坡亦守是邦,登平山堂有感而赋《西江月》一阕云(词略)。末句感慨之意,见于言外。——《类选笺释草堂诗余》

(清)王奕清:《清夜录》云:“东莱先生谓《后赤壁赋》结尾用韩文公《石鼎联句》叙弥明意。俞文豹谓不然,盖弥明真异人,文公纪其实也,与此不同。东坡先生贯通内典,尝赋《西江月》词云:‘休言万事转头空,未转头时皆梦。’赤壁之游,乐则乐矣,转眼之间,其乐安在?以是观之,则我与二客,崔与道

士，皆一梦也。”——《御选历代诗余》

（清）张德瀛：欧阳文忠公在维扬时建平山堂，叶少蕴谓其壮丽为淮南第一。文忠于堂前植柳一株，因谓之“欧公柳”。故公词有“手种堂前杨柳”之句。苏文忠词云“欲吊文章太守，仍歌杨柳春风”，张方叔词云“平山老柳，寄多少胜游，春愁诗瘦”，盖指此也。——《词征》

次子由平山堂韵　（北宋）秦观

栋宇高开古寺间，尽收佳处入雕栏。山浮海上青螺远，天转江南碧玉宽。雨槛幽花滋浅泪，风卮清酒涨微澜。游人若论东南美，须作淮东第一观。

招缙云守关彦远、教授曾彦和集平山堂，次关韵　（北宋）晁补之

蜀冈势与蜀山通，龙虎盘拏上紫空。小语还忧惊太一，高堂原自在天中。少师杨柳无遗迹，承旨歌谣有旧风。少师指欧阳修官至太子少师；承旨指刘敞，官至翰林学士承旨。斜日芜城自兴感，忘怀犹喜故人同。

水调歌头・平山堂用东坡韵用的是苏轼《水调歌头・黄州快哉亭(内忆及平山堂)》韵。　（南宋）方岳

秋雨一何碧，山色倚晴空。江南江北愁思，思读去声。分付酒螺红。芦叶蓬舟千里，菰菜莼羹一梦，用张翰辞官还乡事，见《晋书・张翰传》。无语寄归鸿。醉眼渺河洛，遗恨夕阳中。

蘋洲外，山欲瞑，敛眉峰。人间俯仰陈迹，叹息两仙翁。指欧阳修与苏轼。不见当时杨柳，庆历八年(1048)欧阳修出守扬州，建成平山堂，并于堂前手植杨柳。只是从前烟雨，磨灭几英雄？天地一孤啸，匹马又西风。

平山堂　　(明)文徵明

平山堂上草芊绵，学士风流五百年。往事难追嘉祐迹，闲情聊试大明泉。隔江秀色千峰雨，落日平林万井烟。最是登临易生感，归心遥落片帆前。

平山堂　　(清)金　农

廿四桥边廿四风，凭桥犹忆旧江东。夕阳返照桃花渡，柳絮飞来片片红。廿四风谓二十四番风信。《荆楚岁时记》载："始梅花，终楝花，共二十四番风信。"

游平山堂　　(清)孔尚任

庆历遗堂见旧颜，晴空栏槛俯邗关。密疏堤上千丝柳，深浅江南一带山。文酒犹传居士意，烟花总待使君闲。行吟记取松林路，每度春风放艇还。

将往平山堂风雪不果二首　　(清)吴敬梓

平山堂畔白云平，文藻偏能系客情。不似迷楼罗绮尽，只今惟有暮鸦声。

空怀迁客擅才华，不见雕栏共绛纱。却忆故山风雪里，摧残手植老梅花。

3. 禅智寺 即上方寺，一名竹西寺。

题扬州禅智寺 （唐）杜 牧

雨过一蝉噪，飘萧松桂秋。青苔满阶砌，白鸟故迟留。暮霭生深树，斜阳下小楼。谁知竹西路，《舆地纪胜》："扬州竹西亭在北门外五里。"歌吹是扬州。

（清）余成教：杜司勋诗"谁家唱水调，明月满扬州"、"谁知竹西路，歌吹是扬州"、"扬州尘土试回首，不惜千金借与君"、"二十四桥明月夜，玉人何处教吹箫"、"春风十里扬州路，卷上珠帘总不如"、"十年一觉扬州梦，赢得青楼薄幸名"，何其善言扬州也。——《石园诗话》

春日独游禅智寺 （唐）罗 隐

树远连天水接空，春日。几年行乐旧隋宫。禅智寺。《苕溪渔隐丛话》："扬州禅智寺，隋之故宫也。"花开花谢长如此，人去人来自不同。楚风调高何处酒，吴牛蹄健满车风。思量只合腾腾醉，煮海平陈尽梦中。楚风谓贤才隐逸，吴牛谓屠沽得志也。

（元）方回：感慨甚深。——《瀛奎律髓汇评》

（清）何焯：起句即破尽"独"字。惟存水树，则广陵非复行乐之旧矣。前

代荒宫，往时雄镇，都付诸梦想。五、六则欲罢举而归耕也。——同上

（清）纪昀：明谏风骨自别，三、四未免落套。○“平陈”关照“隋宫”，“煮海”乃刘濞之事，未免添出无根。——同上

（清）无名氏（甲）：汉吴王都扬州，煮海为盐。隋炀帝平陈亦在此。——同上

归宜兴，留题竹西寺三首　（北宋）苏轼

十年归梦寄西风，此去真为田舍翁。王文诰注曰：“西风言欲归西川也。田舍翁言有田在常州也。”剩觅蜀冈新井水，要携乡味过江东。王注：“竹西寺山上有井，其水味如蜀江，号曰蜀冈。故先生谓之为乡味。过江东，则江之东言常州也。”○纪昀曰：“点缀有致。”

道人劝饮鸡苏水，《本草》有水苏、紫苏、假苏，三种各异。水苏一名鸡苏。童子能煎莺粟汤。《本草》：“莺粟一名罂子粟，一名米囊子，……其实中有米状可煮粥。”暂借藤床与瓦枕，莫教辜负竹风凉。

此生已觉都无事，今岁仍逢大有年。《穀梁传》：“五谷大熟为大有年。”山寺归来闻好语，野花啼鸟亦欣然。

4. 瓜洲　扬子江

泊扬子津　（唐）祖咏

才入维扬郡，乡关此路遥。林藏初过雨，风退欲归潮。江火明沙岸，云帆碍浦桥。客衣今日薄，寒气近来饶。

(明)周珽:风生潮涨,潮落风微,势原递相鼓动,用"欲归"二字,多少神思。——《唐诗选脉会通评林》

(清)黄生:尾联见意格。〇此路去乡关已远,然犹才入维扬郡,则前途尚莫知纪极。回顾乡关,真是日望日远,无限悲酸俱在言外。〇结叹客衣之薄,所谓冷暖自知也,寓思乡之意更浑。——《唐诗矩》

(清)屈复:"才入"者,甫离乡关而来此也。三妙在"藏"字,四妙在"欲"字;雨惟"初过林"乃能藏,潮非"欲归风"不能退。五江夜远景,六津夜近景;"碍"字妙,若无浦桥,则云帆远去而不泊矣。七结一、二,八结中四。——《唐诗成法》

(清)谭宗:"明"、"碍"两皆炼字。"明"字人人解得,亦人人道得;"碍"字人人解得,却人人道不得(江火二句下)。——《近体秋阳》

罢郡姑苏北归渡扬子津　(唐)刘禹锡

几度悲南国,今朝赋北征。归心渡江勇,病体得秋轻。海阔石门小,城高粉堞明。金山旧游处,过岸听钟声。

(元)方回:俗谚云"于仕宦谓贺下不贺上。凡初至官者乃任事之始,未知其终也,故不贺。解官而去,则所谓善终者也,故贺"。梦得于此诗句句佳,三、四尤紧。——《瀛奎律髓汇评》

(清)纪昀:此段与诗无涉。——同上

(清)查慎行:次联着力在句末二字。——同上

(清)纪昀:结句在有情无情之间,极有分寸。——同上

早渡扬子江　(唐)李绅

日冲海浪翻银屋,江转秋波走雪山。青嶂迴开蹲虎

戍,碧流潜伏跃龙关。地分吴楚星辰内,水迫沧溟宇宙间。焚却戍船无战伐,使知风教被乌蛮。乌蛮指南方少数民族。

宿瓜洲瓜洲又称瓜埠州,在今邗江县南部,大运河入长江处,其状如瓜,故名。　(唐)李绅

烟昏水郭津亭晚,回望金陵若动摇。冲浦回风翻宿浪,照沙低月敛残潮。柳经寒露看萧索,人改衰容自寂寥。官冷旧谙唯旅馆,岁阴轻薄是凉飙。

瓜洲闻晓角　(唐)张祜

寒耿稀星照碧霄,月楼吹角夜江遥。五更人起烟霜静,一曲残星遍落潮。

淮上与友人别　(唐)郑谷

扬子江头杨柳春,杨花愁杀渡江人。数声风笛离亭晚,君向潇湘我向秦。

(明)王鏊:"君向潇湘我向秦",不言怅别,而怅别之意溢于言外。——《震泽长语》

(明)谢榛:凡起句当如爆竹,骤响易彻;结句当如撞钟,清音有余。郑谷《淮上别友》诗"君向潇湘我向秦",此结如爆竹而无余音,予易为起句,足成一绝曰:"君向潇湘我向秦,杨花愁杀渡江人。数声长笛离亭晚,落日空江不见春。"——《四溟诗话》

（明）唐汝询：尔我皆客，偶集离亭，笛罢各向天涯，离愁已在言外，不必更相妆点。谢茂榛以落句太直，颠倒其文，反成套语。——《唐诗选脉会通评林》

（清）陆次云：结句最佳。后人谓宜移作首句，强作解事，可嗤，可鄙！——《五朝诗善鸣集》

（清）贺贻孙：诗有极寻常语，以作发局无味，倒用作结方妙者。如郑谷《淮上别故人》诗……盖题中正意，只“君向潇湘我向秦”七字而已，若开头便说，则浅直无味，此却倒用作结，悠然情深，令读者低回流连，觉尚有数十句在后未竟者。唐人倒句之妙，往往如此。——《诗筏》

（清）黄生：后二句真若听离亭笛声，凄其欲绝。——《唐诗摘钞》

（清）沈德潜：落句不言离情，却从言外领取，与韦左司《闻雁》诗同一法也。谢茂榛尝不得其旨，而欲颠倒其文，安问悠悠流俗！——《唐诗别裁集》

又云：（七言绝句）李沧溟推王昌龄“秦时明月”为压卷，王凤洲推王翰“葡萄美酒”为压卷。本朝王阮亭则云：“必求压卷，王维之‘渭城’、李白之‘白帝’、王昌龄之‘奉帚平明’、王之涣之‘黄河远上’其庶几乎？而终唐之世，亦无出四章之右者矣。”沧溟、凤洲主气，阮亭主神，各自有见，愚谓……郑谷之“扬子江头”，气象稍殊、亦堪接武。——《说诗晬语》

（清）黄叔灿：不用雕镂，自然意厚，此盛唐风格也。酷似龙标、右丞笔墨。——《唐诗笺注》

（清）郭兆麟：首二语情景一时俱到，所谓妙于发端；“渡江人”三字，已含下“君”字、“我”字。在三句用“风笛离亭”点缀，乃拖接法。末句“君”字、“我”字互见，实指出“渡江人”来，且“潇湘”字、“秦”字回映“扬子江”，见一分手便有天涯之感。——《梅崖诗话》

泊船瓜洲　（北宋）王安石

京口瓜洲一水间，钟山只隔数重山。春风又绿江南岸，明月何时照我还。

过扬子江　（南宋）杨万里

只有清霜冻太空，更无半点荻花风。天开云雾东南碧，日射波涛上下红。千古英雄鸿去外，六朝形胜雪晴中。携瓶自汲江心水，要试煎茶第一功。

（元）方回：杨诚斋诗一官一集，每一集必一变，此《朝天续集》诗也。其子长孺举似于范石湖、尤梁溪，二公以为诚斋诗又变，而诚斋谓不自知。诗不变不进。此本二诗，今选其一。中两联俱爽快，且诗格尤高。——《瀛奎律髓汇评》

（清）冯舒：末句，宋绾。——同上

（清）冯班：宋气厌人。石湖、诚斋诗只是气味不好。○首联，村夫子。○末句，恶气味。——同上

（清）陆贻典：诚斋集中之最平正者。——同上

（清）纪昀：五、六极雄阔，自是高唱，结乃谓人代不留，江山空在，悟纷纷扰扰之无益，且汲水煮茶，领略现在耳。用意颇深，但出手稍率，乍看似不接续。"功"字亦押得勉强些，故为冯氏所讥。——同上

（清）无名氏（甲）：结含感慨意，言英雄虽往，形胜依然，奈何只自汲水煮茶，而功业不彰乎。——同上

（清）无名氏（乙）：五、六清利，若前联则熟矣。——同上

瓜洲晚渡　（南宋）方岳

天地中间一叶舟，与鸥等是此生浮。江淮千里水天碧，南北六朝烟树愁。浪挟禹功吞巨海，寺骑娲石碍江流。渔蓑不涉兴亡事，自醉自醒今白头。

六、常　州

常州，古兰陵之地。吴延陵季子之采邑，汉为毗陵县，三国吴改武进，晋太康二年为毗陵郡，后改为晋陵。

癸卯岁毗陵登高会中贻同志　（唐）章 碣

流落常嗟胜会稀，故人相遇菊花时。凤笙龙笛数巡酒，红树碧山无限诗。尘土十分归举子，乾坤大半属偷儿。长杨羽猎须留本，开济重为阙下期。

常州太平寺法华院薝卜亭醉题　（北宋）苏 轼

六花薝卜林间物，九节菖蒲石上仙。《古诗》：石上生菖蒲，一寸八九节。仙人劝我餐，令我好颜色。何似东坡铁拄杖，一时惊散野狐禅。佛家以外道异端为野狐禅，以其欺世惑人也。

踏莎行·阳羡歌

汉置阳羡县，隋改宜兴。元升宜兴府兼置县，又改为宜兴州。明复曰宜兴县。清属江苏常州府。产紫泥器甚有名。

（北宋）贺 铸

山秀芙蓉，溪明罨画。境内有芙蓉山罨画溪。真游洞穴真游即仙游。相传张天师曾驻迹修行，有张公洞。沧波下。临风慨想斩蛟灵，西晋周处,阳羡人。长桥千载犹横跨。　　解组投簪,谓弃官。求田问舍。黄鸡白酒渔樵社。元龙非复少时豪,耳根清净功名话。陈登字元龙,事见《三国志·陈登传》。

(宋)严有翼:文人用故事,有直用其事者,有反用其事者……直用其事,人皆能之;反其意而用之者,非学业高人,超越寻常拘挛之见,不规规然蹈袭前人陈迹者,何以臻此。——《艺苑雌黄》

(近代)夏敬观:东坡求田阳羡,人皆知之,方回与同调,见于此词。——《手批东山词》

荆溪道中

荆溪在江苏省南部。上游胥溪河,源出高淳县东北,汇集大茅山以东和苏、浙、皖边境界岭北坡诸水,经常州市溧阳县东流,至宜兴县大浦注入太湖。　　(明)文徵明

扁舟十里下荆溪,落日苍凉草树低。绝壁凝晖知积翠,晚风吹水欲流澌。行逢曲渚常疑断,遥听荒鸡近却迷。一片沙鸥明似雪,背人飞过野塘西。

荆溪道中　　(清)厉鹗

如画云岚西复西,梁溪几折入荆溪。舟师失道隔烟问,山鸟畏人穿竹啼。

蝶恋花·舣舟亭送春　　(清)赵怀玉

听倦西窗连夜雨。晓梦如云,零落浑无主。小鸟声

声啼不住，绿荫池馆深如许。　　已是春情无着处。凝望园亭，更遣新愁补。独自凭栏谁共语，斜阳流水东西去。

七、徐州（彭城）

奉和王相公早春登徐州城　（唐）皇甫冉

落日凭危堞，春风似故乡。川流通楚塞，山色绕徐方。壁垒依寒草，旌旗动夕阳。元戎资上策，南亩起耕桑。

燕子楼诗三首原址在徐州旧城西北张愔宅内。

（唐）张仲素

楼上残灯伴晓霜，独眠人起合欢床。相思一夜情多少，地角天涯不是长。

北邙松柏锁愁烟，燕子楼中思悄然。自埋剑履歌尘散，红袖香消已十年。

适看鸿雁岳阳回，又睹玄禽逼社来。瑶瑟玉箫无意绪,任从蛛网任从灰。

燕子楼三首并序　　(唐)白居易

徐州故张尚书有爱妓曰盼盼,善歌舞,雅多风态。予为校书郎时,游徐、泗间。张尚书宴予,酒酣,出盼盼以佐欢,欢甚。予因赠诗云:"醉娇胜不得,风袅牡丹花。"一欢而去,尔后绝不相闻,迨兹仅一纪矣。昨日,司勋员外郎张仲素缋之访予,因吟新诗,有《燕子楼》三首,词甚婉丽。诘其由,为盼盼作也。缋之从事武宁军累年,颇知盼盼始末,云:"尚书既殁,归葬东洛。而彭城有张氏旧第,第中有小楼名燕子。盼盼念旧爱而不嫁,居是楼十余年,幽独块然,于今尚在。"予爱缋之新咏,感彭城旧游,因同其题,作三绝句。

满窗明月满帘霜,被冷灯残拂卧床。燕子楼中霜月夜,秋来只为一人长。

钿晕罗衫色似烟,几回欲着即潸然。自从不舞霓裳曲,叠在空箱十一年。

今春有客洛阳回,曾到尚书墓上来。见说白杨堪作柱,争教红粉不成灰。据《全唐诗》记载云:"关盼盼徐州伎也,张建封纳之。"张殁,独居彭城燕子楼十余年。白居易赠诗讽其死。盼盼得诗泣曰:妾非不能死,恐我公有从死之妾,玷清范耳。乃和白诗,旬日不食而卒。○关盼盼《和白公诗》云:"自守空楼敛恨眉,形同春后牡丹枝。舍人不会人深意,讶道泉台不去随。"

歌风台台在徐州泗水旁，高祖庙内。 （唐）林 宽

蒿棘空存百尺基，酒酣曾唱大风词。莫言马上得天下，自古英雄尽解诗。

送赵谏议知徐州赵谏议名赵及，字希之。幽州良乡人。 （北宋）梅尧臣

鹿车几两马几匹，韩愈《送杨少尹序》曰："不知杨侯去时，城门外送者几人，车几两，马几匹？"轸建朱幡骑彀弓。雨过短亭云断续，莺啼高柳路西东。吕梁水注千寻险，吕梁在徐州彭城县东南五十七里。《庄子》曰："吕梁悬水三十仞，鱼鳖所不能过。"大泽大泽用高祖事。其地在徐州丰县北六里。龙归万古空。莫问前朝张仆射，毬场细草绿蒙蒙。韩愈上张仆射第二书时在徐州节度使张建封幕，谏其击毬事也。故借此以为讽。

题歌风台 （北宋）张方平

落魄刘郎作帝归，樽前一曲大风辞。才如信越韩信与彭越。犹菹醢，安用思他猛士为。

访张山人得山中字二首（录一首）山人张天骥字圣涂。居云龙山，自号云龙山人。 （北宋）苏 轼

鱼龙随水落，猿鹤喜君还。归隐丘墟外，新堂紫翠间。野麋驯杖履，幽桂出榛菅。洒扫门前路，山公亦

爱山。

放鹤亭送蜀人张师厚赴殿试二首云龙山在徐州市南部，放鹤亭在云龙山山顶。　（北宋）苏 轼

云龙山下试春衣，放鹤亭前送落晖。一色杏花三十里，新郎君去马如飞。

忘归不觉鬓毛斑，好事乡人尚往还。断岭不遮西望眼，送君直过楚王山。楚王山即徐州之桓山，以有楚元王墓，故名。

游张山人园　（北宋）苏 轼

壁间一轴烟萝子，此言一幅学仙得道的画。烟萝子，学仙得道者。盆里千枝锦被堆。此言花。惯与先生为酒伴，不嫌刺史作者自指。亦颜开。纤纤入麦黄花乱，飒飒催诗白雨来。化用杜甫诗。闻道君家好井水，归轩乞得满瓶回。

永遇乐·彭城夜宿燕子楼梦盼盼，因作此词

（北宋）苏 轼

明月如霜，好风如水，清景无限。曲港跳鱼，圆荷泻露，寂寞无人见。紞读胆，上声。象声词，击鼓声。如三鼓，铿读坑，平声。象声词。金石撞击之声。然一叶，黯黯梦云惊断。夜茫茫，重寻无处，觉来小园行遍。　天涯倦客，山中归路，望断

故园心眼。燕子楼空，佳人何在，空锁楼中燕。古今如梦，何曾梦觉，但有旧欢新怨。异时对，黄楼宋熙宁十年(1077)，黄河决口，浸及徐州。苏轼时为徐州守，率吏民抗灾。水退后增筑徐州城，在东门筑楼，垩以黄土，故称黄楼。苏辙、秦观等均作《黄楼赋》以纪。夜景，为余浩叹。

(宋)蔡絛：徐州燕子楼直郡舍后，乃唐节度使张建封为侍儿盼盼者建，白乐天赠诗自誓而死者也。陈彦升尝留诗，辞致清绝："仆射荒阡狐兔游，侍儿犹住水西楼。风清玉簟慵欹枕，月好珠帘赖上钩。寒梦觉来沧海阔，新愁吟罢紫兰秋。乐天才似春深雨，断送残花一夕休。"后东坡守徐，移书彦升曰："彭城八咏如《燕子楼》篇，直使鲍谢敛手，温李变色也。"(有云：燕子楼事，非张建封，乃其子张愔也。)——《西清诗话》

(宋)曾敏行：东坡守徐州作燕子楼乐章，方具稿，人未知之。一日，忽哄传于城中，东坡讶焉。诘其所从来，乃谓发端于逻卒。东坡召而问之，对曰："某稍知音律，尝夜宿张建封庙，闻有歌声，细听乃此词也。记而传之，初不知何谓。"东坡笑而遣之。——《独醒杂志》

(宋)曾慥：东坡又问(少游)别作何词？少游举"小楼连苑横空，下窥绣毂雕鞍骤"，东坡曰："十三个字，只说得一个人骑马楼前过。"少游问公近作。乃举"燕子楼空，佳人何在，空锁楼中燕"，晁无咎曰："只三句，便说尽张建封事。"——《高斋诗话》

(宋)张炎：词，用事最难，要体认着题，融化不涩。如东坡《永遇乐》云"燕子楼空，佳人何在？空锁楼中燕"，用张建封事。白石《疏影》云"犹记深宫旧事，那人正睡里，飞近蛾绿"，用寿阳事。又云"昭君不惯胡沙远，但暗忆江南江北。想佩环月下归来，化作此花幽独"，用少陵诗。此皆用事，不为事所使。——《词源》

(清)沈祥龙：词当意余于辞，不可辞余于意。东坡谓少游"小楼连苑横空，下窥绣毂雕鞍骤"二句，只说得车马楼下过耳，以其辞余于意也。若意余于辞，如东坡"燕子楼空，佳人何在，空锁楼中燕"用张建封事，白石"犹记深宫旧事，那人正睡里，飞近蛾绿"用寿阳事，皆为玉田所称。盖词简而意余，悠然不尽也。——《论词随笔》

登快哉亭宋熙宁末年，李邦直持节徐州，在原薛能所建阳春亭旧址，重建一亭.苏轼为其取名为快哉亭。　　(北宋)陈师道

城与清江曲，泉流乱石间。夕阳初隐地，暮霭已依山。度鸟欲何向，奔云亦自闲。登临兴不尽，稚子故须还。

(元)方回：亭在徐州城东南隅提刑废廨，熙宁末李邦直持宪节，构亭城隅之上，郡守苏子瞻名曰“快哉”，唐人薛能阳春亭故址也。子由时在彭城，亦同邦直赋诗。任渊注此诗，谓亭在黄州，不知此诗属何处，盖川人不见中原图志。予读贺铸集，得其说。任渊所谓亭在黄州者，乃东坡为清河张梦得命名，子由作记，非徐州之快哉亭也。予撰此诗，惧学者读处默、张祜诗，知工巧而不知超悟，如“度鸟”、“奔云”之句，有无穷之味。全篇劲健清瘦，尾句尤幽邃，此其所以逼老杜也。——《瀛奎律髓汇评》

(清)纪昀：尾句却有做作态，是宋派，绝非老杜。动引杜以张其军，是虚谷习气。——同上

(清)冯舒：如此诗，亦不辨其为宋。——同上

(清)陆贻典：五、六写“快哉”二字，寄托亦远。——同上

(清)查慎行：五、六取境别。——同上

(清)纪昀：刻意陶洗，气格老健。○第四句“依”字微嫩，五、六挺拔，此后山神力大处。晚唐人到此，平平拖下矣。——同上

(清)许印芳：(快哉)亭有三：一在徐州，李邦直所构；一在黄州，张梦得所构；一在密州，东坡所构。皆东坡题名。此题乃徐州之亭。后山家徐州，故有此亭。——同上

(清)无名氏(乙)：有清气味。——同上

快哉亭朝寓目　　(北宋)贺　铸

风起喜舒旷，径趋城上楼。初旸动禾黍，积雨失汀

洲。水牯负鸲鹆，山枢悬栝蒌。坐惭真隐子，物我两悠悠。

（元）方回：快哉亭有三处，曰彭城、曰黄冈、曰东武。彭城、黄冈皆东坡命名，而东武者乃东坡自造。此事见子由诗中。贺公今诗乃彭城快哉亭也。“水牯负鸲鹆”，即苏迈诗中“牛载寒鸦过别村”也；“山枢悬栝蒌”，即昌黎诗“黄团系门衡”也，但变化不一耳。——《瀛奎律髓汇评》

（清）纪昀：变得不好。——同上

九日登戏马台　（北宋）贺 铸

当年节物此山川，倦客登临独惘然。戏马台荒年自久，射蛇公去事空传。黄华半老青霜后，白鸟孤飞落照前。不与兴亡城下水，稳浮渔艇入淮天。

（元）方回：“射蛇公”，用刘裕新洲伐荻事。以对戏马，良佳。——《瀛奎律髓汇评》

（清）陆贻典：“射蛇”不妥。然则汉高帝亦可称“射蛇公”乎？——同上

（清）纪昀：“戏马台”三字相连，“射蛇公”却是捏出。作“射蛇人”较妥。后半不恶，五、六盖自寓也。——同上

（清）许印芳：原本首句云“当年节物此山川”。三、四云“戏马台荒年自久，射蛇公去事空传”。措语都不紧贴本事，遂有率易空滑之病。○又纪批云“射蛇公捏造”。病在“公”字，愚为易之，前后可相称矣。首句改为“项刘遗迹此山川”。三、四改为“戏马台荒霸气灭，射蛇人去大名传”。——同上

登彭城楼　（南宋）吕 定

项王台上白云秋，亚父坟前草木稠。山色不随人事

改,水声长近戍城流。空余夜月龙神庙,无复春风燕子楼。楚汉兴亡俱土壤,不须怀古重夷犹。

戏马台　(南宋)吕　定

据鞍指顾八千兵,昔日中原几战争。追鹿已无秦社稷,逝骓方叹楚歌声。英雄事往人何在,寂寞台空草自生。回首云山青矗矗,黄河依旧绕彭城。

彭城杂咏四首　(元)萨都剌

城下黄河去不回,四山依旧画屏开。无人会得登临意,独上将军戏马台。

雪白杨花扑马头,行人春尽过徐州。夜深一片城头月,曾照张家燕子楼。

黄河三面绕孤城,独倚危栏眼倍明。柳絮飞飞三月暮,楼头犹有卖花声。

歌扇春风馔酒香,舞裙落日动鹅黄。柳边今夜孤舟发,水远山遥空断肠。

木兰花慢·彭城怀古　(元)萨都剌

古徐州形胜,消磨尽、几英雄。想铁甲重瞳、指项羽。

乌骓读追，平声。汗血，玉帐连空。楚歌八千兵散，料梦魂、应不到江东。空有黄河如带，乱山回合云龙。　汉家陵阙起秋风。禾黍满关中。更戏马台荒，画眉人远，张敞画眉，借指唐代武宁军(治所徐州)节度使张愔，切姓。燕子楼空。张愔与其妾盼盼居燕子楼，愔在任所去世，盼盼绝食殉情于燕子楼。人生百年寄耳，且开怀、一饮尽千钟。回首荒城斜日，倚栏目送飞鸿。

歌风台和李提举韵　(元)揭傒斯

万乘东归火德开，汉皇曾此宴高台。沛中父老讴歌下，海内英雄倒载回。汤沐空余清泗在，风云犹似翠华来。穹碑指大风歌石碑。立断苍烟上，静阅人间几劫灰。

咏戏马台　(明)曾棨

绕堤春树翠重重，项羽遗都尽泪踪。城有高台空戏马，沛中佳气已成龙。英雄割据青山在，霸业消沉碧藓封。此日经过心惆怅，乱鸦啼散晚烟浓。

彭　城　(明)郑晓

彭城天下险，万里接河源。落石东南断，飞涛日夜喧。江淮连绝岛，齐鲁入平原。寄语当关者，征求无太繁。

歌风台　　(明)屠　隆

汉家汤沐旧山河，官树临淮控夜波。明月可能销艳舞，西风吹不散悲歌。山中紫气春荫合，台上黄云秋色多。万岁欢娱欢不足，平河辇道此经过。

徐州怀古　　(清)宋　琬

塞烟漠漠水增波，戏马台前捩柁过。父老能言西楚事，牧儿谁解大风歌。吕梁涛落支祁淮水神名。走，芒砀云深雁鹜多。安得长茭塞瓠子，不劳壮士挽银河。

彭城道中　　(清)黄　慎

天子依然归故乡，大风歌罢转苍茫。当时何不怜功狗，留取韩彭守四方。

登云龙山放鹤亭二首　　(清)尹继善

鹤去空亭在，何须问假真。登临多胜境，领略少闲人。石壁横悬榻，佛山半露身。坡公遗迹下，岁岁柳条新。

云龙新雨霁，万里望中收。野水消桃汛，田家遍麦秋。花迎山半寺，日落郡西楼。未尽跻攀兴，偷闲拟再游。

歌风台二首　　(清)袁 枚

高台击筑忆英雄，马上归来句亦工。一代君臣酣饮后，千年魂魄故乡中。青天弓剑无留影，落日河山有大风。百二十人飘散尽，满村牧笛是歌童。

泣下龙颜气概粗，子孙世世免全租。有情果是真天子，无赖依然旧酒徒。父老尚知皇帝贵，水流如闻筑声孤。千秋万岁风云在，似此还乡信丈夫。

晓过徐州　　(清)宋育仁

纵辔中原去，青山在马头。微云通泰岱，细雨过徐州。绿野垂天尽，黄河改道流。苍茫怀古意，凭轼望曹丘。

八、无　锡

登无锡北楼　（唐）郎士元

秋兴因危堞，归心过远山。风霜征雁早，江海旅人还。驿树云仍密，渔舟晚更闲。仲宣何所赋，只叹在荆蛮。

别泉石指惠山泉，在无锡惠山山麓，陆羽等品评为第二泉。

（唐）李绅

素沙见底空无色，青石潜流暗有声。微渡竹风涵淅沥，细浮松月透轻明。桂凝秋露添灵液，茗折香芽泛玉英。应是梵宫连洞府，浴池今化醴泉清。

题惠山寺寺在无锡惠山。　（唐）张祜

旧宅人何在，空门客自过。泉声到池尽，山色上楼多。小洞穿斜竹，重阶夹细莎。殷勤望城市，云水暮钟和。

(元)方回:此诗同前(指作者另一首《孤山寺》诗)三、四尤工,五、六则工而窘于冗矣。以前联不可废也,故取之。——《瀛奎律髓汇评》

(清)冯舒:窘则不冗,冗则不窘,二字如何合?——同上

(清)纪昀:五、六单窘则有之,非工亦非冗。——同上

(清)查慎行:寺本湛长史故居,故起句云。——同上

(清)何焯:起句谓"寺",即宋湛茂之历山草堂。——同上

(清)无名氏(甲):惠山寺在梁溪城外。——同上

洞灵观流泉 洞灵观在张公洞前,宋称万寿宫。

(唐)李郢

石上苔芜水上烟,潺湲声在观门前。千岩万壑分流去,更引飞花入洞天。

和袭美泰伯庙 庙在无锡县伯渎河梅村。泰伯系吴国始祖,周太王之长子,让国与其弟季历,至江南,自号句吴。梅村镇在无锡东南六十里处。

(唐)陆龟蒙

故国城荒德未荒,年年椒奠湿中堂。迩来父子争天下,不信人间有让王。

泰伯祠 (北宋)范仲淹

至德本无名,宣尼宣尼,即孔子。《论语·泰伯》:"泰伯其可谓至德矣,三以天下让,民无得而称焉。"以此评。能将天下让,知有圣人生。南国奔方远,西山道始亨。英灵岂不在,千古碧江横。

惠山谒钱道人，烹小龙团，登绝顶，望太湖

（北宋）苏 轼

踏遍江南南岸山，逢山未免更留连。独携天上小团月，来试人间第二泉。石路萦回九龙脊，水光翻动五湖天。孙登无语空归去，半岭松声万壑传。

张公洞

在宜兴市西南二十公里的禹峰山麓，传说庚桑楚隐居于此，故又名庚桑洞。又说汉代张道陵在此修道，故名张公洞。

（北宋）苏 辙

乱山深处白云堆，地坼中空洞府开。茧瓮有天含宇宙，瑶台无路接蓬莱。金芝春暖青牛卧，珠树月明黄鹤回。此日登临兴何限，春风吹绽碧桃腮。

周侯古祠

在宜兴市东庙巷底。晋惠帝时为祭祀平西将军周处而建。

（南宋）刘 宰

庙宇巍峨对古坟，将军英气宛如存。当时改行除民害，历代封功沐宠恩。虎穴云埋山寂寞，蛟溪波冷月黄昏。秋来吊古追行乐，驻马花前酹一樽。

水龙吟·惠山酌泉

惠山泉在无锡市西郊。有“天下第二泉”之称。纳兰性德诗云:“九龙(九龙即惠泉山)一带晚连霞,十里湖泉半酒家。何处清凉堪沁骨?惠山泉试虎丘茶。”

(南宋)吴文英

艳阳不到青山,古阴冷翠成秋苑。吴娃点黛,江妃拥髻,空蒙遮断。树密藏溪,草深迷市,峭云一片。二十年旧梦,轻鸥素约,霜丝乱、朱颜变。　龙吻春霏玉溅。煮银瓶,羊肠车转。临泉照影,清寒沁骨,客尘都浣。鸿渐重来,夜深华表,露零鹤怨。把闲愁换与,楼前晚色,棹沧波远。

(清)陈廷焯:点染处不留滞于物。——《词则·大雅集》

(近代)俞陛云:发端二句笔妍而意邃。“吴娃”、“峭云”句质言之,不过山被云遮耳。而先以吴娃、江妃为喻,更写以草树风景,峭云便有深厚之味。转头处咏烹茶。“龙吻”二句研炼而生峭。“华表”二句写重来之感。旋换开拓之笔,以闲淡作结,通首无一懈句。——《唐五代两宋词选释》

马迹山梅花

马迹山又名马山,在无锡市西南四十余公里。

(元)王冕

马迹山前万树梅,望里村村似雪开。满载扬州秋白露,玉箫吹过洞庭来。此洞庭是太湖中的洞庭山。

无锡道中

(明)张以宁

叠桥随港直,联木护堤偏。村落皆通水,人家半系船。桔花香曙露，杨叶淡寒烟。中土何寥廓，黄沙人种田。

游惠山　(明)文徵明

几度扁舟过惠山，空瞻紫翠负跻攀。今朝坐探龙头水，身在前番紫翠间。

和叶参之过东林废院东林书院故址在无锡市苏家弄内。

(明)高攀龙

蕞尔东林万古心，道南祠畔白云深。纵令伐尽林间木，一片平芜也号林。

无锡望惠山　(清)史夔

九峰天半落，一棹夕阳过。客为游山盛，船因载水载水即吃水，因客盛，所以载水多。多。溪边高士宅，月下榜人歌。好趁樵风樵风语出《后汉书·郑弘传》注引《会稽传》：郑弘尝采薪于会稽，路遇神人问所欲，郑答："尝患若耶溪载薪为难，愿旦南风而暮北风。"后果如愿。若耶溪风亦称郑公风或樵风。便，轻舟载芰荷。

梁溪道中梁溪为无锡的别称。　(清)曹仁虎

芙蓉湖芙蓉湖又名无锡湖，在惠山北麓。上送行舟，短柳依依

满渡头。绿水长堤游客路，青旗小市酒家楼。雨中树影参差出，烟际山光浅淡浮。回首故园寒食近，天涯日暮引离愁。

无锡纪游三首 （清）徐鎏

北塘箫管画船开，一路湖桑夹柳栽。泉水自清人自浊，更无苏蔡斗茶来。惠山。

何物黄婆领一墩，无争无让水浑浑。此游仿佛温乡梦，重叩鸥波舫外门。皇甫墩俗呼为黄婆墩。

东风吹雨欲成烟，吞吐当胸气万千。七十二峰看不足，隔湖唤取打鱼船。漆湖。

九、淮阴

淮阴行五首（录一首） （唐）刘禹锡

今日转船头，金乌指西北。烟波与春草，千里同一色。

韩信庙

在今淮阴市西南码头镇附近,旧名韩信故居。韩信宅、冢及韩信城皆在此一带。　　(唐)刘禹锡

将略兵机命世雄,苍黄钟室叹良弓。遂令后代登坛者,每一寻思怕立功。

淮阴阻风寄呈楚州韦中丞

(唐)许浑

垂钓京江欲白头,江鱼堪钓却西游。刘伶台下稻花晚,韩信庙前枫叶秋。淮月未明先倚槛,海云初起更维舟。河桥有酒无人醉,独上高城望庾楼。据《一统志》载:"刘伶台在山阳县治东北,淮阴侯庙在山阳县西四十里。"○落句庾楼在楚州。

忆山阳

在江苏中部。苏北灌溉总渠和大运河在境内交汇。汉置射阳县,晋改山阳县。　　(唐)赵嘏

家在枚皋旧宅边,竹轩晴与楚陂连。芰荷香绕垂鞭袖,杨柳风横弄笛船。城碍十洲烟岛路,寺临千顷夕阳川。可怜时节堪归去,花落猿啼又一年。

(清)钱朝鼒、王俊臣:垂鞭宜在杨柳之下,横船宜在芰荷之中,故作错综互写,自见变化之妙。——《唐诗鼓吹笺注》

(清)钱谦益、何焯:三四是"可怜时节堪归去"。五六"忆"字入骨,末句羞归却不露,只于第七句说"堪归",蕴藉凄婉。——《唐诗鼓吹评注》

(清)金人瑞:忽然倒跨晋魏,寻一汉人为邻,便是举体不凡。乃我又相其当门便是竹轩,前与楚陂连接,四围水竹相遭,一片空碧互映,人生有宅如

此，真乃一尉是何敝履顾能缚人不使之归也！三、四又极写轩前陂下，无限行乐。须知垂鞭则在柳风之下，横船乃在荷香之中，此又故作错综互写，以曲尽其清胜者也（前四句下）。〇乃今以区区一尉，羁身渭南，遥望故乡，如隔登仙之路；来看渡口，又限无梁之川。"城碍"，妙！"寺临"，妙！城即渭南之城，寺即渭南城外送客下川之寺也。不得归又一年，看他用"花落猿啼"代春尽肠断，读者皆不觉也（后四句下）。——《贯华堂选批唐才子诗》

（清）赵臣瑗：三写走马长堤，其实在杨柳风中，而偏要说"芰荷香绕"，妙！妙！四写放舟广泽，其实在芰荷香内，而偏要说"杨柳风横"，妙！妙！后人识得此等句法，便可出奇无穷。——《山满楼笺注唐人七言律》

夜泊淮阴　（唐）项 斯

夜入楚家烟，烟中人未眠。望来淮岸尽，坐到酒楼前。灯影半临水，筝声多在船。乘流向东去，别此易经年。

淮　阴　（北宋）梅尧臣

青环瘦铁缆，系在淮阴城。水胫多长短，林枝有直横。山夔一足走，妖鸟九头鸣。韩信祠堂古，谁将跨下平。

过淮阴县题韩信庙　（南宋）杨万里

鸿沟只道万夫雄，云梦何消武士功。九死不分天下鼎，一生还负室前钟。古来大雁愁何益，此后禽空悔作弓。兵火荒余非旧庙，三间破屋两株松。

韩信城　（明）何景明

韩信荒城雉堞隳，当时功业已成非。假王本为安齐计，蹑足翻成赤族机。草昧尚知尊汉主，太平焉肯助陈豨。至今淮水潺湲处，犹带哀声送落晖。

漂母庙　（明）金銮

古渡临祠庙，长淮接市门。旌旗摇白日，风雨锁黄昏。贫贱求知己，荣华少故恩。湖边逢牧竖，犹自说王孙。

漂母祠　（明）张九一

风尘谁复解怜才，一饭千金亦可哀。国士久随飞鸟尽，荒祠犹对野花开。

过淮阴有感二首（其二）　（清）吴伟业

登高怅望八公山，淮南王刘安门客有“八公”能炼丹药。八公山上有刘安庙。琪树丹崖未可攀。莫想阴符遇黄石，好将鸿宝刘安有《枕中鸿宝苑秘书》言道家修仙炼丹之事。驻朱颜。浮生所欠止一死，尘世无由识九还。道家炼丹循还九次而成。我本淮王旧鸡犬，不随仙去落人间。《神仙传》:“淮南王好道，白日升天，时药置庭下，鸡犬舐之，尽得升天。”

漂母祠 （清）宋 琬

楚媪祠边荐白苹，谁将卮酒酹王孙。千金一饭犹思报，肯负高皇吐哺恩。

韩信城 （清）沙张白

项氏犹全族，韩侯竟灭门。可怜带砺誓，不及属镂恩。

淮 安 （清）史 夔

西风下淮泗，潮落见三洲。台没空垂钓，诗成独倚楼。带刀余旧俗，闻笛感新秋。寂寞山中桂，谁怜景物幽。